北京大学中国语言学研究中心

早期北京话珍稀文献集成

主编 刘云

清末民初京味儿小说书系

分卷主编 王金花 姜安

讲演聊斋

湛引铭 著
张娟 校注

北京大学出版社
PEKING UNIVERSITY PRESS

图书在版编目 (CIP) 数据

讲演聊斋 / 湛引铭著；张娟校注 . — 北京：北京大学出版社，2018.6
（早期北京话珍本典籍校释与研究）
ISBN 978-7-301-29125-2

Ⅰ.①讲… Ⅱ.①湛… ②张… Ⅲ.①北方评书—中国—民国 Ⅳ.①I239.8

中国版本图书馆 CIP 数据核字 (2017) 第 328753 号

书　　名	讲演聊斋 JIANGYAN LIAOZHAI
著作责任者	湛引铭　著　张　娟　校注
责 任 编 辑	邓晓霞
标 准 书 号	ISBN 978-7-301-29125-2
出 版 发 行	北京大学出版社
地　　址	北京市海淀区成府路 205 号　100871
网　　址	http://www.pup.cn　新浪微博：@北京大学出版社
电 子 信 箱	zpup@pup.cn
电　　话	邮购部 62752015　发行部 62750672　编辑部 62753334
印 刷 者	北京虎彩文化传播有限公司
经 销 者	新华书店 720 毫米 ×1020 毫米　16 开本　19.75 印张　300 千字 2018 年 6 月第 1 版　2019 年 1 月第 2 次印刷
定　　价	80.00 元

未经许可，不得以任何方式复制或抄袭本书之部分或全部内容。
版权所有，侵权必究
举报电话：010-62752024　电子信箱：fd@pup.pku.edu.cn
图书如有印装质量问题，请与出版部联系，电话：010-62756370

总　序

　　语言是文化的重要组成部分,也是文化的载体。语言中有历史。

　　多元一体的中华文化,体现在我国丰富的民族文化和地域文化及其语言和方言之中。

　　北京是辽金元明清五代国都(辽时为陪都),千余年来,逐渐成为中华民族所公认的政治中心。北方多个少数民族文化与汉文化在这里碰撞、融合,产生出以汉文化为主体的、带有民族文化风味的特色文化。

　　现今的北京话是我国汉语方言和地域文化中极具特色的一支,它与辽金元明四代的北京话是否有直接继承关系还不是十分清楚。但可以肯定的是,它与清代以来旗人语言文化与汉人语言文化的彼此交融有直接关系。再往前追溯,旗人与汉人语言文化的接触与交融在入关前已经十分深刻。本丛书收集整理的这些语料直接反映了清代以来北京话、京味儿文化的发展变化。

　　早期北京话有独特的历史传承和文化底蕴,于中华文化、历史有特别的意义。

　　一者,这一时期的北京历经满汉双语共存、双语互协而新生出的汉语方言——北京话,它最终成为我国民族共同语(普通话)的基础方言。这一过程是中华多元一体文化自然形成的诸过程之一,对于了解形成中华文化多元一体关系的具体进程有重要的价值。

　　二者,清代以来,北京曾历经数次重要的社会变动:清王朝的逐渐孱弱、八国联军的入侵、帝制覆灭和民国建立及其伴随的满汉关系变化、各路军阀的来来往往、日本侵略者的占领等等。在这些不同的社会环境下,北京人的构成有无重要变化? 北京话和京味儿文化是否有变化? 进一步地,地域方言和文化与自身的传承性或发展性有着什么样的关系? 与社会变迁有着什么样的关系? 清代以至民国时期早期北京话的语料为研究语言文化自身传承性与社会的关系提供了很好的素材。

　　了解历史才能更好地把握未来。中华人民共和国成立后，北京不仅是全国的政治中心，而且是全国的文化和科研中心，新的北京话和京味儿文化或正在形成。什么是老北京京味儿文化的精华？如何传承这些精华？为把握新的地域文化形成的规律，为传承地域文化的精华，必须对过去的地域文化的特色及其形成过程进行细致的研究和理性的分析。而近几十年来，各种新的传媒形式不断涌现，外来西方文化和国内其他地域文化的冲击越来越强烈，北京地区人口流动日趋频繁，老北京人逐渐分散，老北京话已几近消失。清代以来各个重要历史时期早期北京话语料的保护整理和研究迫在眉睫。

　　"早期北京话珍本典籍校释与研究（暨早期北京话文献数字化工程）"是北京大学中国语言学研究中心研究成果，由"早期北京话珍稀文献集成""早期北京话数据库"和"早期北京话研究书系"三部分组成。"集成"收录从清中叶到民国末年反映早期北京话面貌的珍稀文献并对内容加以整理，"数据库"为研究者分析语料提供便利，"研究书系"是在上述文献和数据库基础上对早期北京话的集中研究，反映了当前相关研究的最新进展。

　　本丛书可以为语言学、历史学、社会学、民俗学、文化学等多方面的研究提供素材。

　　愿本丛书的出版为中华优秀文化的传承做出贡献！

王洪君　郭锐　刘云
二〇一六年十月

"早期北京话珍稀文献集成"序

清民两代是北京话走向成熟的关键阶段。从汉语史的角度看,这是一个承前启后的重要时期,而成熟后的北京话又开始为当代汉民族共同语——普通话源源不断地提供着养分。蒋绍愚先生对此有着深刻的认识:"特别是清初到19世纪末这一段的汉语,虽然按分期来说是属于现代汉语而不属于近代汉语,但这一段的语言(语法,尤其是词汇)和'五四'以后的语言(通常所说的'现代汉语'就是指'五四'以后的语言)还有若干不同,研究这一段语言对于研究近代汉语是如何发展到'五四'以后的语言是很有价值的。"(《近代汉语研究概要》,北京大学出版社,2005年)然而国内的早期北京话研究并不尽如人意,在重视程度和材料发掘力度上都要落后于日本同行。自1876年至1945年间,日本汉语教学的目的语转向当时的北京话,因此留下了大批的北京话教材,这为其早期北京话研究提供了材料支撑。作为日本北京话研究的奠基者,太田辰夫先生非常重视新语料的发掘,很早就利用了《小额》《北京》等京味儿小说材料。这种治学理念得到了很好的传承,之后,日本陆续影印出版了《中国语学资料丛刊》《中国语教本类集成》《清民语料》等资料汇编,给研究带来了便利。

新材料的发掘是学术研究的源头活水。陈寅恪《〈敦煌劫馀录〉序》有云:"一时代之学术,必有其新材料与新问题。取用此材料,以研求问题,则为此时代学术之新潮流。"我们的研究要想取得突破,必须打破材料桎梏。在具体思路上,一方面要拓展视野,关注"异族之故书",深度利用好朝鲜、日本、泰西诸国作者所主导编纂的早期北京话教本;另一方面,更要利用本土优势,在"吾国之旧籍"中深入挖掘,官话正音教本、满汉合璧教本、京味儿小说、曲艺剧本等新类型语料大有文章可做。在明确了思路之后,我们从2004年开始了前期的准备工作,在北京大学中国语言学研究中心的大力支持下,早期北京话的挖掘整理工作于2007年正式启动。本次推出的"早期北京话珍稀文献集成"是阶段性成果之一，总体设计上"取异族之故书与吾国之旧籍互相补正"，共分"日本北京话教科书汇编""朝鲜日据时期汉语会话书汇编""西人北京话教科书汇编""清代满汉合璧文献萃编""清代官话正音文献""十全福""清末民初京味儿小说书系""清末民初京味儿时评书系"八个系列，胪列如下：

"日本北京话教科书汇编"于日本早期北京话会话书、综合教科书、改编读物和风俗纪闻读物中精选出《燕京妇语》《四声联珠》《华语跬步》《官话指南》《改订官话指南》《亚细亚言语集》《京华事略》《北京纪闻》《北京风土编》《北京风俗问答》《北京事情》《伊苏普喻言》《搜奇新编》《今古奇观》等二十余部作品。这些教材是日本早期北京话教学活动的缩影，也是研究早期北京方言、民俗、史地问题的宝贵资料。本系列的编纂得到了日本学界的大力帮助。冰野善宽、内田庆市、太田斋、鳟泽彰夫诸先生在书影拍摄方面给了诸多帮助。书中日语例言、日语小引的翻译得到了竹越孝先生的悉心指导，在此深表谢忱。

"朝鲜日据时期汉语会话书汇编"由韩国著名汉学家朴在渊教授和金雅瑛博士校注，收入《改正增补汉语独学》《修正独习汉语指南》《高等官话华语精选》《官话华语教范》《速修汉语自通》《速修汉语大成》《无先生速修中国语自通》《官话标准：短期速修中国语自通》《中语大全》《"内鲜满"最速成中国语自通》等十余部日据时期（1910年至1945年）朝鲜教材。这批教材既是对《老乞大》《朴通事》的传承，又深受日本早期北京话教学活动的影响。在中韩语言史、文化史研究中，日据时期是近现代过渡的重要时期，这些资料具有多方面的研究价值。

"西人北京话教科书汇编"收录了《语言自迩集》《官话类编》等十余部西人编纂教材。这些西方作者多受过语言学训练，他们用印欧语的眼光考量汉语，解释汉语语法现象，设计记音符号系统，对早期北京话语音、词汇、语法面貌的描写要比本土文献更为精准。感谢郭锐老师提供了《官话类编》《北京话语音读本》和《汉语口语初级读本》的底本,《寻津录》、《语言自迩集》(第一版、第二版)、《汉英北京官话词汇》、《华语入门》等底本由北京大学图书馆特藏部提供,谨致谢忱。《华英文义津逮》《言语声片》为笔者从海外购回,其中最为珍贵的是老舍先生在伦敦东方学院执教期间,与英国学者共同编写的教材——《言语声片》。教材共分两卷:第一卷为英文卷,用英语讲授汉语,用音标标注课文的读音;第二卷为汉字卷。《言语声片》采用先用英语导入,再学习汉字的教学方法讲授汉语口语,是世界上第一部有声汉语教材。书中汉字均由老舍先生亲笔书写,全书由老舍先生录音,共十六张唱片,京韵十足,殊为珍贵。

上述三类"异族之故书"经江蓝生、张卫东、汪维辉、张美兰、李无未、王顺洪、张西平、鲁健骥、王澧华诸先生介绍,已经进入学界视野,对北京话研究和对外汉语教学史研究产生了很大的推动作用。我们希望将更多的域外经典北京话教本引入进来,考虑到日本卷和朝鲜卷中很多抄本字迹潦草,难以辨认,而刻本、印本中也存在着大量的异体字和俗字,重排点校注释的出版形式更利于研究者利用,这也是前文"深度利用"的含义所在。

对"吾国之旧籍"挖掘整理的成果,则体现在下面五个系列中:

"清代满汉合璧文献萃编"收入《清文启蒙》《清话问答四十条》《清文指要》《续编兼汉清文指要》《庸言知旨》《满汉成语对待》《清文接字》《重刻清文虚字指南编》等十余部经典满汉合璧文献。入关以后,在汉语这一强势语言的影响下,熟习满语的满人越来越少,故雍正以降,出现了一批用当时的北京话注释翻译的满语会话书和语法书。这批教科书的目的本是教授旗人学习满语,却无意中成为了早期北京话的珍贵记录。"清代满汉合璧文献萃编"首次对这批文献进行了大规模整理,不仅对北京话溯源和满汉语言接触研究具有重要意义,也将为满语研究和满语教学创造极大便利。由于底本多为善本古籍,研究者不易见到,在北京大学图书馆古籍部和日本神户市外国语大学竹越孝教授的大力协助下,"萃编"将以重排点校加影印的形式出版。

"清代官话正音文献"收入《正音撮要》(高静亭著)和《正音咀华》

（莎彝尊著）两种代表著作。雍正六年（1728），雍正谕令福建、广东两省推行官话，福建为此还专门设立了正音书馆。这一"正音"运动的直接影响就是以《正音撮要》和《正音咀华》为代表的一批官话正音教材的问世。这些书的作者或为旗人，或寓居京城多年，书中保留着大量北京话词汇和口语材料，具有极高的研究价值。沈国威先生和侯兴泉先生对底本搜集助力良多，特此致谢。

《十全福》是北京大学图书馆藏《程砚秋玉霜簃戏曲珍本》之一种，为同治元年陈金雀抄本。陈晓博士发现该传奇虽为昆腔戏，念白却多为京话，较为罕见。

以上三个系列均为古籍，且不乏善本，研究者不容易接触到，因此我们提供了影印全文。

总体来说，由于言文不一，清代的本土北京话语料数量较少。而到了清末民初，风气渐开，情况有了很大变化。彭翼仲、文实权、蔡友梅等一批北京爱国知识分子通过开办白话报来"开启民智""改良社会"。著名爱国报人彭翼仲在《京话日报》的发刊词中这样写道："本报为输进文明、改良风俗，以开通社会多数人之智识为宗旨。故通幅概用京话，以浅显之笔，达朴实之理，纪紧要之事，务令雅俗共赏，妇稚咸宜。"在当时北京白话报刊的诸多栏目中，最受市民欢迎的当属京味儿小说连载和《益世余谭》之类的评论栏目，语言极为地道。

"清末民初京味儿小说书系"首次对以蔡友梅、冷佛、徐剑胆、儒丐、勋锐为代表的晚清民国京味儿作家群及作品进行系统挖掘和整理，从千余部京味儿小说中萃取代表作家的代表作品，并加以点校注释。该作家群活跃于清末民初，以报纸为阵地，以小说为工具，开展了一场轰轰烈烈的底层启蒙运动，为新文化运动的兴起打下了一定的群众基础，他们的作品对老舍等京味儿小说大家的创作产生了积极影响。本系列的问世亦将为文学史和思想史研究提供议题。于润琦、方梅、陈清茹、雷晓彤诸先生为本系列提供了部分底本或馆藏线索，首都图书馆历史文献阅览室、天津图书馆、国家图书馆提供了极大便利，谨致谢意！

"清末民初京味儿时评书系"则收入《益世余谭》和《益世余墨》，均系著名京味儿小说家蔡友梅在民初报章上发表的专栏时评，由日本岐阜圣德学园大学刘一之教授、矢野贺子教授校注。

这一时期存世的报载北京话语料口语化程度高，且总量庞大，但发掘和整理却殊为不易，称得上"珍稀"二字。一方面，由于报载小说等栏目的流行，外地作者也加入了京味儿小说创作行列，五花八门的笔名背后还需考证作者是否为京籍，以蔡友梅为例，其真名为蔡松龄，查明的笔名还有损、损公、退化、亦我、梅蒐、老梅、今睿等。另一方面，这些作者的作品多为急就章，文字错讹很多，并且鲜有单行本存世，老报纸残损老化的情况日益严重，整理的难度可想而知。

上述八个系列在某种程度上填补了相关领域的空白。由于各个系列在内容、体例、出版年代和出版形式上都存在较大的差异，我们在整理时借鉴《朝鲜时代汉语教科书丛刊续编》《〈清文指要〉汇校与语言研究》等语言类古籍的整理体例，结合各个系列自身特点和读者需求，灵活制定体例。"清末民初京味儿小说书系"和"清末民初京味儿时评书系"年代较近，读者群体更为广泛，经过多方调研和反复讨论，我们决定在整理时使用简体横排的形式，尽可能同时满足专业研究者和普通读者的需求。"清代满汉合璧文献萃编""清代官话正音文献"等系列整理时则采用繁体。"早期北京话珍稀文献集成"总计六十余册，总字数近千万字，称得上是工程浩大，由于我们能力有限，体例和校注中难免会有疏漏，加之受客观条件所限，一些拟定的重要书目本次无法收入，还望读者多多谅解。

"早期北京话珍稀文献集成"可以说是中日韩三国学者通力合作的结晶，得到了方方面面的帮助，我们还要感谢陆俭明、马真、蒋绍愚、江蓝生、崔希亮、方梅、张美兰、陈前瑞、赵日新、陈跃红、徐大军、张世方、李明、邓如冰、王强、陈保新诸先生的大力支持，感谢北京大学图书馆的协助以及萧群书记的热心协调。"集成"的编纂队伍以青年学者为主，经验不足，两位丛书总主编倾注了大量心血。王洪君老师不仅在经费和资料上提供保障，还积极扶掖新进,"我们搭台,你们年轻人唱戏"的话语令人倍感温暖和鼓舞。郭锐老师在经费和人员上也予以了大力支持,不仅对体例制定、底本选定等具体工作进行了细致指导,还无私地将自己发现的新材料和新课题与大家分享,令人钦佩。"集成"能够顺利出版还要特别感谢国家出版基金规划管理办公室的支持以及北京大学出版社王明舟社长、张凤珠副总编的精心策划,感谢汉语编辑室杜若明、邓晓霞、张弘泓、宋立文等老师所付出的辛劳。需要感谢的师友还有很多,在此一并致以诚挚的谢意。

"上穷碧落下黄泉,动手动脚找东西",我们不奢望引领"时代学术之新潮流",惟愿能给研究者带来一些便利,免去一些奔波之苦,这也是我们向所有关心帮助过"早期北京话珍稀文献集成"的人士致以的最诚挚的谢意。

刘 云

2015年6月23日

于对外经贸大学求索楼

2016年4月19日

改定于润泽公馆

"清末民初京味儿小说书系"序

清末民初是一个急剧变革的时代,这一时期的小说创作,在中国小说史上呈现出空前兴盛的局面。从同治十一年(1872)《瀛寰琐记》发表蠡勺居士翻译的英人小说《昕夕闲谈》起,至五四运动之前,发表小说近两万种。其中译作约有三千二百种,余下的创作小说约有一万六千余种,其中短篇小说万余篇。由于行世的单行本并不多见,相当多的作品未能进入研究者的视野。阿英的《晚清戏曲小说目》只收千余种成书,而其中大部分是译作,创作不过近四百种。这个时期的小说可谓门类繁多,有政治小说、军事小说、教育小说、纪实小说、社会小说、言情小说、警世小说、笑话小说、侦探小说、武侠小说、爱国小说、伦理小说、科学小说、家庭小说、法律小说、广告小说、商业小说、历史小说、迷信小说、拆白党小说等二百多种。尽管这些冠名不够科学,但毕竟反映了当时小说分类的实际情况,创作的繁荣局面也可见一斑。

清末民初小说的繁荣与当时大量刊行的文艺及白话报刊分不开。这时期的文艺报刊蕴育了一大批有才华的小说翻译家和作家。当时的南方文坛(上海、苏州、杭州一带),活跃着李伯元、吴趼人、欧阳钜源、曾朴、梁启超、苏曼殊、包天笑、周瘦鹃、陈蝶仙、王钝根、王西神、徐枕亚、蒋箸超、吴双热、刘铁冷、李涵秋、李定夷、陈冷血、黄山民、胡寄尘等一大批作家。他们与当时的《新小说》《绣像小说》《新新小说》《月月小说》《游戏杂志》《民权素》《小说林》《小说海》《娱闲录》《礼拜六》《小说大观》《小说时报》《小说丛报》《小说新报》《小说月报》《妇女杂志》《中华小说界》等著名文艺期刊有着十分密切的关系。他们不是杂志的主撰,就是杂志的笔政或特约撰述,对当时南方文坛的繁荣做出了不小的贡献。

其实,同一时期的北方文坛也不寂寞,仅京津地区就涌现出几十种白话报,知名的有《京话日报》《爱国白话报》《白话国强报》《竹园白话报》《天津白话报》《北京爱国报》《小公报》等十多种。这些白话报培育了损公（蔡友梅）、剑胆、丁竹园（国珍）、冷佛、儒丐、市隐、湛引铭、耀公、耀亭、铁庵、尹虞初、钱一蟹等一批京味儿小说作家。他们谙熟京师的逸闻掌故、风土人情，写出地道的京味儿小说，展现了一幅幅清末民初古都北京的风俗画卷，为研究北京悠久的历史文化留下了十分难得的史料。

这里顺便提及京味儿小说的版本情况。京味儿小说有四种开本，分别近似现在的十六开、三十二开、四十八开和六十四开。这些京味儿小说均用当时旧报纸印刷，且折页装订。折页内有说明版本情况的文字，可以窥见该书的出版情况。如奇情小说《意外缘》的内折页上有"白话国强报"字样，可以得知该小说为"国强报馆"刊行；同页上端有"本馆开设在北京宣武门外海北寺街西头路北"等文字，由此可以得知《国强报》的馆址；同页左侧竖排"旧历年次戊午年六月十二日""中华民国七年七月十九日"等文字，由此可以得知此报的出版年代及时间。因笔者收藏有一些这类剪报本小说，方可知晓当时一些京味儿小说的版本情况。出版这类小说的报馆还有京话日报馆、爱国白话报馆、北京正宗爱国报馆、竹园白话报馆等。

另外，《京话日报》还连载过名为"新鲜滋味"的系列小说。笔者见过的"新鲜滋味"系列小说，有《一壶醋》《赵三黑》《贞魂义魄》《花甲姻缘》《苦鸳鸯》《文字狱》《王来保》等三四十种。

正是由于白话报刊蕴育的职业小说作家的出现，才使得当时的南北文坛异常活跃。在清末民初的北京文坛，以彭翼仲为首的著名报人，用白话报为小说家们开辟了施展才华的广阔舞台，以损公、剑胆、冷佛、儒丐为代表的京味儿小说家崭露头角，创作出数以千计的京味儿文学作品，受到京津地区广大市民的热烈追捧，他们的创作实绩也成为京味儿文学发展史上浓墨重彩的一笔。

清末民初的京味儿小说有它的特殊性。首先，这些小说家多为记者，兼职从事小说创作。他们充分地享用报纸这一平台，而很少去利用杂志这种传媒，因为当时北京的杂志还很少见。损公、剑胆、冷佛等小说作者都活跃在报界，而这些报纸很少披露他们的生平及创作活动,致使读者对他们的身世背景知之甚少。其次,由于报纸的时效性和纪实性极强,读者由此想得知更多新奇的故事及新的小说,并不十分关注小说作者个人的身世背景。因此,也就难怪一些文史学家对他们的文学创作活动不甚了解了。

一、清民之际的知名报人及京味儿小说家

经过多年的寻觅,笔者搜集到了数量相当可观的剪报本样式的京味儿小说,并从一些小说的序跋和当时的文献中寻觅到蛛丝马迹,得以知晓作家的些许身世背景,胪列如下:

1. 关于彭翼仲

彭翼仲(1864—1921),清末民初的著名报人,长洲(今江苏苏州)人,祖居葑门砖桥,是当地的名门望族。彭翼仲生于京师,长于京师,1902年在北京创办《启蒙学报》,内容多涉历史、地理及自然科学知识,间附插图,旨在启迪民智,1904年停刊。同年8月,彭翼仲创办《京话日报》,他在"创刊号"中称报纸将"输进文明,改良风俗,以开通社会多数人之智识为宗旨"。报纸设有要紧新闻、本京新闻、各国新闻、宫门钞、告示、专电、演说、时事新歌、小说、讲书等栏目,通篇全用白话,极受民众欢迎。

彭翼仲是清末京味儿小说得以发展的大功臣,他使京味儿小说有了自己的舞台,得以蓬勃发展。在损公小说《姑作婆》的开头有一段话叙写彭翼仲:

> 在下于十年前,在本报上,也曾效过微劳,自打本报复活之后,因为事忙鲜暇,就说没功夫儿帮忙。头两天去瞧彭二哥(我一个人儿的),因为本报副张要换小说,特约我帮助帮助(要唱《忠孝全》),真有交情,不能不认可。损公的玩艺,在别的报上,也请教过诸位,有无滋味,也不必自夸,也无须退让,反正瞧过的知道。至于我们翼仲二哥,从前在专制羁绁之下,总可以说是言论界的泰斗,办报开山的人物,已然消声匿迹,中道逃禅。这次冯妇下车,

实是维持亡友的一片苦心。老头子五十多岁啦，现在又受这份罪，真得让人佩服。

彭翼仲作为北京白话报界的开山祖师，也亲自进行创作，如《活鳎角》《鬼社会》等。正是在他的直接倡导下，才涌现出一批京味儿小说作家，使得京味儿小说在民国初年有了持续的发展，从而为现代京味儿小说的繁荣打下了坚实的基础。

2. 关于损公

据刘云和王金花考证，损公本名蔡松龄，号友梅，生于1872年，卒于1921年，由《北京报纸小史》《蔡省吾先生事略》等资料可知，损公是《燕市货声》作者蔡绳格之侄，为汉军旗人，有清世族。光绪三十三年（1907）他创办《进化报》，连载社会小说《小额》。这部小说单行本流落至海外，后辗转回到国内，受到海内外研究者关注。

在当时的奇情小说《意外缘》的结尾有一段话谈及蔡友梅：

> 现在因本报销路飞涨，惟恐不足以飨阅报诸君，特约请报界著名巨子小说大家蔡友梅先生，别号损公，担任本栏小说，自明天起改登社会小说《烂肉面》。其中滋味深奥，足为阅者一快。

当时的读者"壶波生"也给予他高度的评价："北方小说多从评话脱胎，庄谐并出，虽无蕴藉含蓄之致，颇足为快心醒睡之资。此中能手，以蔡友梅为最，今死已七年，无有能继之者矣。"由此不难看出损公在当时北京小说界的地位。

据初步查考，蔡友梅在《益世报》《顺天时报》《京话日报》《国强报》等报纸上登载的小说多达百余种，其中仅在《京话日报》连载的"新鲜滋味"系列小说就有二十七种，笔者亲见的有二十六种，它们分别是：《姑作婆》《苦哥哥》《理学周》《麻花刘》《库缎眼》《刘军门》《苦鸳鸯》《张二奎》《一壶醋》《铁王三》《花甲姻缘》《鬼吹灯》《赵三黑》《张文斌》《搜救孤》

《王遁世》《小蝎子》《曹二更》《董新心》《非慈论》《贞魂义魄》《回头岸》《方圆头》《酒之害》《五人义》《鬼社会》。这个系列与《小额》是蔡友梅的代表作。

3. 关于剑胆

剑胆本名徐济，笔名亚铃、哑铃、涤尘、自了生。管翼贤在《北京报纸小史》对其有过介绍："徐仰宸，笔名剑胆。三十年来，在各报著小说，其数量不可计，堪称报界小说权威者。"剑胆恐怕是清末民初最为高产的作家之一，四十余载笔耕不辍，在《正宗爱国报》《蒙学报》《京话日报》《北京小公报》《实报》《北京白话报》《顺天时报》等报纸上连载小说，数量极为惊人。其存世作品的数量也较可观。笔者亲见的有：《花鞋成老》《阜大奶奶》《何喜珠》《劫后再生录》《李傻子》《张铁汉》《黑籍魂》《新黄粱梦》《贾孝廉》《杨结石》《王来保》《白狼》《文字狱》《七妻之议员》《文艳王》《刘二爷》《玉碎珠沉记》《石宝龟》《自由潮》《血金刀》《如是观》《李五奶奶》《妓中侠》《姐妹易嫁》《卖国奴》《金三多》《宦海大冤狱》《冒官始末记》《皇帝祸》《恶魔记》《张古董》《锺德祥》《淫毒奇案》《杨翠喜》《错中错》《衢州案》等。

在民初的北京文坛，他是与蔡友梅并驾齐驱的京味儿小说大家，是各家报纸吸引读者的金字招牌。

4. 关于儒丐和冷佛

除了蔡友梅的《小额》外，还有两部京味儿小说受到学界较多关注：一部是儒丐的《北京》，一部是冷佛的《春阿氏》。这两部作品的作者颇多共同之处：均是旗人出身，都以中长篇小说见长，后均因故避走东北，为东北现代文学的发展做出巨大贡献。

据张菊玲先生考证，儒丐原名穆都哩，号辰公，字六田，曾公派赴日本早稻田大学留学，不想刚学成归来，清朝已灭亡。儒丐先是加入《国华报》当编辑，开始了报人兼小说家生涯，后长期在沈阳《盛京时报》工作，发表了大量翻译作品、小说、戏评和时评，其代表作品有《北京》《徐生自传》《同命鸳鸯》等，其中《北京》的影响最大。该小说带有明显的自传性质，讲述《大华日报》编辑伯雍所亲历的民国各界之龌龊现象，小说中底层旗人的悲惨遭遇颇令人扼腕。

冷佛，本名王绮，又名王咏湘，隶内务府旗籍。夏守陂在《井里尸》序中云："……往者吾读元明以来诸说部，窃怪以彼之才，而所记者，非家庭酬应琐屑之常词，即怪诞自喜之作，其足以羽翼史书者何少也。及读《春阿氏》《未了缘》两书，于是始知有冷佛其人者。书虽未脱元明以来之故辙，而文笔之雄伟，固已超越之矣。今夏又为《井里尸》一书，索而观之，奇辟宏肆，夐只元明魏晋以来所仅见。"

由以上文字可知，冷佛的白话小说创作除了《春阿氏》外，还有《未了缘》《井里尸》等作品。笔者亲见的作品还有哀情小说《小红楼》（又名《隔梦园》）以及侦探小说《侦探奇谈》。冷佛不仅擅写白话小说，还工文言小说。志怪小说《蓬窗志异》即用文言写就，可见冷佛深厚的文言功底。

5. 关于尹箴明和湛引铭

在清末民初的北京文坛，用地道的北京土语改写《聊斋志异》是一道独特的风景，延续时间之长，参与者之众，令人叹为观止。在报纸上连载的此类小说多以"评讲聊斋""讲演聊斋"命名，编著者熟悉北京的掌故旧闻，亦有一定旧学基础，不乏遗老宗室参与其中，湛引铭就是其中的佼佼者。

孟兆臣先生在《实事白话报》中发掘出一则重要材料，转引如下："湛引铭者，暂隐名也，乃清季之贵族，胜朝之遗老也。民国后，改署尹箴明，在《群强报》上编辑白话《聊斋》，标题加用'评讲'二字，署款改用尹箴明，取隐真名之意。前之所用'湛'者，尚有暂时之意。后之所以用'尹'者，则绝对不谈真名，而实行隐去也。"管翼贤《北京报纸小史》云："勋荩臣，著白话《聊斋》，刊《群强报》。"孟兆臣先生查《群强报》只有尹箴明一人写《聊斋》，进而判断尹箴明就是勋苾臣。

二、北京话与京味儿小说

一般的小说史家常跳过清末民初这一段：讲中国小说史，即在《儿女英雄传》之后，就直接讲鲁迅的小说创作；而讲京味儿小说的，则由《儿女英雄传》之后直接讲老舍的早期小说创作，似乎在清代的《红楼梦》《儿女英雄传》与民国年间老舍的《骆驼祥子》之间，留有一个空档。事实上，京味儿小说的发展源远流长，从未断流，蔡友梅、剑胆、冷佛、儒丐等京味儿作家的创作实绩构成了承上启下的重要一环。

清末民初的京味儿小说不仅生动地描绘了当时的市井风情、满汉风俗，还保留了大量的老北京口语、俗语和歇后语，为后人留下了十分珍贵的语言史料。在某种意义上讲，这些京味儿小说的语言就是一部老北京话的百科全书。时至今日，越来越多的京味儿小说重见天日，我们就绝不能再三缄其口，应正视现实和历史，重新审视清末民初的北京文坛，大力张扬这批京味儿小说家的历史功绩，深入发掘这批作品的文学价值和语言价值，为京味儿文学未来的发展提供更多养分，为北京话的研究和传承夯实基础。

我与刘云认识多年，两人很是投缘，都对京味儿小说兴趣浓烈。我是个北京土著，从小听奶奶唱："小小子儿，坐门礅儿，哭着喊着要媳妇儿……"长大后，我对北京有着一种天生的情结，爱北京的一切，自然也爱"京味儿小说"。从老舍的京味儿小说，再到清末民初的蔡友梅、徐剑胆、王冷佛等人的京味儿小说，我已关注多年，也写了一些相关的文章。对于我，这似乎是顺理成章的事情。

而刘云却是个南方的青年才俊，他到北大读书，攻读博士，不知什么缘由，却爱上了北京，爱上了京味儿小说。从此，他一发而不可收。多年来，他一直发掘、梳理京味儿小说作家作品，辛勤拓荒，成绩斐然，陆续发表了一些很有见地的文章，着实令人钦佩！

近年来，刘云带领着他的年轻团队，对清末民初的京味儿小说加以整理、点校、注释，这实是功德一件。在当今热闹喧嚣的社会氛围中，刘云一行人，费劲巴拉地甘愿坐冷板凳，完成了近二百万字的点校注释工程，真真可圈可点！

  我愿在他们的科研成果即将问世之际，说几句心里话，为他们的学术硕果感到由衷的欣喜，同时祝愿他们的学术成绩更上一层楼。

丁酉夏月

于润琦

于京师·祥云轩

整理说明

清末民初,蔡友梅、徐剑胆等京籍报人小说家的创作为京味儿文学发展史添上了浓墨重彩的一笔,在生动展现旧京市井生活画卷的同时,也为早期北京话研究留下了珍贵的第一手资料。本卷一共整理出49部代表作品,胪列如下:

1. 穆儒丐:《北京》;
2. 王冷佛:《春阿氏》;
3. 尹箴明:《曾友于》《花姑子》《婴宁》《胭脂》《凤仙》(这5部小说都为一册,题名《评讲聊斋》);
4. 湛引铭:《陈锡九》《细侯》《青蛙神》《云翠仙》《夜叉国》(这5部小说都为一册,题名《讲演聊斋》);
5. 徐剑胆:《花鞋成老》《阜大奶奶》《何喜珠》《劫后再生录》《李傻子》《张铁汉》(这6部小说都为一册,题名《花鞋成老》);
6. 蔡友梅:《小额》、《过新年》《土匪学生》《势力鬼》《苦家庭》(这4部小说都为一册,题名《过新年》)、《新鲜滋味》(共收入26篇短篇小说)。

这些作品曾于《进化报》《京话日报》《群强报》《顺天时报》《爱国白话报》《盛京时报》等报纸上逐日刊载,仅《小额》《春阿氏》《北京》等少数作品有单行本传世,多数作品是以剪报本或旧报纸的形式存世。由于多为急就章,作品中俗字别体和错讹之处颇多,为了方便读者使用,本卷采用以下整理体例:

1. 根据文意重新标点和断句,不完全依照底本。
2. 整理本采用简体横排,底本中的繁体字、异体字、俗字等一律改为简体正字。异体字和疑难字整理为书后的疑难字表,表中未被《第一批异体字整理表》收入的,加星号并在脚注中体现。

3. 底本中的错字、别字、脱漏、衍文、倒文等错讹之处在整理本中予以订正，并在脚注中体现，如"瞎掰"改为"瞎掰"，"甲钱粮"改为"马甲钱粮"，"四品戴顶"改为"四品顶戴"。

4. 底本中难以辨认的文字用□表示。

5. 底本中存在着大量的异形词，如"皮气—脾气""合式—合适""名子—名字""绕湾—绕弯""傍边—旁边"等，这类现象在同时期作品中很常见，在一定程度上反映了当时的语言面貌。本卷原则上照录底本，并在脚注中体现。

6. 词义注释方面侧重北京口语词以及一些反映老北京风俗和文化的词语。有些口语词用例极少，词典也未收录，暂付阙如。

最后，感谢现代文学馆于润琦先生拨冗作序。本卷的编校工作由北京大学出版社唐娟华老师统筹，邓晓霞、崔蕊、任蕾、宋思佳、王铁军等责编老师也付出了大量心血；张伟、陈颖、徐大军、关思怡、王颖、郝晓焕、罗菲菲、魏新丽、赵旭、吴芸莉、旷涛群对本卷亦有贡献，在此一并深表谢忱。

编者
2017年11月

目 录

陈锡九 …………………………………………………… 1
细　侯 …………………………………………………… 50
青蛙神 …………………………………………………… 142
云翠仙 …………………………………………………… 176
夜叉国 …………………………………………………… 237

疑难字表 ………………………………………………… 287

陈锡九

说书虽云小道，宗旨劝善惩淫，动人情处务获寻，犹贵有余不尽。
腹笥如同厨下①，罗列海错山珍，调和五味在庖人，用当方成佳品。
彼讲充肠适口，此言入耳惊心，假托事迹理如真，描画神情口吻。
在下八股改业，混进摔评②一门，苦吃《聊斋》已十春，学到知羞益信。

几句流口辙③的书词儿念毕，余不多表，还得接着说书。

因为什么我要说这段《陈锡九》，又先说这们④几句书词儿呢？皆因在下从前好看⑤闲书，又喜爱听书，后来混入报界，招这门说，原是一时逗能，信口瞎咧咧⑥，说到现在净⑦《聊斋》这部书，约莫⑧总说过二百多段了，又搭着报纸上说书，不同书场儿，每段换地方儿，换个年月，还能再说。这是印在报纸上咧，不许使轮子活⑨，已经把花梢⑩热闹的都说过去了，只剩些没滋味的段子，若是再不用心细揣摹⑪着敬献，越觉着对不起主道⑫们这一枚铜子儿了。

---

① 厨下：厨房。
② 摔评："评书"行话又叫"摔评"。
③ 流口辙：又作"溜口辙"。（《北京话词语》）数来宝。（《北京方言词典》）
④ 这们：这么。
⑤ 底本作"看好"。
⑥ 瞎咧咧：没有根据地乱说。（《新编北京方言词典》）
⑦ 净：只，全。
⑧ 约莫：约摸。
⑨ 轮子活：原指说书时重复同样内容，此处指小说重复刊载。
⑩ 花梢：花哨。
⑪ 揣摹：揣摩。
⑫ 主道：即主顾。（《新编北京方言词典》）

想到这层难处,从去年我就调换着笔调儿,改着学说,碰了这们小二年子,才知道说书是件不容易的事。即如我这引场词儿,第三句说是"动人情处"四个字,便不易做到,真说到艳情处描写细腻了,管保①有人找到馆中(做什么呀)干涉言论的版权,只好以"有余不尽"做个解脱语。再说我也不会说,记得金圣叹批《五才子书》,说施耐庵学淫妇,便活是一淫妇。您诸位想,我何尝入过这一行,要是让我做《水浒传》,学说潘金莲,西门大官人早就不同武大奶奶呕这气咧。不但学不好潘氏,就连武大我也学不上来,先没烙过炊饼,只好拣我记得的、写得出来的,调换着拣好的敬献。

这段《陈锡九》除去有些鬼神之外,是一段劝孝的好玩艺儿②。从前二年就有人烦③演,我找不着新鲜目录,暂且先说这段,说的好歹,我可不敢自居,您就将就着瞧吧。

且说河南地方有位姓陈的,大号锡九,这人不过就在十岁上下,是个小学生儿,刚入学堂。为什么用他做目录呢?皆因一篇文字是为他做的,故此用人名。(这就是评书行的规矩,管他叫书胆④的原理。)这个陈锡九,他还有一个父亲在堂⑤(您听这玩艺儿,有多新鲜),难得也姓陈(更透别致),大号子言,为什么起这们个号呢?好像蒲先生若是不看在锡九的分⑥上,还提不起他来呢。子言者,因其有肖子,而始言之之义。这位陈子言先生人品方正,学问优长,吃亏一样儿毛病,不会揣摩时势风气,只不过八股匠中是个著名的老手。彼时乡民以读书人当做圣人,只要念书行的人夸某人好,就算名士,决不论及生计问题。再说彼时非阔家子弟,不能操举子业⑦,后来人人好高⑧,才把念书学做文章的人给要了命,故此陈子言之名,本县人无不称为名士。

昨天的书说到陈子言的名号,不由在下泛起牢骚,把"名士"两个字略批评

---

① 管保:保管。
② 玩艺儿:玩意儿。指曲艺、杂技等艺术形式。
③ 烦:敬辞,表示请、托。
④ 书胆:说评书把故事中某一个人物着重描写,由这个人物生发许多有趣、惊险的情节,这个人物多为机智或特别愚蠢而滑稽的,这个人物就叫"书胆"。(《北京土语辞典》)
⑤ 在堂:健在。
⑥ 分:份。
⑦ 操举子业:以读书参加科举考试考取功名为事业。
⑧ 好高:好强,好胜。

了几句。并非在下看不起名士,皆因真名士不能专讲会做八股儿文章、五言试帖,得有真经济学问,处则为纯儒,出则为良相,所谓"穷则独善其身,达则兼善天下",方不愧名士之称。若是仅有点儿做文字的手艺,徼幸①中会了,便自居能入圣庙配享②,一旦矮屋③不利,潦倒终身,除教读外,别无所知,也要以名士自居,而且以误己者,转而误人。乡愚习而不察,谬称名士,本人且居之不疑,这路名士越多,国家大事越坏。我所说名士并非教人不顾名但图利,要知人生饱暖是不可缺的,即如《论语》说,"君子食无求饱,居无求安",并非故意不温饱,只不过不分心④求去就是啦。那位说:"你是讲《论语》呀,是说《聊斋》?"对,还得说书。

  且说这位陈子言先生,本县称为名士,所苦的就在家无恒产,自己又不知谋生,不过彼时既有名士之称,本乡的人想着,此公不久必然能连中三元,此时若是预先巴结巴结,将来此公发迹了,藉着势力就可以鱼肉乡里,越是富户越有这路思想。诸位若是不信,咱就以本文书说,就可以做个比样。陈子言的本村中有个财主姓周,若讲家私,也不过有个项数来亩的田地,是个乡间的小财主,比上陈家显着富足些儿就是了。只是世代务农,并没有念书的人,听人传说陈子言是名士,便从心中羡慕,膝下有两女儿,大的同子言的少爷锡九同庚,周家打算高攀名士,于是央人做媒,上赶着⑤把女儿许给锡九。子言因周家是份美意,而且听说姑娘生得容貌美丽,当时点头,放定纳采。此时均在十岁上下,不能迎娶过门,无非说定规⑥了就是。从此子言仍以课读为业,并教授自己的孩儿,遇有科举的年头儿,便赴省应试。一连考了几场,子言的文字不入试官之目,连个副榜没中。恰巧连年荒旱,家中日月一天比一天的艰窘,学馆也没有人念了。

  陈子言有个同学在陕西做教官,自己打算赴西安前去谋馆,把这话告明夫

---

① 徼幸:侥幸。
② 圣庙配享:孔子弟子或后世大儒合祭、祔祀于孔庙。
③ 矮屋:科举考试的考场。
④ 分心:费心,劳神。(《北京话词语》)
⑤ 上赶着:攀附、趋附,主动而积极地说客气话,表示亲近的态度,都叫"上赶着"。(《北京土语辞典》)此处可理解为"说定了""说妥了"。
⑥ 定规:经商议后作出决定。(《北京土语辞典》)

人并锡九。母子二人也不能拦阻,择了个出行的黄道吉日,也没有多余行李,只不过一个小包裹,也没多余盘缠,沿路以游学做旅费,更没有亲友送行,一个人出了家乡,上路直奔西安府大路而行。

暂且言讲不着陈子言,但说锡九送走父亲①之后,自己在家埋头用功,温习诗书,几年的功夫②,也成了一把文章中的好手,可惜不知谋生之术。母子二人苦熬岁月,只盼子言早日回乡,谁知他一去数载无消耗③。(唱上高腔咧!)彼时道路不似如今交通便利,连带一封信都得有相熟的人才能行哪。周家后来听说陈子言穷跑咧,陈锡九是个世袭书呆子,一辈子恐怕不能发达,周老头子颇后悔这门亲事做错。

再说本处有家姓王的,是个举人,而且是个财主,中年丧偶,托人说周爷的二姑娘,周老头子一听喜之不禁,这才用女儿巴结王宅。

且说周家既把二女儿许给王孝廉,人家是富家子弟断弦,续娶还不求速吗,所以放定、过礼都在一齐举行。王家有的是银钱,放定是金银首饰、四季衣服(预备将来买□用的),通信④是猪羊鹅酒,食盒鱼盆二十四抬,派来八个仆人,骑着八匹马,十字披红⑤,还有四辆马车,八位全福妈妈⑥。(那位说:"这是王孝廉家吗?某府过礼,我抬食盒来着,故此说得这们详细。")原文说聘仪丰盈,仆马甚都⑦,左不过⑧往阔里编造不咧⑨。过礼没几天就迎娶过门,子言没在家,锡九手中没钱,也不便去赶人情⑩。

周家把二姑娘聘出去之后,想起大姑娘年岁已然二十多咧,陈家娶不起,

---

① 底本作"说"。
② 功夫:工夫。
③ 消耗:消息、音信。(《新编北京方言词典》)
④ 通信:送聘礼并正式通知女家娶亲的吉期,又叫"通信过礼"。
⑤ 十字披红:把红绸披在人的身上绑成十字形,表示喜庆或光荣。
⑥ 全福妈妈:也可以说"全福人"。指的是双方父母健在、丈夫康健、儿女双全的好命妇人。在民间婚礼习俗中,需有一位全福妈妈照料诸多事项,寓意新婚夫妇吉祥如意。
⑦ 甚都:非常漂亮。
⑧ 左不过:此处可理解为"无非"。
⑨ 不咧:罢了,而已。(《北京方言词典》)
⑩ 赶人情:即赶份子。(《北京土语辞典》)

这门亲事大概必是煤黑子①撒帖——早晚②散炭喽。心里虽然这们想,奈因亲亲友友都晓得大女儿许给陈锡九了,连姑娘本人儿也知道。况且这丫头凤日性情执拗,倘或另给一姓,到时候他不上轿,彼时反透为难,思忖了半天,莫如先把话同女儿商议好咧。只要女儿自己不愿嫁穷陈,可就容易办咧。(见人一穷,立刻就胡给人家起外号儿,无怪如今丘八爷③,一张嘴就骂老丈人的□。)

　　这天乘④着屋中没有外人,就是周老夫妇上下首儿坐着,老周一想,今天正可提议此事,于是吩咐丫鬟:"你到里院把大姑娘请出来,说我有话对他商议。"丫鬟答应,去不多时,大姑娘从后院走来,给父母万福行礼。老周说:"吾儿免礼,你且坐了,为父的两句话对你相商,不知当讲不当讲?"大姑娘答应了个"是"字儿,在靠窗台一张凳子上坐下,说:"父亲有何金言,当面请讲何妨。"(老爷儿两个要排演《算粮》。)老周说:"不是别的,你今年也老大不小的咧,你的亲事是为父自幼把你许给陈家咧。老陈出外这几年音信不通,不知是死是活,你丈夫陈锡九如今连个穷秀才没中,又不想法子改行,另图个谋生之道,将来把你娶过门,也得跟他们忍饥挨冻。你看你二妹子现在嫁了王孝廉,是何等富贵?你一样是我的女儿,岂肯让你嫁与穷陈,不如乘着他迎娶不起的时候儿,将这门亲事打退,再给我儿寻个门当户对的人家,不知你意下如何?"周大姑娘听到此处,说:"爹爹此言差矣,岂不闻圣人云'人而无信,不知其可也。大车无輗,小车无軏,其何以行之哉?'(那位说:"怎么周姑娘撰上四书注儿咧?"您不知道,前两年唱谢秋戏⑤,人家孩子偷学了半出《击掌》来。)从前爹爹既将女儿许配陈门,譬如陈家富贵了,他若想罢亲,请问爹爹可肯应允?如今陈门父子虽然穷苦,也未见得没有发达的日子。据女儿之见,悔婚一事断断使不得。"老周一听女儿认了死扣子⑥,气忿忿的说:"你不遵父命便为不孝,既

---

① 煤黑子:旧指煤铺、煤窑工人(含轻蔑意)。《新编北京方言词典》
② 早晚:泛指现在或将来的某个时刻。《北京话词语》
③ 丘八爷:"兵"字分解就是"丘八",因此"丘八"指的是"兵",后面加"爷"强化了讽刺意味。
④ 乘:趁。
⑤ 谢秋戏:农民信神观念极重,认为旱灾、水灾是神的作用,疾病死亡是神的权柄,因而不敢不以拜神为要事,于是庄稼收成之后要谢秋,人口平安牲畜无恙要谢神。唱戏就是谢秋谢神的重要活动。于是每年唱谢秋戏。少则一次两次,多至十次八次,全村的人都要动员,全村各户都要出钱。(参考《中国社会科学院近代史研究所专刊》)
⑥ 认死扣子:坚持己见,不改变自己的看法、想法。《北京土语辞典》

然你一定愿嫁穷陈,日后受罪可休怨为父的不疼你咧。"姑娘说:"孩儿倾愿①认命。"此时周老太太怕父女说僵了,赶紧解劝说:"现在陈家也没张罗迎娶,也不是另有相当人家,只好过日再商量吧。"把女儿劝回后院。谁想过了没有几个月,锡九托媒人前来,要迎娶新人。

　　这段书的目录是《陈锡九》,因为锡九是个孝子,本题是《孝子传》,就应当多说陈锡九的事迹,其余都是陪衬的人,如同戏台上边脚儿是的②,似可不必容形③。无如这里面另有一番情理,锡九虽是孝子,也仗着周家女儿是明礼的贤妇,方有后面许多的妙文。再说这个周某虽是势利小人一流,究竟是疼女儿情切,又生性啬吝④,与大恶人尚有分别。况且周某虽不是好人,周媪⑤必然是受过教育的妇人,方能把女儿教养得明白礼义。假如周媪是个养家儿⑥鸨母性质,女儿所习见的都是希荣慕宠之事,即便周某以信义为重,都能拗不过来。古人说"槽头买马看母子"⑦,这话一点儿不错。故此昨天按原文说到"问女女不从"五个字,我加意描写几句,并非我爱串唱《薛八出》,须知陈锡九是孝子固是难得,也仗有周氏贤妇方能相得益彰。今天把理由表明,咱从此好赶着说《陈锡九》的正文。

　　且说陈锡九本年已是二十多岁了,父亲出外是音信不通,家中只剩母子二人苦度日月。虽说贫穷,总还有几间草房,有个三二十亩田产,恰赶上连年丰收,同人伙种⑧,分粮食可以吃不清⑨。自己在本村中立了个学馆,每年也可以进几两束修⑩。这二年稍有些积余,又见母亲年已渐老,家中洗衣做饭都是老人家操持,未免于心不安。这天对母亲说明,打算把儿媳娶过门来,好帮着自己尽孝。陈老太太是久有此心,又想着儿妇⑪娘家有钱,倘若娶过门,再能看

---

① 倾愿:情愿。
② 是的:似的。
③ 容形:形容。
④ 啬吝:吝啬。
⑤ 媪:对老妇人的通称。
⑥ 养家儿:指看管妓女的鸨母。(《北京土语辞典》)
⑦ 槽头买马看母子:比喻子女的好坏看父母。
⑧ 伙种:共同耕种。
⑨ 吃不清:吃不完。(《新编北京方言词典》)
⑩ 束修:旧时送给老师财物作为拜师费,实际上就是学费。
⑪ 儿妇:儿媳。

在亲戚分上周济些儿，度日便不难了，只不过因存钱无多，喜事办的不像样子，对不起儿子儿妇，又怕周亲家说嫌话不愿意，故此没领头儿提说。如今听锡九提到娶妻的事，老太太把两个巴掌拍了个山响①（那位说："你这书说砸咧，陈老太太既没在女学校听过宣讲，从那儿学这文明派呀？"人家老太太并非表示赞同，是听说要使唤儿媳妇咧，喜欢的拍巴掌哪！）说："吾儿说好便好，只是这样浮华②年月娶媳嫁女都要多破钱钞，咱家无多积蓄，只能草草成礼，将来增添一口人，难道新人下轿之后，就折变人家的妆奁不成？正是常将有日思无日，莫待无时想有时。"（到底儿串到老旦词儿上咧！）锡九说："孩儿遵命办理，不敢旷为③多花钱。明天孩儿托个大媒，向周家商量去便了。"母子表决，次日锡九怎么托媒人，媒人到周家又怎么提议，统通④与原文无干，干脆一表儿。

但说老周前次同女儿商议一次，碰了个大钉子，如今陈家要娶，自己不能再改悔，只不过心中想着这是个无底的深坑，只好过门再看势做事啵。于是对媒人说："既是陈家要娶，我也不搬配⑤他，不过我这二年家中空虚，也没多少陪送女儿的。"媒人说："陈锡九是娶媳求淑女，勿计厚奁。一个杏核砸两半儿——净图的是个人。那不⑥陈家八仙桌子翻过儿就抬人哪，您也别管，您家姑娘光着屁股上轿，陈家也不挑剔。"老周说："就这们办咧。"媒人回覆⑦锡九，锡九也认可，不多几天就到了吉期。

且说陈锡九托去的大媒给两家一穿梭，定日迎娶过门。老周因为女儿不遂自己的心，想着即便陪送多少妆奁，也无非白填海眼⑧，莫如把家中的破衣服、坏首饰打点些儿，做为大女儿的嫁妆。周老太太心中虽不乐意，拘着以顺为正之礼，也不敢替女儿争竞⑨。在周家虽是这们办理，在陈锡九家虽然不敢

---

① 山响：形容响声很大。
② 浮华：奢侈、挥霍，追求享受或讲究外表衣装。（《北京土语辞典》）
③ 旷为：挥霍乱花钱。（《北京土语辞典》）
④ 统通：通通。表示全部。
⑤ 搬配：般配。
⑥ 那不：哪怕。
⑦ 回覆：回复。回报，答复。
⑧ 填海眼：迷信者说北京城内有几处"海眼"，直通海里。（《北京土语辞典》）北京话中有"填海眼"之语，以"海眼"比喻无底深渊。
⑨ 争竞：计较，争执。

旷花钱,究竟得做几件新衣服,添两分铺盖。乡间办事,分资①进的少,吃上可是真招呼②,锡九家并没养着牲畜,现买了一口猪宰咧,把家中有的些粮米也都打扫出来,凑合着才够吃的,这一来把所存几十两银子可就全花净咧。及至新妇娶进门,到是③郎才女貌夫妻相得,也晓得侍奉婆婆,陈老太太自是喜欢。

一幌儿④过了三朝对月,锡九家中多添一口人,得现买粮食,又搭着本年荒旱,米麦直往邻省贩运,比上现在这个年月不在以下。陈家娘儿三个时常只吃一顿饭,周氏少奶奶有时回到娘家,不便对父亲说,不过偷偷儿的对母亲哭诉。周老太太虽然疼女儿心盛,又做不了主,便中⑤对老周一说,老周说:"精扯瞎扯⑥,嫁出去的女儿,泼出去的水(唱上彩旦咧),咱家叫做管不着。"说着气哼哼的向外面去了,周老太太只得把自己存的些体己⑦取出来给了女儿。

又过了两个月,锡九的学馆因成年儿不济,学生也渐渐少咧,只可将就过度。这一天周老太太想着女儿受委屈,又赶上家中做了几桌菜,老太太想打发个婆子给女儿送几样去,于是找了一个提盒儿,拣女儿爱吃的放在盒内,派婆子前去。书中代表,这个婆子夙日同周大姑娘不对劲⑧,说话嘴短舌长⑨,专能在老周眼前献勤儿⑩,每次到二姑娘家送礼物,多是他去。王家是便家⑪,每次都有赏赐。大姑娘嫁到陈家,一点儿赏赐没得过。今天奉王母⑫分派,不能说不去,起⑬心里很不愿意。提着食盒走了一身的汗,进了陈家门,陈锡九没在家,老太太一瞧是周家打发来的,不得不勉强周旋问好。这个婆子笑嘻嘻的冲

---

① 分资:共同送礼或筹办事情每人分摊的钱。(《汉语大词典》)
② 招呼:照料,照顾。(《北京方言词典》)
③ 到是:倒是。
④ 一幌儿:一晃儿。
⑤ 便中:方便时。
⑥ 精扯瞎扯:无根据胡乱地说。
⑦ 体己:旧时家庭成员个人积蓄的财物。(《老舍作品中的北京话词语例释》)
⑧ 不对劲:说不来,相处不融洽。(《北京话词语》)
⑨ 嘴短舌长:爱说长道短,爱说是非话。
⑩ 献勤儿:献殷勤。(《北京土语辞典》)
⑪ 便家:不愁钱财用度的富户。(《京味儿夜话》)
⑫ 王母:古时仆人对家中女主人的称呼。
⑬ 起:从。

着陈老太太说:"我家王母很是安好,今天打发我来瞧瞧我家的姑奶奶①没饿死呀。"陈老太太耳朵有点儿聋,没听真切。周氏少奶奶听见这句话,恐怕婆母生气,赶紧从里间屋跑了出来,说:"你这老妈妈,永久是说话不知深浅,从前我在娘家你好打哈哈②斗趣儿,也还使得,如今当着亲家母,你还是这样的嘴敞③,岂不被人耻笑周宅没有规矩吗?"陈老太太因这婆子是周宅老陈人儿④,同他们姑娘有个汕脸⑤,许是有的事,自己不便再答言儿,又听儿媳说:"你这食盒中想是我父母送给我家的新样食品喽?"婆子闹了个没趣儿,只得顺口答言说:"不错,这是老太太惦记姑奶奶吃不着,特意打发我送来的,你要吃趁热儿最好。"周氏少奶奶连忙打开盒盖儿一瞧,果然是鸡鱼都有,真是还热和⑥着呢,取出来放在婆母面前,方要让婆母请用,不想婆子又在一傍⑦插话,才闹出一场是非。

且说周家这个婆子看见大姑奶奶把自己送来的食品供献在陈老太太的面前咧,起心里冒火,把嘴一撇,摆着手儿说:"依我说,姑奶奶不用费心咧,自从你嫁进陈家门儿,吃的喝的,衣服首饰,没断从娘家往这儿拿,永久是羊肉包子打狗——一去不回头,从没见换出陈家一碗温热和的凉水来。这几样食品,我瞧做婆婆的也拉不下脸来⑧再白吃周家的喽。"俗语儿说,"当面不羞君子"。陈老太太听婆子之言,如何还忍耐得过,立刻把脸一沉,用手一指婆子,说:"唔,好可恶的奴才,尔就该掌嘴。"婆子说:"呦喝⑨,还不错哪,就凭你张嘴就讲打我,你也不想想,你是谁,我是谁?"说着一堵气子,坐在一条凳子上,两手搬着磕膝盖⑩,脸儿朝外,鼓着腮帮子,假装运气。(还是《探亲》的婆子?)此时陈老太太还要往下再说,早气得手哆嗦上咧。周氏娘子赶紧过来,说:"婆母不

---

① 姑奶奶:闺女出嫁后,其家长辈都用此指称。(《北京土语辞典》)
② 打哈哈:开玩笑。(《北京土语辞典》)
③ 嘴敞:嘴快,有话藏不住。(《北京方言词典》)
④ 老陈人儿:在一个单位干了多年的职工,或指家庭中多年的佣人。(《北京土语辞典》)
⑤ 汕脸:晚辈在长辈面前嬉皮笑脸。(《新编北京方言词典》)这里指仆人在主子面前嬉皮笑脸。
⑥ 热和:食物刚做熟而未冷却。(《北京土语辞典》)
⑦ 傍:旁。
⑧ 拉不下脸来:不好意思,不肯。(《北京土语辞典》)
⑨ 呦喝:哟嗬。(《北京话词语》)叹词,表示惊异的语气。
⑩ 磕膝盖:膝盖。(《北平土话》)

要动怒,看在媳妇面上,恕他不会讲话。"

正在这个当口①儿,恰巧锡九从外面走进来,一瞧丈人家这个婆子这个样子,分明是得罪了母亲咧,赶紧凑过去说:"母亲,莫非你儿媳说了什么错话了么?"老太太看见儿子回来,心中一难受,滴下几点眼泪,说:"儿呀,你媳妇并未得罪为娘的,都是那个婆子的无礼。"于是就把方才他说的话学说了一遍。陈锡九听母亲说完,登时②无明火起,又见他这宗③放肆样子比老周还横,于是赶了过去说:"嗻④,嗻(又是一个"嗻"),好可恶的狗才,你还不与我滚出门去说□!"揪婆子的发纂儿⑤,往屋门外一推。婆子冷不防⑥被锡九隔着门坎⑦儿,摔倒院子,自己爬了起来,一想锡九究竟是主人的姑爷,再撒泼打起架来,也是白吃亏,莫如乘早儿回去,搬动主人的人情,再替自己出气吧。一面掸着土,一面往门外走,闹了个溜场儿下⑧。回到周家,怎么造谣生事,给两造⑨调唆不和,要是一编造足够说两天的,无如还是那句话,与原题无关系,莫若⑩做个暗场子⑪,还是赶着多说原文。

闲言少叙,但说陈锡九把老婆子推出门去,还怕他讲打,挽了挽袖子,把母亲的拐棍儿拿在手中,老太太一瞧,说:"吾儿不得无礼。"锡九答应了个"是"字儿,再往院中瞧,婆子已然走咧,只好放下了拐棍儿。周氏娘子赶紧给婆母万福行礼,说:"母亲不要动怒,看在儿媳面上,饶恕他无知吧。"老太太说:"那个与吾儿生气,总是你们周家的家规不正哦。"周氏说:"送来的食品业已放凉,待

---

① 当口:又作"档口儿"。(《北京话词语》)指时机,关头。(《北京土语辞典》)
② 登时:立刻,马上。(《北京话词语》)
③ 宗:桩,件。(《北京方言词典》)这里"宗"相当于量词"种"。
④ 嗻:叹词,用于打招呼或叹息。
⑤ 纂儿:女人的发髻。(《北平土话》)
⑥ 冷不防:突如其来,不及防备。(《北京话词语》)
⑦ 坎:槛*。
⑧ 溜场儿下:原指演员在舞台上没有表演时偷偷溜下去,轮到他表演时偷偷溜上去。这里"溜场儿下"指偷偷溜走,不辞而别。
⑨ 两造:双方。
⑩ 莫若:不如。
⑪ 暗场子:行话。相对"明场子"来说的。指的是戏曲中某些情节不在台上表演,放幕后进行,或通过人物的台词加以说明,或运用音响效果表明。

孩儿取到厨下从新①温热,母亲用些儿吧。"年老的人都嘴馋,听儿媳这样说,连连点头,说:"这便才是,休要因争闲气②,糟踏③了好鱼肉。"锡九听到此处,帮着周氏把菜碗放在食盒之内,周氏提到厨下,一会儿温热取来,放在桌上。老太太说:"你我三人一同受享④了吧。"周氏说:"婆母请用,媳妇么,却还不饿。"老太太说:"家无常礼,一处用过就是。"周氏同丈夫在外边儿打横儿⑤,母子三人把菜饭用毕。当日无书。次日饭后,周家来人,硬接姑奶奶上车。

昨天的书说到周家这个老妈子,诸位不要当做蒲先生诌事。从来善主必有义仆⑥,豪门多出恶奴,做主人的,即便待人谦恭⑦和蔼,下人们还要倚势仗事⑧的欺负人呢。再若明知主人不喜欢谁,更能变着法子给这个人说坏话了,不然怎么说,"阎王好见,小鬼难搪"⑨呢?若以本文书说,这个婆子就是这路人,回去见了主人,一搬弄是非,老周信以为真,又搭着周老夫人更不知女儿受了什么样的委屈,也有些恼陈老太太,所以次日老周打发两个下人,到陈家来接姑奶奶住家去。周氏娘子明知是昨天那婆子在父母面前说了坏话,自己是回娘家去,免不掉犯口舌⑩,又恐怕婆母、丈夫生气,立定主意不去。周家下人费了许多唇舌,架不住⑪本人儿不走,只好自行回去。

到了第二天,锡九没在家,婆媳方用过早饭,听门口儿外头站住两辆车,嘴里嚷着说:"到咧,到咧,你们过去叫门。"有几个碎催⑫说:"叫门我们不会。"(那位说:"这是《聊斋》吗?《打鱼杀家》。")有人插言儿说:"不用叫门,我们进去,对他婆婆车儿⑬说,叫接也接走,不叫接也得要接走。"陈老太太虽然耳聋,

---

① 从新:重新。
② 争闲气:为不必要的小事而生气。
③ 糟踏:糟蹋。
④ 受享:享用,享受。
⑤ 打横儿:处于横的位置,坐侧座。(《北京话词语》)
⑥ 义仆:忠诚的仆人。
⑦ 恭:恭*。
⑧ 倚势仗事:倚势,仗势。
⑨ 阎王好见,小鬼难搪:形容奴才依仗权势,比主子还凶狠。有小权的比掌大权的还更欺诈。
⑩ 犯口舌:引起吵嘴;吵嘴。(《新编北京方言词典》)
⑪ 架不住:禁受不起,抵挡不过。(《北京话词语》)
⑫ 碎催:受人雇用干勤杂活的人。(《北京方言词典》)
⑬ 婆婆车儿:原指婴儿车,童车。这里是对别人公婆戏谑、不尊重的叫法。

架不住来的人多,说话口音又杂项,把位老太太早吓的哆嗦上咧(老太太同我一个毛病,被庚子壬子两次吓破了胆子啦),刚要往茅厕去躲①,又要叫周氏娘子快藏在里间儿去。话还没说出来,就见从大门走进两个人,一面走一面说:"陈老太太在家哪,我们是周宅打发来接大姑奶奶来的。"周氏一瞧,说:"昨天你们来接,我说过些天家中有了功夫,才能住娘家去呢,为何今天又来了?"这两个人嘿嘿儿的一冷笑,说:"别人来了,三言五语你搪塞回去行咧,今天教习②爷来咧,你乘早儿跟我们走啵。"(巴结定了这出咧。)此时门口儿外头一群碎催也跟进院子,说:"陈先生在没在?我们是接姑奶奶来的,你把话听明白咧,我们的人没典给你,没卖给你,没使过你的干礼儿③押帐,今天周宅有点儿事,你叫走也得走,不叫走也得走。我们这们一群人要是接不回去,还怎么在人家那块儿混这碗饭吃呀?"此时把周氏气得发昏,一肚子的话反说不上来咧。

陈老太太一听,这几个人进门张嘴儿找自己的孩儿,分明是叫插帮儿④、抓落儿⑤打架要抢人。幸亏儿子没在家,倘或他一步赶到,他是书呆子,性情执拗,真许受了伤。这叫光棍不吃眼前亏,瞧今天这种神气,老周要是没话,这群人断不敢这们样的讲横。再说儿妇直挺挺的站在一傍,都气糊涂了,莫如自己做个人情,说句话打发他家去住上些天,即便从此不回来,还省一口人的嚼谷⑥儿哪。(老太太是减政主义。)想到其间,冲定周氏说:"嗳呀,吾那贤德的儿媳,既是你家父母接你归宁⑦,你随他们去了就是。"(一死儿⑧要学《占行头》。)周氏娘子听到其间,又怕婆母生气,又怕娘家这群人蛮不讲理,急得说:"这不就难死了我咧,苦死了我咧,我的爹娘呵。"左思右想,好生为难,但不知周氏娘子究否肯去。

且说陈老太太催着儿媳回去,周氏一想,婆母的话不敢不遵,再说如果不

---

① 躲:躲*。
② 教习:老师。
③ 干礼儿:钱财的馈赠。
④ 插帮儿:这里指凑在一起合伙干坏事。
⑤ 抓落儿:找借口,找机会。
⑥ 嚼谷:衣食等生活最基本的开销。
⑦ 归宁:已嫁女子回娘家看望父母。
⑧ 一死儿:坚持,不放松,不改变。(《北京土语辞典》)

去,他们这几个人也许把家给拆个土平①,反惹婆母、丈夫生气。于是冲定来的几个人说:"你们到外面等候等候,容我与婆母行完礼,跟你们回去就是。"这几个人说:"你可快快儿的收拾,该拿的都带好了,我们门口儿给你瞧车去。"说着气忿忿的走出。周氏含着眼泪儿,冲着婆母说:"婆母请上,容媳妇拜别。"说着万福了万福,刚要磕头,老太太说:"你不要拜了,只消②常礼就是,老身但愿你早去早归。"周氏说:"媳妇住个三五日,对父母把话说明,一定就回来的。"老太太说:"这便才是。"周氏跪倒磕了三个头,只穿着随身衣服,出离自己家门,一瞧来的是一辆敞车、一辆轿车③,自己坐上车,这群人也都跳上敞车,在后面跟随,直奔周家而去,暂且言讲不着。

但说陈老太太见儿媳去后,一阵伤心,想起人若是穷了,连亲戚家的奴仆都下眼看待,足见银钱势力是人生缺少不得的物件。到了晚间锡九回家,见老太太一个人坐在堂屋发怔,一问母亲,才知道是丈人家硬把夫人接走了,既是母亲的主意,自己也不能懊怨。母子们张罗用毕晚饭,归在一房歇下,次日仍上村塾教读去,一幌儿五六天。

这天锡九早饭后方要出门,周家打发两个人来,来找锡九。锡九一问,说是周老丈人因为女儿受气,打算另嫁他家,叫锡九写张休书,你们陈家再娶好的,免得彼此两耽误。锡九一听,说:"你们说得差了。自古道,'为人不休妻,休妻惹事非④',我那周氏娘子凤日贤德,并无过恶,我怎生下笔写这休书?"这两个人一听,说:"陈老大,你听我告述⑤你,这件事是为你有益的事。这个年月尊驾既养活不了家口,就应该教人家另谋活路,难道跟你家活活儿的饿死不成?周当家的说咧,你即便不写休书,也同你散定了这门亲戚咧。"两个人一吵嚷,老太太听明白是这们件事,赶紧把锡九叫进里屋,说:"儿呀,依为娘的劝你,你不必固执,胡乱的写张休书,给他们拿去就是。不然周家不肯甘心,不

---

① 土平:跟地面儿一样平。《新编北京方言词典》形容被破坏、糟蹋得厉害。《北京土语辞典》
② 消:"需"的声母与"要"的韵母相拼,凝合而成的合音词。
③ 轿车:有车厢的骡车或马车。
④ 事非:是非。
⑤ 告述:告诉。

定再变什么法子陷害于你,左不是①买盗扳赃②、沿途行刺的旧套子(老太太一肚子的瞽人词③),令人防不胜防。"锡九听母亲这样说,自己一想,老周这路行为真能雇暗杀党购炸弹去(还早一点儿),叹了口气,说:"既是娘亲不放心,孩儿只好写了就是。"说着到外屋告明两个人,少微④等候一会儿。一面拿纸,一面磨墨,提笔在手,来了句"陈锡九提笔泪先流(这是陈锡九吗?王有道。)",然后信笔写了个"今因无力养赡妻子,任凭另嫁他姓,决不争论"等语,写完印了斗箕⑤,气哼哼的交与这两个人,两个人拿着笑嘻嘻的回到周宅报功去了。

但说陈锡九容二人走后,母子对伤了会子⑥心,老太太勉强扎挣⑦着说:"吾儿不要发愁,大丈夫患不自立,何患无妻。只盼你父亲早早归来,定不与周老畜生干休⑧。"锡九听母亲之言,才引动自己寻亲之念。

且说陈锡九久有寻父之心,只因不知是否准在陕西,抑或⑨另奔了邻省。若是在而今时代,还恐怕不是上了南非洲,就是跑到东洋去了呢。音信不通,惦念也是无法。

书中代表,周家有个当族的人,前二年跟人赴陕西做买卖,到了西安,见过子言一面儿,后来听说子言得了虎列拉⑩,死在店中了。又过了二三年,赚⑪了些银钱,又上了趟⑫北京,新近⑬从北京回到河南,自然亲友本家都要探望探望。见着老周,叙谈起来大姑娘给了陈锡九,信口说起,可惜陈子言是挺好的

---

① 底本作"订"。
② 买盗扳赃:买通被捕的盗贼,让盗贼诬陷无辜者为窝赃的同伙。
③ 瞽人词:盲人击鼓、弹琴并演唱的曲艺节目。
④ 少微:稍微。
⑤ 斗箕:指印。因指纹有斗、箕之别,故称。
⑥ 会子:同"会儿"。(《北京土语辞典》)
⑦ 扎挣:挣扎。
⑧ 干休:罢休,作罢。
⑨ 抑或:或者。
⑩ 虎列拉:霍乱(chorela)的音译名。
⑪ 赚:底本作"瓢"。
⑫ 底本作"盪",明清作品中不乏用例。需特别指出的是,此处"盪"字记录的也许是"趟"的某种音变形式。弥松颐先生指出:"京东发音,往往有些字音合混不清,量词'趟',北京人发音有时介乎 tang⁴ 和 dang⁴ 之间,所以作品中直音书写作'盪',是有道理的。"(文康著,[清]董恂评,尔弓校释《儿女英雄传》,齐鲁书社,1990年)
⑬ 新近:最近。

学问,净①做了异乡之鬼了。老周听到这里,越发寒了心,故此决计把女儿接回另聘,这件事周家村的人多有听说的,陈锡九却不晓得。日子长了,自然就有个耳闻咧,赶紧找这个姓周的去一探听。此人虽没见过锡九,提叙起来自然知道,于是把当日听说的情形述说了一遍。锡九听说放声大哭,这位解劝了会子,锡九只好垂头丧气回到家中,把这话对母亲一说。陈老太太自从儿媳回家之后,洗衣做饭全是自己操持,又犯了老病儿,听说丈夫已死多年,连尸骨都不知落于何处,自然也是悲恸,母子对哭了会子。锡九后悔不该禀知母亲,只得用话解劝说:"母亲且休烦恼,虽然是有人这样传言,但是传闻失实,早晚也许给更正,或详志出来。(这是锡九说的吗?孙九给报馆豁事②哪!)再说母亲请想,说话的是周党的人(乡党③之党),安知不是另有用意呢?"陈老太太明知这是锡九宽慰自己的话,也只好说:"这件事只好等再有从西安来的人,再调查吧。"(老太太也中了报毒。)

从这一天起,老太太是茶饭懒餐,昼夜咳嗽不眠,锡九顾不得上馆教读,昼夜服侍,衣不解带。不料陈母大限已到,过了几天,竟自一命而亡了。锡九放声恸哭,有本族的人并几家亲友,都齐来解劝,锡九只好亲视含殓,遵制成服,由大家暂且借了些钱,备办一口棺木,再定日发丧。

书说简断,陈老太太这一辈子的大事就算结完④,锡九先给大家磕头道谢,然后又想起周氏娘子,虽然他父亲打发人来要去休书,究竟不是两方面证明离的婚,他如果听说婆母病故,也许前来奔丧。想到其间,托人给周家去报丧,谁想人家连条狗没打发来。又过了些天,一个人儿形影只单,越觉难过,自己拿定主意,先把母亲埋葬了,然后到西安,务必要访寻着父亲的骸骨,运回故土,好与母亲一同葬于先茔之侧。无如手中没钱是真的,于是托人把家中的几亩薄田卖给人家,还有周氏剩的些嫁妆,与家中祖遗些破烂家俱⑤,一概出售。彼时没勾钢的,更不能送到拍卖公司,只好告述亲友,拣用得着的,量物做

---

① 净:竟。
② 豁事:揭穿隐私。(《北京方言词典》)
③ 乡党:同乡,乡亲。
④ 结完:完结。
⑤ 家俱:家具。

价。陈家村的人听说锡九是自行破产葬亲,都争着出价钱,连地通共①凑了四五十两银子。锡九尽数把母亲发丧出去,又把积欠亲友的债务还清,这才决计赴西安去寻父骨。

且说陈锡九不到几天的功夫,把母亲入了土。俗语儿说:"黄金入了柜,比存在外国银行还放心哪。"(没人能抵换。)把几间破房子托邻近当族的人照应着,自己打点②上一个小包袱儿,包上笔砚、几本破书,沿途遇着学馆便游学,寻些盘缠,若是走到山村儿就讨饭吃,反正是奔着陕西官道大路行走。咱也不必加事故③,也免去路途段儿,干脆就说到咧。

先问询到当日子言投靠的那个朋友去处,人家也久已不知去向了,只好按店房或庵观寺院,打听前数年有个游学的河南人,姓陈号叫子言的,晓得下落不晓得。问了好几天,这天住在一个小店儿里,提起话来,有个店伙信口说:"先生,你问的这位姓字名谁,我却记忆不清,不过听口音,同你好像乡亲,彼时那年正赶上我们这儿闹霍乱病,这位先生半天儿病,就死在店中咧。有他几个同乡的找到会馆,替化了几两银子,购买了一口薄皮棺材④,就埋在东门外义地⑤咧。"锡九听这话,与周乡亲说得有些相同,只是还是糊里糊涂的,又问这座义地在什么地方,有什么碑碣纪载⑥没有。店伙说:"若是本家有钱,可以立个大石碣子,再多给看义园的些钱,埋葬之后,随时可以给添土。若是这路由同乡埋葬的,当时只有一个小石头片子,镌上几个字,过一年没有人启灵,虽不能给平了坟,石碣子一撤,就改做别人另用了。恐怕棺木已朽,想启攒⑦都不能准是真骨殖⑧。"店伙说至此处,把锡九来时的初志打消,含着眼泪说:"如此说来,这真骸骨是不易搬回咧。"店伙说:"那只可看您的孝心,亡人有显应没有罢咧。"锡九还要再往下细问,店伙很忙,再说人家已是知无不言,言无不尽了,不能再苦追问,只好谢过店伙。

---

① 通共:共计,一共。
② 打点:准备,整理。(《老舍作品中的北京话词语例释》)
③ 事故:故事。
④ 薄皮棺材:薄皮棺材是质量很差的一种棺材,外面看看还可以,但不防虫不耐潮。
⑤ 义地:旧时埋葬穷人的公共坟场。
⑥ 纪载:记载。
⑦ 启攒:捡拾骸骨。
⑧ 骨殖:骨灰,尸骨。

次日天明，找到这个义园，打听当日的事。恰巧是新换的人，据他算计年号儿，说已经换了六七个人了。锡九自知无法，当日是游学，走一处换一处，如今不能专串学房，只好在街上卖字为生。锡九虽然能写，架不住不会各样公文呈式、词讼的规模，仅能替人写几封来往书札，焉能有人找他写挣得出钱来？好在彼时都尊重念书的人，又锡九每天就在西安城内，沿着铺户背诵经书明文，寻几枚铜钱。遇着善心的，也有给个三文五文的，有时可以吃两顿饱饭；若赶上阴天下雨，连一顿饭都不能说是准够。饭钱不够，还敢住店吗？西安城中无处栖身，每到日落的时候儿，必得赶出东门来，找靠义园相近的地方，破庙中歇宿，只是不敢同本地的乞丐在一处相处，渐渐的离城越远，地势越荒凉了。日子一久，本处的乡民也有说话儿的了，锡九是逢人便问，问谁都说不晓得。锡九是非寻访真骸骨，不肯空回。

这天从城内乞食回庙，约莫在定更①已后②，又是个月黑天，走在义地边儿上，见靠坟头子边儿上蹲着几个黑矮的人说："来咧来咧，咱可别放走了他。"说完赶到锡九跟前③说："你往那里走？快快还我们的饭账。"

且说陈锡九一个人走在义园的地边儿上，听有几个人说话儿，自己并没想到是等自己的，所以仍是往前直闯。就见这几个人绕至跟前，说："嘿，你那儿走哇？今天你该还我们的饭钱咧。"锡九说："列位④不要认差了人，在下是个异乡人。"内中有个人说："你是异乡人，莫非就不吃饭吗？"锡九说："在下来到西安，盘缠用尽，那家饭店也不能赊给我，只落得白昼沿街乞讨，夜晚露宿古庙，并没缺欠谁人的一文钱，你们不信，仔细认来。"这群人一听，内中有个人首先瞪⑤起眼睛，说："咱们跟他善说⑥，大概他是一定不认账。你今天想空过去，直简⑦的不行，有钱乘早儿拿出来，不然我们就要动手咧。"内中有做好⑧的说：

---

① 定更：入夜到天明分五更，定更即初更，大约晚八时左右。《北京话词语》
② 已后：以后。
③ 跟前：身边。
④ 列位：诸位。
⑤ 底本作"噔"。
⑥ 善说：好言劝说。《新编北京方言词典》
⑦ 直简：简直。
⑧ 做好：处理事情时，假装和气、友善。相关的说法有"作好作歹"。

"嘿,朋友,你那不没多有少呢,也得沾补①沾补。"内中有说:"我们要让你白朦了去,那我们就白在此地混咧。"锡九听到其处,才明白原来是一群无赖子要讹诈自己,气忿忿的说:"好一群不讲理的狗才②,我陈大相公也是你们欺负得的吗?"一句话把大家越发招恼,说:"你还跟我们充相公哪,相公早取销③咧,你就乖乖儿的还饭钱啵。"说着过来一个人,把锡九揪倒在地,那个就说:"把他的嘴给堵上,招呼④他骂人。"说着就有一个人顺手从地上抓起一块破棉花,塞在锡九口内,锡九闻这气味又腥又臭,晓得必是裹死孩子的,急得扯开嗓⑤子高声喊嚷说:"快救人呀⑥,这群无赖子欺负外乡人哪!"这些人听他喊嚷,加力的把破棉花往口中塞,此处连个过路的人都没有,空嚷会子,也是白费力气,无如人到急处,万不能不嚷,只不过气音越嚷越微,只好认命等死而已喽。正在这个功夫,就听这几个人低声儿的说:"了不得咧,你瞧有官儿打此经过,咱们快躲躲儿吧。"说完撒开锡九,全都蔫溜⑦咧。

  锡九此时已是昏昏沉沉,耳边只听有车马行走的声音,又有人说:"你们过去看看,那傍躺卧⑧的是什么人。"有两三个人一齐答应了个"是"字儿,听车马是停住的声音,一会过来两个人,把自己的胳膊一搀,扶了起来,说:"这位朋友,你跟我们见见我们长官去吧。"锡九心中明白,嘴里说不出话来,点点头儿,扎挣着跟着两个人来到道傍车前头,方要下跪,就听车上坐的人说:"呀,原来却是吾儿。这一群大胆的孽鬼,竟敢这样强掳行人。你们将他们全都绑上,勿令漏网。"说完有人答应了个"是",这内中有机灵当差的,见锡九不会说话,又见他口中鼓鼓囊囊的,赶紧往嘴内一瞧,才看见塞着物件哪,连忙用手从锡九口中把破棉花取出来。锡九一泛恶心,哇的一声,一阵昏迷,好像背过气似的,就觉有人扶着说:"大相公醒来,大相公醒来。"锡九又是叹了一口气,才把浊痰

---

① 沾补:某人在得到好处时,与其有些关系的人也得到一些。(《新编北京方言词典》)
② 狗才:比喻行为卑劣的人或不成材的人。
③ 取销:取消。
④ 招呼:注意,提防。(《北京土语辞典》)
⑤ 嗓:嗓*。
⑥ 呀:语气词。
⑦ 蔫溜:偷偷地走开。(《新编北京方言词典》)
⑧ 卧:臥*。

吐出来（可不能起倒板①），一面哼哼着定了定神儿，抬头往车上一瞧，上面坐的这个人是个半老的官长，原来正是自己千里迢迢寻不着天伦，谁想尚在人间。

这段书在四五年前，有位陈子哲先生一定烦演，在下因为前半路②全是苦条子③，没敢敬献。这二年又有来函烦的，恰赶上这次没想起好目录，不如乘着这个冷冻月分儿，敬献这段儿。说的好歹不提，不花梢是准的。昨天到馆一调查，居然又涨了一万报（可是一个月的总数儿），足见忠孝之心人人同具，还是喜爱正文的人多。再说这段书到了这点儿节目以下，陈锡九才算苦尽甘来，我说着也有精神咧，诸位往下看也痛快咧。您诸位就上眼④瞧，管保位位能涨食量，只顾痛快，可忘了肉面涨价了。

闲话少说，且说陈锡九这一认明正是严亲，把自己这几年所受的委屈，一齐⑤兜⑥上心来，放声大哭，说："嗳呀，孩儿误听人言，说父亲做了异乡之鬼，特为寻觅父骨而来，想不到父亲尚在人间，可喜呀！可喜！"说着话赶紧又擦眼泪，就听陈子言坐在车边儿上说："吾儿，你不要以为我是一人，我而今确定是一鬼。（老陈要唱《西湖阴配》。）阴曹因我生前为人耿直，品行端正，命我为太行总管，昼夜公忙。前些天听说吾儿为寻觅吾的骸骨而来，本要即刻启程，奈因公务无暇，好容易拨冗前来，原为指示吾儿，想不到你竟落到这般光景⑦，又受这些野鬼欺凌，吾儿你吃了苦了哇！"说至此处，老眼中也有些泪痕。锡九刚然⑧止住悲泪，如今听说父亲虽然做了官，可惜不是阳世的官，依然是不能再团圆的了，心中一酸，又放声恸哭起来。子言点点头，说："吾儿，你如今总算寻着为父的下落了，不要再苦坏了身体。"锡九勉强止住泪痕，说："父亲教训的是，只是孩儿这几年的苦楚实在万难，我岳父的行为，大约父亲在阴曹未必能知呦。"子言说："吾儿不必细说，善恶两端，人且不能瞒，何况神明。这些事不

---

① 倒板：导板。戏曲板式的一种，表达愤怒、激动或悲痛的情感。
② 前半路：前一段时间。《北京土语辞典》
③ 苦条子：生活困苦、感情痛苦等不幸的内容。
④ 上眼：注意看。《北京话词语》
⑤ 一齐：一起。
⑥ 兜：（某种情绪）一起涌出来。
⑦ 光景：情况，境况。
⑧ 刚然：刚刚。

但为父的晓得,就连你的妻子周氏,现在也在吾的住所,与你母亲同一处了。"锡九一听,既然全都在一处,必是周氏贤妻也做了鬼咧,这倒免得受老周的闲气。想到其间,反痛快了好些。方要问老娘康健,没犯痰喘(陈锡九要学《承德印》),大概父亲早晓得了,说:"吾儿,你惦念你的母亲,你母亲也很惦念吾儿呢。好在相离不远,可以去去就来。儿呀,你随为父的上车就是。"说着话,往车箱儿中一撤身儿①。

此时有捉抢鬼的几个差人跪在车前,说:"抢劫大相公的鬼犯已然拿获,请示办法。"老官儿说:"这件事你们暂把他们交到本处城隍司,看押起来就是。"差人点头,把几个饿鬼押□走后,锡九才跨上车辕儿。赶车的一摇鞭儿,不用喊"里呀②",就开下去咧。(不是乱葬岗子③吗?)这匹马快似风,抬起蹄儿,立起脖鬃,霎时间影无踪,并非是掉在坑中,皆因是魂车的滋味儿,我说不清,列位要打听,您只好请教那好坐快马车列明公。(这是《聊斋》吗?靠山调!)眨眼之间停住,锡九睁眼一看,来到一座官衙门外,就听前面顶马④喊了一句,也不是什么"回来啦",里面跑出好几个人来,大概是来捧下车⑤。

且说陈锡九跟随父亲坐车到了一座衙署门前,跟随差人通报进去,里面出来几个官兵排班⑥站立,口中也不喊"伊利⑦",也不说"立正"(太行总管衙门,是新旧两不占),冲着子言啾啾了两句。锡九不懂,也不敢询问。子言摆摆手儿,这些人退下。锡九早跳下车辕,跟随的兵丁给子言拿下板凳儿,搀扶下了车。子言头前⑧进了大门,锡九紧跟着,又走进一层垂花门⑨,转过木头影壁,见迎面有五间出廊檐的大房,高卷堂帘,陈老太太已然迎接在门槛儿之内。锡九看见,可不能越过父亲追到房中抱头恸哭去,只是含着眼泪,跟在父亲身后,紧紧相随。

---

① 撤身儿:转身,回身。
② 里呀:赶马车的人赶马时的吆喝声。
③ 乱葬岗子:乱埋死人、棺材的荒凉之地。(《北京土语辞典》)
④ 顶马:旧时官宦出行,走在最前边的护卫,也泛指一般行进的导引。(《北京话词语》)
⑤ 捧下车:妓女节后回班,下车后会有嫖客打赏。此处指迎接对方下车。
⑥ 排班:并排。
⑦ 伊利:满语,"起立"的意思。
⑧ 头前:在前面。
⑨ 垂花门:古式庭院的二门,门楼装饰如屋顶,四角有雕刻彩绘的短柱悬垂。(《北京话词语》)

子言进了堂屋,就听老太太说:"老爷回府来了,妾身久候多时。"子言说:"有劳夫人。"锡九不等父亲吩咐,连忙跪倒在母亲膝前,说:"不孝儿锡九,叩见母亲。"老太太一把手拉住锡九,说:"吾儿不要伤怀,有话起来讲。"锡九擦着眼泪磕了个头,这才起来。此时子言已然在上首①落坐,老夫人也坐在下面,锡九见母亲身傍立着一个少妇,正是自己的妻子周氏娘子,不但没理自己,也没给公爹②行礼,心中好生纳闷,只好凑近母亲左边儿,悄默声儿③的说:"娘啊,你二老的儿妇在此,敢莫他,他,他,是已做了鬼了么?"老太太摇摇头,说:"吾儿不必多虑,你那贤德的妻子并未做鬼,是你父亲将他接在此处,暂保全他的贞节烈志,俟等吾儿你还家之后,方能送还呀。"锡九说:"嗳呀,母亲,孩儿今日与父母重逢,孩儿是不回去的了。"老太太说:"吾儿此言差矣,你费了许多辛苦,跋④涉数千里程途⑤来到西安,不是为父骨而来的么?你若不还阳世,岂不违背前言初志么?况且吾儿孝行已达天庭,上帝赐汝黄金万斤,你夫妻们享受的荣华富贵是尚在未到,如何便说出不回去的话呢?"锡九听到这句,心中虽是欢喜,只是不肯告辞,就听父亲说:"吾儿,你母既把日后的话都对你说明,幽冥路隔,此处儿不宜久待,为父的公事甚忙,你就早早的还阳去吧。"锡九听父亲之言,仍是舍不得走,偷眼看着母亲,想要再谈谈心,子言看出他的神色,说:"吾儿不可留恋,你,你,你快些去吧。"锡九经父亲一催,心中一难受,又抽抽搭搭的哭了起来。子言说:"莫非你真打算不回去了么?你不遵亲命便为不孝了。"锡九见父亲带了怒容,赶紧止住悲声,说:"孩儿焉敢不遵父命,但是父亲的骸骨究竟葬于何处?"子言说:"儿呀,你随我来,待我指引于你。"说着话站起身躯,一拉自己的右臂,出了上房,说:"你快些行走,待我告述于你。你方才在丛葬处受饿鬼欺辱的地方,你可记得么?"锡九点头,说:"儿记得的。"子言说:"离那丛葬处约百余步,有两棵子母白榆树下便是。"说话的功夫,已然出垂花门,到了大门之外,锡九也没顾得辞别母亲,就见门外有一匹高头大马,有个官

---

①　上首:位次较尊的位置。
②　公爹:公公。
③　悄默声儿:又作"悄没声儿"。《北京话词语》意思是不声不响。《新编北京方言词典》
④　跋:跋*。
⑤　程途:路程。

兵拉着。子言说："吾儿,你就上马去吧。"锡九扳鞍认镫①,官兵搀扶上去,老头儿又有语开言。

且说陈锡九遵父亲之命,骑在马上,自己舍不得就走,好像有许多话,不知说那句好似的,就听父亲说："你每天所住的那个地方儿,有些个银两,虽然说不多,若是你用做还家的盘费,足可以够用的了,你还得越快越好。到家之后,你就赶紧找你丈人,同他要你的妻室。如果他不给,可别答应他。这几句要言你要字字紧记,你就急速去吧。"说完用手一拍马胯骨(陈子言专能拍马屁,不然怎么能得总管呢)。这匹马是膘满肉肥,好像轻易不备鞍子,从锡九一上马,他就要开腿,幸亏前面有马夫牵住,不然锡九早勒不住咧。登时四条腿快如风,转眼间影无踪。锡九的裆口儿软,吓得闭眼睛,只觉着好像驾着风,黄沙土扑面迎,坐在鞍桥上乱幌身形,两只手把扯手②不放松,不晓得走了多少路程,猛然间听见的金鸡儿叫了两三声,睁眼再瞧,早来到了西安城外乱葬岗子的地边儿东。(嗳,嗳,嗳哟,这是《聊斋》吗,还是那半截儿靠山调!)陈锡九一瞧到咧,赶紧甩了镫,这个拉马的用手将锡九搀扶下来。锡九方要再问候父母,带回几句话去,敢则马夫不等讨赏,拉着马如飞而去。

锡九周身酸软,抬头看见前几天常睡觉的那个地方儿,三步两步奔了过去,靠墙坐下,心中一阵迷糊,好像睡着,凉风儿一吹,忽然醒来,睁眼一瞧,已然渐渐发晓。锡九自言自语的说："嗳呀,好一场大梦。"闭眼再想,历历如在目前,正要坐起来,寻找那两棵子母白榆树,觉着屁股底下冰凉挺硬,连忙用手一摸,好像一块石头,赶紧挪挪地方儿,照旧坐着,回思梦境。功夫不大,天光闪亮,锡九再瞧眼前放着一块银子,正是方才坐着像石头的那宗物件,连忙捡起托在手中,哈哈一笑,说："原来是好物件,好宝贝。"(要唱碰板③。)自己念道着说："无怪方才父亲嘱咐我的言语,说此处有银子喽,如今有了这银子,不但够我的盘缠,就连迁葬之费也可以够用的了。"掂掂分两,约有二十多两,赶紧站起来,把腰带系了系,将银揣在怀中,站起来往四面看了看,果然靠乱葬岗子一箭多远有两棵榆树。跑过去看了看,有个小土堆儿,自己跪倒叩了三个头。然

---

① 扳鞍认镫:上马时,手攀着马鞍,脚踏着马镫。
② 扯手:拴马的缰绳。
③ 碰板:碰板唱腔,是北路梆子里一种演唱方法。

后顺小道儿进城,到了关厢①,先找了一个银钱店,把这块银子换成散碎零块儿,又到一个棺材铺瞧妥一口行材②,就发在义园。

铺中的人这一程子也晓得有这们一位姓陈的,是迁灵来的,只是没找着准坟,如今寻着,都给锡九道喜。锡九又到车店写了一辆敞车,然后又雇了几个土夫带着棺材,坐车直奔义园。好在彼时西安营汛官兵不勒索花费,立刻挖土开坑,一会儿的功夫,把棺材挖的见了上盖,轻轻儿的又把四围土扒开,把新棺材换好,这就立刻抬上车。锡九开发众人工钱,然后到车店住宿一宵③,次日清晨上路回家。这天来到邳州故里,忙着办理合葬的一切事,所捡的这点儿银子,事完钱完,可不知陈锡九怎生去讨周氏。

昨天这点儿书我赶着一说,把陈锡九迁灵合葬大事说完,所为大年底的,赶到痛快节目上,今天还是免去闲话。

但说陈锡九原有的几亩地是卖咧,仅剩几间破房子,家中什物④也一无所有咧,还是照旧挨饿。本村的乡亲同当族的人,都皆因锡九是位孝子,起心里敬重,大家一商量,按家给锡九送饭吃。锡九谢过众人,想起父亲嘱咐快上周家要妻子去,又想着周家上次接姑奶奶的时候儿带来许多的打手,自己一个人找上门去,一个言语不周打起架来,可不是他们的对手。若是不去,对不过父亲梦中的教训,再说也不知周氏娘子如今是死是生。想到其间,十分为难。

忽然想起本族中有个陈十九,凤日吃喝嫖赌无所不为,也开赌局,也在外当过兵,同自己虽不同道,彼此有个不错,前天自己办合葬的时候,也帮助张罗来着,今天做为给族兄道乏去,就把这话对他说说,他要肯助一膀之力⑤,这件事就容易咧。打定主意,就找到十九家中。恰巧十九这一程子赌运不⑥佳,正输了钱没处捞梢⑦,在家里懊喝酒呢,见锡九来到,立刻又张罗打酒做菜。锡九说:"小弟还不曾孝敬兄长,如何反叫哥哥破钞。"十九说:"兄弟,你这话说远

---

① 关厢:城门外大街及附近。
② 行材:在清代,北京棺材的做法大致分成三种,即汉材、满材和行材。行材薄小灵便,以便携带运回安葬之地。行材体式虽小,但大半都是上等木材制成。
③ 一宵:一晚上。
④ 什物:指生活中的日常用品。
⑤ 一膀之力:一臂之力。
⑥ 底本无"不"字,据文义补。
⑦ 捞梢:赌博输后赢回输掉的本钱。(《北京话词语》)

咧,咱们是一门一姓,不比外人,别的不成,来到我家,吃碗饭还有。我还没细问你,你怎么在西安寻着的伯父骸骨?"锡九就把父亲托兆的话述说了一遍。十九一听,说:"怪不得古人说,孝行的人天地都敬重呢,既然伯父叫你赶紧去接弟妹,你为什么还耽延着呢?"锡九说:"小弟今天正为此事而来。周家凤日蛮不讲理,又有许多打手,小弟一个人不敢前往,特意求兄长助我一膀之力,不知兄长肯去去不肯?"

书中代表,陈十九前两天同周家的长工们赌钱,打了一架,正想寻找老周,听锡九说到此处,高起兴来,说:"兄弟,你说的话过于远咧,弟妹是咱家的人,老周要敢不给送回,连哥哥都栽跟头①。你不用忙,消消停停儿的②,咱哥儿两个先吃个酒足饭饱,你不用回家,咱们从这儿就找老周去,要是接不了人来,我改姓,姓孙(比孙九还下三)。"说着抓起酒壶给锡九斟了一盅,自己坐在桌子上,就壶嘴就喝上咧(要开也是斋)。锡九见十九肯去,连忙用话奉承,说:"兄长的威名,周家无人不晓,得兄鼎力,一定有成喽。"十九此时酒已喝得够上分量,说:"兄弟,这也不是我说,你打听打听,咱们哥儿们,敢说有个太爷,敢叫太爷的门(还是那出)。咱们事不宜迟,就此前往。"说着话带领锡九,直奔周家村儿。

到了门口儿外头,对锡九说:"兄弟,你在门口儿等我,我把老周揪出来,咱们在门外头说。"说着话大踏步往院子就走。周家的老仆人一瞧,赶紧出来相拦,说:"嘿,我们这儿是住家户儿③,你找谁的呀?"十九说:"你快给我进去把老周叫出来,你就说现有你家的姑老爷从西安回来,要接你家的大姑奶奶,如其不允,今天我要大拆你们的忘八④巢穴。"

且说陈十九堵着周家大门口儿,撒开了一路大骂。原文说⑤词秽亵,左不是什么不得人心的话,人家不爱听什么说什么不咧。此时周家有人早禀明老周,有出主意要讲打架的,就有说打官司的,这个说要讲打架咱们先动手,那个

---

① 栽跟头:原义是跌跤,比喻办事失败或丢丑。(《老舍作品中的北京话词语例释》)
② 消消停停儿的:清静,安稳。(《北京话词语》)
③ 住家户儿:普通民家(区别于机关、商铺等)。(《新编北京方言词典》)
④ 忘八:"忘八"一说是忘记了八德中的第八个字"耻",意思是不知羞耻,后来写作"王八"。(参考《北平土话》)
⑤ 底本"说"下有"出"字。

说讲打官司咱们先去告。(唱上《西厢》咧。)

上文书说过,老周这个人并不是十分大恶的人,无非疼女儿的心重,又兼耳软心活①,听了家中晚辈并下人的耸动言词,所以把女儿接回家来。周氏娘子到家,请问父亲接自己究竟是什么主意,老周说:"我看这个穷陈,这一辈子万也没有个发达的日子,再加上他妈妈这个老贫婆,饶②白吃了咱家的吃食,还讲骂人,这门子亲戚我是一定跟他散咧。"周氏娘子听父亲这样说,不敢替婆母、丈夫争辩,又不敢直说父亲的不是,只好把脸儿转了过去,冲着墙呜呜儿的哭了会子,心想俟等父亲消气儿,再央告母亲,从新与丈夫团聚。谁想过了几天,老周拿进锡九写的那张休③书,说:"你不用惦④记着姓陈的咧,现在他已然将你休弃了。"周氏娘子一听,明知这是父亲嗾使⑤出人来,逼迫丈夫写的,不然便是假托笔迹造做的,连忙对父亲说:"爹爹此言差矣,女儿嫁到陈门,虽不敢自居晓三从知四德,确敢说没有悍妒⑥忤逆的过恶⑦,那陈郎他焉敢休我,待女儿回去对陈郎问个明白。"说着不等父亲派人送,站起香躯,往门外就走。老周一把手拉住女儿,说:"嘿,你打算上那儿去呀?你来得你就去不得。"周氏娘子见父亲生了气,只得说:"父亲不必动怒,女儿不去就是。"老周气哼哼的走出房去,周氏娘子趁父亲不在房中,含着眼泪,见了母亲把话说明,还是要往陈家质问去。周老太太解劝了会子,无奈姑娘执意不从,老太太无法,只好任凭他去啵。谁想周氏刚才出二门,早过来两个仆人,说:"老当家的有分派,不准姑奶奶私自出门。"周氏娘子说:"我回陈家,你们如何拦阻得了?"仆人说:"那可不行,老当家的既吩咐的明白,你们父女说好咧,我们谁还多这个事呀?你要一定不听,老当家的说咧,可就要把你拘禁起来,限制你的自由咧。"周氏娘子要见父亲,老周早溜到外厢去啦,只好仍归绣户⑧。过了几天,陈锡九打发人前来报丧,老周听说,告述大家别让姑奶奶知道他婆婆身死的凶信,从此暗含

---

① 耳软心活:耳根软、心眼活,形容没有主见,容易轻信别人。
② 饶:不仅。
③ 休:底本作"婚"。
④ 底本作"掂"。
⑤ 嗾使:教唆并指使。
⑥ 悍妒:蛮横,妒忌。
⑦ 过恶:错误,罪恶。
⑧ 绣户:雕花彩绘的妇女居室。

着把位贤德的姑娘软囚起来。

　　书说简断,后来周家听说锡九赴西安搬取父亲的尸骨去了,心里很喜欢。过了几天造出一个谣言,说是锡九因穷而病,出省走了不到一站,已然死在外乡了。周氏娘子听说,痛哭了一场,不敢深信,也不能披麻带孝,无非终日啼哭。这谣言一传出来,本处有一家姓杜的,是位内阁中书,新近断了弦,听人传说周家这位姑娘贤德,托王孝廉为媒,向老周一说。老周听说是京官,极力巴结,登时点头。续弦娶晚婚多是从速,既定妥了,立刻择日通信,就要迎娶过门,但不知周氏娘子性命如何。

　　且说周氏娘子听见父亲硬给主婚,把自己另给了人家儿,又不知陈郎的下落,恸哭了一场,从此绝粒,不进饮食,往床上一躺,用被蒙上脑袋,静等一死。老周听说,打发婆子、丫头用话解劝,及至打开被子一瞧,贤德的娘子紧闭双眸,略有出入的气息,怎么喊叫也不答应,只得把这事禀知主母。周老太太过来看女儿这个样子,虽然心疼,本人儿既不会动转,也不能请医调治,与老周吵闹了几句。老周此时心中后悔,怕是杜中书家里不答应,好在杜家又有丧事,把吉期又改了日子。这天听说陈锡九回来,办理合葬的事,远近村邻没人不称赞。又过了几天,下人进来,说陈锡九带着他族兄陈十九前来,要接自己女儿。老周一想,女儿已是将死的人了,莫如应许着少时①给他送回。如果活转过来,再设法打退杜家;如果活不了,反正一场热闹官司。这才对众人一说,本家子弟同仆人一听,还是老当家的有主意,再说个的个儿②也真起心里怕十九,所以赶紧出去,用好话安慰锡九哥儿两个。十九一瞧,自己这回毛闹儿③总算闹止了,也不便再往下骂哪,左不是盯④问准那一天把人给送回去。周家人说:"今天早晚准送去,你们老哥儿两个就先请回啵。"十九只好充做好人儿,把锡九劝着一齐出了周家门儿。

　　老周容陈氏弟兄走后,就叫来几个长工,找出一分木板绳杠,把女儿用被褥裹好搭在木板上,抬到院中,立刻拴好绳扣儿,抬起来就走。老周又嘱咐大家说:"你们既送了去,可务必让他收下,那不连绳杠板子都不要了呢,那都使

---

①　少时:很短的时间,一会儿。
②　个的个儿:同"个顶个儿"。(《北京土语辞典》)
③　毛闹儿:又作"猫闹",意思是胡闹。
④　底本作"订"。

得。左右①咱家的人如果死了,咱再报仇不迟。"众人答应,抬着出离街门,直奔陈家村中而来。

再说锡九跟着十九沿路走着,嘴里千恩万谢,心里不知老周为什么这样的通情理。少时到了本村,弟兄们分首②,各自回家。锡九刚进街门儿,就听门口儿外边有人吵嚷着说:"陈姑老爷,早回来咧。"锡九答应了一句,就见有人进了院子,把门开开,跟着就抬进人来,放在当院,什么没说,撤下杠子,又都出去咧。锡九追到门外一瞧,敢则这几个人不辞而别,自己二返进了院子,凑进木板,把被褥掀开一瞧,周氏娘子口鼻微有气息,连叫了两声并没答言儿。

此时有锡九的邻居也赶过去一瞧,说:"原来大嫂子病到这样沉重,依我劝,咱们照旧给他抬回去吧。"锡九说:"这倒不必,就求你们几位帮我抬进房来,我调养着他就是咧。"大家不便再说,只得抄起板子,帮着抬到房内。锡九亲自过去,把被子揭开,轻轻儿的扶着坐在地上,口中一面叫着,用力往起一搀,好容易才扶到床上,拉过枕头,把他放倒。谁想周氏娘子好些日子不进饮食,往床上一放,只听咯儿的一声,登时全魂气断。锡九连撅带叫,用手一摸,四肢冰凉,已然挺尸,此时可害起怕来,急得放声大哭。正在这个功夫,就听门外人声鼎沸,原来周家带打手赶来,要打群架。

旧历年华转瞬,今年岁次庚申,道家呼为三尸神,愿我同胞自振。
邪祟穷神远送,恶魔休让来侵,五族共乐太平春,幸福有余不尽。

八句本年开张的吉祥书词儿念毕,余不多表,接连着还得替蒲留仙③先生造谣言。这段书,心眼软的人多替陈锡九报屈,真有骂老周的,这也叫公道自在人心。其实自古以来,凡为忠臣、孝子、义夫、节妇的,都是自寻苦恼,到日后也未必准享得着几天的富贵,准能落个虚名就算不错。话虽这们说,编书演戏,可不能不给做出个好结果来。以本文书说,陈老太太已然告明锡九,说"汝孝行已达天帝,赐汝金万斤,夫妻享受正远",这几句就是后文的书,也是老书套子,所谓免得看书的人心中不痛快。

---

① 左右:反正。
② 分首:分手。
③ 蒲留仙:蒲松龄,字留仙。

再实对诸位说,连陈锡九当日就没这个人。那位说:"你何所见而云然①呢?"皆因陈乃大舜之后,舜之大孝格天②是人人晓得的,蒲先生示人,后世之孝子均应有九锡③之荣,故取名陈锡九。反正是篇劝孝的文字就结果咧④。那位说:"你豁了半天的鼻子⑤,这书还说不说咧?"对,我还得当真事编造着招说⑥。

且说陈锡九把周氏娘子扶到自己的卧榻上,心想:"父母的话还能不应验吗?"没想到这一折腾,居然咽了气咧。锡九这下儿可傻下来咧,咧着大嘴放声恸哭,一面哭,一面叫。此时⑦周家的人走之不远,又有老周派来探听信儿的,听见陈爷放了声咧,说:"咱们乘这个乱劲儿,进门儿连摔带砸,先把陈十九虎下去。如果锡九一告状,杜中书家必知道信儿,那一面儿的亲事自然好打退咧。"抬周氏的长工白挨了会子压,连碗水没喝着,心想乘这个功夫抢点儿首饰,也算没白来,赶紧赞成,说:"这个主意很是,咱们上呀。"就话之间,进了大门。周大爷张口就骂说:"姓陈的,我要不杀你,我是你大大舅子。"(唱上《马上缘》啦。)几个长工是狐假虎威,说:"不用跟他费话⑧,先拆了他的忘八窝。"(讲究犯浑吗?)说着举起杠子,照准屋门就是一杠子。锡九住的是老土房儿,这一下子,门是掉下来咧,把后檐土坯墙震塌了一个大窟窿。锡九是念书的人,何尝见过这个阵场儿⑨,再说也怕房子落架⑩,砸在底下,变成松花,赶紧从窟窿爬出,从后院逃出去咧。这个举杠子的一瞧,门掉下来,没人出来,又照着窗户连气儿两三杠子。周大舅子说:"别让锡九跑啦,咱们把他拉出来,问他要姑奶奶,咱家的老妹子。"此时耍杠子的长工早溜进门去,无如尘土飞扬,看不见有什么可拿的。一瞧周氏娘子在床上躺着,想着过去强掳首饰,刚凑近身儿,就

① 云然:如此说。
② 格天:感动上天。
③ 九锡:古代天子作为最高礼遇赐给诸侯、大臣的九种器物。
④ 就结果咧:就结了,就是了。
⑤ 豁鼻子:揭发隐私。《北京方言词典》这里指揭示蒲松龄给书中孝子取名陈锡九的缘由。
⑥ 招说:惹人责骂。《北京土语辞典》
⑦ 底本作"事"。
⑧ 费话:废话。
⑨ 阵场儿:有某种阵势的场合。
⑩ 落架:旧式木架房屋倒塌。《新编北京方言词典》

听街上人声鼎沸，说："可以，可以，欺负到我眼皮子底下来咧，你们也没听说过，好汉打不出村去吗？凭你们这一群嘎嘎磋磋①，沫沫丢丢②，鸡毛蒜皮河塘泥，水里冒泡儿忘八犀！"（这是《聊斋》吗？《八扇屏》!）一个儿也跑不了。这个长工一听，猜着是陈十九赶来打架，顾不得掳首饰，也从墙洞逃出。再听前院，已然交手打起群架。

　　昨朝话表，陈锡九从后院逃到街上，后街正是陈十九的房子，十九从周家回来功夫不大，就有几个赌友来邀他去赌钱，正由街门出来，看见锡九往自己院中跑。一问情繇③，锡九略说大概，十九立刻气冲牛斗④，同几个赌友一商议，帮着助拳⑤。这几个人一齐点头，故此陈十九嘴里骂着，就绕到锡九门前。周大舅子一瞧，先不了活儿咧，打算溜出街门，这个抬杠子的不禁不由⑥把杠子撒手，陈十九赶奔上前去，抄起杠子站在当院，抡了一个插花盖顶⑦，周家来的几个笨汉又是十九手下的败将，谁也不敢向前喽。十九约来的这几位分站四门，追赶着乱打，左不是嘴吧池子⑧、窝心脚⑨，并没什么家伙。再说陈家左右邻凤日既敬重锡九，又晓得这件事是周家欺人太甚，如今既有陈十九领头，一个个不约而同，都赶来助阵。

　　周家这群人见陈家村的人多，不敢恋战，各人夺路逃命。刚出街门，就遇着二拨儿来助拳的，又是一路拳打脚踢，打得周家这些人，忙忙如丧家之犬，急急如漏网之鱼，好容易出了村口，人家才不追咧。锡九见众人跑净，这才给十九并众人道劳。大家都说："老弟台⑩，你只管放心，那一时周家再找寻⑪你的时节，你只管言语一声儿，让他来一个死一个，来两个亡一双，打出乱子来，全有我们哪。"锡九虽明知这些人说的是空头人情话，也得道谢。

---

① 嘎嘎磋磋：块、粒粗糙，不柔软，不纯净。（《北京土语辞典》）
② 沫沫丢丢：形容污浊而多泡沫的样子。（《北京方言词典》）
③ 繇：同"由"。
④ 气冲牛斗："牛"指牵牛星，"斗"指北斗星。"气冲牛斗"形容怒气冲天。
⑤ 助拳：帮助打架。
⑥ 不禁不由：不知不觉，不由自主。（《新编北京方言词典》）又作"不紧不由"。（《北京话词语》）
⑦ 盖：葢*。"插花盖顶"是一种武功招式。
⑧ 嘴吧：嘴巴。"嘴吧池子"意思是左右开弓打嘴巴子，"嘴吧"正着打脸，"池子"反着打脸。
⑨ 窝心脚：朝胸部踢的动作。（《新编北京方言词典》）
⑩ 老弟台：和"兄台"一样，是敬称。
⑪ 找寻：找碴儿；寻衅。

这些人说完，各自出门散去，剩下锡九，进到房中一瞧，门窗户壁已然拆毁的不像个样式了，再一瞧床榻上的周氏娘子，身上尘土多厚，凑近前用手摸了摸，口中又微有了点儿气息，叫了几声仍不答言儿，此时有左右近邻的人都赶来道受惊，锡九也只好一一的应酬。本村的人有学过木匠手艺的，看见锡九住了敞厅儿①，心中不忍，回家取来家伙，立刻就替钉好咧，又找来几张旧纸替糊上，省得进风。收拾完毕，又有本村的人给锡九送来饭食。锡九一面看着娘子，一面吃喝，及至用完，天已不早，自己又乏又困，就在床头上打横儿②睡了一觉。醒来一瞧，天已大亮，再瞧娘子，仍然是有出气没入气，究竟③不能说是死是活。

书说简断，又耗过一天，第二天用过邻居送来的早饭，忽听门外有人叫着自己的姓名说："陈相公快出来，有人把你告下来④咧。"锡九一听，大料⑤必是周家喽。俗语儿说，"事到头，不自由"⑥。念书的人没事不许惹事，有事也不能怕事，既有官人来指传，还能畏葸不前吗？连忙答应一声，说："你们几位稍候，容我托好邻居，照应着家中病人，即刻到案。"差役也晓得锡九是个好人，说是可以。锡九把隔壁一位二大妈找来，托他替看护着周氏娘子，这位老妈妈热心肠子，当时满应满许⑦。锡九方要出门，就见官人已将十九兄锁进门来，十九到是满不含糊，锡九要对族兄说几句对不过的话，官人是催着快走。正在这个功夫，就听床榻上的周氏娘子有哼嗐⑧的声音，近前一看，秋波⑨慢闪，大概有信还阳。

昨天的书说到陈十九把周家门子⑩这一群碎催打跑，跟着应说这些个人回去怎样的搬弄是非，老周添砌呈词，赴县控告，然后才能说官衙出签票，来传

---

① 敞厅儿：两面相通的厅堂。这里指墙壁倒塌后房子的状况。
② 打横儿：划横线；长物横摆；横向躺卧都叫"打横儿"。（《北平土话》）
③ 究竟：到底。
④ 告下来：告发到官府衙门。
⑤ 大料：大抵，大概。
⑥ 事到头，不自由：不好的事情临到自己的头上，是由不得自己的。
⑦ 满应满许：满口答应、承诺。（《北京话词语》）
⑧ 底本作"睛"。
⑨ 秋波：美丽女子眼睛闪动的目光。
⑩ 门子："门子"的意思是"门"，引申为"家庭、家族"的意思。这里"周家门子"的意思是"周家"。

二陈。这一磨烦①,就够两三篇书。大新正月的,让周氏娘子又得多在床上受几天的罪,莫如干脆先把周氏说活了,省得看书的主道们,心里犯别拗②。话儿交待明白了,老周告状,您就当暗场子戏听。

且说锡九见周氏苏醒过来,心里别提多喜欢咧,凑近床前一瞧,已然四肢能够动转。院中官人直催锡九快走,把周氏托嘱了陈接房陈老太太照应着点儿,言明到县衙去去就来。这位老太太是满应满许,锡九这才同定③官人,并十九来到县衙。知县立刻升堂,把锡九带上堂口,按照周家状告的是凌虐死他的女儿,还将④打架的原呈状细一斟问。陈锡九不慌不忙,就把老周前次强接周氏逼写休书,并自己从陕西新回,不知因何他硬给抬进院中,及至一瞧,已然是气绝。他又率领多人拆毁门窗,幸经阖村人赶来解劝,这些人才走了。现在周氏已然复活过来,老父台如不相信,可以派人前去检验。县官夙日耳目中,也晓得陈锡九是个孝子,又听说老周这样不是人行⑤,还要诬告好人,登时大怒,出签严传老周到案,先问他个赖婚闹斋(知县爱看《西厢》),将锡九、十九取保听传。

老周一听说女儿缓醒过来,若是一到案,自己一定得打诬告。乡间财主平夙视财如命,唯独打上官司真舍得花钱,立刻跑进县城,苦一托刑科先生,哀求把原案撤销⑥。刑科先生说:"那可不能由你,你没听说过'一字入公门,九牛拔不出'的老话儿吗?就在这点地方儿,若是都由着你们起灭自由起来,那官事就不用办咧。你要不愿打官司,我指给你一条明路,你托人见好⑦了县官儿,求他不催传,自然就暗销咧。"老周谢过先生的指教,回去一托人对县官去说,县官说:"那可不行。俗言说,'吏不举官不究',要不见好先生,他每逢三六九放告⑧的日期,就把这案先举上来,我能说不催传吗?"这位一听,分明这是

---

① 磨烦:纠缠。(《北京话词语》)
② 别拗:别扭,违拗。
③ 同定:跟随着。
④ 底本作"讲"。
⑤ 不是人行:骂人语。(《北京土语辞典》)
⑥ 撤销:撤消。
⑦ 见好:讨好,打点好。
⑧ 放告:旧时官府每月在固定某个时间受理案件叫"放告"。

两下里对推饸饹床儿①,只好回覆老周。老周又找了刑科先生一央求,言明一包在内,这件事统共四百银儿。(这是《聊斋》吗?《绒花记》。)人家先生还留了个后口儿②,说:"衙门的事,总算都中了你这个人咧。可有一节③,倘或姓陈的得理不让人,再补呈子,咱们可是再说再议。再者的话,打人一拳,防人一脚,人家要是上控④了,咱这过路衙门,可还得官事官办。"老周一听,心说:"这小子真是干这个的(我可是在科房偷听了来的)。"只好点头,立刻在镇店杂⑤货铺开了个对条儿⑥送给先生。那位说:"为什么不给现银呢?"早先银票在杂货铺可以拨兑,若是现银在衙门口外一分肥⑦,那有多泄气呀。书说简断,老周这银子总算有效,再说陈锡九衙门讨保回家,这才要证明娘子还阳的一切。

且说陈锡九连忙赶回家中,一瞧周氏娘子,已然起身离床,在床边儿坐着,同陈二大妈说话儿哪。看见丈夫回来,起身迎接,夫妻相见,悲喜交集,陈老太太告辞转回家去。锡九问说:"嗳呀,我那贤德娘子,但不知你是怎生还阳?"周氏说:"妾自从被我父亲接回家去,屡次劝奴改嫁,是奴不允,后来说你死在外乡,他们硬做主张,将奴许配杜家,是奴一闻此信,绝粒不食,料想决无生路。这天在睡梦之中,有人将我拉起来,说:'我是陈家派来的人,前来接你,你速从我前去,夫妻可以相见,不然可就无及⑧了。'奴家糊里糊涂,跟随此人出了家门,见门外有一乘二人小轿,有人将奴扶上轿去,抬起来一路飞跑,所走的道路奴家全不认识,一直抬到了一座官衙门内,将奴搀扶下轿。奴进门一看,先瞧见咱的老娘,还有一位老翁,蒙婆母指教,才晓得正是公爹。奴家行礼已毕,便问婆母这是什么所在,为何将奴接来?莫非奴来在阴曹地府不成?婆母言说:'媳妇不必害怕,也不必追问这是什么所在,迟几天一定要送你回去。'我只好

---

① 对推饸饹床儿:互相推诿,推卸责任。"饸饹床"是做饸饹面的工具,有一种饸饹床是把杠杆推来推去把面团轧成长条。
② 留后口儿:为后面的事情发展做好铺垫或留有余地。
③ 一节:一点,常用于转折或补充说明。
④ 上控:上诉。
⑤ 底本作"鸡(雞)"。
⑥ 对条儿:兑条。(子)汇款给(丑),将款交给票庄,由票庄写条一纸,自中间撕开,上半付(子),下半由庄寄给联号(乙),(子)将上半兑条寄给(丑),(丑)持兑条至(乙),相对取领,概不用保。(参考《山西票庄考略》)
⑦ 分肥:多指分取通过不正当手段获得的利益。
⑧ 无及:来不及。

谨遵教训,又过了几天,见公爹将你带进家来,奴心甚喜,以为即便一同做鬼,夫妻也算团圆了。不想你转眼便走了出去,再不回头,好教奴心中闷闷①,又不敢追问公婆。公爹每日常不在衙署之中,时常十天八日的不见一面,昨天回到衙中,对婆母言说:'我武夷的公务忙迫,迟了两天,苦了你我的保儿了,赶紧催促着儿媳快些回去吧。'婆母嘱咐奴几句话,将我送出衙门,坐上轿车,一路行来,转眼来至此地。及至醒来,好像一场大梦,这是奴家与你别后的一往从前②。但不知你因何将奴休弃?奴的病躯又怎生来到此间?"锡九也只得从头至尾述说了一遍,说到今天打官司的事,周氏听着好生有气,"既然案尚未结,只好等将来再传的时候,我亲自上堂,做个证见去便了。"夫妻二人证明已往之事,自是又惊又喜,当晚还是陈老太太给送来些饭食,胡乱用饭,上床安眠。

　　次日清晨起床,还是没有饭吃,周氏把自己头上戴的首饰摘将下来,交与丈夫,在街上换了钱钞买些柴米,又托街邻有力气的人③将土房帮助着修理好了。过了几天,柴米用尽,虽有本村中人可以借贷,究竟不是常法,恰巧本村塾师散馆,大家公举锡九接教这些蒙童。锡九无事可做,只得点头。从此各学生家公摊着供用锡九家的柴米,夫妻可以暂得温饱。夫妻二人时常私自谈论说:"父亲说不久天赐黄金,你看现在咱家四壁空空,岂是教读所能发迹得了的么?"周氏娘子用话宽慰丈夫,只好用心耐等,将来必有这一日。□锡九仍是按时上学塾教读。这天放学刚到家门,从对面来了两个人,说:"你姓陈吗?"锡九说:"是呀。"两个人从袖中掏出铁锁练④将锡九锁上,拉着就走。锡九莫明其妙⑤,追问犯了什么罪,官人说:"你到知府衙门自然就晓得咧。"两个人一弩嘴儿,说拉着走,锡九此时要演《滑油》⑥。

　　且说两个差役问明是陈锡九,立刻□铁练把锡九锁上,拉着就走。此时念书的学生们都是回家吃早饭的,一瞧老师被官人锁上了,胆小的哭着跑回家去。

---

① 闷闷:郁闷不乐。
② 一往从前:从前所有的事。
③ 底本作"有力的气人"。
④ 练:链。
⑤ 莫明其妙:莫名其妙。
⑥ 《滑油》:源于京剧曲目《滑油山》。《滑油山》俗称《目连救母》,故事讲述目连的母亲刘氏因误会佛祖不分善恶,大开杀戒并焚毁经卷佛像。后病死后被冥王押至滑油山受罪。后来,目连寻母来到滑油山,并施展佛力,将母亲救出地狱。

陈家村是个大村镇,有些家绅襟富户。大家听说,明知陈锡九遭了冤屈官司,一个个会同里正地保,把官人约在庙中,一问陈锡九犯了什么罪名。两个官人拿出签票来给大家看,锡九才晓得是从知府衙门派来的,皆因本府新捕获了十余名江洋大盗,知府审问口供,内中有两个贼供称与邳县陈锡九伙同做过数案,得赃俵分①等语。本村的人对差人说:"你们二位上差请看,凭陈先生这个人,能够做强盗去不能?"差人把嘴一撇,说:"那可难说。前二年抢汇元金店同前些天抢广元金店的,全都穿大氅②,打扮很文明,那一个又不像伟人政客呢?"(这是差役说的吗?我胡聊哪!)差人说:"做强盗不做强盗,我们也不敢说,反正既有强盗扳扯③出来,我们是奉签票前来指传,本人到了衙门,再说案打实情。"大家说:"二位上差请看,陈先生是个穷教书的,家里任麻儿④没有,二位大远的来到敝村,我们公同⑤给你们三位凑点儿盘缠,就求沿途上多照应陈先生点儿,不知二位意下如何?"官人出外办案,没讲带盘费的,不但沿路白吃白喝白坐车,每人还要剩个三五两的。一见锡九是穷小子,已然寒了心,只好把他锁上,沿路凌虐他,自然他就有了钱咧。即便没亲没故,沿路过当铺钱店,都能给他出主意,起发⑥盘费。如今听这些人,倾愿认头⑦给凑盘缠,连忙带笑开言说:"你们众位同陈先生是非亲即友,其实我们哥儿两个也不是不交友的人,既有这番美意,没别的,先把线⑧给他⑨挑了,到衙门再带。再说凭陈先生这个人,还能跑的了吗?"说着过去先把铁练摘将下来。此时众乡绅早有告述家人给预备酒饭的,又有出头按照各学生家中一打知单⑩,家家无多有少,也有一二两银子的,也有一两串钱的,一会儿凑齐。大家又嘱咐陈先生不必惦记家中,大娘子的度用⑪我们大众均摊。锡九谢过众人。此时差役酒足

---

① 得赃俵分:把通过不正当手段得到的钱财等按份或按人分发。
② 大氅:大衣,外套。
③ 扳扯:牵扯,牵涉。
④ 任麻儿:任什么。常和否定词连用,表示"什么也不/没有"。
⑤ 公同:共同。
⑥ 起发:搜刮,勒索。(《北京土语辞典》)
⑦ 认头:服输,甘愿受命运摆布,接受某种情状。(《北京话词语》)
⑧ 线:这里指铁链。
⑨ 底本作"他给"。
⑩ 知单:旧时宴请或集会的一种通知单。接受邀请在自己的名字下写"知",拒绝则写"谢"。
⑪ 度用:用度。意思是费用,开支。

饭饱,银钱到手,催着锡九赶紧上路,并且应许着,有脚①按站雇脚,有车坐车。锡九含有眼泪,辞别众乡邻,出了村口,走了一程,当晚住了店,差役小心服侍。

第二天用过早饭,出店雇脚,三个人一同上路,名目是一差□解,走在路上,谁也看不出来锡九是打官司的。书说简断,当天晚晌②来到府衙,府台已然退堂,不便再请升堂,把锡九留在班房儿住了一夜。第二天清晨,知府升堂理事,刑科先生把强盗扳出的犯人陈锡九一名捕获到案的略节拟出,由门子呈递进去。知府一听,立刻传谕升堂。此时各项差役已然预备妥协,两名原差给锡九带上项锁,嘴里还说:"先生,你避点儿屈③吧。"说完听里面喊了"威哦"二字,府台整衣冠坐堂,锡九从班房中战战兢兢来到大堂,口称"生员冤枉"。

且说陈锡九来到堂口,向知府深打一躬④,知府抬头一瞧,是个生员打扮的人,又听说姓陈,连忙问说:"你是邳县生员？你可是陈子言先生的本族么？"锡九连忙向上打躬,说:"陈子言乃是先父。"知府点点头,说:"但不知他老人家可还康健否？"锡九就把游学丧在外乡,自己寻骸骨的事情略说了个大概。知府听到此处,冲定差役们说:"陈先生乃是名士之子,你们大家看他温文典雅的人,如何能够做贼？内中必有冤枉。先把项锁去掉,土地祠待茶。"衙役们一听,赶□撤去铁练。锡儿又打一躬,跟随差人奔了土地祠。沿道儿走着,请问差役这位知府的姓氏,差人说是姓韩,听说上辈做过邳县知县。锡九一听,这才想起当年父亲有个受业门生姓韩,就是本县县台的大公子,大概这位太守必然就是大师兄喽,心中暗暗欢喜。

不提锡九,但说知府打发开锡九,立刻吩咐把扳扯锡九的两名贼盗带上堂来。差役答应一声,功夫不大,就听唏哩哗啦手镯脚镣的声音。提上堂来,向堂口一跪,知府一拍惊堂木,说:"你们两个贼扳扯陈锡九,伙同抢劫,本府已将陈锡九传到,适才详细审讯,他并不知情,你等必是挟嫌⑤诬赖。你们若肯招出实口供,本府可以开脱你们的罪名,如其不然,本府要动大刑咧。"两个恶贼

---

① 脚:脚夫。
② 晚晌:晚上,夜晚。
③ 避屈:受委屈。《北京方言词典》)
④ 打躬:打恭。弯下身子行礼。
⑤ 挟嫌:心中怀有怨恨。

向上叩头,说:"回禀太爷的话,陈锡九却①是我们的伙友,若是没有他,我们做强盗的也有良心,焉敢诬赖好人?请老大人你把陈锡九带上堂来严刑拷问,他自然就招认咧。"知府一听,气往上撞,一拍惊堂木,说:"咦,好刁恶的贼,你等诬赖良善好人,还敢指使本府滥用刑法,逼取口供,本府焉能容你等这厮刁赖②?来呀,先打他四十嘴吧。"衙役答应,过去一搬脑袋,一呀二呀的每人请了四十锅贴儿③,打的两个恶贼顺嘴流血沫子,打完再问,还说是有陈锡九。知府说:"你等不说实话,来呀,把锁盘上,用杠子轧。"衙役答应,立刻把锁盘好,把两个贼搭在锁上,用麻辫子④箍上脑袋,在脊梁后揪着,另有两个人抬过一根木杠来,放在腿湾子⑤后头,来回一轧,轧的两个贼狼嚎鬼叫起来,心说:"这倒不错,上堂吃锅贴儿,一会儿改了饸饹⑥,这官司按这们打,早晚连小米子粥都得挤出来,不如别招老爷生气,给他个实话实说吧。"心中这样想,口中喊嚷说:"老爷开恩,小的们说实话。我们并不认识这位陈大相公,是那一天我们犯了案,走在邳县地方儿,有一个周家村姓周的送了我们两串老钱⑦,教我们把陈锡九扳扯上,应许着还给我们银子哪。"知府听到其间,盼咐暂且停刑,又把锡九唤上堂来,教两个贼立了草供,然后又问锡九:"周家与你有什么嫌隙⑧?"锡九把老丈人的行为从头至尾述说了一遍。知府一听,说:"这宗六亲不认的老畜生,好生可恶。"一面盼咐把贼盗仍行入监,一面派先生出签票,严传老周到案,重办他个买盗扳赃。

且说知府大人先打发人严传老周到案,一面对锡九说:"你的官司总算赢到家咧,不过暂时不能完案哪。论起咱们哥儿两个,称得起是老世交喽,你也不必另寻寓所,就在我衙门中住个三五天,俟等把周某由县解来,对明口供,你再回去,你想好不好?"陈锡九听府台在堂上直说私话,也不敢不认私交,连忙做揖说:"多蒙师兄栽培,小弟遵命就是。"

---

① 却:确。
② 刁赖:狡猾无赖。
③ 锅贴儿:(打)嘴巴。(《北京方言词谐音语理据研究》)
④ 麻辫子:为两股白麻绞成辫子形状而成。
⑤ 腿湾子:腿弯子。股胫间弯曲处。
⑥ 饸饹:这里指轧腿弯子跟轧饸饹面的做法相似。
⑦ 老钱:清代铜钱多次变革,币值也随之下降,变革前的铜钱称为"老钱"。
⑧ 隙:隙*。

知府吩咐退堂,用手拉着锡九,转过围屏,进垂花门奔书房。到了屋中,锡九从新给师哥行礼,当日留在书房,知府陪着吃了半夜的酒,彼此谈论文艺。知府又问了问家中用度如何,锡九是实话实说。府台说:"贤弟好生用功读书,以继先师未竟之志,如果缺少膏火①之资②,尽管言语。再说方才听你所背诵你做的文字,虽然不错,只是功夫不纯,又兼你不善揣摩风气,春秋闱③中□,恐不能必售。你如果不疵嫌④,你闲暇的时候尽管到衙中来,愚兄给你指点指点,自然就大有进益咧。"锡九一听,赶紧给师兄行礼,要拜为门生,知府不肯,仍以师兄弟相称。

次日,锡九对知府说:"前两天被捕的时候儿,多蒙村中邻居厚谊,赠送路费,又应许着照应妻子,小弟在衙中虽然安乐,只恐众邻友不放心,打算回去把话对众人说明,然后再来趋聆教益,不知师兄以为何为?"知府说:"既是如此,愚兄先赠你一百银子,做为柴米用度之费。我看贤弟你家中必定没有牲口,新近有人从京中带来两匹骡子,养在衙中,没有用处,不如赠你。虽说是个张嘴物儿,好在乡间草料容易,骡子肚量又小,村中邻友如果用,你尽管借与大家。那天到这里来,你做为代步,你看好不好?"锡九一听,心说:"这要拿这百银子,打两辆轿车儿,开个小碾房儿,两口人足够嚼谷儿咧!"(这是陈锡九吗?我要有这们位师哥,我早就有了生计咧!)赶紧起身道谢。知府立刻命人备上骡子,取出银子,又派一个本衙的仆人将锡九送回家去,又见锡九身上单寒,把自己穿的一件狐狸皮袄也送给锡九。锡九一面致谢,嘴里说:"吾夫子云,有马者借人乘之,今亡矣。夫想不到二千年,这话会不灵了。老兄是愿车马,衣轻裘,与朋友共,敝之而无憾,大有子路之风,可谓今时之贤者矣。"知府说:"聊报当年老师训诲之恩,若云学古圣贤,则吾岂敢?"(师兄弟一高兴,全泛上八股毒来咧。)

锡九同师兄告辞,知府亲送到大堂前头,二门之内,早有一个老苍头⑤乘

---

① 膏火:指供学习用的津贴。

② 资:赀*。

③ 春秋闱:科举考试的"乡试"在秋天举行,每三年一届,称作"秋闱"。第二年春天在京城举行的会试则称作"春闱"。

④ 疵嫌:鄙弃,嫌弃。(《北京方言词典》)

⑤ 老苍头:老仆。

着骡子,知府嘱咐沿路小心伺候陈大相公的话,又告述到了陈家村,把银子交明,不许讨赏,苍头答应。知府看着陈锡九上了骡子,口中还嘱咐说:"闲着来,想着来,慢待。"(这是知府吗?成了大了①咧。)锡九点头答应,知府回了内宅,一主一仆,出离府衙,直奔陈家村而来。一天半的功夫,到了本村,锡九一进村,就下骡子,仆人也下来,在身后拉着。到了家门口,把银子包裹交待明白,告辞而去。锡九这场官司,不亚如衣锦荣归。

且说陈锡九一进村儿就下了骡子,这是自己谦恭的意思,知府派来的仆人戴着官帽儿,拉着骡子身后跟随,刚进村口就有人看见了,猜度情形,大概是陈锡九的官司要歪歪,认了骡马案,来起赃②的,故此没人敢出来打听。

及至仆人走后,锡九把骡子拴在院中,挟着银包儿往屋中来,周氏娘子迎接出来,说:"相公回来了,但不知你的官司怎么样了?"锡九说:"娘子不必挂怀,幸遇贤明太守,又是咱先父的受业门生,故尔得拨云见日,审出盗贼本是诬赖冤扳,已将贼盗严惩,把卑人留在衙中,赠了我纹银百两,还有骡子两匹,并嘱咐卑人随时到府衙去谈文艺。"周氏娘子一听,说:"如此话来,真是吉人自有天相,公婆梦中指示的言语,大约是应验了。"锡九说:"总是先父的余德,娘子贞节,感召天心,卑人何德之有?"两口子对一说客套,正在这个功夫,街邻道坊见送锡九的人空行走咧,才有赶来打听的,锡九一一说明,并谢过大家前次赠盘费,并代养赡③妻子的厚谊。众人异口同音,都说好人自有好报,说完大家回去一商量,又给陈先生备酒压惊。锡九夫妇只得谨领厚惠,又同大家借些麸料,把靠街门一间破草房收拾出来,做为牲口棚。又有众学生家长们也赶来探望陈先生,锡九又周旋了会子,定明明天仍旧开学,大家散去。锡九忙着喂上骡子,这才安歇睡觉。那位说:"你这书不是诚心磨烦吗?"我也不愿意费这些话,蒲先生的原文既有赠骡子,我要不说,还能活饿死吗?若说寄存在别人家养活着,可到省了话咧,后文书又不好说咧。总而言之,蒲先生说赠骡子,就为后文锡九发财的伏笔。

闲话少说,再说锡九夫妻有了这一百两银子,次日一商量,还是多买柴米,

---

① 大了:旧时妓院里主事的人。(《北京话词语》)
② 起赃:搜取赃物。
③ 养赡:赡养。

少买鱼肉（康氏的传授），添补几件衣服，再有出典田地的，典上几亩，有了粮食，日用就好办咧。计议妥协，第二天仍然上馆教起蒙童来，自己得便温习旧日读的诗文，按照师哥所指点的用心揣摹了一遍。

暂且不说锡九，但说知府送走锡九，又过了两天，仆人才回衙覆命①。知府因他步履回来的，也不能让他赔路费，赏了二两银子，又问了问陈大相公家中的景况如何，仆人略说了说。知府叹息了会子，想着先师那样好人，为何师弟这样落魄呢？足见好人是不易发财的了，此后还得随时周济他些个才是。恰巧当日接到省中公文，是新升任的总督上任，路过本府地面应当预备迎接，衙中的公事照例有人给办理妥咧，自己还得亲自去趟，只好吩咐备轿。到了公馆，见着许多同寅并藩臬两司，多是熟人，这位总制少时到来，彼此也有世谊。当晚在公馆大家饮宴谈起话来，知府把陈锡九孝行可嘉的事提叙起来，大家一听，这是替师弟告帮②哪，登时大家一凑，凑了几百银子。知府替谢过，专人给锡九送去，夫妻收下，喜之不尽。谁想次日周老太太前来认亲，见着女儿，爬伏在地，放声大哭，不知有何祸事？

且说陈锡九这天将才③用过早饭，要上馆，猛然从外面进来一个白发盈头的老太太，家常打扮，锡九好几年没见，当时猛④住，方要问贵姓，周氏娘子起身接迎，赶紧万福，说："母亲一向安好？今天因何到此？"锡九这才想起是自己的岳母老泰水⑤，将要说参见丈母娘，老太太不容分说，冲着女儿咕咚儿的跪在当地，放声大哭。不但周氏不知什么事，连锡九也莫明其故，赶紧对周氏说："快搀快搀，有什么话，你们老娘儿两个坐下说。"周氏听丈夫之言，赶紧说："母亲有什么事，尽管请起。"老太太含着眼泪，爬起来坐在椅□上，对女儿说："都是你父亲老天杀的⑥，无端得罪了陈姑老爷，本府太守前天札饬⑦本县，将你父锁拿到府衙去了。昨据家人报道，已与扳扯陈姑爷的两名贼盗一同钉肘收

---

① 覆命：复命，执行命令后并往回汇报。
② 告帮：请求别人给予物资上的帮助。（《新编北京方言词典》）
③ 将才：刚刚。
④ 猛住：谓突然看到、遇见，一时记不起来。
⑤ 老泰水：书面语，女婿对岳母的称呼。
⑥ 天杀的：詈词。意思是该死的。
⑦ 札饬：指旧时上级官府对下级官府发文进行训示。

监①。听说陈姑爷与这位知府是通家世好,若要另托别人前去求情,一定不能从宽发落。俗言说,"解铃还须系铃人",所以特来拜求姑娘,转对陈姑爷替说些好话,将你父放回家来才好。"周氏娘子前番虽听丈夫说买盗扳赃是周家的人办的,并不知锁拿老周的事,如今听说,父女天性攸关,焉有不动心的?无如这话实在不好对丈夫启齿,心里一为难,冲着母亲也放声大哭起来,说:"这都是女儿不孝,致令父亲受此牢狱之灾,我父亲若有一差二错,奴岂能复活于人世?倒不如奴先死了,免得落不孝之名。"锡九一听这话,分明是要自己去托情,可又不明说,又看着母女娘儿两个哭得可怜,说:"这件事你们母女不用哭,既是岳母前来,少时我备上骡子上知府衙去一趟,一来求情,二则还正要去谢谢府台给咱募捐的好心呢。"周老太太一听,姑老爷总算自投罗网,不好意思的再哭咧,连忙解劝女儿说:"这不是姑爷心软了吗?咱们娘儿们可就全指着姑爷啦(天生的依赖性)。"周氏被母亲一劝解,也只好擦抹眼泪,下厨房烧火,给母亲做茶。锡九同岳母说了几句闲话儿,留下给周氏做伴,自己备了一匹骡子,把知府送的皮袄穿上,怕人说是富咧(穷人心多应当在些地方上留心)。

　　至于怎么上路,到了衙门怎样托情,一概不必细表。知府总算点头认可,说:"兄弟,你就不用管咧,反正是咱的老丈人,我还能真下死手吗(不像人话)?"留锡九再住两天,锡九怕家里不放心,极力告辞。知府当天坐堂,把这案提出,从新又过了一堂,早有人给串好了口供,老周认为夙日得罪乡邻,盗贼生恨仇扳。知府说:"你既晓得,足见你还不如盗贼有良心呢,那们你愿意认打认罚?"老周说:"倾愿认罚,不知大人罚我几倍(贩惯了私货咧)?归某项充公?"知府说:"本府到任以来,听说有个陈孝子,万里寻亲骸骨而回,却是寒儒,本府从宽罚你一百石谷子,送给陈锡九,你如愿意,从此完案。"老周一听,敢则知府勾着姑爷敲竹杠哪,不敢不依,当堂画供,焉知晓释放回家,又有反悔。

　　且说陈锡九辞别知府,照旧骑骡子往回路走,心中总算得意,此等处,是君子自强得志,与小人得理不饶人两径。次日回到家,见了岳母,把知府点头的话学说了一遍,周老太太千恩万谢,告辞要走,临行之时,对锡九说:"我看姑老爷家中没个下人是不行的,我家有个老仆人,从前因为你岳翁待你刻薄,他极

---

① 钉肘收监:锁上镣铐,打入监狱。

力劝解,又与伙伴儿们抬了几句杠①,一赌气子,告了长假,现在本村闲住着,人狠②老诚。昨天我来的时候儿,路遇着他,还夸赞你是位孝子呢。我想不如把他荐在你家,早晚看看门,喂喂牲口,你想好不好?"锡九一听,说:"正要求老人家赏给个得力的人辅助,既有相当③的人,请随便来最好。"(刚上了两次府衙,就把官习染上咧。)

周老太太这才雇车回家,到家之后,老周还没释放回来呢,先打发人将老仆人周忠叫来一说,给他荐了□的话。这周忠是一身一口,朴实耐劳,只要有两顿粗饭食,就很知足,于是谢过旧主母,收拾行李,来到陈家,从此就算陈家的义仆。锡九是受过苦的人,对于老仆也能宽容,再说周氏娘子是他从小儿抱过的,因此主仆投缘对劲,暂且言讲不着陈门的事。

但说老周从知府衙门④回转家中,到家见了夫人,把知府判罚的话一学说,老夫人说:"这场官司,若不亏陈姑爷宽洪量大⑤,倾家败产也未必能保住不打罪名。如今府台既这样判断,又不会便宜了外人,赶紧送去才是。"周老头子说:"怪不得人说,一个女儿两个贼呢,女儿是败家祸根一点儿也不错。"说完出到外厢,命人开开仓房,一查点谷子很是不少,无如白给姓陈的,起心里舍不得。又见场院房儿堆着许多糠粃稗子,老周心说:"这可巧咧,那天知府并没批着罚净谷一百石,我给他个搀糠对土,反正供上数目,不是就完了吗?"打妥主意,告述长工打出六十多石谷子,把场院房儿所存的糠粃稗子全都搀好,务必打个平斛,千万少摇幌。俗语儿说,秤平斗满,一个官事不咧,莫不成⑥他还能栽我的口袋吗?(老周当日⑦是粮行经纪出身。)把这话对长工一说,长工心说:"敢则老当家的是真正抠门儿,他既这们说,我们还怎么下管子呀?"(粮行经纪遇见赶大车的伙计咧。)既是吃人家的饭,就得听人家的指使。在仓房足挖了七十多石,把口袋蹾了又蹾,然后又到场院把糠粃稗子倒上,用木□扬了

---

① 抬杠:争辩,辩论。(《北京话词语》)
② 狠:很。
③ 相当:合适。
④ 底本无"门"字,据文义补。
⑤ 宽宏量大:宽宏大量。
⑥ 莫不成:难道。
⑦ 当日:从前,那个时候。

个过儿,从新再打平斛,一会儿装满口袋,装了六辆大敞车(各一千六百斤吗),上面插上个大白旗子,写着"奉府谕输运①陈家村交纳急用"(讲究指官事吓嚇乡民吗),登时摇车大辆,往陈家村儿进发。究竟两村距离多远,上文既没说,我又没有到过,只好是说书的嘴,说到就到。到了陈锡九门口儿,把车支上,一打大门,说:"我们送粮来咧。"陈锡九正在房中,出来一看,才知是老丈人送交的罚款,及至近前一看,全是多半口袋,抓出来一瞧,又搀糠对土,不由哈哈大笑,拿着米样子去见夫人。

且说陈锡九一瞧这头车的谷子,是糠多米少,不由哈哈大笑。赶车的说:"你这儿有下肩儿的②吗?还是你有人抗呢?"锡九说:"你们不用往下抗,容我到院里叫人去。"赶车的说:"你可别叫那抗小口袋儿的。"(锡九不懂,陈家村也没有那路人。)锡九进到院中,直奔上房,此时周忠也出离街门,要帮着卸米。锡九进到上房,对夫人说:"娘子,你看你们这位老人家可怎么好?"周氏娘子不知什么原故,连忙请问说:"又怎么得罪了你老咧?"锡九说着话,把搀糠的谷子往桌一扬,说:"你瞧这米,怎么让人吃?分明是以小人之心而度君子。虽说知府批罚他这一百石谷子,那是官事,怎见得我准收呢?里面连糠带土不够六十石,莫如我一石不要,原车叫他们拉回去,省得他老人家心疼。"说完往外就走,周氏娘子说:"丈夫不必动怒,何妨让他给换好的呢,不然恐府台大人怪罪,官司又许翻供。"锡九说:"这倒不能,娘子不必过虑。"说完走出门外,告述赶车的:"一百石全行③璧还④,就说我姓陈的耻食周粟。"(要学伯夷叔齐⑤,足见人家是念书的人,典故记的多喽。)赶车的莫名其妙,说:"这件事是你们爷儿两个先说明白了,再往回拉,我们不敢做主意。"锡九一听,吩咐周忠押着车辆送回周家,就说我姓陈的现在有粮食,俟等缺少的时候儿,再向府上取用去也就是了。周忠见主人辞意婉转,这才带着车,送回周家村,交明老周。老周一听陈

---

① 输运:运输。
② 下肩儿的:卸货的搬运工。
③ 全行:全部。
④ 璧还:敬词。表示退还赠礼或归还借物。
⑤ 伯夷叔齐:源于典故"伯夷叔齐不食周粟"。武王在父亲死后拉着灵柩讨伐商纣,伯夷和叔齐认为这是不仁不孝之举,在武王灭商建立了周王朝后,义不食周粟。

姑爷不要,这下子可便宜大咧,运出口去①,也能卖好多的银子哪,吩咐照旧倒在囷②内,赏给周忠一串老钱。周忠又见了见老夫人,然后回陈家村,从此两姓虽然是至亲,翁婿还是两不见面儿,周氏娘子也不敢张罗住娘家去。

　　书中代表,陈锡九从得了府台两匹骡子,又有银子,又有皮袄,新近府台又批了一百石谷子,这件事一传扬,远近各村都知道陈锡九发了大财,有同陈十九一块儿几个赌友,这一程子输急咧,凑到一处,讲论起这件事来。赌博场中有的是贼盗,听见很眼馋,又都晓得锡九家里人口少,墙门又不坚固。"莫如咱凑几个人,跳墙进去,得偷就偷,如果不行,咱们抢完一走儿,他有知府的人情,咱们躲到外乡去,也就得不着咧。"大家商量好了,耗到三更多天,跳进院墙,一个人先把街门开开,又放进一个来,留两个在门外寻风③。刚才进来,老仆人周忠听见院中有许多脚步声音,爬起来隔窗一瞧,原来是几个贼,周忠扯开嗓子一喊说:"东街坊,西邻舍,快帮着拿贼哟!"这几个贼虽说商量要放抢④,究属贼人胆虚,又怕陈十九赶来,不是他的对手,况且半熟脸儿。先进来的两个贼一瞧,靠门是牲口棚,骡子正喂着哪,赶过去每人拉上一匹,往外就走。出街门各骑一匹,一□腿儿,跑出村去。门口外寻风的一瞧,骑骡子出来了,一定是得手喽,跟着追下来,至于如何分赃,暂且言讲不着。但说锡九夫妇被周忠惊醒,追赶出来,贼已逃去无踪。

　　且说陈锡九夫妇被周忠惊醒,赶紧起来一查点,只见街门大开,骡子是丢咧。此时有本处街邻,都赶来问候,锡九一一谢过,说是少了两个张嘴物儿,也倒不错,小生留着也没用处。大家走后,锡九嘱咐周忠关好门户(贼走关门,就是这年兴的),又睡了一觉,从此仍是照旧温理旧业。

　　一幌儿半年多,已是残秋景况,锡九白昼不得用功,放学回家,吃完晚饭,点上灯烛,用起功来。周氏另在里屋做些针黹活计,彼此都不寂寞。老仆周忠上了年岁,困得早,已在厨房安息睡觉。锡九越念越高兴,高声朗诵的吟哦起来,念到得意的地方儿,闭着眼睛,摇着脑袋,隔窗一瞧,简直是活电影儿篇子。这是前些年文人积习,如今学堂毕业生可没这路现像。直念到四更多天,周氏

---

① 运出口去:把货物运往外地。
② 囷:古代一种圆形谷仓。
③ 寻风:为正在进行的偷盗等秘密活动的人观察动静。
④ 放抢:放开手抢夺他人财物。

在里屋灯尽油干,周氏只好先行和衣睡下,锡九还高着兴呢。

正在这个功夫,听街门外头好像有人摇撼门,咕咚咕咚,声音很乱,锡九心中乱跳起来,放下书本,侧耳细听,不像是人打门,心说:"莫非是鬼吗?不能!八成儿又是贼。"有心不理。少时把门摇的脱落下来,还是一样受损失,炸着胆子①出了屋门,喊了两声"老周哇,老周。(要唱《董家山》。)"

再说周忠上年岁的人,别听犯困早,究竟惊醒,听门响已然醒咧,如今听主人喊,连忙答应,把衣裳胡乱穿好,提上鞋下地敲火点灯,然后才出到院中,凑近锡九跟前,说:"主人不必惊慌,你我上前把门开开,咱各人拿上一根木棍,若是歹人,给他个'金风未动蝉先觉,暗算无常死不知'②,搂头③一棍打倒了,自然也行咧。"锡九点头,二人一前一后,往外走着。锡九抄起一根火棍儿,周忠到了门后头,悄悄儿把门闩摘下来,然后再撤阡棍儿,方才撤去上面的,外面力量很猛,往里一闯,把下边的阡棍闯折,一挤把周忠挤在门后,门闩就不能再要咧。锡九手执火棍儿,哆哩哆嗦手起棍落,往下就打。原来进来的不是人,是两匹牲畜硬挤了进来,锡九不便再用棍打,连忙闪身儿,再偷眼往门外一瞧,并没个人影儿。

周忠容牲畜挤进来,这才出来,见两匹牲口直奔那间骡子棚,此时大边半轮残月将才东升。周忠说:"主人不必害怕,大概是从前被贼偷走的骡子回家来咧。"锡九说:"我先把门关好,你到房中取出灯来,一看便晓得是不是咧。"周忠答应,放下门闩,直奔厨房去摘油灯挂子。

再说周氏娘子听门响,又听丈夫出门,也赶忙的起来,侧耳静听。及至听主仆这们说,就把锡九的书灯剔了剔,用手举着,开开屋门出到院中,说:"老周哇,你不用费事去咧。"说着往前凑合,周忠见主母出来,赶紧说:"姑奶奶慢着点儿。"说着话赶到骡子跟前,一瞧毛都湿咧,张着嘴唏嘘直喘,鞍子上全搭着一个大皮口袋,用手一摸冰凉挺硬,想往下搬,一伸手却挪不动,把口袋嘴儿绳扣儿解开,从上往下直掉元宝④。周忠乐的拍手掌,锡九对周氏说:"娘子,父母的话语今天果然应验。"

---

① 炸着胆子:鼓起勇气。
② 金风未动蝉先觉,暗算无常死不知:指不知死到临头。(《元明清文学方言俗语辞典》)
③ 搂头:照着脑袋。(《新编北京方言词典》)
④ 底本作"元老宝"。

且说陈锡九一见皮口袋中掉出银子，自然也是欢喜，对周氏说："嗳呀，娘子，先父之言果然不假。如此看来，古人说"塞翁失马"，是却有的事了哦，哈哈。"周忠说："你先别打哈哈，不用说，大概那一口袋不但有银子，还许有红绿货①哪。咱们别紧自②压着骡子，先搭进房去，收藏起来方好。"锡九听着有理，这才掳③胳膊挽袖子，帮着周忠把皮口袋搭下来，抬进房去，然后把那匹骡子身上搭的皮袋拉过来，把地上银子捡起来，放在里面，两个人抬着也搬进上房。周忠忙着预备草料，一想半年多没有牲口，喂什么呀，只好把厨房剩的大米饭给端了过来。骡子此时卸了重载，才略微缓过点气儿来，心说："我卖这们大的力气，净让我白吃饭，我可合不着④。"（这是骡子吗？过完年节⑤闹油⑥的徒弟。）

再说锡九到了上房，告述周氏多点两只蚁，把两个皮口袋倒出来数了数，两口袋共总⑦四□八个元宝，按总数说，自然是两千五百银子。另有一包金珠首饰，摸不清⑧值多少，反正按数目应合金万斤。别说黄金，就说银子是十六万两，什么骡子也驮不动八万银；要说钞票，老周永久有现银子（看财奴吗），故此只好用金珠圆谎⑨吧。周忠把骡子打点完咧，也到上房给主人道喜，主仆三人都纳闷，不知这银子是那里来的，连忙藏在箱柜之内。

次日周忠上街一打听，才听说是周家村昨晚闹了明伙⑩盗案，不但抢去许多银子，而且伤了人，又细一问讯，正是旧主人家。贼人将银子驮在骡子上，恰巧本县团勇⑪赶来，将贼赶跑，骡子一害怕，驮着银子惊到陈家村，认识旧主人的门户，所以闹门。（这些地方儿全叫做"无巧不成书"。）

但说老周从官司完结，腿上就生疮，又遭这场明伙，连急带气，又心疼银

---

① 红绿货：指宝石、翡翠、玛瑙、珊瑚等珠宝。
② 紧自：一个劲儿地，不停地。（《老舍作品中的北京话词语例释》）
③ 掳：捋。
④ 合不着：不值得。（《新编北京方言词典》）
⑤ 年节：春节，农历正月初一。
⑥ 闹油：起哄，吵闹。（《北京方言词谐音语理据研究》）
⑦ 共总：总共。
⑧ 摸不清：摘不清楚，不明白。（《新编北京方言词典》）
⑨ 底本作"慌"。
⑩ 明伙：公开抢劫、盗窃。
⑪ 团勇：团练兵。

子,次一日居然大病,而且从得病就不进饮食、不说话,谁要是探问,用手指指心,用手指指柜子。周夫人赶紧延①医调治,也不见效,不上几天,竟自一命呜呼身死。家中所剩的金银虽无多了,田产自然仍是不少,正是"一文将不去,唯有孽随身(背上《玉历钞传》啦)"。周老太太一瞧,连忙给两家女儿送信。王家一听,恰巧二姑娘正在做月子不能回来。到了陈家,锡九是不念旧恶,连忙打发周忠到本村中②,同人借了一辆车板儿(自己有骡子吗),赶紧套好,周忠赶着,周氏娘子坐好,一摇鞭直奔周家村而来。到了白棚③,周氏怎么下车,进门怎么哭天抹泪,同母亲彼此的诉委屈,一概不必细说。

好在周家有的是银钱,不必同姑奶奶告帮,总算是量力而为的发丧。到了是日④,陈锡九虽同岳父爷儿两个不对劲,俗语儿说,"人死无毒",按照规矩也去吊丧,并且出了一个大分资(这叫人家的油儿,炸人家的肉)。到了发引⑤这天,把个老周葬于祖茔之侧,至到抓把土儿把老丈人埋好,锡九夫妻这才回归陈家村。周氏很感念丈夫有度量,谁知日有所思,夜有所梦,这才得了一场异兆。

且说周氏娘子给父亲送殡回家,到了夜间方才睡着,忽然一阵阴风,把房中的灯光刮的变成绿苗儿,前边走着一个黑脸大汉,头上盖着披发,颏下连鬓胡须,腰系虎皮战裙,嘴里喊说:"拉着走。"(这是《聊斋》吗?《滑油山》。)后面跟着一个年老的人,披枷带锁哭哭啼啼。周氏未免纳闷儿,用眼仔细辨认,才知正是死去父亲,刚要问父亲身犯何罪,就听周老头子对自己说:"嗳呀,儿呀,为父生平所做所为,全都不是人行,如今悔之已晚,想挽救已是无及的了。所受阴曹的罪孽,不知几时方能赦免,是我与这位长官打听,蒙他指点,说是若能求太行陈总管代为说情,可以从宽发落。幸尔⑥路过你家门首⑦,望求吾儿向你丈夫替我恳求他给做一封信,派人送到太行山前,将书信焚化,必有应验。

---

① 延:引进,请。
② 底本作"本到村中"。
③ 白棚:办丧事搭的棚。(《北京话词语》)
④ 是日:这天。
⑤ 发引:旧时丧葬仪式,送殡时亲友送灵柩出家门。(《北京话词语》)
⑥ 幸尔:幸而。
⑦ 门首:门口。

吾儿,你,你,你不要忘怀方是孝女。"周氏听到此处,正要答言,就见这个黑大汉不容分说,拉着父亲已然走出房门,周氏往外就追,忽然惊醒,原来是一场大梦,心中一酸,呜呜咽咽放声恸哭起来。

锡九睡在梦中,被夫人哭醒,连忙过来解劝说:"娘子,你有什么心事,何妨对我说明?咱们称得起是患难夫妻,平日十分恩爱,有什么不称心,你只管明说,我是言听计从,你不必伤心。"周氏听丈夫这样问,就把自己所做的梦境之事从头述说了一遍。锡九一听,说:"这有何妨?从那前些天,我就发起一个心愿,要到太行祭奠先父母去,因为家中事情忙,不能离身。如今既有老岳父托情的事,我何妨亲去一趟,岂不比遣人去强吗?"周氏一听,丈夫总算面子足,说:"既是丈夫肯受累亲去,那更好咧,好在家中有骡子,你把周忠带上,途中也有个伴当。"锡九说:"娘子说的虽是,只是家中没有妥靠的人,也是不行的。"周氏娘子说:"奴那天在娘家听我母亲说,现在父亲一死,用不了许多人,明天将周忠叫上来,打发他到我母亲那里,叫几个妥实的男女仆人来帮着奴家,岂不两便么?"锡九说:"娘子诚然①高见,并非位置私人②,卑人谨遵懿命③就是。"夫妻计议已定,又睡了一觉。

第二天锡九把周忠叫上来,对他一说,周忠答应。饭后到了周家,见了老安人④,把姑老爷吩咐的话述说了一遍,夫人喜之不尽,就把从前伺候女儿的两个婆子打发给女儿去做伴。周忠又挑了两名男仆,左不是"高升""晋喜"等名字,同夫人一说。夫人说:"自从周家遭了这场明伙,是入不敷出,老身抱定⑤减政主义,是越省越好。再说现在老主人一死,还有许多外欠⑥,田产也非出脱⑦些亩不行,有买主你要在心⑧才好。"周忠答应说:"是,那只可等老奴回来再说啵。"于是带上男女仆人回到陈家。锡九嘱咐娘子许多话,次日是黄道吉日,备好骡子,带上盘缠行囊,从此起身,直奔太行山。应当怎么走,在下没

---

① 诚然:果然。
② 位置私人:此处指为亲戚朋友或以私交、私利相依附的人安排职位。
③ 懿命:德行美好的女子的命令。
④ 老安人:对老妇人的尊称。
⑤ 抱定:拿定,认定。(《新编北京方言词典》)
⑥ 外欠:向外欠下的债务。
⑦ 出脱:脱手出卖。
⑧ 在心:留心,注意。(《老舍作品中的北京话词语例释》)

到过,沿路又没有什么可说的,左不是饥餐渴饮夜宿晓行。这天到了山下,锡九预备好香烛祭礼,要来祭奠双亲。

且说陈锡九来到太行山下,先打了一座客店,住宿一宵,所为有地方儿寄存骡子。次日用了早饭,同店家打听太行山上有总管神祠没有。店家说:"山中大小庙宇有许多座,只听说有山神、土地庙,没听说什么总管神祠。"锡九一听,十分为难,有心见庙拜庙,究竟那座庙有父亲,不敢混认。□□了会子,才想起一个主意来,就在山口里头平坦地方烧香磕头,祭奠一番便了。打定主意,叫周忠在集镇上备办三牲祭礼,并香蜡纸马,又同店家借了一分香炉、蜡扦五供祭器,雇人挑着进了山口。

此时日色已然平西,供献完毕,陈锡九恭恭敬敬的行了个三跪九叩大礼,周忠随在后面,也跟着行礼。锡九行完礼,周忠①说:"姑老爷,咱们回店去吧。"锡九说:"你看壶中有酒,盘中有菜,你我主仆把这残供享用完毕,你带着挑夫,将供器送回店房,我今夜就在这山中住宿一夜,万一先父有灵,我们父子、母子再团聚一夜,也不②枉大远来此一趟。"周忠一听,不敢谏言,说:"主人虽是孝心,无如此处既没房屋,未免寒冷。"锡九一笑,说:"当年我寻父骸骨之时,在西安城外永久露宿,如今身上衣服多,又有酒肉在肚中,这有何妨?你不必多管我的闲事。"周忠不敢再说,只好打火烧些柴草,把酒筛热,菜可没法子温。锡九席地而坐,胡乱用了些,下剩③的周忠带挑夫分着吃完,然后把供器收拾干净,告辞而去。剩下锡九一个人,跪在平地上祷告了几句,然后找了个避风所在,闭目合睛,学着老道打坐的功夫,静听自己口鼻呼吸之气,想着至诚感神,到时父亲必定打发功曹来唤自己。谁想耗了一夜,并没一点儿显应④。次日一早,周忠备了骡子来接自己回店,到店房歇了一天,次日仍按旧路回家。

再说老周跟前⑤有几个少爷,都是酗酒不法(不然就能打群架了吗),可又不会生财,只能花钱,老周一死,日月一天比一天穷。周老太太时常到二姑奶奶家乞求借贷,这位二姑爷王孝廉会了几次试,总未得中,大挑知县分发到任

---

① 底本作"爷"。
② 底本无"不"字,据文义补。
③ 下剩:剩下。
④ 显应:显灵。
⑤ 跟前:靠近面前,近处。(《北京土语辞典》)

之后,看见钱就敢使,被老百姓们告发,抚台察出实在①劣迹来,奏参革职,不但追赃,还科②了个全家发往沈阳,给官兵为奴的罪名。王家唱了《起解》③之后,周家老娘儿几个也不能再沾光了,只好时常来找锡九。锡九虽同大小舅子没什么感情,究竟看在岳母的面子上,年供柴月供米,养赡周家一户人。

　　这段书在下随说随批评,无非不诸劝告之旨,给蒲先生圆谎,唯王孝廉这一方面没有细说。篇终异史氏④所评的前数句,不过劝人不可势力眼,末后另有几句,恰合目下⑤时事,说或以膝下娇女,付诸颁白⑥之叟,而扬扬曰:"某贵官,吾东床也。"不上几年,便守了寡,已经可惨喽,况且把年轻女儿跟随丈夫发遣远方呢。予读至此,试观目下北京,多以爱女图些财礼⑦,给与外省军商带回家去,且有被转卖为娼的。时有所闻,尤为令人浩叹。书说至此,□明另换新题。

---

① 实在:真实的。
② 科:判罚。
③ 《起解》:旧时"起解"指开始押犯人上路。此处应为京剧传统剧目《苏三起解》。
④ 异史氏:蒲松龄在《聊斋志异》一书中的自称。《聊斋志异》里记有许多怪异的事,不同于正史,故称之为异史。
⑤ 目下:眼下,当下。
⑥ 颁白:斑白。
⑦ 财礼:彩礼。

细　侯

　　《聊斋》四百余段,本报接办八年,每年平均廿余篇,算来已经过半。再除零星故事,或无意味之谈,苦苦搜罗甚为难,只好随时添换。上回所说《妖术》,颇近怪诞谣言,害人遣鬼为讹钱,到头反遭刑典。卜者含沙射影,可称诡计多端,近日殃民大贪官,惜无于公神剑。

　　几句流口辙书词儿念毕,接连着还是说《聊斋志异》。今天开篇为什么说这几句词儿呢,皆因医卜星相同举子,都在九流之内,原不外行道济世,质而言之,全是养生换饭吃的一种道路。所谓"养家千样,道路各别",十万弟子,各有技艺儿。除去八股匠同医道,非有几年真功夫,受过点儿真传授之外,其余那样,都没有专门学徒的。大半读书不成,或困于异乡,幼年看过些杂书,势出无法,在街市看相卖卜,借八面锋①的口才,换碗饭吃②。然而可有一节,存心如果正直,也能于人有益。譬如某人未占卦,自己因无生路,想要寻死。卜者看出他的意思,应告述他某方有贵人。此人既信卜来占,按指定之处走去,多有绝处逢生的。若有人来问词讼,当告以目下月令③怎样不旺,千万忍耐,必须过什么节令后,方能见旺。此人听信这些话,自己大事化小,小事化无,不但与两造有益,而且与有司官省好些笔墨心思(可是破坏卖状纸的买卖)。既隐寓劝人为善,又可补教化于无形,如此做去,即便受他几文卦礼,问心也就无愧了,万不宜虚言恫吓、故神己术。若像上段说的这个《妖术》卖卜的,事所或无,这路坏心的人那时都有。不必真能遣鬼,其所驱遣的党羽,真有甚于鬼的。话

---

① 八面锋:形容说话圆滑、模棱两可,怎么说都说得通。
② 底本作"换盌碗吃"。
③ 月令:命运,天数。

可是又说回来咧,卜以决疑,非大疑难事,大可不卜。若多疑忌之人,时时以卜为前提,破财事小,误却许多好机会,同妖由人兴是一理。

今天这几句闲话,是补上段所不足的。既然更换目录,写着《细侯》,不便再说上回的事。您上眼往下瞧,这段可比那段花梢热闹,而且纯乎人事,没有鬼狐妖仙。那位说:"你说了半篇,到底这细侯,是那个朝代的世职呀?如今不关俸①,莫非饿细了腰了么?"不是真侯爵,是个有心的女英雄。(其实封此人侯爵,他还许不要哪。)闲话打住,且说昌化地方,有一个姓满的秀才。原文没名号,从此就说是满生,是个风流才子,未娶妻室。这年在余杭,设帐教读,馆金虽不丰富,好在供馔下榻。彼时年景好,满生积攒②了个三头③五两的。这天放学之后,天色尚早,随便换了身衣服,想出城游玩遣兴。出馆顺大街往前行走,见临街有一所楼房,修盖的华丽,自己并没往上看。刚到楼下,猛然坠落下一个鲜荔枝皮儿来,满生抬头一瞧,原来楼上有位绝色的佳人。

且说满生,本是个风流年少④,走在街上,人才出众,不亚如鹤立鸡群。正由楼下经过,猛然从上面掉下个鲜荔枝皮儿来,鲜红可爱,正打在左肩头上,这还有不抬头瞧瞧的吗?往街心走了两步,往楼上一看,这座新式楼房,临街有一槽万字栏杆,油饰的是月白砖色。楼栏杆上爬伏着一个十六七岁的美貌女子,穿戴的非常华丽。再往脸上一瞧,眉眼清秀,别提有多得人意儿⑤咧。满生此时是魂飞天外,所舍不得走了。就见这个姑娘,低着头往下看着自己,含着笑容儿没肯说话,一转香躯跑到楼门,伸玉腕轻掀绣花帘子,进楼而去。满生又瞧了个后影儿⑥,越显着风流可爱。自己心说:"这是谁家的美貌娇娘,为什么没有女仆丫鬟呢?他这荔枝皮儿,八成儿是诚心打我,拿我当做潘安了。既然有情爱我,我总得打听打听,他是什么富商大贾的家眷。"想到其间,往对门一瞧,有座茶楼,自己奔到楼门。

迎门柜上坐的人招呼说:"先生,用茶用酒请楼上坐吧。"满生点头说好,顺

---

① 关俸:领取薪俸。(《北京土语辞典》)
② 攒:儹*。
③ 头:表示大概的数量。常用于"三头五两""三头五百"等。
④ 年少:少年。
⑤ 得人意儿:惹人喜爱。(《北京话词语》)
⑥ 后影儿:背影儿。

楼梯走了上去，见桌凳整齐。此时是下午时候，没多少座客，自己拣靠楼窗的一个座位坐下。堂倌过来，问贵客用什么茶，满生叫他烹了一碗龙井。堂倌答应下去，一会儿功夫送过茶来，跟手儿①打过一个手巾把儿来②。满生接过，胡乱擦了一把，不顾得③递给堂倌，直勾勾的两眼，往对面楼上看着。堂倌说："贵客有约呀，还是一个人随便遣兴呢？"满生说："吾是偶然口燥，特来喝茶的。"说着才把手巾递给堂倌。堂倌刚要走开，满生说："吾同你打听一件事，你可晓得这对面楼房，是什么人的住宅？"堂倌微然一笑，说："哟，原来你老是个老外④呀，你看那楼的颜色，还不晓得吗？"满生说："怎么看颜色就应该晓得呢？"堂倌说："大凡住宅的楼房，阔主儿讲雕栏画阁，门窗多是绿油。柱子讲究是硃红，即便不用硍硃⑤，也多是红土子⑥油儿。像我们这路买卖铺面多是黑柱子红窗棂，好花梢的也有油绿色，画竹节的，不然就是白坯木头，都可以自己随便。唯独他们行院⑦楼房，永久只许油深蓝色，所为人家一望而知，不然怎么管娼寮⑧叫青楼呢？"满生一听，说："原来对门是一家乐户⑨，但不知他们有几个粉头⑩？"堂倌说："我们这余杭城里的乐户，不同北京全住大杂院儿，讲究的是独门独户。这家掌班⑪的老板姓贾，他的姑娘儿芳名细侯，方才我隔楼窗看见一眼，八成儿是等什么贵客呢。"满生一听，说："如此说，是人便可以接见的了。"堂倌说："那是自然，人家同我们这楼一样是商业性质，还有拿财神爷往外推的吗？"正说到此处，从楼下上来一帮茶座儿⑫，堂倌走开，另张罗去了。满生一瞧，自己茶都凉了，斟了一碗，一面喝着，一面出神的寻思。一会堂倌过来续水，满生说："我再同你打听打听，但不知见一面应花多少钱？"堂倌说："我

---

① 跟手儿：随即，顺势。(《北京土语辞典》)
② 打手巾把儿：旧指在戏院、影院、茶馆儿等场所为顾客递毛巾。
③ 不顾得：顾不得。
④ 老外：外行，老憨。(《北京话词语》)
⑤ 硍硃：最早的鲜红色的颜料，可用于建筑物。
⑥ 红土子：一种低廉的颜料，暗红色或淡红色，可用于建筑物。
⑦ 行院：妓院。
⑧ 娼寮：妓院。
⑨ 乐户：指妓院。(《北京土语辞典》)
⑩ 粉头：妓女。
⑪ 掌班：这里指掌管妓院。
⑫ 茶座儿：原指饮茶的地方，这里指喝茶的顾客。

们那儿不是有牌子吗？每位制钱①六十文。"满生连忙摇头，说："我问的是对门贾家楼的茶资②，谁问你的茶钱？"

且说满生既晓得对面楼房是贾家娼楼，是人花钱便可前去，只是不知应花多少钱，所以同堂倌打听行市。这个堂倌一瞧这个书呆子，是认上扣子咧，可是在我们茶楼只喝空茶儿，连碟点心不用，心中有些不喜欢，特意跟满生开涮③。于是把脖项一缩，舌头一吐，微然一笑，说："喝，我的老先生，你老要问他们那楼的事，向例不收茶钱。比如你老高兴要去招呼他家的姑娘儿，你可得先期斋戒沐浴，换上鲜明衣帽，带上名片，早早儿的到门房儿递上去。随名片有一分门包，四两二两量力而为，人家门房儿给你老挂上号，请你老在楼下候着，此时姑娘儿还未必出被窝儿哪。到他起来以后，先得拢头裹脚，随后洗脸梳头，漱口喝茶，吃点儿点心，所做情④够了，这天总就在两点以后了。然后门房儿把求见的诸位，按照进门的先后，替回上去。姑娘按名片瞧一过儿，若是耳目中夙日知道有这几个人，可以特别优待，立刻往里请。请上楼无非略坐一坐，谈几句话。他一捧茶，伙计们就喊送客。若是他心里不高兴，接过名片就告诉挡⑤驾，或今日还要出局⑥，您只好改日另去吧。至于您要想跟他楼上吃顿客饭，或摆桌酒，纹银二十两，也不过陪您坐一会儿。要想留住，那可得看本人儿的造化，花多少银子是没有定价的。"满生一听，说："一个娼妓怎么这样大的架子？"堂倌说："这都是花钱的先生们胡想巴结，才把他们惯起来的，谁叫位位情殷报效呢？"满生听到此处默默无言，跑堂的乘势溜开，满生也不想再喝茶了，从钞囊中掏出茶资放在桌上，站起来往外就走。

堂倌过来数数茶钱，正够六十制钱，连个小费没有，自言自语的说："大忙忙儿的⑦，跑到我们茶楼打听嫖娼的行市，又多一个小钱儿不花，这路重一面儿啬刻⑧鬼，净等人家坤角儿捧你吧。"收了茶具，另张罗别的座客去不提。

---

① 制钱：清代的铜钱，中有孔。（《北京土语辞典》）
② 茶资：茶钱。
③ 开涮：比喻戏弄，耍弄。（《新编北京方言词典》）
④ 做情：作兴。
⑤ 挡：搅＊。
⑥ 出局：妓女离开妓院到外面陪酒。
⑦ 大忙忙儿的：正忙碌的状况。
⑧ 啬刻：吝啬，苛刻。

但说满生，下楼一瞧，太阳已经衔山，有心就去拜访细侯，一想没带名片，而且见人家楼门已关，大约姑娘儿相许出局赴约去了，不如回馆的为妙。想到其间，往回路走，细想方才茶博士①的话，也未必可信。可是看人家那样局式②，若是花个三头五两的，就能让人家作情大概是万不能行的，一面盘算着回到馆中。馆僮说："先生回来了，你老八成儿在外面同朋友用过饭了吧？"满生一听，才想起自己还空着肚子呢，连忙说："吾未曾用饭，无非瞎绕了会子，喝了个空茶儿，你赶紧给我开饭吧。"馆僮敢怒不敢言的，跑到厨下给端了一分剩饭来，放在桌上，说："厨师傅没在家，您只好吃点儿凉的吧。"满生说："凉的我也将就了哦（要唱《拜杆》），你放下就是。"馆僮给盛上饭，然后走开。满生一面往嘴扒拉③饭，一面想："方才细侯在楼上低着头的神情儿，总是有心爱我。我若不去，他还许为我害相思病呢。明天按照堂倌教的办法，竭④诚去拜细侯，或蒙接见，他是三生有幸。"想至此处饭也不用了，想要睡觉。谁想心中有事，终夜不能安眠。

且说满生，回到馆中胡乱用些晚饭，张罗睡觉，躺到床上，越想："细侯方才同自己的那些儿劲儿味儿十分有情，心中必是有了我啦。皆因怕官家取缔，不好意思跑下楼来违章拉客。明天我按着茶博士所教的法子，破个三头五两的，去拜会一趟。他若肯容我一见，就可以从此入步了。"心中这一胡叨念，把困也混过去了。肚中又觉饥饿，要睡更睡不着咧。于是穿衣坐将起来，一个人在馆中坐以待旦，不亚如入斋宫坐对铜人一样。（讲究至诚吗？）

好在天长夜短的月分儿，一会儿天光大亮。馆僮过来，张罗给先生预备漱洗应用⑤之物。满生告述馆僮，转告学东，今天有事放学一天。馆僮同东家学生一听，自然都狠乐意，说："那们请问先生，早饭还开不开了呢？"满生说："吾虽然有事，可是午后的约会儿，早馔⑥依旧要用的。"馆僮心说："好饿的老师，

---

① 茶博士：卖茶的人或茶楼的伙计。
② 局式：格局，气势，气派。
③ 扒拉：拨。也说"扒搂""爬拉""划拉"。
④ 底本作"谒"。
⑤ 应用：需要使用（的）。
⑥ 早馔：早饭。

一顿儿都舍不得空过儿。①"答应退出。满生梳洗完毕,自己从书桌抽屉里找了一张顺红纸,裁成一个大名片,恭恭敬敬的写了个"辱爱生满生"一行小字儿。然后又将本月的四两束脩,从新打开瞧了瞧,用红棉纸包好,自己又打点会子。少时见着细侯应当用什么样水磨②功夫,极力巴结。功夫不大,馆僮开上早饭,左不是还是两炒一熬,豆腐上取齐儿③的饭菜。满生是饿劲儿,又不知今天得伺候到早晚④,方能再同老饭见面儿,狼吞虎咽的,啫⑤了个十分饱,方叫馆僮捡傢伙。然后从新又洗了一遍脸,换上上好的常礼服,真是正其衣冠,尊其靴帽,把名片放在护书之内,把银包子揣在贴肉衣兜⑥中。

　　馆僮见先生打点护书,说:"师老爷,要是拜会什么贵客,我跟着你老去,给你当长班吧。咱们爷儿两个,走着既不闷的慌,万一待饭,小的不是还闹顿中桌哪吗?"(又是一个饿嗝⑦。)满生一听,连忙摇头,说:"狗才,胡说,我今天去的这个地方,是要有规矩的。你不懂礼节,倘或失了体面,于我的事大大的不便,你就好好儿的替我看馆吧。"书僮把嘴一撇,说:"既不带我前去,你就不用多嘱咐了,反正咱们全是被雇的工人。我将来发财,娶妻生子,用你教书,也是依样的宾主,谁希罕⑧巴结当你的奴才呢?"满生一听,皆因不肯带他去,立刻将"爷儿们⑨"名称取消,要讲共和,心中暗想:"这杭州孩子,实在难斗。"自己有心事在怀,也无暇同他较真儿,又找了一柄折扇,一步三摇,扭⑩出书馆。

　　顺昨天走的道路,仍奔那条大街而来,走道可是溜着⑪墙根儿,怕遇见熟人,又怕脏了靴底。此时天色不到正午,街上游人尚少,好在一个熟人没遇见。穿街越巷,一会儿来到昨天挨打的那点儿地方。抬头一瞧,上面没人,这才顺

---

① 空过儿:当时有"贼不空过"的用法。这里指连顿早饭都不愿放弃。
② 水磨:原指加水精细打磨,比喻做事周密细致。
③ 取齐儿:以某一物为标准,使其他的与之同等,或在体积重量上同等。(《北京土语辞典》)
④ 早晚:什么时候。
⑤ 啫:底本作"喏"。
⑥ 衣兜:衣服的口袋儿。
⑦ 饿嗝:讥嘲不顾礼貌、只管贪婪吞吃的人。(《北京土语辞典》)
⑧ 希罕:稀罕。
⑨ 爷儿们:长辈、晚辈男子合称,或男子为显示或夸耀时自称。(《北京话词语》)
⑩ 扭:底本作"妞"。
⑪ 溜着:沿着,顺着。

墙根儿，找到巷口儿。见有个随墙门儿①贴着"咸阳贾寓"四个字，开着一扇门。满生想着不错，先摸摸怀中的银子，又打开护书，取出名片，把扇子掖在脖领儿上，双手拿着名片，在门槛外头喊了一声："回事②呀。"一会儿出来个伙计，一瞧满生，说："八成儿你老错投了门路③。"

且说满生，来到贾寓门口儿，恭恭敬敬的一喊"回事"，从院中出来一个毛伙计，上下打量了满生半天，笑嘻嘻的说："你老八成儿认错了门儿了吧？咱这地方儿，是外场人④来的，不是官场啊，你老……"满生一听，是北省口音，所说的话，仅懂得一半，连忙说："吾且问你，你们这里不是行院么？"伙计说："是呀，你老既晓得，做什么拿名片来拜堂官呢？我们这儿只有小堂客⑤儿，没有堂官。"满生说："吾且问你，你们这院中可有位名妓细侯校书么？"伙计说："不错呀，那是咱的老妹子吗！"满生一听，说："原来是舅老爷，烦劳替小生回禀一声，就说我满生是专诚拜谒而来，万勿挡驾是幸。"毛伙计一听，直要乐死，心说："也不是那里来的一个犯官迷的书呆子，大清早晨的跑了来犯老痰来啦。"可又不好不应酬，这才凑近一步接过名片，说："这话可似这们说，你老，咱家老妹子昨晚出了三个局，从衙门回来，已然三点半啦，此时还没有起床，你老可得耗会子。等他睡醒，我是尽着力儿的替你老往好里说，你可别发急呀。"满生一听，连忙答应："晓得，晓得。"又说："但只一节，吾是在门外等候呢，还是少刻再来呀？"伙计说："少刻来的话，是随你老自便。若是耐性儿肯等着，焉有站在门外的道理？暂且屈尊门房里暂坐。俺那大壶内是新沏的高香片，一碗还没喝呢。"满生说："如此说来，吾是要叨扰的了哦。"伙计说："既肯屈尊，就请进来坐吧。"又说："我头前引路。"

满生随着进到院内，见楼下是三间房，两间算门房带客厅，那边单间儿，有茶灶油桌，八成儿是厨房。毛伙计心说："真是改良年头儿，什么邪门儿事都有，没想到我也带混上执帖的事由儿⑥了。"此时已到屋门口儿，伙计说："你老

---

① 随墙门儿：住户街门的一种形式，在临街墙上开门，不另建门楼。
② 回事：禀报主人，拜访者求见。（《北京话词语》）
③ 门路：这里指"门"。
④ 外场人：经常出入于正式场合并且擅于交际应酬的人。（《新编北京方言词典》）
⑤ 堂客：妇人。（《北京话词语》）北京谓男子曰"官客"，女子曰"堂客"，来源未详。（《北京土话》）
⑥ 事由儿：职业，工作。（《北京话词语》）

请吧,可别嫌疵①不洁净。"满生说:"岂敢!"说话同进屋中,彼此就座,伙计先放下名片,用饭碗从大茶壶里给倒出一碗热茶,笑嘻嘻的放在满生面前,说:"你老坐着,我上楼看看老妹子醒着呢没有?"满生一想:"吾今天初次进门,蒙这位舅爷替我提前催请,又在客厅待茶,总算三生有幸。昨天茶博士所说之言,诚然不假,吾这银两不如早些送上,一定还许格外垂青呢。"想到这里,说:"老兄慢行。"说着从衣兜之中,把银包儿掏出来,说:"吾这里有些须薄意,望祈笑纳。"伙计一听,没见着人儿呢,先付开儿,不知是那路抓碴儿②叫插帮的,赶紧说:"你老这是怎么啦,我不敢接钱。再说,你老少时同姑娘儿搞③好了,要开发赏钱,我们也是由他手里接钱。要是我背着他们收受你老的财帛,他们是不容的。咱头上末下④的,你老怎么跟我开玩笑呀?"说着把脸儿一绷。满生才晓得人家也是行有行规,万般不是力笨儿⑤干的,不会花钱,拿银子都能反招闲话,连忙说:"既然老兄不肯赏收,想是嫌轻,少时再补奉就是。"

伙计拿上名片,出了院子顺台阶上后楼,满生坐在门房喝了一口茶,见茶叶虽酽,只是水碱,又带鱼腥气味,放下饭碗,呆默默静候细侯的玉音。

且说满生,坐在贾家门房,敬候细侯姑娘儿接见。一会儿的功夫,见毛伙计跑下楼梯,笑嘻嘻的说:"满先生,我们当家的请你老楼上坐呢。"满生说:"请问这当家的又是细侯姑娘的什么人,莫非就是贾老翁不成?"毛伙计说:"你老这个人原来没开过这种窍儿。我们这种买卖,同种菜园子、当行、庙主虽是一样的称呼,可有男女分别。我们这当家的是女的为尊,男的提不到话下。再说,虽是一样当家,可是对于自己女儿有点儿权利,对于花钱的老爷们同下人一样。"满生说了个"领教",跟着又问说:"既蒙当家的见召⑥,小生当上楼拜谒,但不知在细侯面前可替吾致意过没有?"伙计说:"你老不晓得,我们有话都禀知当家的,由他再传知姑娘儿。你老来意,请到楼上对当家觌面⑦说去吧。"

---

① 底本作"庇"。
② 抓碴儿:抓住一个机会进行争吵、申诉或责罚。(《北京土语辞典》)
③ 底本作"稿"。
④ 头上末下:指第一次前来。
⑤ 力笨儿:办事不内行的人,又称"力巴、劣把"。
⑥ 见召:召见。
⑦ 觌面:谓面对面,当面接洽。(《北京土语辞典》)

满生答应说"是",仍由毛伙计在前引路,自己轻摇春扇,提着衣襟上了梯子。

原来这楼是前后六间,后面依样的栏杆门窗,刚到廊檐下,早见软帘一掀,出来个五旬上下的老妇人,笑嘻嘻的说:"满老爷请坐。"满生连忙做了个揖,老妇赶紧的万福,说:"哟,我们可不敢当。"说话间让进楼门,请满生上座。然后问:"满老爷光临,总是赏脸,但不知与小女是在某处会过呀,还是慕名来访呢?如果要在别家朋友处赏识过,千万提出来,免得让孩子得罪人。"满生不懂这是怕自己是割靴腰子①的话,连忙说:"小生从来不交朋友,而且我又不是本城人。昨日偶然走至楼下,见令爱小姑娘,在楼上玩景,问之茶楼博士,方知为大名鼎鼎之名校书,故竭诚前来拜会的,但不知令爱小姑娘,可容小生一近芳泽否?"贾鸨母听到此处,才晓得这书呆子是影儿②迷。看他样子,虽是模样儿风流,说话儿温存,只怕他没有多少油水儿。好在女儿楼上这两天没什么客,不如替他问问去,愿接就接,不愿接再用话打发他。想到其间,说:"这们说起来,你老先生是慕名赏光喽,但只一件,我们细侯这孩子被我娇养惯了,性情骄傲,皆因时常病儿痛儿的,我又舍不得真管他,所以不会应酬客。昨天出了两个局,今天我还没过前楼去,不晓他起床了没有。"满生说:"烦劳妈妈代小生禀知一声,如允许小生一会,我可以在此等候。就请妈妈将名片代呈上去,以表恭敬之意。"老鸨子心说:"听人说,有上坟递职名的,还没见过逛道儿③的递名片的呢。"连忙拿起名片,说:"既如此,我们慢怠你老一会儿,容我去瞧瞧去。"满生说:"就请多致意吧。"

老鸨举着名片,掀起帘子,过前边去了。书中代表,细侯这个妓女,虽是红姑娘,却没烟花习气,已经起床梳洗,隔木板听贾母同人谈话,侧耳一细听,满口文话(不然怎么比我们这白话吃香呢)。"又说昨天见自己楼头玩耍,八成儿是昨天那个傻看我的,看他的样式④到像读书钟情之人,见见何妨?"正想到此间,贾母过来,见拿着名片,十分诧异,连忙说:"既蒙贵客辱临,快快请过前楼。"

且说细侯,听贾母说有个生客,慕名拜访,而且还有名片。接过一瞧,自称

---

① 割靴腰子:指争夺、占有别人所爱的妓女。
② 影儿:人的形象。(《新编北京方言词典》)
③ 逛道儿:这里指逛妓院。
④ 样式:样子。

罪爱生姓满,这才想起必是昨天自己误①落荔壳、打中肩头的那个书呆子。回想他昨朝走路的姿态,是个风流少年,所以赶紧说:"快些请进前楼。"贾鸨母低声说:"孩子,你且慢着,我看这个人虽是乍入花界②的个雏儿,只是既没带跟人③,又没车马。据毛伙计说,是乘着脚皮车子④来的(就是'步辇'⑤的别名,同我一样,不然怎么人家瞧不起呢),连个车马没有,身上没有多大油水儿,你见了面可留神你的簪环首饰,小心零碎东西。你别瞧说话儿和气,模样儿局气,一点儿不大气。(那儿来的这'三气'?)俗语儿说,'小白脸儿,没好心眼儿',大半就是他们这一路人儿,别名儿又叫'擦白党'⑥。咱们娘儿们虽不打算在他身上发大财,千万也别上了他的当呀!"(这叫姐儿爱俏,鸨儿爱钞)。细侯一听,说:"妈呀,这话不用你老嘱咐,况且人的品行好歹,不可以贫富取人。别瞧穿章⑦阔的,不但白嫖白吃,抽冷子⑧还有三只手的哪,孩儿从来不洋绉眼⑨。人家既老早的来了,就别□自蹲⑩着人家咧。"贾鸨母说:"一个打茶围⑪的生客,你要上赶着应酬他,未免失咱们娘儿们身分。你既是愿见,我给你让进来就是啦。"说着笑嘻嘻的过后楼而来,一手打门帘儿,说:"满先生,我们姑娘请你老呢。"满生赶紧答应了个"是"字儿,站起来一步三摇。

走过前楼,往屋中一看,墙上挂着许多名人字画,摆设着夏鼎周彝,案上有几落书籍字帖,并没有盆景帽镜,直仿佛进了小古玩铺似的(同假洋货店两路),心中晓得,必然读书识字。此时,细侯早迎了过来。一瞧,确是昨天打中的少年,连忙说:"妾风尘贱质,蒙君大驾光临,只因梳裹未竟,屈尊久候多时,

---

① 误:悮*。
② 花界:指娼妓一流的行业。(《北京土语辞典》)
③ 跟人:跟随的仆人。(《北京话词语》)
④ 脚皮车子:指步行,走路。
⑤ 步辇:步行。(《北京方言词典》)
⑥ 擦白党:19世纪20年代发端于上海地区,指一个特定的人群,专门靠女人养着,"吃软饭"过日子。要获得有钱的女人的青睐,要年轻、时髦、身材好、面孔漂亮,尤其是脸要白。因此他们经常用雪花膏之类的化妆品,"擦白"就是指涂抹雪花膏。
⑦ 穿章:装束,衣着。(《北京方言词典》)
⑧ 抽冷子:寻找别人不注意的机会突然做某事。(《新编北京方言词典》)
⑨ 洋绉眼:意思是势利眼。(《北京方言词典》)
⑩ 蹲:不理。(《北京土话》)
⑪ 打茶围:旧时逛妓院,多人拉妓女陪伴喝茶、饮酒或弹唱。(《北京话词语》)

千万恕罪。"说着话福了一福。满生满脸堆欢,说:"小生是仰慕芳容,专诚拜谒,起身忒①早,理应守候,方表敬忱,如何敢怪芳卿?"贾鸨母一听,两个人不叙事,净搞客套(贾鸨母从前给尺赎先生家当过老妈儿②),连忙说:"有话二位坐下细谈,我给你们烹茶去。"说话瞅着满生眼色儿,又问说:"咱们杜姐还没起床么?"细侯说:"他病了。"贾鸨母点点头,往后楼走去。

此时细侯请满生上座,满生往里间房一瞧,绣幕低垂,旁边有镜台等类,后面另有一个小门儿,大约是码子房儿③(可别当宝窝子④)。初次相见不便进入里屋,只在正中这间上首椅儿上落坐。细侯陪着,坐在下首,先问问满生籍贯功名,在余杭有何营业。满生一一回答,然后也问问姑娘的籍贯,因何从咸阳至此。细侯说:"妾幼失怙恃,被贾姓抚养成人,贾义父流寓江浙,数年前丧于此地,母女无法才卖笑苟活,操此贱业甚非所愿。"说着眼圈儿一红,好像要撒。满生刚要劝,见贾母托进一个茶盘儿来,彼此才打住话头儿⑤。满生起身说:"这到有劳妈妈了。"贾鸨母说:"呦,满先生说那里的话,别的不现成,一杯清茶还没有吗?"满生才明白这个本家儿不请荤局,永久清茶恭候。

且说满生,见贾鸨母烹进茶来。细侯接过来亲自斟上一碗,双手捧着,进于满生面前。贾鸨母在旁看着纳闷儿,心说:"许多王孙公子,每常来此,他并不这样周旋,今天是怎么咧?"搭讪着坐在一旁,也问了问满生的家乡住所营业。满生一一回答,无如心中惦念着同细侯攀谈,又不能往外撵人家母亲,心说:"这个老厌物,八成儿是在这儿吼钱哪。"想到其间,连忙从衣兜之内,把银包取出,双手放在贾母面前,说:"小生这里带有薄敬,奉送妈妈做为茶资,千万休嫌轻微。"贾鸨母一瞧银子露了苗儿⑥,立刻这喜欢不打一处来,连忙站起来,说:"呦,满老爷,满先生,你老爷只要肯赏脸,赏什么不赏什么,我们是满不在乎。况且您今天头次来,做什么就这们急呀,先搁在这儿不得了吗?"说话看着细侯,此时细侯也看出满生是有意细谈。(不怎么说四两哪!)自己同满生虽

---

① 忒:特。
② 老妈儿:又作"老妈子",供给太太、小姐役使的女仆。(《北京话词语》)
③ 码子房:栉子房。
④ 宝窝子:旧时赌场里的房间,通常挂着帘子。
⑤ 话头儿:话语,话题。
⑥ 苗儿:付出钱财的事,具体化时,初步交付的一部分。(参考《北京土语辞典》)

是初会,可是一见投缘,也好像有许多要说的话似的。见贾母同自己使眼色,连忙说:"既然满君赏赐茶资,母亲收过就是。"贾鸨母得了这句话,连忙从桌上把银子取在手中,用手掂了掂,约莫三四两,笑嘻嘻的说:"既是满老爷赏下来,我这儿可就依实①咧。谢谢你老,实不相瞒,今天正是给房钱的日子,我可少陪你老啦。"说着话站起来,直奔后楼,大约是瞧成色上戥子②去了。

满生见他这个神情,毫不见怪。细侯脸上到有些不好意思起来,说:"我们这路营业,好像总在钱财上注意似的,其实开销真大。再说,如果不为挣钱,谁肯做这行丑业呢?"满生说:"小生无端打搅,礼宜茶资加倍奉送才是,只是一介寒儒,手中艰窘。况且又在客中,望芳卿勿嫌菲薄是幸。"细侯说:"郎君何出此言,一杯清茶,焉能有多少定价?以后常来,不必将这些事挂在心上。"满生一听人家姑娘儿是劲③,连忙说:"芳卿嘱咐,小生紧记就是,但只一件,芳卿④名细侯,不知何人所赠,有何取意?"细侯说:"此名乃义父所赐,因贾义父曩在军营裏理笔墨,只身一人,先与母亲订定终身,因母亲不能生育,故抱妾抚养。因侯为贵爵,有坐镇之意,原非女流所能胜任,只是现今受封侯爵的,多由钻营运动⑤而来,若再袭封数代之后,自己直不晓'侯'字之义了。先父因此同武爵人戏言,故以此名赐妾,又加'细'字,皆因妇人有'细君'之称,取心思细密之义,贯于'侯'字之上,亦细君之例云尔。"满生一听,细侯要改文话,稍与名称不符。大概这位贾老先生玩世不恭之心,已略见一斑了。那位说:"你说了半天,原文怎么都没载着呀?"原文只是相见言笑甚欢几个字,我不能形容,只好揣摩蒲先生编造的意思,略说一说。可有一节,不但细侯文话名称不符,我这半天直说文话,也与白话报稍有不符,统望阅者原谅。

闲话少说,再说满生听细侯细批名义之言,不由哈哈大笑,此时贾鸨母又上楼来笑嘻嘻的说:"满先生,今天没事何妨在此摆酒开饭?"满生一听,没带多余银的,赶紧起身告辞。

---

① 依实:遵照别人的意思去做。
② 戥子:称金银等贵重物品和药品的小秤儿。(《新编北京方言词典》)
③ 是劲:不难堪,情况自然。(参考《北京话词语》)
④ 芳卿:底本作"卿芳"。
⑤ 运动:为了达到目的而到处活动、奔走。

且说满生,听贾鸨母要留待客饭,自己一想没带着敷余①钱,连忙起身说:"今天尚有些须小事,改日再来叨扰。"说话看着细侯,姑娘儿见他脸上有留恋不舍之意看自己,说:"郎君既不用酒饭,天色也还甚早,宽坐一会再去也还不迟。"满生一听,说:"再坐会儿也还使得。"贾鸨母说:"我看这茶也凉了,待我再给满先生泡碗热些的去吧。"细侯说:"母亲,我那妆台上有好龙井,你烹一盏,我还想吃一杯呢。"

鸨母进里间,取上茶叶忙过后楼而去。细侯悄步声儿②的问满生,说:"你今天不走行不行?"满生虽然满心乐意,只是钱是英雄胆。再说,同细侯又是初会,如何能说真话,只好说:"今天来时匆忙,馆中尚有许多功课未曾料理,改日再来,一定是不走的了。"刚说到此处,贾鸨母又烹上茶来。细侯从新又给满生斟了一碗,自己也陪着吃了半盏。满生起身告辞,贾鸨母在旁,说:"千万想着来,惦记着点儿。"细侯送到楼口,贾鸨母送下后楼,毛伙计也迎了出来,说了句"明天见哪,先生"。满生又周旋了两句,出了街门,绕出巷口,抬头又往楼上一瞧,见细侯同贾鸨母都在楼栏杆内站着呢。细侯冲自己微然一笑,满生此时腰中如果有钱,真能立刻回来,呆獃獃的冲着楼上点头儿。贾鸨母在上面说:"满先生,晚晌见哪。"满生说:"明天准见就是。"说完不好再拉丝③调线,抹身形④往街东走去。贾鸨母故意又说:"满老爷,想着回头。"满生方一扭身儿,见细侯母女已然进楼去了。

满生一个人又发了会子愣,忽然觉着身上燥热的狠,抬头一瞧,一轮红日当空,好像一柄火伞相似,正照着自己的脑杓子⑤、后脊梁,心说:"无怪这们热的难过了。"连忙奔了南墙根儿,取出折扇摇了摇,略微才落落汗⑥。口中干燥,肚子也发空⑦了,恰巧正是昨天那个茶楼门口儿,有心进去吃杯茶,用些点心,一想今天出门除去四两银子之外,没带钞囊,只在此处喝过一次空茶,还能

---

① 敷余:富余。
② 悄步声儿:悄悄地。
③ 拉丝:不干脆,拖沓。拉丝儿同"拉黏儿"。《北京方言词典》
④ 抹身形:转身,扭身。
⑤ 脑杓子:脑勺子。
⑥ 落汗:等汗干。(《北京方言词典》)
⑦ 发空:感觉到饥饿。

写帐吗,只好忍渴挨饥往馆中苦奔吧。

穿街越巷,仍由旧路往回路走着,心里思索:"细侯与我实在有情有义。人人都说妓女无情,水性杨花,这话不可尽信。即便细侯会虚情假义,同旁人或者有的,同我么,一定是不假的呦。"越想越高兴,反把饥渴忘了,肚中咕睩睩①的乱响,自言自语的说:"想是他家的水不开(四两银子买了两碗乌秃②水,比三百银子喝杯香茶还省着许多呢)。"

书说简截,一会儿回到书馆。馆僮见他嘴唇是干的,直眉瞪眼,好像同安福派有牵连似的,也不敢问,只说了句:"先生回来了,用茶饭不用?"满生说:"你给我快些取去,我要连吃带喝。"馆僮说:"我给您先打点儿脸水③呀。"满生说:"不用了,你到是拿饭来呀。"馆僮见先生今天比黄天霸还急,只好下厨房取来现成茶饭。满生连衣服顾不得脱,连吃带喝一路忙乱。吃喝已毕,擦了把脸,坐在椅子上。想起细侯此时还不定有客没有呢,如果没有得意郎君,一定是依样想我,我明天总得设法报答他这番情义。

这两天我按照评书行的规矩,苦这们一给诸位书听,说了好几天,题目无非满生嫖院。原本是俗玩艺儿,无奈既□报纸上的小说,不便细叙男女爱情,只好就各人心理略略著笔。说到满生的心思,诸位看着必笑其呆,殊不知"嫖"之一字最能迷人。故"嫖"即女票勾人之义,嫖字又有"阕"字一写,言人入门便败,总以不去的为是。即便真遇着个好心眼儿的妓女,诸君试想,这路狎邪游④,除去坏心术、丧品行、废精神、耗钱财之外,准能得到身上什么益处,无非花柳症是赚下的成绩品。人虽想透这层理,却偏偏还上当,足见色之迷人甚于其他,故孔子始有"吾未见好德如好色者"感慨之言。那位说:"你是说《聊斋》呀,是要讲《戒淫宝训》的善书哇?"对,我还得替蒲先生造谣言圆谎。

闲话打住,且说满生回到书馆,坐卧不宁,闭上眼睛,就好像细侯在楼上站着,同自己耍神儿似的,才一睡着不是说梦话,就是乐醒啦,一夜简直没正经睡。次日馆僮过来一瞧,先生真成了大眼儿灯⑤了,不知什么心事,也不便追

---

① 咕睩睩:咕噜噜。
② 乌秃:又写作"温吞",原指茶、酒、水等不够热或不够凉,是温的。
③ 脸水:洗脸水的简称。
④ 狎邪游:嫖妓。
⑤ 大眼儿灯:谓面庞消瘦而显得眼睛特别大的人。(《北京方言词典》)

问,照旧张罗一切。一会儿本宅学生同附学①的学生都来念书,满生无心教授,只不过由着学生性儿随便念了会子。放学吃饭,自己一面吃,一面盘算,心说:"昨天是我亲口应许下的今晚准到,我若失信于妓女,何以为人?今天吾是一定要去住局②的。"又一想:"慢着,上月的修金昨天一会儿就净咧,本月还不到日期,即便到帐房儿支到手里,仍是一次茶钱。前天听茶博士说,定价约在二十两,差着五分之一。今天虽是十五,人家这种买卖多早晚③有朔望减成儿④的呢?(那是商战还连星期哪!)再者说,即便把箱中衣服连当带卖,凑上二十两,难道酒饭能白扰贾家吗?还是要我的热人儿掏腰包呢?总得多个十两八两的,连开酒饭带开赏钱才够,说什么也不新鲜。少时学生到馆,还是放学,张罗钱要紧。"打定主意,换好衣服,学生果然陆续前来,满生仍命各自回家,说自己家中寄来家信,有要紧的事。

学生们信以为真,各自回去,满生先到本宅帐房对管家说:"鄙人接到同乡的信,因昌化旱灾,家中亲友堪堪饿死,请我量力资助,赶紧寄回去。请你分神在东翁面前替我美言,支给我二十两银子,我这是迫不及待的事,千万帮忙。"管家晓得满先生平日不说谎言(唯独嫖娼的事没有不说谎话的,不怎么说坏心术呢),而且是情殷桑梓的好事,赶紧说:"既然先生急用,我给你先预备出来就是。"说话开柜子取出二十两现银,平好了交与满生。满生接过装在钞包之内,出了街门,又到一个同乡学友处,彼此见面谈了几句。满生嗟声叹气,学友一问,满生说:"今早接到族长家信,要修族谱家庙,非用四十两银子不可,我同馆东一说,他只借我十两,故此着急。你老兄如有银子,可暂借我二十两。"学友信以为实,真给平了二十两。满生千恩万谢,告辞出门,直奔贾家楼而来。

昨天的书,说到满生借贷银钱嫖娼,用修家庙、助赈灾说事,好像我故意刻薄,殊不知极啬吝⑤的一个人,别样钱一文不舍,唯独在妓女面前多是情殷报效,如果手头原不宽裕,只好向亲友借贷,所为的事既不能说明,故多以要紧的词儿说事。再若家中老人家管得严,真能变法往外偷盗,自己家中偷不着,真

---

① 附学:旧时指的是附入他人的家塾读书学习。
② 住局:在妓院里过夜。
③ 多早晚:什么时候。(《北京话词语》)
④ 减成儿:金额或数量降低。
⑤ 啬吝:吝啬。

果舍命强夺外人去。听说上月大抢谦祥益的那个少年,就是被某娼寮老妈所迷,才断送自己性命,您说有多可怜,多可叹。闲话靠后,还得接着说书。

且说满生前后凑了四十两银子,揣在怀里,觉着甚沉,只好到铺中换了十两一张的两张银票,那二十两现银藏在钞囊之中。抬头一瞧,日色已然衔山。一溜烟似的,直奔贾家而来。原文没地名,咱只好叫做贾家胡同(可不①是余杭城里的贾家胡同)。

一会儿到了门口儿,刚要叫门,见毛伙计笑嘻嘻的,从里面迎了出来,说:"你老才来吗,楼上没人请上边儿坐吧。"满生说:"还是通报一声的为是。"毛伙计站在院中,抬头向后楼喊了一声:"老板,瞧座②呀。"贾鸨母答应着,出了楼门,扶着栏杆,一低头儿见是满生,赶紧说:"哟,满老爷来了吗,快上来吧。"满生见老鸨母招呼,自己顺院中楼梯,蹓了上来,说:"令爱可在前楼?"贾鸨母说:"我们姑娘儿,方才还念叨你老来着呢,请吧,我给你老打帘儿。"满生说:"这到不消。"说着自己掀帘进楼,见楼中另有一个十二三岁女子,心说:"这必是昨天细侯所说害病的那个杜姐喽。"贾鸨母跟进后楼,说:"满先生就请前楼坐吧。"那个小丫头随着也说:"老爷来哉,吾给你老行礼哉。"说着深深万福。满生说:"你头前引路就是。"小丫头打开软帘,满生进来,见细侯晚妆方竟,一手簪着新茉莉花,迎了出来,说:"满郎真乃信人也,杜姐快烹好茶去。"杜姐答应,过后楼去。

彼此就座,谈些相思的话头(可不讲杂合面七百几一斤)。一会杜姐烹上茶来,细侯亲手递于满生,满生接过呷了一口,说:"屡蒙芳卿破格优待,小生欲奉陪小姑娘妆次一宵,不知肯容同榻否?"细侯听满生真要住局,连忙说:"既蒙郎君青眼③,不嫌贱质丑陋,妾倾愿奉侍床第,但只一节……"说到此处看了满生一眼,满生已然领会意思,晓得是要银子,连忙把银票取出,放在桌上,说:"芳卿所谈这节,大约必是这节,这又何难(这节我比那节着急)?"细侯说:"妾并非说的这节,但恐会少离多,使妾苦害相思耳。"满生一听,细侯又加上文话字眼儿啦,连忙说:"今天令小生真个销魂一次,日后的事再说。"细侯还要往

---

① 底本无"不"字,据文义补。
② 瞧座:吩咐仆人或跑堂的为客人安排座位的用语。
③ 青眼:古时黑眼珠叫作"青眼",这里指平视,即平等对待,喜爱。

下说,贾鸨母已然追了过来,见桌上放着银票,说:"满老爷,今天开客饭吧?"满生说:"承妈妈美意,我么,是不走的了哦。"贾鸨母心说:"你得给银子哦!"用眼钉①着细侯。细侯说:"母亲,你告诉伙计预备去就是了。"满生又从钞囊中取出一锭银子,约有五两,双手递与贾鸨母,说:"桌上是度夜之资,此银是备酒的,望妈妈笑纳。"贾老鸨一瞧,一共二十多两,心说,别瞧穷小子,原来肯花冤钱。

且说贾鸨母,见满生在桌上放着二十两银票,已然多着一倍,又给一锭现银,统共可就够了半封儿②啦(谁说不是半疯儿呢)!书中代表,彼时南省嫖资,虽不讲什么长三么二③,可是银价贵重时代,住个普通妓馆,无非三二两。即便特别,也不过十两纹银。诸位不信,您同卖油的秦爷打听去(可是占花魁的那位秦爷)。满生夙日没花过这种钱,同茶楼堂倌打听行市,堂倌看他是冤家瘩④,信口胡聊,满生信以为真。

老鸨子所以看着纳闷儿,不知要包几帐,这是老鸨子的心腹事。满生并不晓得,无非大凡开下处⑤的人,见钱断不许人往外拿,连忙说:"呦,满老爷,你老是今天住吗?咱们有话讲到头里⑥,明天我们孩子可是上盐商咸宅出局去,不定几天才回得来呢。话说到头里,免得招你老爷生气。"满生说:"这银子如果不够,我还可以加添,如果有余,送与妈妈儿就是了。"贾鸨子一听,连忙万福,说:"呦,你老赏钱不赏钱的,我们是应该伺候的,既□看着我们母女们寒难,肯其帮忙,我这儿就谢谢你老咧。"说着把二十多两银子取在手中,眉欢眼笑,又说:"那儿有这们着的哪,我们这买卖虽说讲的是现钱交易,管保来回(可不是满钱包钱,抹零不卖)。你老暂且搁着,到晚晌再赏下来,也还不迟,怕我们没垫办⑦的,巴巴儿⑧的先钱后酒(看满生是公道处的照顾主儿),这可真是

---

① 钉:盯。
② 封儿:红纸包封赏钱。《北京话词语》
③ 长三么二:旧时妓院中的妓女有长三、么二的等级之分,长三是高级妓女,么二是次一等的妓女,"长三么二"又写作"长三幺二"。
④ 冤家瘩:对头,仇人。《北京土语辞典》
⑤ 下处:指低级妓院。
⑥ 头里:前面、前边。《北京话词语》
⑦ 垫办:垫补的钱。《北京方言词典》
⑧ 巴巴儿:追切,急切。《北京话词语》

体恤我们了。俗语儿有话,'花钱不在老少,做脸①不在穷富',都按您这位,我们就占了光咧。(老鸨子要开摆场子②的铺子。)不怪俗语儿常说咧,'花的是好朋友的钱,受的是窝囊气',本来也是。俗语儿又说咧,'进了我们这路门坎儿,钱串如同倒提溜着③呢',谁好意思的,跟我们娘儿们身上打算盘。"满生见他净说费话,连忙说:"妈妈,你的俗语儿忒多了,你往下说原文吧。(这是满生说贾鸨子哪吗,我揣度阅报的崇感我哪。)你收下这银子明早再清算就是。"细侯也说:"母亲,你赶紧下楼吧,命伙计预备好酒去就是了。"老鸨子乘势拿着银子下楼,交给毛伙计两张票,叫他到本铺儿兑换了现银,然后再预备一桌鸭翅席,五斤绍酒。(那位说:"做什么这么小心哪,叫海活吃反喜的赚怕了吗?")毛伙计答应,如飞而去。老鸨子把银子先收好了,随后又把杜姐喊下来,到厨房帮着自己料理碎件儿。

但说楼上,只剩满生与细侯二人,细侯目中看着满生是一介寒儒,如此挥霍,不知是那里发的外财(八成儿是新得了义赈头奖了)。总而言之,人家钱财做脸,心里自是感激,连忙说:"郎君今既不走,何妨解衣宽坐。如果乏倦,先到咱床上歇一会儿,少时酒席齐毕,再入座不迟。"满生说:"小生并不困倦,到要进卿的绣阁,瞻仰瞻仰,也不枉我苦心巴结了会子。"说着进到里间屋,细侯见他直出汗,正要替解钮扣,老鸨子同杜姐上来,说酒菜备齐,请示是否就开。

且说满生坐在细侯房内正要畅谈,忽然贾鸨母进楼,说是酒席已齐,满老爷如果不请外宾,就要开上来咧。满生说:"昨天我已然说过,向例没朋友,多早晚也没有外交。"贾鸨母一笑儿,说:"俗言说,'单嫖双赌',敢则就应在你们这路书呆子上了。"说着向后楼一喊"摆呀",就见杜姐提着酒素子④先走过来。后面毛伙计带着一个跑盘子的来到前楼,搭了搭桌子,然后罗列杯盘,摆上一桌鸭翅席。此时不用人说话,自是满生上座,细侯相陪喽。满生要在细侯面前献个殷勤,赶着请贾鸨母一同吃酒。贾鸨子说:"孤老赏脸,老身焉敢推辞,只

---

① 做脸:指能够争得荣誉。(《北京土语辞典》)这里指使人有面子,常说"给人做脸"。
② 摆场子:又叫"拉场子""摆地",意思是江湖艺人卖艺时,选好场地,围好,招徕观众。(参考《北京话词语》)
③ 提溜着:用手拎着。
④ 酒素子:酒嗉子。盛酒的小壶。(《新编北京方言词典》)

是我还得在楼下照应去呢。"满生说:"妈儿娘①即使不得闲,也要吃一杯再去。"细侯听满生这样说,也随着相让,贾鸨母这才在下面搭了个横凳儿。细侯给满生满斟一杯,杜姐给贾鸨母、细侯斟上酒,这才躲入后楼。贾鸨母用筷箸夹了一箸鱼,布到满生面前,说:"你们二位和和气气的。"(这是贾鸨母吗?贾老太太应酬圆饭哪。)满生也随手回敬一箸菜。贾鸨母吃了一盏,推辞有事,忙着走开。

房中只剩下二人,开怀畅饮,又猜了几拳,两个人越说越投缘对劲。这桌酒直吃到掌灯已后,才彼此酒足饭饱,仍进细侯里屋,漱口净手。杜姐招呼伙计,撤去残席,点上灯烛,烹上茶来。满生连日失眠,已有倦容。杜姐看出情形,张罗收拾床帐,把枥子房儿应办的全都备妥,这才退下楼去。细侯让满生先歇下,然后自己又下楼去了会子,上楼进了枥子房儿,又耽延了会子,然后卸去残妆,与满生同床共枕。人家帐子里的事,在下不会说。原文说"款洽臻至",应酬的自然周到喽。(二十多两没遇着冰桶②,老满还算不冤。)

一觉醒来,天光尚然未亮,彼此都睡不着了。满生从头天就见房中有文具字画,晓得细侯必然认识字,笑嘻嘻的说:"芳卿这样高雅,一定是位才女喽。但不知于诗词歌赋之中,那样有功夫?"细侯说:"郎君过奖了,我们这样人,多早晚有功夫学这些笔墨,若说字却认识几个,诗也读过几首,不过背念的上来,焉敢下笔?"满生一听,说:"芳卿一定是谦词,小生不才,愿献一首,以做定情之赠。"细侯一听,说:"既郎君肯赐佳什,待妾下床,与你捧砚磨墨。"说着就要起身。满生说:"何必这样?草草成句,不堪称诗,不留笔墨,免得过日为通家讥笑。就在枕上口占③一绝,做个意思罢了。"细侯说:"暂做未定草,待明早请郎君略为斟酌,再题出也好,就请郎君念与妾一听。"满生信口念出一首七绝,说得是:"膏腻铜盘夜未央,床头小语麝兰香。新鬟明日重妆凤,无复行云梦楚

---

① 妈儿娘:《乌龙院》中的主角阎惜姣的母亲,《水浒传》中称为阎婆,《水浒记·杀惜》中生(指宋江)称"妈妈",贴(指惜姣)称"母亲"。京剧本中有的为"妈妈娘",有的为"马二娘",更有的为"妈儿娘",不一而足。据老艺人们说,在剧本中原本系以她女儿(惜姣)对她(阎婆)的称呼作称呼的,实是"妈妈娘"。只因从前抄写剧本时有人为了省笔,就把"妈妈娘"的第二个"妈"字写成两点如"妈:娘"。后来又因辗转抄写,就误写成二。

② 冰桶:旧时较考究的贮冰冷藏、驱暑器具。《《北京话词语》这里比喻对待客人冷淡。有"坐冰桶"一说。

③ 口占:作诗文不用笔墨起草,随口而出。

王。"细侯听了首句,连连点头;听到第二句,面带喜色;到第三句,直着粉项,好像纳闷似的;及至听到末句,小脸儿一沉,紧皱蛾眉,把嘴一撇,直仿佛要哭。

诸位要问这四句诗说的什么意思,既称讲演,不得不略说说。您如果爱瞧,咱可得明天接着讲演。

昨天的书,说出这首绝句,本应赶着编成白话儿,说个大略,奈因已满一版,只好做个回头儿,今天还得略讲一遍。

膏就是蜡油,言其两个人睡了半天,蜡都著荒①了,滋了一铜灯碗子的油。可是天还未亮,故此说未央。此时醒来,二人在床上躺着,悄默声儿的聊天儿。闻着细侯头上身上没有一处不是香的,不但香,而且气死麝香水,不让芝兰水,别提多好闻咧。(可惜专消洋货。)又想到明早天光一亮,自己得回馆教穷学去,人家细侯送走自己,再睡到晌午起床,从新梳洗打扮,戴上金凤钗簪,另接新客,自己再想学当年楚襄王,梦赴巫山,是办不到了。人家孩子另同热客同床共枕,相许比自己还高兴,还想得起今夜这番恩爱吗?这四句诗大意如此,其实并没警人②的好句子,谁想打入细侯的心事,登时抑郁不乐,绉③着眉头子,说:"你这们说话,你把我当做什么人儿啦?你别瞧我吃这碗下贱行业的饭,我可跟他们混事的两经④,我最不愿意朝秦暮楚,那党势力大就往那派里钻脑袋。我很想遇着知疼著热、同心合意的俏郎君,跟他过一辈子。昨天听说你家里既没夫人,你瞧我要给你当家,做你的妻小,行呀不行?"

书中代表,大凡像满生这路书呆子嫖娼,总愿妓女说要跟自己从良。听到此处,可就把银子不够的事抛在九霄云外了,立刻眉开眼笑,说:"你要真有意跟我家去⑤过日子,那我是巴不能够的⑥。可有一节,咱们不许说了不算,我要如果变心,不拿你当做正室夫人,我重重儿的起个誓。"细侯说:"你千万不必,你的话我信得及⑦。咱们也不必设誓,即便说一大篇誓词,反汗⑧的也多着的

---

① 著荒:这里指蜡烛快燃烧尽了。
② 警人:引人注目,受人重视。《北京话词语》
③ 绉:古同"皱"。
④ 两经:性质、种类、方法等不同。(《北京话词语》)
⑤ 家去:回家。《北京话词语》
⑥ 巴不能够的:谓求之不得,非常希望实现。(《北京土语辞典》)
⑦ 信得及:相信。
⑧ 反汗:反悔,违反约定或诺言。

呢,只怕你信不及我。"满生说:"芳卿说那里话来?你即便是说着玩的话呢,我也得当真事听。况且你这个人断不能同我撒谎。"细侯说:"妾这几年见了许多人,不是浮浪少年,便是龌龊财奴。虽然有悦意把我接出去的,多是想要我给他为奴做妾,受大妇的气苦。况且这般俗人我实不愿同他们打交道,我自己时常看诗、读诗,用心体会,好像并不甚难。每到无人之处,想要胡诌一两首,又恐怕如果一点儿好处见不出来,被行家看了去,一指摘,反与名誉有碍,故此也没对外人谈过诗学。今天听你做诗,必是个大行家喽。你又愿意要我,倘或那天我跟了你去,你可千万把做诗的诀窍儿传授给我。"满生一听,说:"学诗一道,得稍有天分,多读、勤做、常讲,自能日有进境。不怎么说,诗从放屁起呢?若是永久不敢动笔,万不①能会,但只一件,若没人指点,或所经的先生也是半瓶子醋,连自己还没开窍儿呢,那师生二位就对放一辈子的屁吧。我虽不敢以诗翁自居,总还会教诗。凭你天分儿聪明,你要跟我过个一年半载,我准保你成一位吟坛中女健将。"细侯听到此处,微然一笑,说:"此时咱们把做诗的事暂且缓议,但不知你的家中有多少的田产?"满生一听好生的惭愧。

且说满生,听细侯问到家中田产几何,自己心中未免有些惭愧,有心多说点儿,又怕日后对不起人家孩子;有心实说,又怕细侯一听是个穷小子,人家不跟自己啦。为难了半天,一想还是实话实说的为是(不招老爷生气)。这才迟迟疑疑的说:"芳卿既然问我财产,实不相瞒,我家里只有半顷地,几间破烂老房儿。说公道话,若是搁在务农为业的人手里,很可以吃碗饱饭。皆因我从前心高,打算考取功名,只好把些田产租给别人种着。不料功名蹭蹬②,科举未成,又搭着③好远游,才来此教读,只好耐时守分。这是我的实话,你可别笑话我。"细侯听到此处,点了点头,说:"既这们说,你总算有生计的人喽,只是不善经营。妾若归到君家帮着操持一切,足可以常相厮守,你不但无须再教这穷学,就连考场都可以不必再进了。你家既有这五十亩地,拿四十亩种庄稼菜蔬,连自己吃带卖钱,别说咱两口人儿,就便再添个三五口,也够嚼用的了。下余十亩可以开做桑园,养蚕织绢,每年准织五匹,交纳地丁税足以够④了。你

---

① 底本无"不",据文义补。
② 蹭蹬:失意,处于困顿。
③ 搭着:外加。(《北京方言词典》)
④ 足以够:足够。

没听孟子说'五亩之宅,树之以桑,八口之家可以无饥'的话吗?从此咱们小两口儿,关上门一过这小日子儿。你爱念书,照常念你的,我支机养蚕带做菜做饭、操持针线活计,决不至大累。庄稼地里的活计你做不了,很可以雇一两个伙计,受①个一年半载的苦,钱财自然有赢余了。咱们两个人,到了冬天围炉饮酒,做诗遣兴,你想这个乐子有多们大,据我瞧真比个千户侯爵还受用哪!"满生听细侯这番话,心中也很高兴,说:"怪不得你芳名细侯呢,这们看起来你真有智赚韬略,要把你约到筹画②生计处当个总办,大概不至空挂这个牌子了(康熙年间杭州生计处)。你说得有理,妻呀,我的妻,咱们日后就依你这们办咧,我明天就把学馆一辞。现在身旁还有个十几两银子,回家路费也足够咧。"

说到这儿哈哈大笑,又一想:"你先慢来③慢来,我只顾说我这一面儿的事了,还没有问你,你想跟我从良,你的鸨母即便不能拦你,他肯白白的放你走吗?这地方儿又没济良所④,再说人家养活你一场,临要走的时候,不给人家身价行得了吗?要是给你赎身,再替你还帐,我把家里的五十亩地全都变了价,也怕不够。即便够了,将来两口人可怎么活着呀?"细侯听到此处绉了眉头,芳心辗转了辗转,长叹了一口气,说:"这件事,据我想,也还不至于太为难。若是由着我妈的性儿胡要价儿,那还有准稿子⑤吗,越多越不嫌多。据我想尽多⑥不过给他百银子,就足以说得下去了。"说到这儿又"嘈"一声,说:"我事到如今不怨旁人,恨我自己年轻,向来拿钱不⑦当钱,不会攒体己⑧。有许多阔客送给我银钱,我是有一个交一个,如今抖露箱底儿,合计起来不过有一百上下银子。这们办,咱们两个人分头担任,你只要能凑来一百银子,短⑨多短少,全是我的事。"满生一听,银子虽不甚多,无奈还是不行。

且说满生听细侯说,只要有一百银子就行啦。自己一想:"这儿我既欠人

---

① 底本作"受过"。
② 筹画:筹划。
③ 慢来:停一下。
④ 济良所:旧时救济受虐来投的妓女的机关,帮助妇女择偶或工作。(《北京土语辞典》)
⑤ 准稿子:准谱儿。(《北京方言词典》)
⑥ 尽多:最多。
⑦ 底本无"不",据文义补。
⑧ 体己:私有之钱,曰"体己钱",简言之曰"体己"。
⑨ 短:少,欠缺。

家的束脩,又有朋友手里摘借①的帐目,再想在本处摘借是不行的了,这可怎么好呢?只好支个日子缓议,他如果肯点头等我,就好办咧。"想到其间,脸上有些发汕②,未从说话也先长叹了一口气,说:"芳卿呀,我是个穷秀才,你既是晓得的。你想,但凡不穷,谁肯教书糊口。俗言说,'家有二斗粮,不当小孩王',真是不假。我从前既不会弄钱,自然没有存项,说话就是白花花的两个元老宝,这余杭城里,我可弄不出来。我有个同盟的把兄,现在湖南做知县,时常通信。今年春季天,他给我寄了信来,他说任上缺少靠近的朋友,约我去给他当幕友。我皆因道路遥远,没肯答应他,写信将人家回覆了。如今为你,少不得我亲自去趟。我们弟兄两个,是如同亲弟兄一样。若把这件事对他提说明白了,他是个热心肠儿的人,一定赞成这件事,给我筹凑个百十来两银子,足可以办得到。那时我再回来,往出接你,不知你意下如何?"细侯说:"你既有这个指项,你就赶快的去,但不知往返得多少日期?"满生掐③指头算计了半天,说:"少了也不够,多了也不用。咱们从明天起,我就起身,大约一去得走一个月。皆因隔江隔湖,水旱路都有,我又不能包船包车,无非按站搭着脚④走,所以得多算些天。到了那里,见着我这师兄,不能进门就说专为告帮而来,总说是探望来啦,住个十天半月的,再对他说借贷的事。他如果点了头,也不能立刻就开库,给我平银子,少不得又得等个三朝五日。及至把银子给我预备出来,又不能立刻告辞起身,还得再过个三天五日。这们算计起来,在他衙门约计有二十多天的耽搁,起身上路,赶着站往回路来,自然还是十多天。水路行程保不齐遇着逆风,就能有耽延,统共连来带去,七八十天。咱们简直的⑤这们说,万到不了一百天,就算三个月吧。你要如果肯等,咱们就这们定规,可千万耐点儿烦,照旧做你的营业,别让你妈看出破绽来,拆散你我夫妻的好事。"细侯说:"你说的话我全记在心里就是。好在我这个妈,虽然不是生身母,平常待我很好。再说我从乍出手儿,算到而今,约计给他挣了也有三五千银子了。他也时常说,不愿再吃这碗牢食了。他要愿意改业足够他日后嚼用的,如若还爱

---

① 摘借:借。
② 发汕:表现出羞涩、羞愧的神情。
③ 底本作"掐"。
④ 搭脚:行路中骑驴马或坐车。(《北京土语辞典》)
⑤ 简直的:简单、直接地。

吃这碗饭,再添补着买两个孩子,照旧做他的生意,我也就管不着他啦。你明天走后,我虽不必一定不接客,可是熟客不能不照旧应酬。若是生客我一概不见,从明天起,不留住客,净等你回来,咱们夫妻再相聚首。"满生听细侯这样说,自然起心里感激,还要再说话儿,听金鸡报晓,少时天光大亮。

杜姐上楼来收拾屋子,二人只好起床,细侯张罗给满生预备糖水莲子,满生胡乱梳洗了梳洗,用些糖水。贾鸨母上楼来,请问满生,今天早晨的便饭用什么好,满生连说有事,这才赶紧告辞。

且说满生,梳洗完毕,方要同细侯再说些别后自己保重的话,见贾鸨母上得楼来,说:"呦,大热的天气,夜里不得觉睡,做什么起这们早呀?我上来看看,就便①问满孤老②,今天早晨用什么样菜饭?好让伙计给你老预备去。"满生一听,心说:"你分明是又要开③我,看见我还有银子呢,你那里晓得我还要留着做盘费呢。"满生是小生④儿(要唱《盘关》),嘴里不能明说,只好说:"今天白昼有个要紧的约会,故此早起来。昨晚打搅妈妈,心甚不安,只好改日再补报吧,我是就此告辞。"说着话,两眼呆呆的看着细侯。细侯此时心中也有无限的悲恸,默默无言,看着满生半天的功夫,才说:"你吃了早饭再走,也还不迟。"满生一想,即便白吃一顿,决计吃不塌实⑤,莫若狠心一走,到少露许多马脚。想到其间,说:"芳卿你自己保重,我是要去的了。"说着话又伸出三个手指头来,说:"这件事,咱们是一言为定,彼此不改方好。"贾鸨母见他们两个人打手势,心中以为必是女儿跟姓满的要什么戒指等类,自己装做有事,反躲出外屋去了。细侯说:"你既是真有事,你就请便,我是履行前约,断无更改的就是啦。"满生听到此处,要掉眼泪,又一想,怕老鸨子追问,一狠心一跺⑥脚,迈步出楼门,往外就走。

贾鸨母正假意支使杜姐擦桌子,见满生出来,赶紧说:"既然满老爷这样忙,我们可就不敢强留啦,晚晌见哪是明天见哪?你老既赏脸,只管来,咱们是

---

① 就便:趁着方便,顺带做某事。(《北京土语辞典》)
② 孤老:亦称"姑老"。称嫖客或妍夫。(《中华传统文化辞典》)
③ 开:这里指让人破钞花钱。
④ 底本"生"后有"工"字。
⑤ 塌实:踏实。
⑥ 跺:跥*。

敞开儿乐。"(可就不说谁花钱。)满生说:"反正三五天,我得暇再来就是。"贾鸨母笑嘻嘻的说:"也别管三五天一半日①吧,你可别等开周年纪念会呀。"满生心说:"我们定的是百日,你说周年,细算起来全不吉祥。"连忙说:"小生一二日再来,一定拜访。"贾鸨母说:"那们我可就不送啦。"说着进了里屋。细侯有心要追到外头,一想无非多添一番悲苦,坐在床上默然无语。满生一狠心,忙着下楼。毛伙计正在小院儿里遛鸟儿,见满生下楼要走,赶紧说:"你老急煞②呀?即便有事,也容我给你喊个车子来,再去不迟。"满生说:"这到不消了,小生因有要事,趁早凉方便些个,连日打搅,过日再补奉盛情就是。"毛伙计心说:"八成儿穷小子被老妹子给甩出去咧,自己不犯胡巴结。"于是把头略点了一点,说:"走吗,改日见,不送啦。"满生并没留神,已然走出街门,听他站在当院冲楼上说:"客走啦,你们楼上不短什么呀?不是咱多心,怕他褪③点儿什么,我可不认识他住脚儿④。"楼上没人听见,满生只听见"走了"的字样,也不犯歹⑤,所以也没着耳朵。毛伙计这段儿,就算白说啦。

　　书中暂且言讲不着细侯,单提满生,出了贾家巷口,一溜烟似的,往馆中而来。转眼⑥来到馆门口儿,进门一瞧,冷清清的,叫来馆僮一问,方知学生到馆,见先生在外过夜没回馆,都陆续散去。满生坐下略定了定神思,一想我既有盟约,做速方好。立刻命馆僮去请各生家长,言明要弃馆南游。

　　且说满生,把学生家长们约到馆中,说是现在湖南有朋友来信,约到任上有事,这馆请诸位另请别位善诱的老夫子吧。大家因满生平日教授得法,虽然舍不得,奈因人家是发财的好机会,不好阻拦。各家一商量,每家送个三五两路费。满生又对本家司帐的说:"前支束脩俟等到了任所,再行寄来。"司帐的说:"东家有话,先生的支借全做为送给先生了。"满生心中欢喜,连连称谢。又到借银子的朋友处辞行,说明摘借银两本当奉还,奈因目下急忙赴湘省谋事,尚需路费,只好等过日再还吧。朋友也没法子,只得认成尽了义务(白使银

---

① 一半日:一两天。
② 急煞:急得不得了,非常着急。
③ 褪:往回偷东西。
④ 住脚儿:住址。《北京话词语》
⑤ 犯歹:干坏事,犯罪。
⑥ 底本无"转",依文义补。

子叫做尽义务,就由这年遗留下的)。满生把诸事料理完备,仍回书馆,把被褥装在套内,向东家告辞出门。

此时天色已然平西,赶着出了余杭县城,到了江下搭船。从此上路,无非是逢旱雇脚,遇水搭船,准走多少日期,由着我性儿说,不必较真儿。简直的说,赶三的驴,说到就算到啦。原文也没有县名儿,咱们既说湘省,就做为湘潭县。那位不愿意,您就另换一个,也无关出入。进了县城,直奔县衙。到了县衙门口,见影壁上贴着红告示,进前一看,是新署任的县官到任的事。再一瞧自己的朋友姓陈,这姓也是随意编造的,这位新官姓辛,自己吃了一惊。

恰巧衙门口儿站着一个官人,满生紧①行了两步,凑了过去,说:"请问上差,贵上司可是陈大官么?"这官人见满生张口冲撞前任老爷的官讳,说:"突,'陈大官'也是你叫得么?"(《小上坟》同《状元谱》滚上蛋啦。)满生才想起自己说话冒失,赶紧做了个揖,说:"陈老爷乃是我的故友,平素称呼惯了,故尔冒叫出来,千万休怪。"这官人一听,说:"哦,这还像人话,你问的是我们前任的陈老爷吗?那位老爷本是爱民如子的好官,称得起两袖清风,一贫如洗。只因他不会钻营运动,得罪了上司,把他奏参革职咧。"满生一听,说:"怎么说,我那陈仁兄,丢官罢职,莫非他已然回了昌化原籍去了么?"官人一听,说:"准要卸任就走,那还好的多哪。陈老爷丢官之后,把家私折变了折变,弥补了库亏,还有件公罪的罣误②案子,一时人卷不齐。他老先生,还得等完结了,如果无干,才能回籍哪。"满生一听,说:"但不知我那陈仁兄现在何处?"官人说:"那我可说不清,日前听人传闻陈老爷现在穷的了不得,堪堪的③要成讨饭的花郎了。"满生一听,说:"怎么说,他竟落在这乞讨之中了么?"(又回来啦。)官人说:"这无非朋友传说的话,皆因我们叹息他做了一任清官,不但没得好处,反落到这般光景,好人简直没有活路儿喽。"满生说:"我既到此,还是烦劳④指引,我要见他一面。"官人说:"你另打听吧。"说着进衙门去了。满生怔了会子,又出来一位年老的官人,满生上前一问,这个人说:"你要问陈老爷的寓所,在这北门外头一所道观住着呢。听说连家眷统共两间小房儿,艰窘的很。"满生谢过指引人

---

① 紧:副词,加快地。
② 罣误:诖误。指被别人牵连而受到处分或损害。
③ 堪堪的:渐渐地,慢慢地。
④ 烦劳:劳烦。

直出北门,但不知能否相会。

　　且说满生,听官人指引,离了县衙,直奔北门,一会儿功夫就算到啦。出城顺关厢走着,打听那里有老道庙。过路人说:"要讲道庙,属三丰观最大,其余小庙儿多的狠,你到底打听什么观名儿呀?"满生说:"什么观名我说不清,问的就是咱这前任县台爷陈大官住的寓所。"这个人一听,把脚一跺,说"嘻,苦哇",直掉眼泪。满生说:"怎么啦?"这人说:"可叹他为官清正,我因此落泪。"满生才晓得究竟做清官,可以落个好名誉,这叫公道自在人心(并不是这位要排《一捧雪》),连忙说:"你既知道他是清官,现在听衙门人说他在这北门外道观住着呢,请问是那座道观?"这人说:"你要问陈老爷,我听人说在这北边一点儿,有座灵官庙住着呢。究竟对不对,我们一个老百姓同他老爷没交往,你自己打听去吧。"满生还要再细问,人家已然走去,只好顺大道又往北走了约有半里之遥,见路东一座庙,庙额写着"灵官庙",墙垛子上贴着一张学报子,另有一个纸条子,写着"原任县正堂陈公馆"几个字。满生一瞧,一定是此处喽。

　　奔到庙门口儿,放下行李,掸①掸身上尘土,从新提起被套,顺角门儿②进来,见当院有个中年妇人,虽是布裙荆钗,举止不俗。满生不便再往里走,止住脚步,高叫一声,说:"陈仁兄可在家么?"妇人听满生叫,向一间耳房③说:"老爷,外面有人唤你(也唱上《一捧雪》啦)。"满生方知这妇人必是把嫂喽,可不敢冒昧称呼。此时听房中有人答言儿,说:"是谁唤我?待我出去看来。"说着从里面走出。满生一瞧,果然是陈盟兄,帽破衣残,脸上黑瘦,揉着眼睛,说:"原来是满贤弟到来,你看为兄的好苦哦。"满生放下被套,深施一礼,陈爷赶过来拉住,说:"贤弟到来,快请房中坐吧。"满生不便推辞,只好随着进到房中,此时妇人已躲到后院去了。陈爷说:"娘子,这是咱同乡,又是我幼年的盟友,你无庸回避(没忘官事套子),快些与我们烹些茶来。"说着让满生坐下。满生见房中只有两个破凳子、一张小桌、一铺小床儿,只好把被套放在凳子上,说声"仁兄请坐"。这妇人也就进来,满生赶紧行礼,妇人万福还礼,礼毕向桌上取出茶壶,向外走去。满生一瞧,这房子直不如毛伙计住的那间门房儿干净。彼此略

---

①　掸:撑＊。
②　角门儿:正门两侧的小门。因为在整个房屋建筑的近角处,所以称作"角门"。
③　耳房:厅堂两侧的房间。

谈家乡年景如何,满生略问问免官的案繇①,陈爷自己述说的同官人说的差不多,又问满生到此何事。满生的心腹事不便再说了,只好说:"小弟因春季大仁兄寄信呼唤,就有意前来湘省一游,好容易将馆辞退,特意看望仁兄来了。"陈爷说:"贤弟,你来迟了,如今愚兄困在此处,不能优礼款待,贤弟千万恕罪。"满生说:"仁兄说那里话,你我当日原是一介寒儒,如今不脱本来面目,而且仁兄虽然丢官,小弟在衙门听差役颂扬你的政声很好。"说话间妇人烹进茶来,满生连忙说:"贤嫂请便吧。"陈爷又嘱咐娘子备些酒菜,与贤弟接风。满生此时到闹得进退两难。

古四喜诗句有云,"他乡遇故知可称二喜(两位可都别姓马)",这句话,也得分人分事。譬如一位是专销吗啡的大商家,一位是运米出洋的大资本家,彼此在外国见面,自然是分外亲密。若是一位是被裁的职员,一个是久未领俸的世职,二位到在一处,虽是一样的他乡遇故,您听吧,嘴里说什么(左不过是共和幸福不咧),无非各诉苦穷,这不叫"他乡遇故知"。只好说:"愁人莫对愁人说,说起愁来愁更多喽。"即便有一位稍能敷衍,又肯仗义的,请想从井救人的事,不淹死也得八成儿。至于本文的陈满二位,虽是当年的好桐油,架不②住如今都变成阳干漆咧。

然而在陈老爷这一方面,无论怎么为难,也得留满把弟吃顿便饭。满生同细侯是钟情到极点,才肯赴湘一行,如今见陈仁兄混到这般田地,别提有多熬心③了,只是说不出来。听盟兄命把嫂备酒,自己只得说:"仁兄且慢,我看仁兄境遇虽然艰窘,至于小弟叨扰你一顿便饭,尚还可以赏得起。但是一节,小弟今晚尚未寻下寓所,我看兄长此处房舍无多,若是用毕饭再打店,还怕迟了。莫如我就此告别,先寻妥寓所,过日再来叨扰,何如?"陈爷一听,说:"贤弟不必外道④,你用毕饭,本庙尚有闲房,尽可暂住一宵。如嫌湫隘⑤,明日另寻。大远的来此一趟,焉能让你空空的走去呢。"满生无法,只好依实。

彼此喝了两盏茶,陈太太已然把酒菜备好,放在桌上,弟兄二人对酌。满

---

① 案繇:案由。繇,同"由"。
② 底本作"老"。
③ 熬心:心中别扭,不痛快。
④ 外道:客气,见外。(《北京话词语》)
⑤ 湫隘:低矮,狭窄。

生要请盟嫂同席,妇人一定不肯,满生也不敢强让了。(怕把兄犯疑心。)弟兄们一面吃喝,又问究竟来湘的意思。满生明知办不到,也就不必说明了,总说敬意来看望兄长,就便谋个馆。陈爷说:"既然如此,到有一个好机会,本观中原有一座村塾,塾师姓焦,教着十几个学生,这位老夫子于上月间病故了,现在本庙观主同邻近各生家长,正延聘不出好塾师呢。托愚兄代理,愚兄近日精神不佳,有心推脱,又失咱圣教守先待后之理,勉强敷衍,又恐误人子弟,正在势处两难。老弟如肯暂就此馆,到是一举两得的好事。你我弟兄又可以亲近,不知贤弟意下如何?"满生听到此处,说:"既有这样好事,小弟暂且代管就是。"说着话,彼此酒饭用毕,又喝了一盏茶。

　　此时天色昏黑,陈太太撤去残肴,满生明知没厨房下房,不便久坐,这才说:"请问仁兄,这学馆在那间房屋,究竟由何人做主?请仁兄带小弟前去,如商量妥协,今晚好有安身之处。若是你我弟兄闲谈到夜,使嫂夫人受屈,小弟于心不安。"陈爷说:"你既然这样拘泥,你随我来。"说着二人出离陈老爷这间公寓,奔到正殿,正中三间供的神圣必是灵官喽,东西两间,都锁着门。陈爷说:"观主陈老道尚未回来,待我取学馆钥匙开了门,咱二人就在这屋,今夜抵足而眠吧。"说话将西①间门上的锁开开。满生见桌凳俱全,靠后墙有一铺草榻,满生从陈爷房中取了行李,铺在床上,弟兄们又各诉数载离怀。

　　且说满生,虽说是满心的难过,无如陈仁兄是一番美意,只好随欲而安喽。一会儿掌上灯烛,观主陈老道才回来。陈爷先过去,把满贤弟到此谋馆的事对老道一说,老道说:"这都是你交的好朋友(老道也排上这出《一捧雪》啦),既然肯就这穷学馆,是妙极了的喽,何妨请过来一叙?"陈爷这才把满生约到老道房内,给二人引见了一遍,然后嘱托代向各生家长一为推荐,这位老道是满口应承。弟兄二人又回到学房,谈到三更多天,满生催着陈爷回房安眠。次日茶饭还是由陈爷预备的,饭后老道向各生家长说知②。大家既信服陈县台,自然他的朋友也都相信喽。于是满生从新写了一张学报子,借本历书③,择了个开馆的日期,除原旧各学生,外又添了三四个。

---

① 底本"西"下有"腋"。
② 说知:说一声,知会一下。
③ 历书:黄历。

满生初到此地，没什么朋友，功夫很纯。又过了三两个月，已是初冬，学生越发多了。每月束脩虽是几百制钱，满生自己起火也还可以够嚼用的。上文书说过，陈县台本是罣误案子，现在换了知府，有人替陈爷疏通了疏通，才算是销票完案。（同张隆、郭义一样。）恰巧有陈爷一位同年是新任的县官，约陈爷赴湖北做幕友去。陈爷正愁没有路费，乘此机会点头应允。把这些话对满生一说，满生因盟兄是依人做嫁①的事，也不能再谈自己的事，从旁只好劝驾。过了几天，陈氏夫妻搬到朋友家眷一处居住去了。满生同老道说知，把这间房也留下，做自己的寓所带厨房。老道点头，从此满生只好低②头忍耐，认命而已。那一时想起细侯，良心上觉着对不过，又一想，也许他另有比自己知己的诗翁了。空想会子，也是无益。

说话间又过了一个年头儿，满生这学馆还是真不错，早年外省教散学，不同如今学堂，都离不了"背""打""念"三字，满生虽然从前是教大学馆的先生，俗语儿说："入行三天没力笨。"这内中有聪明子弟，满生自是用心教授；至于不成材料的，没有法子，也只好用朴做教刑的遗规，方能约束得住。内中单有一个学生姓卜，单名一个孝字，论起资质极笨，三行小书儿都背不过来，淘上气是无法无天。他父亲因是独一个儿，又有些溺爱，众学生给他起了个外号儿，叫他"不肖"。满生从心里既不喜欢，又因他是老道的亲戚，不好辞他，只好胡乱的对敷③着。

这天满生久静思动，恰值清明节令是放学的日期，出外游玩。见花明柳媚，士女如云，回想当日细侯的模样美丽，这些人都好像比不上。自己如今落魄他乡，尚不知他身归何处了呢？信步到酒馆喝了个尽醉。天色将晚，往馆中回来，刚进庙，就听孩子的哭声儿，进来一瞧，原来是卜孝，在殿前头按住一个小学生胡闹呢，急得这小的又哭又嚷。老道也没在庙，满生是醉后气劲儿，顺手拿起一根棍子，说："卜孝哇，卜孝。"这孩子见师父回来，并不畏惧，说："今天放学，你管我不着。"满生一听，气往上撞，说："我今天打你个目无长上，以戒下次。"谁知这一来，满生才惹出一场牢狱之灾。

---

① 依人做嫁：原指穷苦人家女儿自己没有钱置办嫁妆，还要辛辛苦苦地用针线给她人做嫁衣，比喻为别人辛苦工作。

② 底本作"抵"。

③ 对敷：对付。

天底下的事,最苦的莫如教书,若是专教大学馆,还好一点的。最难的莫过于是训蒙村塾,学生少了,不用说①够先生的饭钱,真能倒赔房租。再说所教的课程不一,学生程度不一,聪明心思又不一,各生家长的期望尤其不一,四"一"可就成了二十二啦。我说的这篇话,诸位不信,我把这四件事分开说给诸位听听。譬如这位教读的老师,本来专教做诗文的,送来一个学生,要念六言杂字。先生既贴着诗文并授的报子,可不许说不会教杂字。其实真教杂字,管保净是错儿,皆因这本杂字上的字,多有请出康熙老佛爷都不认识的(就是《康熙字典》上查不着)。再往浅近上说,有本百家姓,是早年学房铺第二册国文。话语没讲儿,这还不算,既为知晓姓氏,其中多有生僻姓,外带许多姓与本音不一样的,即便教出来,谁也不敢说没有错处。再说由某处新搬来一个学生,已然念过三本小书儿了,送到本馆来,先生势必先给温习一遍,念到百家姓儿上,这前后任的老师,就快各成一党,起冲突咧。一位教"经房裘缪",把"缪"字念本音是"谬"。这位必说,应该念"穆",皆因字典上都注着"缪"音,"穆"原是秦穆之后,以"谬"为姓,决不会②错的,恰巧这家学东,就姓这个字。人家说,我们从三代以前就知道姓"妙",花吊半零三儿钱包你一个月的白天,你硬给我们改姓,咱们是场官司。即便先生请字典做证人,胜了诉,究竟没地儿,给你挂批示,只好"妙"就"妙"吧。旁边另有个念孟子的,可又质问上啦,说请示教师,到底是秦"木"公呀,是秦"妙"公,您想,让教书匠有多为难。

　　至于课程,是岁数不一样,有早念书的,有晚上学的;一样三字经,这个念前三篇,那个念后两篇。反正学生指到那儿,先生的眼睛、嘴得跟到那儿。(同指那儿刺那儿似的。)聪明学生一遍就会,多不认识字;笨学生肯用心,可就是所记不上来,即便用板子苦打,也不能另给他打出个脑子来(那还怎么活着呀),只好敷衍对付,凑嚼谷儿吧。至于学生家长,谁都以为自己的孩子比他人的都有出息。(这就是儿子是自己的好吗?)若是他家孩子学不出来,一定懊怨先生不用心教,殊不想无论先生怎么用心教,还能替他另换分脑筋心思吗?归根儿每天挣几文钱,早晚落个误人子弟的罪名。

　　你想教散馆这件事有多难?故尔古人有单道童蒙四句俚言,说是"先生越

---

① 不用说:别说。
② 决不会:绝不会。

老,学生越小,功课越多,束脩越少",诚然不错。那位说:"你这《聊斋》上原文有这些事吗?"我只顾替教书匠当律师,忘了这是《聊斋》啦!还得接着说书,且说满生本是风流少年,困在湘潭。一受这分儿云南罪,叫做如今晚儿①吃上这碗饭啦,可也就说不上来啦!(这是满生吗?石中玉。)

一幌儿鬼混了二年多,那一天想起细侯来,眼泪泡着心(比亲丧不在以下),恨不能一时飞回余杭(可惜没处雇飞艇去)。这天赶上自己肝火旺,又遇着个淘气学生,才惹出一场牢狱之灾。

昨天的书,只顾替我们教书匠行当一诉苦楚,未理会②已满一版,就不能再细说满生打卜孝啦。按评书行中的调侃儿③,叫做海下去④咧。今天咱们赶紧说完这段闹学,好接着说细侯的倒笔。话不是交代明白了吗?诸位您就上眼。

且说满生,从外面回馆,见卜孝同一个小学生无理取闹,气往上撞,顺手抓起院中一根棍子,要打卜孝。卜孝这孩子,平日在家连他父亲都管不了,今天见先生要打他,如何肯受,说:"怎么着,讲打,你瞧你还不错哪,我们爷儿们,不念书也吃饭,你不教学管保得饿死呢。你不信就试试,谁行谁不行。简直的说,太爷不念咧!"满生说:"你即便不念书,我今天一定也要重责于你。你岂不闻,一日为师,终身是父么?"卜孝一听,把嘴一撇,说:"你别给教书匠涨行市咧,一样的雇工人是也。要按你这们说,你教一辈子的书,比文王百子还多,你养活得起吗?"满生一听,举着棍子搂头就打。那个小学生,乘这乱劲儿,爬起来一溜烟儿似的跑啦。庙中老道也没在家,这⑤连个解劝的人都没有。卜孝见先生棍子落下来,一捣脑袋,刚要嚷救人,"先生变做闷棍手⑥喽",不防脚底下一滑,栽倒当院。满生这一棍,正打在后腰上,跟着又是一棍,这孩子疼的杀猪似的,一路喊叫,爬起来往外飞跑。满生气忿忿的说:"你往那里跑,我追到你那里。"说话间追到庙外,自己一想:"这个学生明天一定是要散的了,不如任

---

① 如今晚儿:现在。(《北京话词语》)
② 未理会:没察觉,没留心。
③ 调侃儿:行业中人所用的行话。
④ 海下去:说个没完,越说越离题,甚至自己都不知道说的什么,而且收不住。
⑤ 底本"这"下有"怜"字。
⑥ 闷棍手:趁人不备拿木棍打人的人。

他去吧。"所以嘴里这样说，却没尽力儿往下追。

但说卜孝这孩子，从来没受过委屈，今天挨了两棍子，想跑回家告知父亲，约人来打满生。离他家半里之遥，有一道河，当中有一个木板桥。卜孝是气劲儿，跑到桥上脚底下一滑，咕咚一声，掉下河去。此时天色傍晚，并没过路人，河虽不宽，偏巧水深溜急①。卜孝掉下去，扎煞胳膊想往上爬，那里站得住脚，被水一催，已然涌倒，灌进一口水去，跟着就是一冒两冒连三冒，全魂气断，好好儿的孩子，一会儿的功夫就得了水臌②啦。这件事满生做梦也想不到，进了庙放下棍子，开门睡觉不提。

但说卜孝的父亲，名唤世仁，见孩子当晚没回家，天交二更，打着个灯笼往学馆走来，路过小桥也没留神。到了庙前，见山门已关，上前扣打门环。观中的老道才回庙，功夫不大，尚还未睡，听打门，隔墙一问，听出是卜世仁的语声儿，赶紧出来开了门。世仁问："满先生可在家么？"老道说："今天他放学有事去了，我回来见他房中尚有灯光，此时八成儿是睡了。"世仁说："我并不知他放假，皆因你侄子卜孝，此时没回家，所以寻找而来。"再说满生，听有人打门，一听是找卜孝的，赶紧开门出来，一见世仁，说："卜仁兄，你来辞我么，你这学生我正不愿意教他哪。"卜世仁说："这话从何说起？"满生把方才的事实说了一遍。卜世仁说："既然他跑了，为何不见回家，待我再寻找去就是。"说完行到河桥，看见浮尸，不由得大吃一惊。

且说卜世仁听满生说卜孝受责，心中本有些疼恸。无如既没见着儿子，相许跑到别处玩耍去了，总是还得寻找要紧，所以没细问责打的根由。辞别观主、满生，往回路走。功夫不大来到木板桥，见河内黑忽忽的好像泡着个死尸，不由心中一惊。赶紧跑到河边儿上举着灯笼一照，见扎煞臂膀脸朝下是个小孩子的样子，心里更慌啦。再瞧穿的衣服鞋袜都跟自己的孩儿差不多，这一慌脚底下一滑儿，岌乎也落在水中，可就喊上救人啦。

此时虽是半夜，究竟靠关厢的乡村儿，自然有人听见，跑到桥头儿上一看，认得打灯笼的是老卜，又见河内有个孩尸，连忙问说："卜大哥怎么啦？"卜世仁说："我们卜孝掉在河里啦，老乡亲们行好，快快给捞上来吧。"这位一听，说：

---

① 溜急：形容河水湍急。
② 水臌：是一种病的名称，症状是腹胀大，皮薄而紧，脸色苍白等。这里指因溺水，肚子涨大。

细侯　83

"我没水性（更没烟花），你不用着急，等我给你叫人去。"老卜说："快救命啵。"这位下了桥一面走，嘴里也跟着喊叫，说："老哥儿哪，快救救来啵。"（同懈怠鬼赵璧一道口锋儿。）这一嚷，本处乡约地保听见，拿着绳子、杆子跑了出来。这个说："等我脱裤子下去捞去。"那个说："你不用瞎费事啦，你瞧这个样子是死就①了，即便捞上来，也未必救得活了。不如用杆子挑到靠河岸，用绳子拴上，明早报县请验就完了。"老卜一听，说死就啦，不由心里一酸，说："二位行好吧，我的儿呀。"乡约说："嘿，卜世仁，你别玩笑。"老卜说："二位总是将他捞上来，救救他的小命儿才好。"两个人一听，说："既这们说，你把灯笼挂在这根杆子上，高高儿的挑着，我下河捞去就是咧。"说话一面脱衣服。老卜接过杆子，两手哆嗦起来。旁边替喊人的那个乡亲看不过眼儿，把灯笼接过来，挂在杆子上，说："你看那，不终哦。"（索兴②学上黑世杰啦。）此时乡约已然下了河，一手提住发际，用手推着，慢慢拉到河边儿上。自己上了岸，用力一摸，说："我说不终用③，你们不信，你们来摸摸，一点热和气儿没有，可怎么救呀？"老卜说："总是给他脱下衣服，控控水的为是。"地保说："这可是你说的，若是救不活，明天见官，你可得答话。再说，你可还得认准了是你的孩子才行哪。"卜世仁说："那是自然，你们就快些救命吧。"地保明知救不活了，只好把卜孝的衣服脱下，放在河边儿上，头朝下一控，控了半天，纹丝儿不动，说："老卜，你瞧，我说救不活了，你还不信。依我说，咱们用席头儿④把他盖上，报官去吧。"老卜也没了法子，站在一旁放声大哭。地保乘势把湿衣服挟起来，跑回更房，取了一领破席来。又把卜孝往上拉了拉，用席盖上，找砖压好，就把老卜的灯笼连杆子插在旁边，说："我们去报官，你回去歇歇儿，张罗验尸应用的物件，验尸官、仵作、衙役们的车轿费去吧。"老卜说："怎么说，我家孩子死了，还要我花钱？"地保说："什么话哪？谁叫你是尸亲呢。"老卜噙着眼泪回家，乡约写了报呈，赴县报案。次日县官带衙役、仵作，前来验尸。这才有个大闹尸场，一段热闹节目在明天接演。

且说湘潭县辛知县，乘坐大轿，带领书吏、衙役、仵作出离北门，往关厢而

---

① 死就：已经彻底死去。《北京方言词典》
② 索兴：索性。
③ 终用：中用。
④ 席头儿：指破旧不整的芦席。《北京土语辞典》

来。到了灵官庙住轿,县台下轿,到老道房中暂憩,打个茶尖①。名目上是说等尸场中预备预备,其实为给衙役、仵作们留功夫,好挤兑尸亲、被告等的资财。(借尸诈财,官是大头儿。)

及至进庙,老道早预备齐毕茶水,迎出山门,手打稽首②,口念无量寿佛。辛知县也哈哈腰儿③,随着进来。见庙宇不大,收拾的尚还齐整,又听耳房有念书的声音,才晓得庙中还有学房铺呢。略坐了一会,吃了一杯茶,衙役跑来回禀,说尸场已经预备齐啦。县台从新上轿,不到半里之遥,可就来到啦。升入公位,乡约、地保上来参见县台爷。县官先问问:"尸亲到了没有?"卜世仁忙跑过来,跪倒恸哭,说:"小民卜世仁(彼时的官,本没拿小民当人吗),参见老爷。"县台一瞧,是个五十多岁的老乡民,说:"已死的卜孝,是你的亲生子么?"卜世仁回答说:"是。"县台说:"他因何落水身死你可晓得吗?"卜世仁就把昨天卜孝到晚没回家的事,自己如何寻找到学房,回路行至木板桥,见尸喊救的事,据实述说了一遍。又说:"俺这孩子死得好苦,也不知是被满先生给打死扔到河里,还是被他打的投了河。"辛县台一听,说:"休得胡说,少时相验,自不难水落石出。来呀,你先起来,站在一旁。"卜世仁叩了个头,说:"大老爷,千万要与卜民声冤做主。"叩完头起来,县台吩咐将芦席揭开,唤仵作仔细检验,仵作单腿打仟④答应说"是"。此时地保早把水盆、条帚、筷箸放在一旁,书吏站在公案桌一旁,取出纸笔,静等仵作报上来,好填尸格。仵作揭开席用水一刷,县台在公座上一愣,说:"卜世仁,你既说不晓你儿是被人扔下河的,是自行投的河,为什么赤着体呢?"卜世仁又把喊救的事说了一遍,此时仵作早报上来,说:"验得已死孩尸,手足张、口张,委系失足落水而死。唯后身有木棍伤两处,斜长五六寸青肿,并不致命,望太爷详察。"县台一听,说:"卜世仁,你可晓得你孩儿这伤痕是那里来得么?"卜世仁说:"那就是满先生打的。"县台一听,说:"胡说,老师责打学生,只应责手板、臀板,焉有木棍打学生之理?你们快将满生与我传来。"乡约刚要走,卜世仁说:"回禀太爷的话,那旁站的就是姓满的。"

书中代表,满生因县台到尸场验尸,自己恐怕有牵连,忙着放了学,挤在人

---

① 打个茶尖:京津一带行路途中吃便饭叫"打尖"。这里"打茶尖儿"的意思是路途中就便喝个茶。
② 稽首:古时候的一种跪拜礼,拱手、叩头到地上,是九拜中最恭敬的。
③ 哈腰儿:弯腰。(《北京话词语》)
④ 打仟:男人行半跪礼。(《北平土话》)

群儿里偷看热闹。听到知县说"教读的不应擅用木棍打人",自己一机灵①,不由的后悔害起怕来,又不好溜走,及至卜世仁指出自己来,还能等衙役们过来揪吗?只好挤过来,冲定县台,深打一躬,说:"老父台在上,昌化生员满生,与老父台大人行礼。"县台一听,不是本省的口音,自称生员,立而不跪,登时怒形于色,用手一拍惊堂木,说:"你生员、熟员的,本县一概不知,我只问已死卜孝身上的木棍伤,是你打的不是?你要从实招来,免得尔的皮肉受苦。"满生听辛县官要唱《审刺》,这才望上细回原因。

且说辛知县,这一唱《六部大审》,把个满生吓得抖衣而战。自己一想,是隔着省分的秀才,不便再道叫字号。只得说:"请老父台念在斯文一脉,与生员留脸。"这位县台说:"我并非同你们教书匠做对,皆因你既然教读,就当谨遵孔夫子循循善诱之法,不可以夏楚示威②。即便临民,还讲齐之以礼,不得齐之以刑呢。你教书既以打学生为事,而且又不遵用学界定章的界尺③,只能按照平民殴伤人命的罪犯审理,你还不与我跪下了!"满生一听,这位县台四书句儿加律例,是一肚子的杂货菜,跟我一样。(那位说:"你也一肚子杂货菜吗?我净是大粪。")不敢再分辩,招老爷生气,连忙跪倒,说:"老父台不要动怒,我这儿跪下了。"县台说:"你因何责打卜孝,你把情形说了出来。"满生于是把晚间进庙,看见卜孝欺辱某生,一时动怒,数说他几句。因他用言语顶撞,才抓棍子打他两下子,他就跑出来。至于如何失足落河,生员并未追他,也不曾看见,不敢混说。卜世仁听知县的话,好像偏护自己,赶紧在旁答言儿,说:"回老爷的话,我的孩子,还是他给推到河里去的呢。"知县一听,嘿儿嘿儿的一冷笑,说:"如此说么,想是你看见了。"卜世仁说:"那可没有。"知县说:"你既没看见,可是有人看见,对你说的么?"卜世仁说:"也没有。我想我那卜孝孩儿,每日总过这河三四次,怎么没有失过足呢?一定是满生把我孩子追赶急了,方才落的河。"知县说:"你这话未免牵强,若是走桥,就当落河,那岂不早淹死了么?你家孩儿也是命中注定,是该死于水,你不得故意添砌,诬陷满生。姑念你恸子情切,本县也不深责备于你。你将你儿卜孝的尸身用棺盛殓起来,听候抬埋批

---

① 机灵:有"抖机灵"一说,意思是吃惊得打寒噤。(参考《北京方言词谐音语理据研究》)。
② 夏楚示威:旧时私塾体罚学生方法之一是用木板打屁股,木板上通常用楷书写着"夏楚示威"四个字,以示尊严。这里用"夏楚示威"泛指体罚。
③ 界尺:戒尺。

示便了。至于满生现在嫌疑很多,不能科断,带回衙去,俟调察明确,再行定案。"说完叫书吏录了草供,先叫卜世仁看了看,连尸格一并画了押。

此时有衙役,因满生已是刑事犯了,给他上项锁。知县出离公座,乘上轿子,官人后面拉着满生,往回路走。尸场看热闹的人,多有满生馆中学生的家长,一个个看满生可怜,有凑过来送给满生银钱的,有替托咐官人多照应他的。满生此是身犯王法身无主,这才想起无怪古人说,"人心似铁非似铁,官法如炉果是真"。谢过众学东,跟随在轿后,官人这们一拉,沿路走着,不像细侯的热客,简直的成了猴儿咧。回想自己当日不为细侯,何至来到湖南遭□冤屈官司,含羞带愧进城而去。到了县衙门前,见影壁上贴着许多指示,还有前任陈大老爷的硃标呢。"回想我那陈仁兄若是在此,我焉能吃这场官司?"含着眼泪进了衙门,官人将他暂带班房。一会儿知县吩咐出来,将满生暂寄外监,听候详文再行发落。官人将满生的项锁撤去,又告述他:"这位县台,这是要你打典①银钱呢。你要乘早儿托个大人情,管保完案。"满生一听,说:"我实在没人,只好认命而已。"

昨朝的书,说到把满生暂寄外监。要按评书套子的规矩,应当形容着说说官人怎么凌虐着挤他银钱。满生既是举目无亲,真得说是比俄罗斯打官司还苦。后来有别家学生的家长,把衙门坎儿里诸位头儿见好了,这才稍得自由。诸位瞧着准能又花稍②,又热闹,又能斗乐儿。心肠软的,能替老满掉眼泪。

实告述诸位说,按这们说,在下还是真会说,可并非久打官司学来的,皆因六扇门儿的朋友我认识许多位,他们催水③的门子④我听都听俗咧。如今往报纸上一登,好像我故意给他们豁事,未免得罪人。再说,与《细侯》本文无干,咱们不如把这点儿书码⑤过去,也给黑门坎儿的⑥朋友们一个嘴严心不坏。按照原文说,幸有他门人怜师无过,时致馈遗,以是得无苦。足见卜世仁爷儿们不是人行,这个卜孝外号"不肖",都名副其实。然而满生平日若是对于各学生,

---

① 打典:行贿,托人情,请代为疏通、照顾。
② 花稍:花梢。
③ 催水:索取钱财。
④ 门子:窍门,门道。《北京方言词典》
⑤ 底本作"马"。
⑥ 底本作"黑门坎的儿"。

没什么好感情，也免不掉得受凌虐。

　　书说至此儿，咱们让满生先在湘潭县监狱里住两天儿，翻回笔来，再说细侯。从那天满生走后，自己越想满生这首诗越有滋味儿。平日留别位客过夜，虽然一样的说话儿，所说的离不开吃喝乐。人家花钱的老爷们，好的是这个调调儿，就得随着应酬人家。要一定给兑①人家做诗，那不成了诗疯子了吗？那只好嫁书呆子去吧。万没想到这个姓满的一见投缘，说了许多体己话儿，又承他赠诗夸我，把我比做巫山神女，有朝云暮雨的手段（可不是翻云覆雨的两面人）。只因他手里没钱，才不能重梦巫山，由此一念即便今日再留住客，能像姓满的这样知己，实在恐不易得了。我一细问他家，又并非赤贫，不过不善经理②，我若跟了他去，替他一当家过日子，比嫁什么人都强。这样有情的好人，我若放了过儿，将来再往那儿找楚襄王去呀。简断截说，所被满生这二十八个字给迷住啦。

　　当天又有客来，细侯要报病，鸨母强给让上楼，细侯待理不理，哼哼嗳哟。这位一瞧，花钱买乐儿来了，不是花钱捐弄当医院的看护来咧，不必惹闲气，略坐一坐，告辞而去。鸨母以为细侯也许真病了，不便强迫他挣钱，只好等他好了再说吧。第三天又来了一个熟客，要在楼上住局，先同鸨母一商量，鸨母说："你老稍微等等儿，容我对我女儿替您说说去。"说着进了里间楼，把这话对细侯一说，细侯说："你老人家要留他，留在你的房里行啦，我这两天不但病的没有精神，再说身上不方便（我是手里不方便），他要一定不走，那就算他住茶钱吧。"（这是细侯吗？吃瓦片儿③的老侯。）鸨母听他不愿意留这位，只好出来，婉言回覆："左不是实在不能应酬，别瞧天天儿动笔，简直的是活受罪哪！（这是细侯吗？我喘的不能歇工，说心腹事哪。）您如果爱惜赏脸，改日来，叫他好好儿伺候你老。"这位是知趣的人，也就走啦。贾鸨母送客回头，这才要追问女儿究竟有何心事？

　　且说细侯，自从满生走后，来一帮儿客驳一帮儿。贾鸨子一瞧这个来

----

①　给兑：挤兑。
②　经理：经营，管理。
③　吃瓦片儿：指靠房租生活。（《新编北京方言词典》）

派①,透出有点诚心起腻②了,送走客人,进了细侯里间房,见细侯正同杜姐说闲话儿呢。一见鸨母上楼,赶紧叫杜姐:"快给我搥腰、砸腿、捏太阳穴。"杜姐不知什么缘故,只得遵命办理。贾鸨母进到房中说:"哟,孩子,你这是怎么啦?"细侯哼哼着说:"我八成儿这是虎烈拉③(这个病儿,大概由那年就有)。"鸨母说:"究竟是什么病症?怎样的难受?"细侯说:"妈呀,你别问啦,我是腰疼,腿疼,胳膊疼,脑袋疼的,好像刀子挖似的。"鸨母说:"既然这们样,就该早些请个医生,诊治诊治才好。"细侯听到此处,把头摇了两摇,说:"寻常的大夫恐怕他越治越厉害,必须像前次来的那个满生,他才治得好呢。"鸨母一听,心中明白,必是他们二人那夜有了秘密协约了,这得乘早儿给他打消。又碍着有个杜姐,怕他听了去,暗中给满党通信。(拿杜姐当了奸细了。)连忙对杜姐说:"你下楼去,给我烹碗茶。"细侯明知假④母是支开他要说私话,自己也说:"你下楼去给我烂烂儿的熬碗燕窝粥,千万帮着毛伙计,把毛儿摘净点儿(毛伙计敢则是个摘毛儿匠)。"杜姐一听,乐得脱懒儿⑤,说:"那们不用搥啦。"细侯点点头儿,杜姐下楼,自去不提。

但说鸨母见杜姐走后,说:"你前天接的那个姓满的生客,我瞧他并不是好人,你为什么一死儿⑥认扣子呢?你方才说,他会治病,这句话从何说起哪?"细侯说:"母亲既问,孩儿不得不说实话,皆因那天夜间,他赠了孩儿一首诗。女儿爱他诗才敏捷,问问他家中颇有财产,而且尚未定亲,所以我们两个人设下誓词,他非奴不娶,女儿除非姓满的,誓不另接他客,我们是一言为定,神人共鉴。他已于次日回籍,筹凑银子去了,大约个月期程⑦,准保回来,给女儿赎身。这件事那天虽没对母亲说明,然这是女儿的终身大事,必须女儿自行做主,方合情理。如今母亲既问,孩儿从实说明,请母亲自行酌量。不如咱暂报歇业(所为省分月捐⑧),把毛伙计辞退,杜姐也可以打发他另投别家。"鸨母听

---

① 来派:来势。(《北京方言词典》)
② 起腻:惹人厌烦。
③ 虎烈拉:霍乱。
④ 假母:开妓院的鸨母。
⑤ 脱懒儿:偷懒。
⑥ 一死儿:一再坚持,极其顽固。(《北京话词语》)
⑦ 个月期程:一个月。
⑧ 月捐:妓院按月交纳的捐税。

到此处,可就愣啦。心说:"怪不得听人说,小学生一过十岁,就学念千家诗,笠翁对句。敢则会做两句诗,拿上妓女,比会唱丝调小曲儿的拆白党①有效力。"有心往下再劝②,一想女儿平日是一宠子的性儿③,此时他是被姓满的迷住了,即便破坏,也叫做白饶④。再说姓满的,既应许着赎身,万不能白接出去。别瞧穷小子没有油水儿,上辈的根基,也许不错。真要认头⑤弄从良的,连祖坟卖了凑钱,都不新鲜(那位说:"我听着新鲜。"您是少见多怪,我们村儿里就有这们一位吗),不如暂且由他们性儿就是。想到其间,说:"既是你们已有成议,为娘的也不拦阻你们,可有一样,孩子,你可别输了眼⑥哪。"细侯说:"母亲请放心,满生断不是轻诺寡信之人。"刚说到这儿,杜姐送上茶与粥来。母女暂且决议,谁知未过数天,竟出了一场意外的风波。

且说贾鸨母,见细侯扑上满生,是非跟他从良不可,自己只好暂且由他性儿。俟等过个个月期程的,他一寂寞的难过,也就把满生忘下啦。即便跟了满生去,过个一年半载,满生一穷,细侯跟他受不了,还相许回来,跟自己再混呢。(未从出水,先打洗澡的主意。)想到其间,说:"既然你同满生有约,做妈的也不强迫你。咱们也不必撤销这个牌子,若有客来,就给你报病,或报你出局,花钱的连次碰几回钉子,自然也就不来啦。你那时走后,为娘的再买上两个孩子,刷洗出来,好做为娘的养老生活。"细侯说:"那是妈自己的后事,你老人家自行斟酌办去吧。"

书中暂且言讲不着细侯母女。但说余杭城中,住着一个开绸缎庄的姓贾,大号克礼(同贾有理好像本族弟兄),惯走临清苏杭,贩⑦卖绸缎为生。恰赶上年年获利,买卖日见发达,赚了许多银子。这年在苏州遇着几个好洽⑧游的行友,谈起苏州的妓女的好歹,行友们说:"人说苏州头杭州脚,其实咱们杭州妓

---

① 拆白党:擦白党中有一些人,一有机会就"拆梢",把养自己的有钱女人的钱骗走,这些人称作"拆白党"。后来拆白党的声名大盛,连外埠都知道这个名称,把凡属骗取人财物的人,都称为"拆白党"。
② 底本作"勳"。
③ 一宠子的性儿:任性的性格。
④ 白饶:白费时间和精力,毫无效果和意义。(《北京话词语》)
⑤ 认头:甘愿。(《北京方言词典》)
⑥ 输眼:眼睛没辨认出来,这里指看错(人)。
⑦ 底本作"贬"。
⑧ 洽:洽*。

女,那一个也会梳头,若讲下装儿,实在是四远驰名。别瞧苏州是南京出名的地方儿,妓女们除梳头之外,别无可取。"内中就有捧场的对克礼说:"贾仁兄,既是杭城富户,想来城中贾家楼的细侯,必然是招呼过去喽。"

老贾从前是在家日子少,出外①日子多。(要唱《双摇会》。)从前在家的时节,一则是本钱不足,二则彼时正夫人厉害,不敢在外嫖娼。夫人年前去世,尚未续娶,况且前二年细侯尚小,所以并不晓得有这们一位名妓。今天听行友们这们夸赞,赶紧说:"贾家楼的细侯,小弟并没会过,此次回到家乡,总要结识的。"说完彼此一笑分首,各自料理自家的行业去了。

过了几天,贾克礼押着货,往余杭城而来,同船有本城的乡亲,彼此闲谈,克礼又同人打听贾家楼。这位乡亲说:"那是唐朝发祥之地,若不是在楼上,结拜三十六友,可怎么救秦叔宝呀。"克礼一听这位乡亲是唐朝的(一肚子的《隋唐》吗),连忙说:"我没同你打听山东的贾家楼,问得是咱城里贾家巷住着一位名校书,姓贾芳名细侯的,你可晓得么?"这位乡亲说:"原来老板说的是细侯姑娘儿呀。我听人传说,这位姑娘儿模样生得十分美丽,就是调门子②忒大,轻易不见客。"克礼一听,说:"据你这们说,一定是个好人儿喽。""这姑娘儿也同我们卖绸缎一样,真正上好的贡货,主顾乍一上柜,绝不肯给你往出拿,不怎么说好货掩着卖呢。"(绸缎庄这法子,是跟估衣住儿③掏换④来的)说完又谈些别话,各自进舱。书不赘叙,老贾本是暴发户财主,正在中年,又是久旷思欲,恨不能一时回到家乡,到贾家楼看看细侯。如果真投缘,先住上两帐,再探探话口儿⑤。只要领家⑥肯出手,那怕这趟买卖赚的银子都送他呢,接了出来给我做妻做妾全都可以。

这天船到余杭城外,有本号伙计替接货报税。贾克礼回到铺中略为歇息,换上一套鲜艳衣帽,带上散碎金银,直奔贾家而来。可不知细侯肯否见面。

且说贾克礼,回到绸缎庄换了一顶绣花方巾,一件绣花绿袍,两只皂靴,手

---

① 出外:到外省市去。(《北京话词语》)
② 调门子:从说话调子高引申出派头大、摆谱的意思。
③ 估衣住儿:卖现成衣物的,衣物有新有旧。
④ 掏换:淘换。
⑤ 话口儿:口风儿,口气,口吻。(《新北京方言词典》)
⑥ 领家:旧时指开妓院的人。

里摇着一柄折扇(这是贾克礼吗?还是贾有理),笑嘻嘻的直奔贾家巷口。一会儿到了贾家门口儿,一瞧关着两扇门,隔门缝儿往里院一瞧,连门灯没挂着,心说:"可别叫错了门,若是不叫门又不知那时候才有人出来?"正在为难,听院里有人咳嗽,克礼连忙在外答言儿,说:"里面有人么?"

书中代表,毛伙计从前挣项①有限,全仗零钱多。这两天忽然姑娘儿不接客,手头艰窘,有心辞活,另找别的事,一时也没有相当的事,正在门房懊睡。睡醒要上街遛鸟儿去,听门口儿有人找,挂上画眉笼子,到了门洞儿撤去插关儿②。开门出来,上下一打量贾爷,简直是东塔窑的赵大③(越子期也是一样),看着是个财主秧子④,笑嘻嘻的说:"你老找谁,扫听⑤谁?"贾克礼说:"我且问你,你可姓贾吗?"毛伙计说:"没,我们当家的姓贾,你老贵姓呀?"克礼说:"在下也姓贾。"毛伙计说八成儿这小子要认祖归宗,可没敢说出来(怕是挨揍),只得问说:"你老扫听姓贾的奏麻⑥呀?"克礼说:"听说这院里有位细侯姑娘儿,在下久仰的了不得,新从苏州赶回来,特来拜访,烦劳给通禀一声。"毛伙计⑦忙说:"你老来的不凑巧,我们姑娘儿病啦,别说生客,就是熟客,也一概挡驾,只好过几天再来吧。"克礼一听,怪不得人说细侯姑娘儿,调门子大,就连他的伙计,都是阔老宅的门公派。人家既这样说,只好说:"如此惊动了,在下改日再来就是。"毛伙计说:"那就随你老的便儿吧。"说完抹身形,对上街门,进院子去了。克礼冲门怔了会子,心说:"想不到带着现银子要巴结个妓女,真比跑崮刻主顾宅门要帐,不在以下。没别的,买卖人要有三分耐性儿,只好走回去啵。"

于是垂头丧气的往回路走,一会儿回到铺中,此时伙友们都张罗给东家掌柜的摆酒接风。克礼用完酒饭,回到自己家,从前夫人活着的时候儿,虽说管得

---

① 挣项:挣的钱,收入。
② 插关儿:门栓。(《北京话词语》)
③ 赵大:京剧传统剧目《乌盆记》中的人物,烧窑制盆为生,家有一座盆儿窑。赵大夫妻见财起意,将投宿的刘世昌主仆谋害,剁为肉泥烧制成乌盆。后来碰巧老汉张别古向赵大索要欠款,在盆儿窑中拿走乌盆抵债。刘世昌鬼魂向张别古诉冤,包拯为其洗冤雪枉。
④ 财主秧子:富家子弟。(《新编北京方言词典》)
⑤ 扫听:从旁探听。(《北京话词语》)
⑥ 奏麻:做什么。
⑦ 底本无"计"字,据文义补。

紧,可是究竟能帮助料理家务。这如今虽不受气,得了自由了,只是冷冷清清。再说,只剩三两个下人,没什么可说的,不由自言自语的说:"真是'男儿无妻家无主',古人的话一点儿不假。"吃了杯茶,在上房安眠一觉醒来,天不过在三更多天。自己一想:"还是得赶紧续位内掌柜的①,只是自己现年小五十岁啦,好做家女儿②,谁肯嫁我?不是貌相丑陋,就是性情乖谬,娶过来我在铺中白天料理买卖,回到家闹得气气恼恼,这不是找罪受吗?若说个回头人儿,又怕遇着打虎的③,况且自己断不了④还得出外,他即便不走,招些个擦白党也与我名誉有碍。看起来续弦这件事,比初婚还难。"又想到听人传言,细侯是个有声价⑤的妓女,模样儿又好,如果能把他弄到家来,他既懒于见客,自然不爱擦白党。再说,既称名妓,一定写算全成,堪可够内铺掌资格。明天设法,务必要打听细侯,是否有意从良。

昨天的书,说到这个绸缎庄的贾掌柜的,既是走南闯北的阅历人,何必于听人传说一个妓女,便这样入迷,未免于情理上说不去。殊不知,人若阅历这些花梢事,须在青年。假如从前是穷苦人,或家长管教得紧,过了四五十岁,手中暴发有钱,又没管主,这一入迷,多有倾家败产,送了性命的。诸位不信,您就调查去。本文这个贾克礼就是这一路人。

闲话打住,但说贾掌柜的,一个人在家,一闹这宗没影儿的迷,越想越生魔。自己无精打彩的到了铺中,饭后没事,同了事的⑥谈起家中没人的苦楚。了事的一听,说:"这是你的家务事,我们不能替您了,总是乘早儿再续一位内掌柜的,既能替您看家,又可以生儿育女。"克礼说:"先生见教虽是,只是必须有妥靠的媒婆,才能托他去办。你可晓得,咱这城里那个媒婆说话不撒谎?"了事的说:"你老这是怎么啦?俗语说,'媒婆口无量斗,总是有枝添叶'。要是一句谣言不会造,净按原文往下抠,那还挣得出钱来吗?(这是说媒婆子吗?替说《聊斋》的圆⑦谎哪。)不过得分人分事,你老要找媒婆,事逢凑巧,我有一个

---

① 内掌柜的:店铺中掌柜之妻。(《北京土语辞典》)
② 做家女儿:谨守礼数的未出嫁女子,后引申出"处女"义。更常见的说法是"坐家女儿"。
③ 打虎的:指一种女骗子,这种人以嫁人为行骗手段,骗取财物。(《北京土语辞典》)
④ 断不了:少不了。
⑤ 声价:声名和身价。
⑥ 了事的:店铺中管理一切事情的叫了事的。
⑦ 圆:底本写作"原"。

表嫂,一身一口,住家在贾家巷口外,从前给人洗衣服做活,也替人做过几次媒,他是老实人,不会撒谎。再说,他如果见是你老托他,更格外用心啦。"克礼听说住家在贾家巷,正碰心眼儿,想着他必认识细侯,登时喜形于色,说:"你既有这样妥当的媒人,为什么不早说呀?"了事的说:"我并不晓得你老有意续弦,况且您新从外省回来,也没提到这层呀。"克礼说:"既有这样人,咱们两个人就找他一趟,你想好不好?"了事的说:"何必你老亲身去,打发个伙计把他叫到柜上,或叫到你宅里,把话说知就行啦。"克礼一听,说:"既然这们省事,你就赶紧的打发人去。我想这件事,在铺子不大好说,不如简直的就到我家去吧。"了事的说:"那也可以,但是咱柜上今天事情忙,我不能同去。他那时去,你老就自己对他提说就是了。"克礼一听更合心意,于是自己先从铺中回家。

到家功夫不大,果然铺中伙计带来一个六十上下岁的老婆儿来,见了克礼万福行礼。克礼也答礼相还,让在房中,问了问。这妇人姓梅,克礼赶着称呼"梅嫂儿"。媒婆说:"呦,员外爷,那我们可不当,您就叫我梅媒就是啦。"克礼说:"既同我铺中伙友是亲戚,我也不敢推大,今天请梅嫂前来,我有一事相烦,不知可肯代办?"梅婆说:"呦,只要你老出个题目我必尽心。方才听宝号伙计说,员外爷因家中没人,要续娶一位娘子,但不知意中想说谁家的女儿?"克礼说:"我同你打听一个人,你可晓得?"梅婆说:"有名便知,无名不晓。"克礼说:"提起此人大大有名,就是你的近邻贾家的细侯,你可看见过么?"梅婆把嘴一撇说:"员外爷若说别人,我婆子许没见过,要说细侯,从他没混事的时候我们就做接房①。人儿是十分人材②,只是脾气太大,听说现在杜门谢客,大概有意从良。员外若要喜爱,我婆子尽可效命。"

且说贾克礼,听梅媒说同细侯早就相识,喜欢的了不得,说:"既这样,就求你老多分心吧。"梅媒说:"话咱可是这们说,这孩子不同别人家孩子,皆因他这鸨母,最爱惜他,疼得比亲生自养的还加倍,所以把他的脾性给骄惯坏啦。你老要打算跟他交,你只要有水磨工夫,或者行的了。他如今既不接客,你自己不能见面儿,只好由他母亲给你说好话,你想人家肯白给你支使着吗?"克礼一听,说:"按这们说,先得花疏通费喽,这有何难?"说着取出两锭银子,每锭五两

---

① 接房:街坊。
② 人材:容貌,姿色。

有余(杭州锭儿吗),双手送在梅媒面前,说:"这有两锭银子,一锭送与梅嫂儿,买双鞋面儿穿,这一锭烦劳送与贾妈妈,买茶叶喝。只要能让细侯点头肯嫁我,他要使多少彩礼银子,我决不驳回。至于他母女手底下有什么帐目,全归我替偿还。贾妈妈如果舍不得女儿,愿当亲戚来往,请他随便来。如愿归在我家,我管养老送终,顶丧驾灵,打幡摔盆抱灵牌,全是我的事。"(过于和气啦。)

梅媒一听,贾掌柜的所认上头啦,这才说:"既然你老这们样肯破钞,大概总可以有成效。但只一件,我婆子还没给你老出一点儿力呢,就赏银子,叫我却之不恭,受之有愧。要不,先存在你老柜上吧。"克礼说:"梅嫂儿不要客气,这银子方才我说是送你买鞋面子的,你就带起来吧。"梅媒说:"呦,你老人家,真会拿我们开心,五两银子买一双鞋面儿,就说我们脚大吧,也用不了哇。既是你老赏我,那们我就拿着啦。"说完站起身来万福了万福,把两锭银子都带在胯兜①之内。此时贾宅的仆人献上茶来,婆子呷了一口,说:"员外爷你老不晓得,我是个急猴儿脾气,受人之托,就当终身之事。此时天色尚早,我必然赶回来,给你老讨②个喜信儿。即便说不定规,明天午后,我再去一趟,总可以赶回来的。"克礼一听,说:"全仗妈妈鼎力成全,事成之后另有重报。"(越搞越长辈儿,可见媒行吃香。)梅媒说③:"呦,员外爷,你老说远啦,我这不是当效力的事吗?"说完站起身形,迈开尺二残莲④出了屋门。克礼还要送,梅媒说:"员外爷留步吧,嘱咐你尊管⑤盛价⑥,给我看着点儿狗就行啦。"克礼说:"妈妈放心,我们这儿的狗不咬人。"梅媒说:"你老不晓得,我叫狗吓破胆子啦。一瞧他虎头像儿我就害怕,既是不碍事,我就走啦,咱们今晚不见明天见。"说着笑嘻嘻的,出了克礼街门,往回路走,心说:"怪不得俗语儿有云,'养小子,兔羔子;养女儿,银包子。'贾鸨子抬长了一个细侯,就有这路迷症鬼儿,愿当养老女婿。像我这苦老婆子,将来依靠谁去呀?"想到其间,叹了一口气。

---

① 胯兜:裤腰下边裤子一侧的明兜儿。
② 底本作"付"。
③ 说:底本作"就"。
④ 尺二残莲:讽刺媒婆不缠足。旧时妇女以缠足为美,称三寸金莲。
⑤ 尊管:旧时对别人家的仆人的一种尊称。
⑥ 盛价:对别人仆役的客气称呼。

转湾抹角①,来到自己家门,不便回家,要进巷口儿。一抬头先往楼上瞧了瞧,槅扇②关的很严,心说:"这孩子也许真病啦,那可是他没这福命。"进了口到门前一推门,并没关着,扭身进来,恰巧鸨母正在院中,彼此问候两句,让至楼中,梅媒要大逞口才。

且说梅媒,跟着贾鸨子上到后楼,彼此入座,先对问了问近日生意如何。梅媒说:"呦,我的老姐姐,我们可比不了你老哇,我这是两条脚赶不上一张嘴的买卖(同拉人力车相仿)。从前还能给人洗洗做做,缝缝连连③,如今眼也花啦,手也慢啦,就指着说媒拉纤度日。你想一年能成得了几号儿?像你老有这们一个好姑娘儿,多说一句话,就能给你挣个十两八两的,来财有多们容易呀!"贾鸨母听到此处,长叹了一口气,说:"梅嫂儿,你是只知④其一不知其二。这孩子凤日脾气是又骄又傲,混了这们二三年,并没拴扯住一两个阔客,不过仗着我对敷着,可以够嚼用。前些日子接了一个姓满的穷秀才,两个人也不是怎么说的投了缘,一个是非他不娶,一个是非他不嫁,因此杜门谢客。我们这如今是干赔嚼谷儿,还比你好什么呀?"梅媒一听,心说:"原来细侯有了准地儿了,这事可有点儿费唇舌,好在自己是指着嘴挣饭吃的人,不怕费话(我可老得笔管儿不离手)。"听到此处,连忙陪笑,说:"呦,这们说,细侯是有意歇业啦。按说妓女从良,是件极好的事,可得长住了眼睛,既是这位满相公要他,为什么还不接出去呢?"贾鸨子说:"梅嫂儿,你别提啦,这个人我看他就是穷小子。据细侯说,他在昌化家里有房产地亩,两个人说定规了,他就回家弄钱去啦。又听人说,他是湖南找朋友做幕友去了。究竟怎么件事,大概连我那傻孩子也摸不清。"梅媒说:"这们说起来,咱们姑娘⑤儿可透点荒唐,要上了小白⑥的当,你老总是解劝开导他的为是。"贾鸨子说:"我那一天也没断费话,无如这孩子执意不接客,强让进一两位来,他不答理人家,反到得罪人。你要没事,你替我劝劝他才好哪。"梅媒一听,正合心意,悄步声儿的说:"我今天是有人委托我来

---

① 转湾抹角:转弯抹角。
② 槅扇:一种门,一对一对相连,通常做成雕花的格子,门背后糊纸或装玻璃。
③ 缝缝连连:缝缝补补。
④ 底本无"知"字,据文义补。
⑤ 底本作"娘姑"。
⑥ 小白:小白脸,指面孔俊俏、白净、柔弱的青年,多指书生。(参考《北京话词语》)

的。"贾鸹子说:"但不知是那一位?"梅媒说:"你老到晓得,咱们鼓楼大街路东的绸缎庄呀(可不是祥字号儿)。他们铺中大老板,姓贾名克礼,新近从苏州回来,听人说咱们姑娘儿人材怎么好,打算要续娶过去,特意托我来说。你老如果肯出手,这位掌柜的人家可舍得花银子呀。"贾鸹子一听,说:"不错,听说昨天有个姓贾的来了,八成儿就是此公。人家既这样赏脸,没别的,就求梅嫂儿,你过细侯房中,替我劝劝吧。"梅媒说:"使得不咧?那们你就言语一声儿去。"贾鸹子说:"你是老陈人儿,何必客气,咱姐儿两个过去就是。"说话起身,来到前楼。

细侯正闷坐着看唐诗呢,见梅媒进来,心中晓得必有所为,只不过不能不略为周旋,站起来万福了万福。说:"梅大娘,你老好哇。"梅媒说:"呦,姑娘看书哪。我听说你闭门谢客,有志从良,我是极表同情的。但是你们嫁人,不同做家女儿,得由父母做主,你们可以自择,总别净图好脑袋。要是个穷小子,跟过去挨上饿,你还得给他出去拽去。我今天有位财主,托我过来,要娶你去做大,不知姑娘你意下如何?"

且说细侯姑娘,对于梅媒原是勉强应酬。先听他说赞成自己从良,脸上还微有点笑容儿,及至他说出有个财主要娶自己,心说:"原来这老帮子①没有怀着好心,破坏我们美满良缘来啦。"登时把脸一整②,说:"梅大娘,不劳费心啦。你既听说我要从良,便当晓得我已有成约,不过迟个一半月,我丈夫就回来啦。从前我是没准姓的人,你说这话犹可,如今我是有夫之妇了,你就不用再提那个财主了。再者,实对你说,我平日最不喜爱敬奉财主,你愿意巴结,你另给他说别家有造化的娘子去吧。"贾鸹子一听这孩子甩③上梅媒啦,怕他老脸儿挂不住,赶紧拦细侯,说:"你这孩子又来了不是?总这们一宠性子,跟你梅大妈上脸。你想人家来给你说婆家,是一番美意,你何妨打听打听,到底是那家财主呢?如果比姓满的强,也可以改改你的宗旨。"细侯听假母说到此处,说:"母亲不必多说,岂不闻'一马不备双鞍鞴,烈女不嫁二夫郎'么?女儿与满生订定终身,何必再打听那家财主?即便他财过北斗,其奈我何?"贾鸹子说:"你同满

---

① 老帮子:詈辞,对老人不礼貌的称呼,又称作"老梆子""老帮壳儿"。
② 整:表情严肃。
③ 甩:表示气愤,扭头不愿再看。

生不过是一夜露水恩情,彼此投机,甜言蜜①语,谁说的也未必都是真情义,何必这样认真?"细侯说:"母亲此言差矣,岂不闻圣人云,'人而无信不知其可也,大车无𫐐小车无𫐄,其何以行之哉?'"梅媒一听,心说:"这倒不错,想不到我在贾家楼听了出《击掌》。"方要用话解劝,又听细侯说:"母亲,你言说露水夫妻不应有真爱情,请问像咱们这当妓女的,难道就不算人么?如果也是人,便不当失信(不讲'信'字的人,连妓女不如)。任凭你们二位老人家怎么花说柳说②,全算白说。"

梅媒听到这儿,再坐着也就无味了,只好说:"既是姑娘执意要等你的意中情郎,我们不敢拦你。我是受人委托来的,我暂且回覆了人家,等过天再说就是了。"贾鸨子说:"这到叫梅嫂跑腿受累,闲着没事想着来。"梅媒说:"有工夫必来,瞧你们娘儿两个来。"说着迈开大残莲直奔后楼,贾鸨子跟随相送,细侯连个起坐儿没有,依旧拿起诗本子又瞧上啦。

暂且言讲不着细侯,但说梅媒,到了后楼,又略坐了一坐,对贾鸨子说:"我也不久坐着啦,乘大早回覆贾掌柜的去啵。"贾鸨子说:"吃杯水酒再走,免得人说空空□的。"梅媒一笑儿,说:"我的老姐姐,你是怎么啦?你这头儿又没找我,再说咱们是谁跟谁,我要吃,吃姓贾的是正理,反正是状元谱火纸,这头儿不着那头儿着。"说得贾鸨子也乐咧,说:"既然你执意不扰,改日你打听着谁家有好模样儿的孩子愿意出手,你给我张罗买一两个,好接续着吃③碗饭。"梅媒满口应④许,说:"有出手的我必带来。"说完告辞出门,直奔贾克礼家门而来。一会儿到了,下人回进去,贾克礼只当办成了呢。及至一问,梅媒说出满生与细侯怎么样的感情好,暂且不能打退,只好另说别家的吧。克礼一听,心说:"倘能叫满生不回余杭,这细侯的终身定归我手。"有此一想,才有个设计陷害老满。

昨天的书,说到末句,是贾克礼因细侯愿嫁满生,才要起意陷害,这话未免骇人听闻。您按原文对,虽没这们细说,可是大意也是如此。推极而言,便是奸近杀的真理,故色字,上从刀,下从巴,即示好色之人,休要往刀头下巴结的

---

① 底本作"密"。
② 花说柳说:竭尽力量用各种理由、各种说法劝说开导。(《北京土语辞典》)
③ 底本"吃"下有"不"字。
④ 底本作"么(麽)"。

意思,咱们先别讲白话说文。

再说克礼,听梅媒说细侯是非满生不嫁,自己也没法子,只好暂做罢论。打发梅媒去后,自己又想这十两银子花的真冤。(有其开些张杂合面票,到能有人知情啊?)无如既是给了梅媒,还能往回要吗?于是无精打彩的回到铺中,仍旧料理商业。

过了些天,忽然接到湖南朋友一封信,说是本年湖丝收的好,价值公道,若有人能出大资本运到江浙,能够获利三倍。克礼既是绸缎行的人,自然听着动心,又想就便还可以在湖南打听打听这个姓满的,在那里做什么事呢?打定主意,把铺事仍托伙友们代理,自己带上些银两,搭船同本行朋友往湖南而来。

也别管走多少天,这天到了湘潭,住在店中,吃完晚饭,同店小二聊天儿。左不是谁家酒好,谁家菜好,某下处新到名妓,某戏园新邀来名角,尽多说说银盘米价,决聊不到杂合面涨落的话。谈到妓女一层,勾起克礼的心事,说:"要讲妓女,还得说让苏杭二州,不但人材清秀,而且多有通文识字的。再说,满嘴的新名词(不对,满口中国官话),不像两湖的人,话语难懂。"店小二说:"贾先生说得是极①,但是据我想,讲说官话,自应以北京为第一。再说,那是天子脚下,名妓一定少不了。"克礼一笑,说:"小二哥你是没上过北京,要讲北京的话,固然算官话的标准,其实并不出什么样的美人。再说多是两只有夹袋的脚,论起打扮梳妆,多是浓脂厚粉。不怎么《竹枝词》上说'北地胭脂嘴脸红'呢?要讲淡雅梳妆,打扮出来,水墨画儿的美人儿似的,还得让咱们南省。"小二心说:"这位掌柜的,八成儿是爱个小寡妇。"既是应酬主顾,自得听客人口锋儿,跟着往下聊②,说:"贾先生,说的在行,他不是咱南省水好吗?水秀山清的地方,才能出美人儿呢。如此说来,你老必然盛享艳福喽。但不知近日贵处什么出名的妓女?"克礼说:"要讲余杭城中,现在著名的有位细侯姑娘。不但模样儿赛过天仙,外带极好的文才。听说双手能写梅花篆字,出口成章,净是经史子集的故典③(还是名词)。信笔成诗,比上谢道韫还高呢!"小二说:"既然你老这样夸赞,必定是贵相知喽。"克礼说:"我从前有一面之缘,只是一样,近日调门

---

① 是极:极是。
② 底本作"柳"。
③ 故典:典故。

子忒大,新近我从苏州回家打算要把他接出来,谁知已经撤销营业,要跟一个姓满的从良。"小二说:"按这①们说,这位满爷,必是清真教的阔老喽。"克礼说:"不,姓满的是咱们大教人②。听说是个穷教书匠,现在在湖南做幕来了,不知你可晓得么?"小二一听,说:"你老提起姓满的来,我昨天听衙门人说,本县有这们一个打冤屈官司的余杭秀才,不知可是此公。"

且说贾克礼,听店小二说,有个余杭秀才,在湘潭打了屈柱官司,起心里别提多喜欢啦(幸灾乐祸,真正地道小人),赶紧用话追问说:"小二哥,姓满的这小子遭的是什么官司呀?"小二说:"我也不晓得,皆因我有一个姑表弟兄,他是本县的红名字大班头③。前天他同了两位人来,借我们单间儿房说话,这两位是县北关的住户,一个姓赵,一个姓钱,他家孩子跟着满先生念书。皆因同学中有个名叫卜孝的,在学房挨了顿打,不知怎么投了河啦。卜孝的父亲说是满先生把他孩子给逼死了,因案无确据,不能定案。满生是个外乡人,又取不出保来,暂寄待质所④。前天赵、钱二位找了我们姑表兄去,打算替满生铺垫铺垫官司,免得学生们旷废着功课。我们这姑表兄儿,说是底面的朋友,都跟着满生有个不错,只要姓卜的松松嘴,官司就算完咧。若是原告一死儿苦钉,县官这方面,只好官事官办。再者,听说县里的有位毛先生,不知怎么跟满生不来。再说平日嗓眼大的很,因此我们表兄没敢十分应赵、钱二位,只说了个大数儿,约得五十两银子。赵、钱二位回去,同各生家长们商议去了,定的是后天的约会儿,还在咱店里见面儿。"克礼一听,说:"这件事,我可不该说,这个姓满的同我是老乡亲。你可不晓得,他可不是好人,在家的时候专讲调词告状,叫学不过是个名目。平日功夫又不纯,专爱寻花问柳,给妓女当催匠去。后来把学馆散了,还在某下处写过些天的帐哪。如今他遭官司这正是大理循还,遭了报啦。不然官司一完,他仍旧当教书匠去,依然改不了念背打的旧习,碰巧还不定引坏多少轻年⑤子弟哪。"店小二听克礼这们说,说:"呕,这就是啦,真是

---

① 底本无"这"字,据文义补。

② 大教人:指汉人。

③ 班头:衙门里下领若干手下的衙役。

④ 待质所:始于清朝末年,关押未行判决或判决未定的人犯的场所,以等待质讯。在此之前,人犯不分已决犯和未决犯,全部关押在监狱中,因此待质所的产生是监狱改革的产物。

⑤ 轻年:青年。

俗言说的好,'好朋友怕陈街坊',敢则这位满先生,是大茶壶①出身哪(岂但秀才,真有挺大的朋友,还挂着这路衔名的哪)。这就无怪毛先生跟他不来②啦!"

克礼说:"我再请教你一件事,比如我要托托你这位表兄,同毛先生说说,把这姓满的办个永久监禁的罪名,行不行呢?"小二一听,翻翻眼睛,心说:"这位贾爷八成儿是同满生有什么嫌隙。"无如不能明问,只好说:"这路事,衙门坎儿里的人,讲得救活不救死,给有罪的往轻松里摘,人家肯办。若是给你往重科罪,都说怕伤阴骘③,不怎么讲公门之内好修行呢?话虽如此,反正有人真肯花钱,俗言说得好,'有钱使的鬼推磨',不过要让人家杀人不赚两把血,那可办不到!再说案打实情,微有出入行得了,若是无端陷害好人,什么买盗栽赃咧,那都是古人词的套子,我可说不清。"克礼说:"那们明天如果你这位表兄来的时节,你给我们引见引见,求他同毛先生商量商量。倘能不让满生出狱,应当花多少,我可以办得了?"小二一听,心说:"这是活该,想不到姓卜的这孩子一条性命,成全表兄两头儿都有饭吃,可称科神有灵。"当时点头应允。但不知满生的官司怎生翻案?

且说贾克礼,告明小二,俟等他那位表兄到店,要见上一面。小二答应说:"晚间偷偷儿的捎了个信儿去。"克礼次日连货都顾不得去瞧,就在店中傻等洪头儿,一天没信,到了次日落太阳的时候儿,小二站在院中,说:"贾先生在屋里吗?"克礼自己挑帘儿出来,一瞧小二同着的这个人,约有五十来岁,黑矮身子,穿着一件青夹袄,头上歪戴一顶红缨帽,足登薄底快靴,往脸上一瞧,一脸糟面疙疸,大酒糟鼻子,两只黄眼珠子,滴溜溜乱转,薄片嘴儿,微有几根狗蝇胡子④。克礼一瞧,就认出是六扇门儿里的官人。此时小二说:"表兄,我给你见见,这就是贾先生。"又冲克礼说:"这位就是我的洪表兄。"克礼做了个揖,这位也还了个半截子礼。克礼说:"请屋里坐吧。"说完将洪头儿让进堂屋。小二说:"你们二位说着,我给你们泡茶去。"说着溜了出来。

此时,两位彼此先说几句客套,左不是你差使当得好,没挨着板子呀?(这

---

① 大茶壶:旧时妓院里管生火、烧水等杂务的男人。(参考《北京话词语》)
② 不来:不合。
③ 阴骘:阴德。
④ 狗蝇胡子:稀疏而色黄的短胡子。《北京土语辞典》)

是贾克礼吗？潘老丈。)洪头儿也问问,你沿路坐船没翻哪？不是别的,浪头催急了不是玩儿。(讲究对找爱听的说吗!)一会儿小二送进茶来,放在桌上,说："你们二位喝着,有什么话只管对说。我这儿正是留客人张罗买卖的忙时候儿,可没功夫陪您二位说话儿,千万多担待着点儿。"克礼说："小二哥,你忙你的去吧。"小二笑嘻嘻的出来。

  克礼倒了一碗茶,先送给洪头儿,洪头儿略微点了点红头儿,跟着说："方才我听我们表弟儿说,你老先生同我们衙门中遭事的满生有点儿不来,打算要多攒他些日子。这件事还是巧极啦,昨天满生的朋友赵、钱二位,应许着今天见面儿,人家要是把钱付给先生们了,可就不好办咧。他们到这早晚没有见面儿,不是赵不肖①啦,就是钱短,再应了你这面儿,不算对不起他们。可有一节,听我表弟说,我们门坎儿里的规矩,他前天已经告述明白你啦。再说,我们毛先生夙日有名的大嗓眼儿②,要说卖给你这一号儿,少了可怕问不动他,但不知你打算破费多少银子？"克礼一听,说："据洪头看着,用多少可以把满生办个永远监禁呢？"洪头儿说："这件事要是你老找到科房去问他说,三十、五十衙门钱都未必办得到。谁叫你老是要治这口气呢？既是托我过去,大约得破一个整数儿,再少可就不好说话咧。"克礼说："一个整数儿可是一百银子吗？"洪头儿说："久在外面儿的人,究竟嘹亮干脆,不错,就是一百两市平松江③。这话咱们可得搞在头里,封上你老亲自送给他。我是冲着我表弟,交你这们个好斗胜的朋友,净手拈香,连双鞋钱不剩。"克礼说："我也不必一定见毛先生,你老哥只要能订问准了,我立刻就交给你银子。"洪头儿说："什么话呢,要不能把姓满的圈白了毛,日后怎么对你呀？"克礼听到此处,进到里屋取出一百银子,余外又封了二十两,送给洪头儿。洪头儿见钱眼开,拿上银子回衙而去。这一来但不知满生的性命如何？

  这两天的书,按照原文上说,是贾以金赂当事,使久锢之。论理说,也可以一两句话,就能表过去。无如真要那们说,与其您就瞧原文好不好,何必在下见天④招这个说？所以既称讲演,就得把前些年有司衙门官役恶习描写描写,

---

① 赵不肖:走(原是繁体字"趙"的猜字谜语)。
② 大嗓眼儿:大嗓子眼,大喉咙口。这里指要钱要得多。
③ 松江:一种纯度较高的银锭。
④ 见天:天天。

虽不闻准赛活的(那成了小玩艺儿啦),虽不敢说准像真事,反正那路人得合那路口气,什么样的神情,在我说着真得费心思。看主儿未必人人夸好,怎么说真给人坏事泄底吗?好在近年司法独立,改订刑律,这些凌虐老黎民的事,都行不开①啦,不至有人替二百年前的差役挑眼②,所以我才敢形容形容。

今天的书,应当说洪头儿回到衙门,见了毛先生,两个小花脸对耍半天的话,算是给老满把人情托好(真正倒托儿)。这一磨烦,足够两三篇书,并非我不会说,奈因题目是《细侯》,正工脚色③,不能露面儿,还不算玩艺儿。我到有个主意,把这点儿书做个暗场子,就说洪头儿给了毛先生二十两银子(比倒二八还剩的多),毛先生满口应允,把满生这一案,暂且不提。县官公事是多的,又没人给满生递保释呈状。俗言说,"吏不举官不究"。满生这官司错非④赶上破城杀官的兵劫⑤,不用打算出得来。颁诏大赦,他是待质官司都提不起来。书说至此,咱们还让满生吃湖南的囚粮(俗言"牢干饭",我可还是吃这段《聊斋》)。

但说贾克礼,住在店中,次日洪头儿又来,说明毛先生怎么为力,你老不信,就在这儿住一辈子,管保姓满的不能在你眼皮子底下摆出来。克礼这才放了心,自己到了丝行定批了许多货,同行友搭船仍回余杭。这一趟买卖,约赚了三四倍利息,这叫多财善贾。在旁人看着,好像大道不公,专嘉护恶人似的。其实小人多财,愈济其恶,恶因愈深,后来恶果愈重。不信您以这段书当个镜子,看到后文,您就了然啦。

闲话打住。且说克礼把货物运到之后,分批给小行贩⑥并织厂之后,又打发伙计把梅媒请到家中。梅媒前次白得了十两银子,一点儿事没给人办,以为必然断了主顾啦。谁想贾掌柜的又来传唤,乐得屁滚尿流,连忙对伙计说:"既是贾老板叫我,你容我锁上屋门,咱们一块堆儿⑦去好不好?"伙计说:"你自己

---

① 行不开:不能实行,推行不开。(《新编北京方言词典》)
② 挑眼:指摘毛病、错处。(《北京话词语》)
③ 脚色:角色。
④ 错非:除非,只有。(《北京土语辞典》)
⑤ 劫:刦。
⑥ 行贩儿:指专营某种货品的小商贩。(《北京土语辞典》)
⑦ 一块堆儿:一起,一块儿。(《北京话词语》)

去吧,我还回柜上有事呢。"梅媒说:"那们劳你老驾啦!我也就走,可就不能请你吃酒喝茶啦,实在慢待,闲着的时候想着来坐着。"伙计说:"我闲着找你这老帮子呕什么气呀?"梅媒说:"你发了财,莫非就不说个家小儿①吗?你要打算说,我管保给你说个好的。"伙计说:"你别开涮啦。我们老板,叫你快去哪。"(对,我也快往下说吧。)

伙计走后,梅媒换上件衣服,倒锁上门,托嘱本院接房,照应着点儿,高高兴兴的直奔贾家而来。一会到了,先进门房道个辛苦,求门公□给回一声儿。门公说:"我们主人正在上房等你哪。"梅媒说:"既然如此,就烦二爷带路。"说着进上房,面见克礼,才晓得他是要再说细侯为妻。

且说梅媒,受了克礼的嘱托,直奔贾家巷而来。一会儿到了门口儿,用手打门,打了半天,贾鸨母出来,开了门一瞧,说:"呦,我只当谁哪,原来是梅嫂儿,快跟我进来,屋里坐吧。"梅媒说:"正要家里坐。"说着迈步进来。再瞧院子尘土多厚,门房儿的窗纸都被风吹雨洒的快掉净啦。问了问,才知道毛伙计因为在这院挣不出来钱,上了苏州落忙②去咧。杜姐也跟了一个红姑娘赶水路马头③生意去了。(八成儿排马头调儿哪。)只剩母女二人过苦日子,一面说着话,把梅媒让至楼上。

贾鸨母亲自给梅媒泡了一碗茶。梅媒说:"老姐姐不要费事张罗,我到是不喝呢。我说你们细侯闺女怎么还是不见客吗?"贾鸨子叹了口气,说:"这孩子一宠性儿,是从小儿被我惯坏了。前两天我劝了他一次,从那天起,头也不梳,脸也不洗,花钱的老爷们谁跟他这披头疯子惹气呀?"梅媒说:"他那位热客不是说三两个月就回来吗?现在小一年了,怎么还没回头呢?"贾鸨子说:"这个姓满的还不定是死是活呢,我这傻闺女一死儿认扣子,你说这不是糟心吗?"梅媒噗哧一笑,说:"老姐姐,你说姓满的不定死活,你还是真猜着啦。今天是我特意来给你送这个信儿来咧。"贾鸨子说:"你究竟听谁说的?快告诉我,好劝他另打主意。"说着给梅媒倒了一盏茶。梅媒呷了一口,用绢子擦擦嘴,说:"你到晓得前次要娶细侯的那位绸缎客人贾先生呀,新近从湖南回来,敢则这

---

① 家小儿:谓妻儿子女等,一般单指妻。(《北京土语辞典》)
② 落忙:帮忙。
③ 马头:码头。

个姓满的,在湖南遭了一场人命官司,卡在监牢。他是外乡穷秀才,一点儿照应没有,不到几天的功夫,连饿带受刑已然牢眼拉①咧。"贾鸨子说:"既然有这样事,就烦梅大妈你到细侯房中替我劝劝吧。"梅媒说:"这事我可不能应你,我被你们孩子给干②怕啦。我这次原是贾先生托我给他另张罗一个坐家女儿,说闲话儿可就提起你家细侯来咧,因话提话才提到满生这场官司。他又问你们细侯现在光景如何,我乘势一探他的话口儿,如果你们母女肯点头,他还能前言后不改,当时我并没敢应他,定的是明后天听信儿。话呢,我是同你说明白了,你的女儿你自己劝也可,打骂也可,当着我的面儿,反倒叫我为难。况且,我今天还有事呢。"说着站起来就要走。贾鸨子说:"既然梅嫂儿不肯替我劝细侯,如果他听了满生的死信,愿跟贾掌柜的时候儿,没别的,你可得多分心哪。"梅媒说:"那是自然,咱们姐妹两个这们说,明天早半天,我来听你的喜信儿就是咧。"说着下楼。贾鸨子将他送出去,将门关好,上得楼梯,直奔细侯卧房。

书中代表,梅媒上楼的时节,细侯已然晓得,偷偷儿的隔着木板听了个真切。听到满生死的话,心中一酸要哭出来,又听是姓贾的说的,起心里有些不信。后来听说姓贾的还是要娶自己,越发不信了,所以并没赶过后楼追问。此时正在房中,打点拒绝母亲的话头儿呢。贾鸨母这一相劝,母女要有一场口舌。

且说贾鸨母,来到细侯房中。细侯这一程子,本是装做有病,所以头发懒梳,又搭着起心里惦念着满生,故此茶饭懒咽,贾鸨母看他样子,也真像有了病似的,故尔不忍十分逼迫。进了楼房,见细侯正倚靠牙床③斜躺着呢,只得先问说:"女儿,但不知你今天的病体如何?"细侯抬身坐起,说:"母亲不必问了,大概是日渐沉重不咧。"贾鸨母说:"我看你这病总是想念满生所起。你可不晓得,你即便想死,也不能团圆了。"细侯虽然偷听见说啦,可得装糊涂,说:"母亲,但不知此话,从何说起?"贾鸨母说:"方才你梅大妈来串门子,据他说咱这余杭城里贾克礼先生,新从湖南贩货回来,听说满生在湖南遭了一场人命官

---

① 牢眼拉:死在牢狱之中。"牢眼"是监狱的窗洞。犯人死在牢中,尸首会由牢眼拉出。
② 干:用生硬的语气回答,抢白。(《北京方言词典》)
③ 牙床:用象牙装饰的床榻,也泛指精美的床。

司,已然死在监牢狱里了。所以说,你即便想死他,他也不能复活了。你年轻轻儿的守的是那道望门寡①,岂不想日子比树叶还长哪?再说人家满家本族当户,晓得有你这们个人吗?依我说,好孩子,你可得乘早儿打正经主意。"细侯听到此处,把双眉一绉,说:"母亲休听那梅媒一面之词。他既说听贾克礼说的,贾克礼前次要图谋女儿,这些话一定是他们捏造出来的,孩儿我是一定不信。休要咒我那满郎。"贾鸨子说:"你说没有这们件事,我且问你,当日他走的时节,不是应许着三个月内准回来吗?如今屈指计算,已然五个月有余,他打官司必是有的事。即便现在没死,官司一天不完,一天不能放出来;即便放出来,还能打个解递还乡吗?据为娘的替你想,即便他没死,不定那年那月回来,依然是个光身汉,穷秀才,还有多大的发迹吗?就说做娘的一文钱不要他的,白白的让他把你带出去,你跟他连个粗布蓝布大白布②都怕穿不起,你没打听打听行市吗?但凡是个布,就得一毛上下一尺,只够九寸六。(这是贾鸨子说的吗?贾老老③犯贫④哪。)我想为人一世,总是吃好的、穿好的,是第一件幸福。做娘的这话纯乎是为你的好话,你要再思呀再想。"

细侯听假母的话,分明还是劝着自己舍了满生嫁贾克礼的意思,登时怒形于色,说:"母亲说的话,全是以人的境遇论事,并不提到人的品行、骨格如何。满生虽是穷秀才,骨头都是干净的,像那较量锱铢,瞒心昧己的奸商,要想叫孩儿跟他家去过日子,就便穿什么绫罗绸缎,吃什么珍羞美味,孩儿起心里也不愿意。况且满生早晚回来,孩儿有何颜面与他相见?母亲既说满生遭了官司,不能回来,我想他也断然不能把我忘了,迟早必有准信。如果见着他亲笔书信,那方为凭呢。母亲不必多说,女儿志愿已坚,身可死志不可夺。"说到这儿,气忿忿的仍旧倒在床上,擦抹眼泪。贾鸨子一瞧,说了半天闹了个没趣儿,只好抹身出来。

当日无书,次日梅媒又来讨回信儿,贾鸨子把昨天细侯所说的话,学说了一遍。梅媒只得照实话回覆老贾。贾克礼听细侯说,总要见着满生确信,方才肯信,登时眼珠一转,计上心来。

---

① 望门寡:还未出嫁丈夫已死。
② 粗布蓝布大白布:极言穿着朴素。(《北京土语辞典》)
③ 老老:姥姥。
④ 底本作"泛贫"。"犯贫"的意思是用风趣、讥讽、尖酸、古怪等言语与人斗嘴。(《北京话词语》)

且说贾克礼听梅媒说，细侯不信满生遭官司的事，眼珠儿一转，计上心来，说："这有何难，我必然叫他见个准信就是啦。"梅媒说："只要细侯见了满生的确信，晓得他回不了余杭啦，自然死心塌地的就愿嫁你老人家啦。但不知满生的信，怎么能到你手？"克礼说："这有何难？漫说①一封假信，就是官板的文书勅诰，那样儿都有人会做。你暂且回去，等过个七天八日的，我准让贾家接的着信就是啦。到那个时候，没别的，再求你替我多说好话。"梅媒说："呦，大官人，你老这话，说远了去咧，我们两个肩膀儿扛着一个脑袋，不仗着会说好话，早就饿死啦。况且你老人家待我这样的好处，我还能给你老坏事吗？"说完告辞要走。克礼又赏他了二两银子，梅媒千恩万谢的走去，暂且言讲不着。

但说克礼送走梅媒，自己回到绸缎庄，把先生叫到后柜，说："我有一件事托你，你可千万不可推辞。"先生说："什么事，老板只管说吧。"克礼说："我求你给满生写一封信，寄与细侯的情书，书中的大意，只说自己在湖南遭了人命官司，受刑不过，屈打成招，定了个永远监禁的罪名。近来在狱中染患重病，堪堪不久于人世了。劝细侯不必定守前盟，早早儿的另嫁相当的郎君。话儿要写得越恳切越好。"这位先生一听，说："老板，既说得这们好，你老先生不会自己写吗？"克礼说："你这不是诚心吗？我除去认识眼面前儿的几家字号，并尺寸、裁料名儿的熟字外，连我名姓都写不好。我但凡能写，还肯求你吗？"先生说："你说我会写，其实这几个字凑合也写的了。无如咱这路买卖字，人家一瞧，就看得出来。况且这个满生，是有名的秀才，细侯是识文懂字的名妓，写出来寄了去，露出马脚来，虽然打不出私造假信的罪名，与你老的事，反有损无益。我说这话，你老想是不是呢？"克礼听到此处很近情理，急得直②搓手儿，说："这可求谁写才好呢？"先生说："你要找这路善学笔体的人，咱南省还是很少。听说北京琉璃厂一带，有这路专门书法的人，讲的是学谁像谁。再加上图章、裱工一衬合③，足蒙假高眼④一气⑤。你老要找写满生假字迹的人，只好你上趟北京吧。"克礼说："先生你说了半天，全算费话。你所说的是古今名人墨迹，这个

---

① 漫说：别说，不要说。
② 底本作"真"。
③ 衬合：衬托，配合。
④ 假高眼：并非内行，而假充行家之人。
⑤ 一气：一阵。

满生又没在北京出过笔单①,北京的人没人见过他的字体,叫人怎么摹仿呀?"先生说:"你老既这们说,我可没有法子咧。"

克礼皱了半天的眉,忽然一拍桌子,说:"我有了主意咧,这封信上的字倒还好说,唯独信上的话头儿,倒有些不大好编。"先生说:"怎么字体容易呢?"克礼说:"你想满先生在湖南坐监,不能像在学馆,有现成的文房四宝。再说,既打官司,必定是披枷带锁,手镯脚镣,即便写好字的人,没合手的笔,手腕子带着刑具也就写不好啦。况且,既说病的要死,更不能讲笔迹了。不如装做难看的字体,字儿越简越好。"先生听到此处,拟出一个草稿儿的文儿来,共同商改了一遍,这才把假信造成。

昨天的书,按原文说,就是贾又□属他商,假做满生绝命书的前文笔路儿。皆因既说假做,就当有个办法。今天论理应当我给编这封假信,无如这封信既叫绝命书,总得说得阴阴惨惨,令人一念就能流眼泪吃不下饭去,才伙个玩艺儿。

您想这一程子②,借款是借不出来啦。南北统一不能一时解决,库伦③的事也不能立刻肃清,我再拿这苦条子的信一磨烦,岂不是诚心让诸位心里不痛快吗?再说,当日蒲松龄先生做这段《聊斋》的时节,并没替做这封绝命书,我愣要混展才,编好了大家说我要顶蒲松龄。(书中的笔墨,万一说不好,反到贻笑大方。)

咱们简断截说,贾克礼同柜上先生一捏弄,就把信瓤④里的话凑合写完啦,又斟酌信皮儿。先生说:"这信不能由提塘⑤信局子⑥寄,只好说是从湖南客人带寄的喽。信皮儿上就写烦驾寄至余杭城内贾家巷,确交贾氏夫人亲拆,你想怎么样?"克礼一听,连连摇头,说:"人家细侯不是夫人,再说这句话也不吉祥,倘或细侯心一窄,闹个坠楼而死,咱们不是害了他啦吗?(贾克礼一肚子

---

① 笔单:书画家在书画店或展览会上定出的书画价格,按幅面大小计价,悬于壁上,叫"笔单"。(《北京土语辞典》)
② 一程子:一段时间,一阵子。(《北京话词语》)
③ 库伦:今蒙古共和国首都乌兰巴托。
④ 瓤:底本作"穰"。
⑤ 提塘:清代一种职官的名称,设于京城,负责递送往来的公文。
⑥ 信局子:清末的邮局。(《北京土语辞典》)

《封神演义》。）不如还是写'书奉细侯姑娘粧次①,下款②用辱爱生满,自湘③潭狱中手书',好不好的？"先生说："好不好的,也得由着咱们的性儿办,只不过信不信在人家就是咧。"克礼说："那只看蒙得住人家眼睛蒙不住咧？"说完彼此一笑儿,把信装好,用糨子糊上。

克礼拿在手内,一路揉搓,又故意按在油桌上擦了擦,所为像是带了多少日子似的。把信做好,在柜上选了一个能说会道的伙计,叫了过来。克礼绷着脸儿,说："这里有一封信,是那天我在湖南店中遇着一个同乡,他是受满生的嘱托,带回余杭,交贾家查收的。我当时收下,压在货帐底下了,连日事忙,没顾得给人送去。今天好容易找出来,我想捎书寄信,是与人方便的好事,你就辛苦一趟吧。"这个伙计并不晓得掌柜的安着一肚子坏杂碎④,想着这些事也在情理之中,说："那们送去还听什么回信儿不听呢？"克礼说："我同寄信收信的,两家全没会过面,咱们听什么回信儿呀？"伙计说："那就是啦。"说着出离绸缎庄直奔贾家巷而来。

这个伙计,虽是本柜的陈人儿,皆因平日老诚,并没逛过娼楼。一会儿到了门口一瞧,是已经歇业的个买卖,同住家儿的一样,自然得按规矩,用手拍打拍打门环。叫了半天,贾鸨母方才出来,开门问说找谁。伙计说："你这儿是贾宅不是呀？"贾鸨母说："不错,老身姓贾。"伙计说："你这儿有位细侯姑娘儿吗？"鸨母说："那是我的闺女,但不知问他做甚？"伙计说："我们铺东从湖南新回来的,有位姓满的托寄了一封信来,既然不错,你收下就是。"贾鸨母已经明白八九,也不问什么字号,口中连声"劳驾"。"我们家中没男人,不让你楼上坐咧",说着接信关门,上楼直奔细侯卧房,说："孩子,你那满生给你捎了信来啦,你自己拆开瞧吧。"细侯接信一瞧,上有狱中手书字样,明知凶多吉少,咕咚栽倒楼板上,不知性命如何？

且说细侯,接过满生书信,见信皮下款写着"狱中手书"的字样,才想起上次贾克礼所说遭了人命官司的话,一定是确有其事喽。心中一酸,一口浊痰壅

---

① 粧次：旧时在书信中对女子的一种敬称。
② 下款：书信等的落款。
③ 底本作"湖"。
④ 坏杂碎："杂碎"指猪、牛、羊等的内脏。"坏杂碎"比喻坏心肠。也有"狗杂碎"一说。

将上来,登时①仰身栽倒。老鸨子一瞧赶紧用力扶住,坐在楼板上,口中说:"女儿醒来,女儿醒来。"一面说,轻轻用手摩挲细侯的胸口,缓了约有半盏茶的功夫,细侯才微然哼哼出来。老鸨子在身后又给他轻轻儿的搥了两下子,这口痰方才哇的一声,吐在当地,眼泪跟着好像断线珍珠淌将下来。

老鸨子说:"孩子,你想开着点儿,这是你们两个人前生造定,合该②不是姻缘,所以有这样风波。再说,你还没拆信皮儿呢,就这样动心,再看见书中的言词,你更该怎么伤心啦。倒不如不看也罢。"说着话把信捡起来,要往自己衣兜儿里收藏。细侯此时周身已然动转,一把手从假母手中夺过来,说:"既是满生有信前来,孩儿焉有不看之理?"老鸨子说:"看了怕你害怕。"细侯说:"害怕也是要看的。"(这是细侯吗?穆怀古。)说话间扶着假母,站起香躯坐在靠床一张椅子上,先用袖子擦擦眼泪,将信封儿左边用吐津湿了湿,用手将里面信纸撤出来。一瞧上面无非几个歪歪拧拧的半行书字,说的就是自己因打学生,学生含羞投河,遇着仇官问成永远监禁的罪名。不但出狱无期,兼之在监染患重病,此生万难与芳卿相会,唯恐芳卿守定前言,辜负你的青春,耽误你的终身,反是我害了你了,故寄此遗书,以绝卿念,只好再图来世姻缘吧。

书中代表,细侯这个人,虽然精细,究竟是个幼女,论学问不过略略认识几个字,万没有学堂毕业的文凭(跟我一样)。再说遇着是真动心的事,就想不到细追求信的真假了,看到"万难相会"的四个字,已然泪流满面,及至看到末句,越发忍不住酸恸,不禁不由将信纸撒手,呜呜咽咽的恸③哭起来。

老鸨子乘这当儿,将信捡起,装在信封儿里,带在身上,嘴里说:"孩子,俗言说得好,'谋事在人,成事在天',你跟姓满的尽到了心,也就是咧。再说相隔好几千里地的路程,你还能大远的跑了去唱这出《探监》吗(老帮子一死儿要犯戏迷)?"细侯也顾不得答理他,越想越伤心。老帮子越劝,自己越难过,索兴放声恸哭起来。老鸨子见越劝越厉害,跑下楼去,给他沏上一碗糖水来,说:"你先漱漱口,饮口水儿,定定神儿,不要苦坏了身子。年轻的时候做下病根儿,到晚年自己受罪。"(这是贾鸨子劝细侯哪吗?我这两天喘得要死,自己悔过

---

① 底本作"是"。
② 合该:本就应该,理应。
③ 底本作"恸"。

哪!)细侯哭得泪尽声嘶,又见母亲苦劝,只得把眼泪擦干,站起来用剩茶漱漱口,然后饮了一口糖水,长叹了一声,说:"想不到我那满郎,竟要做外乡的怨鬼。"低头又找书信,想再瞧一遍,见没有了,连忙问说:"母亲,那封信呢?"老鸨子说:"为娘的恐怕你见字伤心,方才放在炭火盆中了。"细侯[1]一想,母亲也是疼儿女的美意,不好嗔怪,心中一难受,从新又放声大哭。

且说细侯听母亲说,书信已经焚毁[2],登时心中酸恻,又哭起来。一面哭着,自言自语的说:"想不到满郎的一封绝笔书都保存不住,可称十分缘悭了。"贾鸨子说:"孩子,你别犯傻心眼儿啦!你想,留着这字迹,既不能当房地契折变钱,又不能当字画瞧,看见就伤心,你这不是诚心找病吗?再说,你也不替为娘的想想,我从你小的时候儿,待你总算不错吧,梳头裹脚哪一样儿不得费心。好容易盼到你能应酬桌面儿了,这才刚够你的穿吃。到如今才做了三四个年头儿生意,虽然事由儿不错,每天也没多少富余。这一程子你一定认上这个姓满的了,跟我这们苦腻[3],这如今姓满的既是遭了事,回不来咧,你还不打正经主意吗?依我说乘早儿把门面修理修理,重新报营业,还吃咱们那碗旧锅里的粥,足可以糊得了口。即或你决不愿意混了,为娘托几个妥当媒婆,替你察寻一个好人家儿,一夫一妻的跟人去过日子。我呢,扶养你一场也算有名。你呢,既有了准安身之处,我多少得点儿财礼,不但有利,我就死去也对得住你亲生父母、我死去的那个老头子呀。"说到此处,心中一酸,眼泪也落将下来。

细侯听母亲这样说,自己也有个天良发现,再说同行姊妹受假母虐待的耳中都听俗了。自己这个假母一样不是亲的,比起人家真有天堂地狱之别。再要跟人苦腻,未免说不下去,想至其间,说:"母亲不必伤心,女儿听你老的话就是了。"贾鸨子听女儿有了活动口话儿[4]也就转悲为笑,过后楼收拾茶饭去了。房中剩下细侯,回想当夜满生的神情体态何等风流,却缘何这般命苦,不由就落下眼泪。

到了次日,梅媒又来同贾鸨子一商议,贾鸨子说:"昨天接得满生书信,细侯几乎哭死过去,我劝了半天,稍有活动气儿,没别的,就求梅大妈多分心吧。"

---

[1] 底本作"候"。
[2] 毁:毁*。
[3] 苦腻:磨烦,缠磨。《北京话词语》
[4] 口话儿:口气、口吻、话语蕴含的意味。《北京话词语》

梅媒一听,不亚如对着有奖券头彩号单似的,连忙说:"本来孩子年轻,一宠性子,也架不住用话苦劝。俗言常说,'话是开心钥匙',既然他吐了口话儿,咱们事不宜迟,我就赶紧给贾老板那儿送个信去。再说,你预先同细侯订夺①订夺,商量好你使多少,要什么珠宝头面,什么样的衣服,商量好了开出一个单子来。这件事好在姓贾的认头,咱们总算对得住孩子。"贾鸨母一听,说:"梅大妈见教极是,至于衣服首饰,将来娶过去,想什么穿戴还愁没有吗?不过有一节,这孩子虽不是我亲身自养,要讲当初抚养他,花的银钱驮起来真比他身量儿②高。如今我打发他嫁人,以后还要当亲戚走往。我这儿也得给他添补几套衣裳,嫁过去叫人看着两下都体面点儿。"梅媒说:"这是你待闺女尽心应有的事,你就定出一个数目来,我好给你成全去。"贾鸨子说:"真要多说,未免叫人说是财迷。古人说,'美人是千金之体',他要打算娶我们细侯,非加倍不可。"梅媒听贾鸨母说出两千银的谱儿,连连点头,说:"我就此前往,你老静候佳音。"

且说梅媒,订问准贾鸨子要使两千银子的彩礼,心中十分喜悦,这才辞别贾鸨子,直奔贾克礼家中而来。到了门口儿,告诉门公替给回进去。门公进到上房一说,老贾心中明白,总是那封假信有了效验③,连忙说:"快请快请。"门公出来,让梅媒自行进去。这点儿书,要是细说,无非还是《下河南》的套子,没多大意思。

咱们赶着一表儿,就说贾克礼一问梅媒,梅媒照着在贾家同贾鸨子说的话,大略学说了一遍,然后提到要使财礼这一节,贾克礼说:"只要有个数目就好办,但不知他要多少银子?"梅媒说:"这件事你老人家要是托别人给办,没个万儿八千的你不用打算接得出人来。既是找我,我要让你老人家花多了银子,那就不对啦。再说,我同细侯的母亲是干姊妹,细侯这孩子如同我的亲外甥女儿一样。皆因看着你老人家,是疼儿女的好人,所以才尽心竭力的替你老人家成全这件事。今天我大略探听探听他母亲的话口儿,据他的意思,是非使一万数儿,不肯撒手。我听着忒多,我对他说:'人家贾先生是买卖地儿,自本自利挣来的银钱,不像那官场阔老,是坑害小民来的。再说,人家讨了你家孩子,为

---

① 订夺:定夺。
② 身量儿:身材,个子。
③ 效验:效果,作用。

的是当家过日子,生儿养女。不是有三房大、两房小,买到家当摆设儿去。你总得往少里说,我才能给你说去呢。'尽兑了半天,大约得五折的谱儿,他才点头。究竟钱是你老人家花,我是净手拈香,不图什么,可也得上不亏君,下不亏民,才算有良心哪。(倒剩六成,好俊良心啦。)话呢,我们说得不过算个草稿儿,究竟你老肯拿这些银子不肯,就听你老一句话咧。"

克礼听到五千银子虽然有些心疼,又一想:"我费了许多心机,好容易有了成效,若是再一驳回,透出我啬吝似的。只要运气好,有财命,凭这点儿银子,做一趟好买卖,又赚回来咧。"所以并没嫌多,说:"既是五千财礼,我依着他就是了,但不知他母亲走亲戚不走?"梅媒说:"呦,我的员外爷,你老人家要弄人,总是死门儿①好。若是常来常往一勾串②,孩子可就不肯跟你好好儿的过啦。再者,将来生个一儿半女的,拿下处当老老家,管着大茶壶叫舅舅,有多泄气呀。所以我已经同他讲好,叫他出一张'卖与过路客人名下,任凭为妻为婢,现银笔下交足'的身契,以后两不往来,你想干脆不干脆?"克礼一听,说:"总是梅嫂子见的周到,但只一件,约计那天过银子,那天接人呢?"梅媒说:"论理这些事可是越快越好,不怎么说朝种树晚乘凉呢?无如细侯这孩子,脾气古怪,我还得帮着他母亲劝他去呢。你老若是放心,你老就把银子预备出一半儿来,交我送去。一则做为定银,二则人家是当女儿出嫁似的办,也得给他添置些衣服首饰,总得容个十天八天的功夫。"克礼一听,说:"既然这样,你就把银子全行带去,要讲穿衣服,我这里连夜替他赶做,只要越快越好。"梅媒一听,说:"既然你老放心,三天之内包管你老用轿子抬人。"

且说梅媒,听贾克礼愿意先交银子后过人,这分儿喜欢,就不用问喽,赶紧说:"既是你老人家放心,这就好办啦。但只一件,今天天也晚咧,我拿着银子走也不放心。你老今天把银子平出来,放在柜上。今天我回去,到贾家楼先叫他把字据写好,明天你们过银子换字儿,不知你老意下如何?"克礼说:"你看着怎么办怎么好,反正我可是三天要娶细侯到家。"梅媒说:"就是啦,你老交给我咧。"说完告辞出门。

到了贾家,这点儿书若是铺叙着说,无非两个彩旦,对斗会子哏,没有多大

---

① 死门儿:这里指女儿嫁出去以后不再跟娘家来往。
② 勾串:勾结串通。

意思。若是不说,究竟梅媒怎么赚这三千银子,也得略微有个交待。大概一说,是梅媒对贾鸨子说明:"贾克礼愿花二千两现银,明天早晨送来,凭银换你亲笔字据,你可得连夜写成。人家看妥,后天是黄道吉日,用轿子迎娶过门,你想怎么样?"贾鸨子一听,总算梅媒办事干脆,连忙给梅媒行礼,说:"俟等银子付过来,我再给你道乏。"梅媒说:"呦,老姐姐,你这话说远了去咧,咱们是谁跟谁呢?但只一件叫我不放心,怕是你们细侯这孩子,到了贾宅跟人调猴①,所以我给你们做情了一个死门儿。不是别的,倘或当亲戚走着,有个抬杠辩嘴②,把你找去,岂不为难?"贾鸨子信为好话,说:"既然这们说的,也到很好,只是这路出卖人的契约找谁代笔呢?"梅媒说:"你忘啦,不是我们同院住的有个摆卦摊的刘铁嘴吗,他就会写。可有一节,写常行③的契约是纹银二两,像你这动千银子的事,没有准稿子,三十五十两都许他要。我想不如叫他写好,空着银数儿,这两个字由贾宅填去,你想好不好?这们一办,给他个十头八两的也就行啦。"贾鸨子说:"你既有这样现成的人,求他给写是最省事的喽。"梅媒说:"你既托我去,我是就此前往,你可今晚务必把细侯劝好了。明天一天的工夫,让他把自己的衣服、首饰、鞋脚④等项,规着⑤齐毕了,后天就做贾宅的夫人去啦。"贾鸨子说:"这事全有我呢。"说完梅媒回家,找了刘铁嘴叫他把卖身契写好,言明送他四两银子。

刘铁嘴因为梅媒是常给他过付⑥这些事的人,也并不争论,铺纸就写,写完交给梅媒,叫他看看有错字没有。梅媒说:"你这叫诚心,我除去银数儿的字之外全不认识。"说的刘铁嘴也笑了,说:"既然如此,我念给你听听吧。"梅媒说:"这也不用,反正人家花钱的主儿不挑眼就行咧。"说完拿回房中。

次日老早的起床,到了贾鸨子门口一瞧,还没开门哪,于是先奔绸缎庄。到了后柜,贾克礼也没来呢,找着了事的,托他把银数儿填好。方吃了一盏茶,克礼果然来到铺内,登时将银子平出来,交梅媒点清。梅媒求了一个伙计,帮

---

① 调猴:耍调皮。(《北京方言词典》)
② 辩嘴:争辩,争论,吵嘴。
③ 常行:一般的。(《北京方言词典》)
④ 鞋脚:鞋子、袜子之类的物品。
⑤ 规着:收拾,整理,也作"归置"。
⑥ 过付:中间人在交易中经手交付钱或货物。

着给他送回自己家内,把所赚的锁在柜子里,拿上这两千银子,过贾家来,叫开门。贾鸨子一瞧,说:"怎么?银子交来了吗?快请楼上坐。"说着两个人上楼,放在桌上。梅媒偷眼看细侯脸上愁眉不展,不由大吃一惊,怕的是这回闲事管得要找麻烦。

且说梅媒上得贾家楼,见细侯脸上连点喜容儿没有,心中狠不放心,这才笑嘻嘻的说:"姑娘你大喜啦,你听我告述你,做大妈的做出的事,总得对得住你。人家贾掌柜的这个人,别提多好啦。你明天过了门,享上幸福,你就尝着滋味儿啦。"(这是梅媒说的吗?倒霉赞叹自己哪。)细侯见事已做成,只好长叹了一声,说:"梅大妈分心为好,我岂不知,但是我从小儿娇养惯了,如今给人当家立业,恐怕掌理不起来。"梅媒说:"呦,我的姑娘,乡间一个小女孩儿,嫁个阔人家儿,都有个福至心灵。何况你识文懂字的人,什么事还不一通儿就会吗?既是两家彼此乐意,你们娘儿两个就赶紧收拾收拾,明天人家就要迎娶过门了。"细侯听说,也没再说什么。

梅媒这才放了心,辞别贾鸨母,跑到贾克礼家中,又捣了会子鬼。左不是"这件事自己费了多少唇舌,才给你老办成咧。不过有一节,细侯这个姑娘是有脾气的人,你老既是讨来做大婆,千万别把花银钱挂在嘴上(怕是对出实价儿来)。再者,人家新来乍到的,你老人家得多从容着点儿,吃喝穿戴若能样样儿由性,自然就换出他的好心眼儿来啦"。克礼一听,说:"梅大嫂何用你嘱咐,你想我既肯花这些银子把他弄到家中,衣服首饰,我家有的是银钱,还能拿他打算盘吗?"梅媒说:"我虽然晓得你老工于媚内(好在不是媚外),但是受了贾家嘱托,不能不替托嘱①托嘱。"克礼见梅媒办得尽心,又送了他二十两银子。

梅媒道过谢,又跑到贾家,贾鸨母也送了二十两,连刘铁嘴的笔资也一并交他代付,梅媒又得了四十多两,笑嘻嘻拿回家去。到了次日,贾克礼老早打发人把他接去,然后随轿子来到贾家,张罗细侯上轿。至于母女分别,彼此都有些应说的话,这路事如果细说,就成了謷人词了,咱们干脆一表儿。

细侯娶到贾家,见克礼这个人除去年纪比自己大些儿,言谈话语举止动作②尚不十分讨厌,从此真是穿衣裳、打首饰由着性儿乐。样样一由性,细侯

---

① 托嘱:嘱托。
② 底本作"做"。

也就知足认命了。说书的嘴,一幌儿就是一年多,细侯怀胎有孕,头生儿①养了个大小子。贾克礼自己一想,除去没有功名,缺食王禄,其余妻、财、子都算占全,于是普请亲朋大办弥月。

办完事,这年克礼又想出外做趟买卖去,同细侯一商量,细侯说:"你们经商的人,理当出外谋自己的生理②,要是净在家贪妻恋子,那还怎么发财呀?"克礼听夫人儿这样说,笑嘻嘻的说:"这们看起来,你比琵琶行的花姑娘,见识高超多唎。"于是把家中的事托嘱得力的家人掌管着,把铺中的事仍交柜上诸位伙友料理,自己预备好银两,往苏州办货而去。暂且言讲不着贾克礼,咱们让细侯替他抱着孩子看着家。书中单说湖南湘潭县,新升任一位县台,到任之后,要把狱中囚犯清理一遍。录到满生这一案,见是嫌疑犯,而且事隔多日,一问书吏,才知满生是被屈冤衔③,这才要昭雪他这疑案。

满生这场官司,按原文事迹计算,约计有二年多的日期了。若是寻常案子也不能□留这些日子,唯独从先各州县,有待质所一种办法(俗名叫做"候店"),要是圈在这里头十年八年,官想不起往外提,没人补呈子,简直的同永远监禁一样。不用往外州府县说,就以北京首善之地从先的大宛两县说,就有这种黑暗地狱。不怎么说宛平县的官司乌秃④着哪?满生这官司,咱们就是按这路情形说的。对不对,尚在两可,反正早先准有这样的事。

闲话打住,且说这位新任的湘潭县正堂,是从本省调署的一位干员,乍到任想要做做字号,同开买卖、卖门市一样。到任之后把一切案卷都察点了一遍,可就看到满生这一案,有些情形可疑。再说,从先耳目中听说过,有位姓满的是文章魁首(那是张生),动了怜才之心,于是把毛先生叫来,询听这案当日情形。毛先生说:"唔呀,老咦呀(要唱《打面缸》),这个姓满的因为虐待学生,逼迫人命来。这是他自做自受⑤,那个表子⑥养的害他不成?"(毛先生又赶了

---

① 头生儿:结婚后第一次生孩子。
② 生理:生意。
③ 冤衔:衔冤,被冤枉。
④ 乌秃:又写作"温吞",原指茶、酒、水等不够热或不够凉,是温的。这里指做事不迅速、不爽快。
⑤ 自做自受:自作自受。
⑥ 表子:婊子。

一出《一捧雪》。)县台儿嘿儿嘿儿的一冷哂①,说:"本县久知各州县的毛病,多存五日京兆之心,殊不想既为民之父母,当存罪疑惟轻之意。既不能证实卜孝之死与满生有何牵涉,想来必是你们上下其手,要享满生的银钱,不遂所欲才故意押寄外乡人。你们休当我不晓得呢!"说的毛先生不敢辩白,只得说:"老咦,请想,这官司上任不提,我书班敢做主么?"官又一笑儿说:"你们这些事,总是往老爷身上推,情实可恶。俟我寻②察着你们的确据,吾一定是要重办的。"(老爷也唱《双铃记》。)说完进内去了。

　　毛先生摸不清是怎么档子事③,回到班房一问洪头儿,洪头儿说:"先生你不会说吏不举官不究吗?满生是外省人,没人补呈子往出保他,那可有什么法子呢?"毛先生说:"论理这一案可早就该开释咧,你想咱们统共才使了姓贾的多少钱哪?"洪头儿说:"那个姓贾的早就回了老家咧,你要愿意积德,你就积你的吧。"说完两个人又开了会子玩笑,暂且言讲不着两个人。

　　书中代表,满生从圈在待质所之后,起初心里起急④,急到没法子,净背四书句儿,时常自言自语说:"虽在缧绁⑤之中,非其罪也啊!"内中有个看差的老人,儿子已然学做诗文,皆因请不起先生,所以学的半通不通。如今听满生张嘴四书句儿,闲着同满生一商议,问他肯在所里改诗又不肯。满生说:"只要有人肯学,我是求之不得的。"这个看差的住家就在墙外,把孩子带来拜满生为师,从此这学生就算从满生课读。后来又引见赵钱家的两个陈学生,也来求改文章。只是满生这一案,没人肯替多花钱。今天这个看差的正上班房儿领油炭费,听说新任官儿为满生的事大哈⑥老毛,不由满心欢喜。回到家中,把这话对自己孩子一学说,这学生一听,说:"孩儿久有此意,恐怕毛先生不肯,如今既有这个巧机会,待孩儿约会赵、钱二生,好替满先生昭雪完案。"

　　且说满生,从前教的各学生,本来教授的不错,及至一遭官司,所以都争着送给满生银钱,并代托人情,无如谁也不能多出钱。再说,彼时老卜又正在气

---

① 哂:讥笑。
② 底本作"寻我"。
③ 怎么档子事:怎么回事。
④ 起急:着急,急躁。(《新编北京方言词典》)
⑤ 缧绁:捆绑犯人的绳索,借指牢狱。
⑥ 哈:呵斥。(《北京方言词典》)

头儿上,倘或他一补呈子,这些人未免好像袒护外乡人,只好托洪头儿给疏通疏通。想不到恰赶上贾克礼为架弄细侯真花银子,大家也就无法了。

如今既是衙门中的人出头约会,大家一商议,再说老卜,因为想儿子,已于上月身死,仇口儿①这一面是没有人啦,这才聚会到一处,公拟了一个保释满生出狱的呈儿。大家公摊凑了二百衙门钱,都交给看待质所的头儿,这位是发起人还能不尽力吗?把话同洪头儿、毛先生一说,毛先生因县官正疑忌着这一案呢,乘此了清,自己也脱去干系,当时满口应允。

到了次日知县坐堂收呈状放告的日子,把这件保释呈儿递了上去。知县一瞧,是北关住户等"因满生前因学生投河被拘,该生委系自行身死,与满生无干。奈前任县台恐死者衔冤,是以拘留待质,今值县台清理积案,小民等谂知满生实系读书人,不忍令其久系囹圄,故尔联名公举保呈,恳恩释放"等语。知县接了呈状,立刻把这些人唤到当堂,公呈上既是赵、钱出名,只好是这两个人上堂喽。县官略问了一问,然后又说:"你们既晓得满生冤屈,为何从先不举保呈呢?"赵、钱两个人说:"回禀太爷的话,彼时卜孝的父亲一定同满生做对,我们都是事外人,谁能替满生打官司?如今听说新升任的县太爷,明如日月,而且卜世仁业经病故,故此才公举保呈。请大老爷开恩准释。"知县一听苦主尸亲死了,乐得做人情,于是对大家说:"既是你们公保满生,此人出狱之后,再有不法行为,可是拿你们是问。"赵钱两个人既出保呈,也只好认头答应。

县官吩咐两个人退下去,赶紧叫人把满生提出来。这件事满生已有学生通知信儿了,到了堂上见新升县官打躬行礼。知县一瞧,是老实念书的秀才,也不便再做恶人,宽慰了几句,又勉励两句,左不是"回去好好的用功读书,鹏程万里,将来不可限量"的话,然后吩咐退堂。此时毛先生跟随着到了班房门口儿,悄默声儿的说:"回去想着给洪头儿道乏。"满生晓得这是亮情②的话,连忙答应着出了县衙。

此时赵、钱二人都在衙门口儿,探着头儿往里瞧哪,见满生出来,这才把满生迎到一个酒楼上,公同做为请吃压惊酒。满生一一向各人行礼致谢,然后又问到临出衙门的时候,毛先生是怎么说的,不知是什么意见。内中这个姓钱的

---

① 仇口儿:谓彼此间因经常嘲戏而造成抵触情绪。《北京土语辞典》这里指仇人。

② 亮情:类似于邀功的做法,让对方明白欠了自己人情。

心直口快,说:"还提给洪头儿道乏呢,我们早有这番举动,若不是这个洪头儿,你老先生的官司早就完咧。"满生说:"这话从何说起?"钱爷见话已出口,碍难不往下说,于是就把那次托情,后来怎么有个姓贾的听说花了许多的银子,一定要不放先生出狱,故此才多受这些日子的灾难。说到此处,满生连连摇头,说:"道路之言不可凭信①,我想世上断无这样的傻人。"

且说满生,听钱爷说有个余杭姓贾的在洪头儿手里花了银子,所以多圈禁了这些日子,连忙摆手,说:"诸位不可混赖②好人,我想这件事若是贵乡人,相许卜孝沾亲带故恼恨于我,或者有的。若说余杭城中贩绸缎客人,与我远日无冤近日无仇,谁肯花银钱陷害夙不相识之人?这件事恐怕有些讹传。"大家听满先生说话有理,也用话直拦老钱,说:"钱爷你前次那们说,我们就有些不信,现在满先生既说没有,想是你听差了。"老钱说:"既是你们大家不信,就做为我瞎说。咱们今天既把满先生保释出来,咱们成全人总得成全到底,论情理应该给满先生赶紧成立一个学馆,大家共摊钱财,或轮班供馔。无奈满先生离家二三年了,家中音信不通。再说,倘或有人把他遭官司的事传到家乡,有枝添叶的一说,家中关心的人真能急个九死一生。咱们问明满先生,如果没有人惦记着,就给他成全学馆。若是怕家中人不放心,咱大家给他凑些路费,打发他老先生先到家看看。如果爱来,咱们大家再给成立学馆。诸位想我这主意怎么样?"众人尚未答言。

满生听到"关心人"三个字,想起细侯不知死活,眼泪早流将下来,只不过不好明说。及至听钱爷说到此处,赶紧站起来,冲着姓钱的深施一礼,说:"嗳呀,钱仁兄,你这篇话体贴人情无微不至。小弟家中虽无老亲,只有一个结发贤妻,我在此处遭屈枉官司,他在家真不知死活呢!诸位若肯行方便放我回乡,打听明白,如果无恙,再来与诸位相聚,那敢则是我学生求之弗得的了。"姓钱的说:"我说什么话来着,俗语儿有云,'救人须救彻'。既是满先生有意回家,咱们今天这席酒名为压惊,论理每人请一次,大家做陪,已后满先生公同回敬一次,大家再请满先生给他饯行。这一闹每人都得花个三两五两的,大家不过热闹些天。依我说,今天这局饭帐咱们大家公摊,每人不过几十文铜钱,每

---

① 凭信:相信。
② 混赖:诬赖。

人再凑出一二两银子,送给满先生做为路费,俟等那一天回来,再给他成立学馆,不知诸位高邻肯赞成此举不肯?"大家心中虽不甚愿意,并非舍不得这些钱,皆因是愿意留满生在此教读子弟些年。今天既是钱爷这们说出办法来,大家面面相关,谁也不好首先破坏,只好对怔着。

满生又站起来,冲定大家做了个罗圈儿揖①,说:"小生多承钱仁兄美意周全,若放小生回乡住上个三五个月,必然赶紧回来,断不能忘了诸位的高义。"大家听满生说到此处,也就不能不点头了,说:"既然先生是还要回来的,这就好办了。再说,如果宝眷无多人,尽可携眷来此。咱们彼此都可替照应着,免得先生心悬两地。咱们凑钱哪!"说着有出三两的,有出五两的,一共凑了三十多两。满生说:"小生有十两上下能回余杭足矣,何敢多叨厚惠?"大家说:"先生多带些钱,将来再来的时节,省得又费周折。"满生谢过众人,当日回灵官庙住宿一宵,次日直奔余杭而来。可不知与细侯能否团圆?

且说满生,这天回到余杭,自然是仍得投奔从前教馆的那家财主去喽。好在这家人丁茂盛,从前所教的学生已然中了秀才,并没另请老师。如今见前数年授业老师回来,自然格外欢迎,问问这次赴湖南的做幕情形如何?满生毫无隐讳,就把在湘潭县遭了场屈冤官司的话,述说了个大略,连东家带学生全都替老师赞叹。赶紧吩咐厨役备酒接风,当晚留在旧日书斋歇卧。满先生连日劳乏,一夜睡的狠香。

次日天明,东主过来仍留先生便饭。又有当日附学的学生,听满先生回来,也都前来探望。满生又周旋了多半天,当晚又有别的学生,请吃接风酒。满生从前是个风流少年,酒量很大,这次酒也不爱多吃,呆呆的默坐着。大家只当满先生愁生计无着哪,都赶着解劝,说:"先生不用发愁,现在粥厂也开啦,窝窝头会也成立上啦,巡警按户调查散放棉衣米面票儿。像您这一身一口这样着急,我们一窝儿八代的早就不能活咧。"(这是劝满生的话吗?我劝我们街坊满二嫂子的话,写串了笔啦。)大家以为满生为找不着馆着急,用好话解劝,满生也只可随话答话,其实心中惦记的,是不知细侯是否已嫁。无如对于这些人不能打听,胡乱又应酬了一天。

---

① 罗圈儿揖:双手作揖,身体转一圈,向在场的所有人行礼。(《北京话词语》)

到了第三天,用毕早饭,换了一件衣服,带上余剩①的散碎银两,对学东说,要探望一位至近的朋友去,学东也不能拦阻。满生出了大门,仍奔贾家巷而来。一路走着,打点如果细侯仍等自己哪,我由三个月的期限变成三年(同储蓄票差不多),到如今人虽回来了,银子并没弄来,可怎么对人家孩子呢? 想到其间,脚是往前走,心中可是十分难过。

　　穿街越巷,一会儿到了贾家巷口。抬头往楼上一瞧,变成铺面房啦,油饰的金碧辉煌,八成儿是绸缎庄。自己顾不得看字号牌匾,三步两步进了巷口,见从前那个小门儿,已然改了洋式门楼,门口儿站着个打杂儿的,同一个妇人正往外啾咕②漏柜③的零裁料儿④哪。满生不便打听,只好又走出巷口,呆呆的怔着。忽然想起,"我站的这个地方儿,正是那天细侯用荔枝皮儿打我的那点儿地方,我姓满的今天不亚如当年的崔护",想到其间,叹了一口气,跟着就把"去年今日此门中,人面桃花相映红"的四句诗,背念了一遍。自己一想,"我一个人在此发会子愣,人家铺中的人还许疑惑我要偷他们呢。不如硬着脸子进去,到柜上道个辛苦,问问他们,从前这楼中住的姓贾的迁移到那里去了。买卖人和气,遇着好说话的,可以指点于我。有理呀,有理。"刚往前一迈步,一想,"使不得,贾家若是一样的铺户,原不要紧。那不是个穷住户呢,也可问得。他当初是特别营业,我上去一问,好像拿着人家打哈哈(搁着谁也不爱听呀),不如另问别家吧。"想至此处,猛然一抬头,看见当日那座茶楼,自己自言自语的说:"我何不照旧进去喝茶,就便访问细侯的下落。"

　　且说满生,看见从前那座茶楼,心中有了主意,这才直奔楼门而来。进门一瞧,与前次来的时节大不相同,不但一个喝茶的没有,座位很是肮脏,自己只好扶楼梯上楼。到了上面少微⑤干净些儿,依然一个茶座儿没有。有个跑堂的老头子,靠着楼窗冲盹儿⑥哪。满生是为打听心事而来,并非意在喝茶,故意凑在跑堂儿的这张桌子上落坐。

---

① 余剩:剩余。
② 啾咕:嘀咕。《北京话词语》
③ 漏柜:店员监守自盗。
④ 裁料儿:材料儿。
⑤ 少微:稍微。
⑥ 冲盹儿:打瞌睡。《北京土语辞典》

堂倌从睡梦中惊醒,揉着眼睛,站将起来,说:"先生敢莫是吃茶来的么?"满生点点头。堂倌说:"要用上品名茶,本楼现在没预备茶叶,若是常行毛尖、雨前,还可以有。"满生说:"我并不十分口渴,皆因走路劳乏,为歇息歇息,就便要访问一个旧相交,无论什么茶,烹一盏就是了。"堂倌答应了个"是"字儿,走下楼去。

耗了约有一顿饭的功夫,才托上一个盖碗儿来,手中提着一把破铜壶,放在满生面前。打开盖儿,先给沏上,然后又从傢伙橛子上,取过一个折盅儿①来,也放在满生面前。满生说:"堂倌贵姓呀?"堂倌说:"先生,我姓江啊。"满生说:"听你口音,不是这本地人氏吧?"堂倌说:"不错,我是江北人。告诉先生说,我还不是本学儿的勤行②,在这里是替人看房的。"满生说:"这座茶楼从前我来过一次,见买卖很是兴旺,怎么二三年的光景,居然这样萧条呢?"江老头儿说:"先生有所不知,皆因这本楼领东掌柜的,年轻荒唐,时常不在柜上,用了几个伙计也都是荒唐鬼,所以把买卖做亏空了。又指着买卖楼房,借了许多银子,都打的是本楼水印儿。后来房东晓得了,贴告白③一查询,这个领东的见势不祥,同伙计一商议,抛下铺盖卷儿,闹了个弃铺逃走。房东没法子,只好在县衙立了案,寻访这位铺掌。没给人家放了火,还算不错(那是万华香④),有心收市又怕各债主子一齐起诉要钱。况且真假难分,只好暂且支应着这个门面,那时找着本人儿,再行清理帐目。"满生一听,说:"如此说来,做买卖的人,是万万荒唐不得的喽。"江老头儿说:"那是自然。"满生说:"我从前来的时节,记得对面那座楼就是妓馆,怎么如今改做绸缎庄生理⑤了呢?"江老头儿一听,说:"这们说起来,先生敢则也是位花稍人儿呀?你老既晓得贾家楼,必是同细侯相熟喽。"满生听他提出"细侯"两个字,登时站将起来,说:"老头儿,你既晓得细侯姑娘儿,但不知他现在是死是生?现在移居何处?你若能指引我寻着他的下落,我情愿送你二两银子,做为谢礼,决不食言。"江老头儿一听,心说:

---

① 折盅儿:一种小茶盅儿,相对于盖碗,折盅儿中的茶水凉得更快。
② 勤行:旧时北京对饭店服务人员的俗称。
③ 告白:声明或启事。
④ 万华香:1920年11月26日北京煤市街万华香茶叶店着火,殃及邻居数家。
⑤ 生理:生意,买卖。

"这位挺局面①的人儿,敢则迷症更不在小处。"故意一笑儿,说:"先生,你老要打听细侯姑娘儿的下落,我告诉你老放心的话。死是没死,不但没死,而且听说人家享了福咧。论起来离此不过半里之遥。就是一件,你想找了去,人家不能见你。即便在山坛、庙季儿②、公园、戏园遇见,你也不能跟人过话。实对你说吧,从了个绸缎庄的姓贾的,当上大夫人了。"满生一听姓贾,这才顿悟前次锢□之由,不由好生的气恼。

且说满生,听江老头儿说到细侯业经嫁了姓贾的啦,不由怒气填胸,说:"江老叟,我且问你,这姓贾的可曾上过湖南么?"江老头儿说:"不错呀,这位姓贾的人家是贩卖绸缎的客人,每年总要跑两趟外,新近听说又上了苏州咧。上次上了一趟湖南贩运丝货,赚了成千累万的银子。用这银子给细侯赎的身,没有花清,又把对门贾家楼房倒了过来,开设的这座绸缎庄。一则是人家贾掌柜的有能为,再说本大利宽,钱找钱不费难,即便有个损失,早晚还找得回来;二则也是人家细侯姑娘的命儿好,才益夫兴家。这还不足为奇,听说细侯嫁到贾家,刚刚一年就见了头生儿,还是一个大小子。"

江老头儿本是闷得无聊,好容易有个人说说话儿,故此信口开合③的找话儿说。不想满生越听越堵④心,把桌子一拍,说:"岂有哇,岂有!"把盖碗⑤儿给碰躺下了,撒了一桌子的茶。江老头儿忙着找带手⑥,顾了擦桌子,顾不了扶盖碗儿,说:"先生,你老这是怎么啦?莫非同这位姓贾的有什么碴⑦儿吗?"满生见问,不知这江老头儿同姓贾有什么交情,一露形色,人家就不肯对自己说咧,赶紧用话遮饰,说:"老头儿不要多疑,在下同这个姓贾的夙不相识,不过听你之言,羡慕他有财运,有艳福,有造化,像我这穷念书的,活到老也比不上人家呦。"江老头儿一听,说:"先生,别着急。俗语儿说'瓦片尚有翻身日,岂可人无得运时'。再说,世上四民⑧谁也比不起子曰行儿的人,一朝得志,要银子有

---

① 局面:装束、仪态、举止等温文尔雅,稳重大方。(《北京话词语》)
② 庙季儿:庙会期间。(《北京土语辞典》)
③ 信口开合:信口开河。
④ 堵:底本作"揩"。
⑤ 盖碗:考究的饮茶用具,带盖儿的碗儿。(《北京话词语》)
⑥ 带手:饭店里的抹布。(《北京方言词典》)
⑦ 碴儿:过节。
⑧ 四民:旧时把士、农、工、商称为"四民"。

银子,想妻子有妻子,不怎么说'书中有女颜如玉'哪?依我说,你老先生不用瞎想细侯啦,早晚闹个颜如玉吧,这叫去了穿红的还有穿绿的哪。"满生听江老头儿这样劝,自己只好说:"老丈赐教甚是,但只一件,细侯的这些事迹不知你怎么调察的这样详细。"江老头儿说:"你老先生问得有理。你老别着急,你先请喝碗茶,我说了这们半天口也干咧,我也喝上碗水儿,我再细细儿的说给你听。"满生说:"既然老丈口渴,来来来,你就喝这碗吧。"

江老头儿一低头,才想起忘记给他盖碗儿里续水啦,提起铜壶一摸也快凉咧,要往楼下另烧水去。满生说:"江老头儿你将就喝口,快往下说吧。"(本来透点儿拿乔①吗?)江老头儿自己把水沏上,然后斟了半碗用手托着,说:"先生,你老花钱,那里有我先喝头碗的呢?"满生说:"老丈不必谦逊,喝碗茶,你坐下快说吧。"江老头儿说:"既说到这儿咧,我还能不说了吗?(他不是老汉姓江吗?)我们是老两口子,从前在西后街开着一座南豆腐房,去年把头小驴儿倒啦,再买不上了。好在从前有几家喝豆浆的主顾,肯照应我,我们老两口子用小拐磨子磨出浆来按门送。贾家是我陈主顾,我们老伴儿时常给贾大奶奶送浆去。今年又赶这本楼房东晓得我老实,把这茶楼托我照应着,如今我们在后院小屋磨浆。"满生听到此处,这才要想求江老婆儿替自己与细侯寄上一信。

昨天的书,说到满生在茶楼遇着个江老头儿,才打听得细侯已嫁的消息。您要按原文考察,原没这个姓江的,更没这座茶楼,好像我节外生枝似的,其实在我还是故意用省笔的法子呢。皆因这段书,您别瞧在本卷不满一篇,论起事迹来很繁杂,多是大略节儿。既说讲演,只好随时随事往圆全里找着说②。您想满生回到余杭,才打听着是姓贾的为图谋细侯,才把自己禁锢湖南狱中。究竟听什么人说的,既要演就得有个人。及至听明白了,想把自己受的冤屈达到细侯耳中,自然又得物色这路能进到贾家说私话的人,又不能满街市逢人打听去。若按这样说,到找着这个卖浆的老媪,您想得说多少费话。我是个急性子,把通知满生细侯消息的人并给寄信的,说在一个茶楼里,这不是图省事吗?您别当我嫁了江老头子,帮着磨豆腐哪。

闲话打住,还是赶着往热闹节目上说。且说满生,听江老头儿说到自己的

---

① 拿乔:以傲慢态度推托,摆架子。
② 找着说:意思相当于"找补着说",意思是添加着说。(参考《北平土话》)

老婆儿能见得着细侯,心中很是欢悦,说:"既是如此,我学生有一事相求,不知老丈肯行个方便不肯?"江老头儿说:"什么事你老说出来我听听,咱们是可行可止。只要不叫我害谁,就可以办得到。"满生说:"我学生焉能害人?老丈有所不知,我被这个姓贾的害得好苦。他图谋细侯,我却不恼,只是不该在湘①南下那样的毒手。"江老头儿说:"人家姓贾有钱弄人,做什么害你哪?倒得请你说给我听听。"满生就把自己当日与细侯怎么订的秘约,这才赴湖南凑银子去,如何困在那里遭官司,幸有学生家长要往出保释,这姓贾的给自己闹了个倒托儿,几乎死在湖南的话述说了一遍。江老头儿是直爽好人,听到姓贾的这样行为,很是生气,说:"按这们说起来,这小子可真不是好人啦。但只一件,先生你想,细侯现在嫁到贾家,如今丰衣足食,又生下孩子咧,你这件事即便他晓得了,这叫生米已成熟饭,还能把姓贾的怎么样吗?依我相劝,总是细侯爱嫁老贾,他才把你撇在脖子后头啦!如果带了信儿去,他不相认,你老这不是白饶一面儿吗?姓贾的虽说可恨,你老先生是念书的人,从此好好儿的用心念你的诗文,赶上科举的年头儿,一旦成名,到那时再设法报复,这叫'君子报仇十年不晚',你老想我这话是不是呀?"

满生听到此处,说:"多承老人家赐教。我学生并没想再与细侯团圆,只不过人不可失信。当日我既然有这秘约,本当在期限之内赶回,可惜事不从心,以至失信,就求老丈转烦妈妈,那天见着细侯,把小生的苦楚对他说明,免得他说我是无义男子,心愿已足。"江老头儿说:"既是你老先生要明明心,这有何难?你就请到我的后院,同我老伴儿见上一面,应当怎么说,你教明白了他,这个口信准保捎得到。"满生听到此处,说:"你二老如果肯行此方便,我送你二两银子。"江老头儿说:"你老先不必提钱,随我下楼,去见我那拙荆就是。"

且说江老头儿,听满生说要给细侯寄了这个信去,送给自己二两银子,心里别提多乐咧,连忙说:"要说给先生捎个信儿去,给什么不给倒是小事。只是我们这个贱内生来嘴笨(净会磨豆腐,不会说书),应当怎么说,你老先生得教明白了他。若是给你说错了,相许耽误你的事情。这们办,先生,你跟我到后院,把话同他说明,省得我传话不明。"满生一听,说:"如此,烦劳老丈带路下楼。"(又要叫板。)

---

① 底本作"潮"。

江老头儿说："先生,你这茶还喝不喝了?"满生一听,晓得这是要茶钱的意思,赶紧从衣兜之内,取出一把老钱来,说:"这是茶资,请老丈收下。"然后又取出一块银子,是半锭松江,说:"这银子大约足够二两,请老丈收下,转赠给你家妈妈便了。"江老头儿一瞧,乐得眉开眼笑,说:"喏,白花花的就是二两头,那们小老头儿谢谢大人。"(这是《聊斋》吗?《别古寄信》。)说着话把银钱拿在手中,做了个揖,笑嘻嘻的说:"先生请啵。"满生站起来,跟随老头子扶楼梯下楼。

穿过一个门儿,有两间小房儿,江老头儿说:"先生,可别嫌这屋肮脏呀。"满生说:"僻静正好说话。"说着话,老头儿挑起布帘儿,让满生先走。满生一瞧,是里外两间,外屋靠墙砌着一个茶灶,迎门有一盘小拐磨子,地上放着些盆罐之类。江老头儿冲里屋说:"妈妈,你快收拾收拾,有人来咧。"就听屋里答了言儿,说:"你这老帮子不在前边照应茶座,上后院做什么来啦?"说话间,由里屋走出一个白发苍苍的老婆儿。满生只好赶紧做揖,回头对江老头儿说:"此位一定是江妈妈了,小生这厢有礼①。"老婆儿不知什么事,连忙万福,说:"哟,这位相公,别施礼,我婆子担架不起,有什么事,快请到屋里。可恨你这老头子,为何不早些对我提?"满生一听,这个老妈妈说话净找夫妻辙,不用说,年轻的时节好听时调。(会唱《光棍哭妻》吗?)嘴里不敢说,只好进到里屋一瞧,虽没多少摆设,收拾的也还干净。

江老头儿这才对老伴儿说:"这位是满先生,方才说起闲话儿来,敢则同贾大奶奶是旧相知,新从湖南回来,晓得他嫁了贾老板,不能再面见咧,打算叫你给捎个口信儿去,你想可使得么?"老妈妈把嘴一撇,说:"你这老头子,简直的是背晦②啦,是穷糊涂啦。你想人家贾家丫头、老婆子成群,我给人送货去,只能交到门房儿。了不得啦,到他家厨房坐坐,轻易见不着贾夫人的面儿。要讲带封信,都怕人家不收,叫我给他从前的热客捎口信儿,倘被贾老板闻知,早把我当做拆白党中余党咧,连你也吃不了兜着走。你应的满先生,你给他寄信去,我是不去的。"

老头子一听,老婆儿否认,抢行了一步,凑在跟前,说:"嘿,老伙计,你先别推,不白支使你,你要肯管,送你这块银子。"老婆一瞧,二两有余,伸手拿过来,

---

① 底本作"祷"。
② 背晦:年老糊涂。(《北京方言词典》)

说:"这银子做棉裤、棉夹、蓝布褂子都使不清,既是这位满相公美意,我先谢谢,有什么话,坐下面议,我婆儿是尽力而为。"

且说江老婆子,看见白花花的一块银子,这才对满生说:"论理说,捎书寄信原是为两家有益的事,原不算什么要紧。但只一件,你要立刻讨回信,我婆子可不敢应你老,那你只好挂双保险邮费吧(这是江婆子说的吗?邮政局的老江说睡语①哪)。什么缘故呢?你老请想,我送浆都在每天一清早,今天的货已然给人家送去了,只好明天去喽。到了贾宅未必见的着细侯娘子,打头②人家有吃奶的孩子,若是他不出屋子,我还能愣往人家屋里跑吗?这一趟就算白去啦,只好再等一天。若是第二天细侯夫人虽然见了我,当着家中的仆妇丫环们,我能提名道姓儿的说人家的陈事吗?耗会子没得闲空儿,这天又算空过去了。你老一定托我捎这个信,可是三天五日不定,十天八天也不定,我就应承你老。"

满生听他说的话也在情理之内,只好点头,说:"无论那一天,得了空儿,就求你把话替我诉说明白了就是。你再寄语细侯叫他善事金夫,休以我满生为念就是。"说到此处,眼圈儿一红,滴下泪来。婆儿一瞧,心说:"这个傻小子所入了迷啦!"连忙说:"你老的话,我必给全带到啦!可是的先生,你只顾伤心,也不该给人家贾老板改姓呀!"满生说:"我几时给人改姓来着?"婆子说:"你方才不是说金夫吗?人家多早晚又嫁了黄带子③了呢?"满生说:"小生说的'金夫',并非姓金的丈夫,乃是《易经》上说的,'见金夫不有躬'的典故,金夫是有钱的阔女婿。"婆子一听,才知道自己错挑了眼啦,连忙说:"呦,这我才明白。怪不得人说,念书的人儿好撰文,这们个功夫你又想起经学来了。既这们说,我照你所说的给说就是了。"满生说:"全仗妈妈金口。"婆子说:"你老别折受我啦,我要但凡是金口玉言,保佑你们二位能够破镜重圆,那才算得金口呢。我连个金牙也镶不起呀!"满生听到此处也笑了,于是做了个揖,向二老告辞。江老头儿说:"先生不要忙,再等我给你泡碗茶吃吧。"满生说:"这倒不消,过一二日少不得还要来打搅的。"江婆儿跟着也说:"呦,满先生,只要你老肯赏脸,只管天天来。慢待你老啦,晚晌见哪。"(这是谁呀?不是江婆子的口吻吧。)

---

① 睡语:梦话。
② 打头:首先。(《北京方言词典》)
③ 黄带子:清代宗室、贵族。(《北京土语辞典》)

满生此时已然走出外屋,说:"明天午后我准到就是。"说着奔到楼下,江老头子送到门外,说:"先生慢走吧。"满生出门回馆,暂且不提。但说江老头子回到自己房中,见老伴儿拿着这块银子,正掂分量①哪。一见老头子进来,说:"这个姓满的可算个地道冤家痞②,这二两多银子花的多冤!明天我对细侯一说,管保连个'知过了'三字都未必听得着。"江老头儿说:"这话你不要这们讲,反正咱既应了人家,就得尽心给人家办,这叫'使人钱财,与人消灾'。天色不早,茶座儿是不能有了。待我收了门市,咱张罗用完晚饭,好早些歇着。明天各家的货你务必早送,单留贾宅的末一分再送去。如能讨了回信,岂不更好?"老婆儿说:"老头子言之有理。"一夜无词。次日江媪儿提着浆罐,直奔贾家而来。可不知细侯是怎样办法?

　　且说江老婆儿,提着浆罐子,直奔贾克礼家中而来,每天到门房儿言语一声,取上头天的罐子就走,并不进内。今天是心中有事,走在门房儿外头,轻轻儿的咳嗽了一声,冲门房窗户说:"辛苦先生,今天我要面见夫人有句话说。"门公说:"是啦,进去你的吧。你们是堂客对老娘儿们,言语不言语很不要紧。"江婆子说:"话虽如此,我们总是言语一声儿是规矩。"说完迈开八寸莲足,走进二门。

　　东房三间,靠北头一间是茶房儿。此时仆妇、丫头们都在这院中梳头洗脸,一见江婆子进来,说:"哟,妈妈,你八成儿是算帐来了吧?"江婆把嘴一咧③,说:"统共一壶醋钱,还能坑得了我们吗?今天要给夫人请请安,有家主顾托我打听咱们宅里有存下定织的贡货没有?所以进内宅来,但不知夫人会否起床?"

　　书中代表,细侯因贾克礼没有在家,每天起床甚早。又因为自己的奶不够孩子吃的,所以每天定一瓶豆浆,一则自己用些,也可以喂养孩子。今天梳洗已毕,问了问豆浆尚未送来,正在房中等着呢。如今听江婆子在东房说话儿,连忙答言儿,说:"江妈妈,你今天来迟了,有什么话就过上房说来吧。"江婆子巴不得的这句话,赶紧说:"既是夫人呼唤,我婆儿这就过去。"说着话,自己直

---

① 量:底本作"两"。
② 冤家痞:对头,仇人。(《北京土语辞典》)
③ 咧:底本作"裂"。

奔上房,到了屋门自己用手打帘儿。

　　进了门坎,见细侯家常打扮,由东里间迎出自己来,婆儿赶紧深深万福,说:"夫人在上,我婆儿这厢有礼啦。"细侯为人,别瞧对于富商大贾、阔家子弟们架子大,对于平人到是极和气。一见婆儿万福,也还了一福,说:"妈妈不必行礼,请里屋坐吧。"婆儿说:"贾老板没在屋中吗?"细侯说:"原来你不知晓,他出外走了十余天了,房中没有人。"婆儿说:"我正要进来看看小相公呢。"说着进到里屋,见床上的帐子挂在一边儿,故意凑近床沿瞧了瞧说:"呦,几天我没进里院来,小相公出息多啦,也长了肉啦。你们二老夫妻真是好福气,好造化。"细侯说:"妈妈休要过奖,我正要问你,怎么这几天的浆,比前稀了呢?"江婆子说:"原来夫人不晓得,皆因许多家主顾,总喷着我的浆磨的糙,罗①又稀,我们老头子特意新置的磨,换的加细的罗,这一程子磨着别提多费劲咧。你老人家别嫌稀,你不信细尝,真比鲜牛奶还高哪,皆因豆子的精华全在其内。再说,不可多加糖,一个口重了,就觉着水儿似的了。今天你老要此时就喝,我婆子给你老温碗尝尝,就知道我这话不假啦。"细侯说:"今天因你来迟些,我方才用过点心,少时再用,依你的话就是。你跑了一早晨了,坐下歇息歇息吧。"江婆子乘这口锋儿,连忙说:"既是夫人疼我,我就大胆告坐啦。"说话坐在靠床一个小凳儿上,说:"怪不得人人夸赞你老人家性格儿好,真是待下有恩,真没有阔太太的习气。前天我们老头子,也不是在什么地方儿遇着一位姓满的秀才,还提道②你老来着呢。"细侯听到一个"满"字儿,触起旧日心事,这才要细问原因。

　　且说细侯,听江老婆子说出姓满的秀才来,连忙问说:"请问妈妈,这个姓满的,他在何处夸赞我来着呢?"江婆子察言观色,见细侯透着动心,故意的不说实话,说:"呦,我们老头子现在替人照应茶铺,反正是位茶座儿不咧。我在后院磨豆浆,那里晓得。不过到了晚晌,闲着没事,老两口子闲磕牙儿③,有的也说说,没的也道道,提来提去,可就提到久游花界的人,俗语儿管着叫"薄情郎"。其实不然,就以那天来的一位满先生说吧,据他说,在前三年与——"说到此处,又故意走出外屋,掀帘子往东房看了看,然后走进来,凑近细侯跟前,说:"据他说,从

---

① 罗:用来过滤流质或筛细粉末用的一种器具。
② 提道:提到。
③ 闲磕牙儿:聊天。(《北京话词语》)

前同你老有一面之缘,后来越交越亲密,订定夫妻之约,彼时也不是因为什么,就上了湖南咧。到了那块儿,投亲不着,访友不遇,又遭了一场屈枉官司,幸尔没有真实确据。本来可以从轻发落,也不是①遇着一位什么阴功德行人,给他倒托了个人情,才把他几乎圈死狱中。好容易赶上一位青天大老爷,才把官司开脱出来。新近回到余杭,屡次寻访你老的下落,杳无音信。人家是睁眼泪,合眼泪,东庙烧香,西庙祷告,问卜求签,只求保佑着准访着你老的下落,情愿拜香,祭天还愿。谁要能把本人儿献出去,赏洋一万元。(这是细侯吗?财迷探访,想酂侯②哪!)谁要把你老的下落告知他,情愿重礼相谢。我们老头子影影绰绰的,晓得点儿,对他一提说,人家立刻喜欢的做揖唱喏③。这天晚晌,我们老两口子提到此节,所以我今天信口说出,夫人你想,这不是位有良心的情人儿吗?"细侯听他说到遭官司的话,连连点头赞叹。又听说到不知那位阴功德行人,把牙咬了又咬。及至婆子说完,这眼泪好像断线珍珠一样,滴答的前襟已湿。

　　婆子说:"夫人你老也不必伤心,看这样式,你们二位,必是感情不错喽。可是我听说这位虽然重回余杭,依然是以教馆为生。不过人家的意思,怕你老背地里恨怨他薄情,要明明心迹。据我拙见,咱们一个妇道人家,讲得是嫁汉嫁汉,穿衣吃饭。我看你宅里贾老板,人品也很不错,打头你老又有吃奶的孩子,倘或苦坏了身子,小相公都得跟着受委屈。你老想我这话,对不对呀?"细侯听到此处,紧蹙蛾眉,为难了半天,叹了口气,说:"如此说来,是我一时糊涂,中了他们的圈套了。你既说满生现在余杭,你可晓得住在什么地方儿吗?"江媪儿说:"呦,这件事你可问短了我咧。你想不但我不能晓得,就连我家老头子大概也说不清。不信你问那座茶楼上的人,能够按茶座都问问住址吗?你老要捎什么话,或寄什么信,带什么东西,只管交给我,这位满先生到是不断的上我家去。"细侯听到此处,把眉头一皱,说:"信物我是一概没有,就烦妈妈你把他的住址替我问来,我自有办法。"说着从床边儿下钞囊中取出一锭银子,递给江婆儿,说:"这银子送你做件衣服,但只一节,千万要守秘密才好。"

　　且说江婆子,听细侯嘱咐自己,连忙说:"呦,我的夫人,你老这是怎么咧?

---

①　也不是:也不知道。《北京方言词典》

②　酂侯:汉高祖刘邦赐给萧何的诸侯封号。萧何在楚汉之争中,辅佐汉高祖刘邦,功绩卓越。高祖即位后,论功行赏,定为首功,封酂侯。

③　唱喏:是古时的敬礼,一边行礼,一边出声。《北京土语辞典》

你想我们是串百家门儿的人,多早晚也不敢多说少道,何况关乎着这样重大的事呢。你老既要打听满生的住址□,你老只管放心,我是急速回去,必然给你老打听个明明白白,清清楚楚,一点儿不错。(唱上《玉玲珑》啦。)事不宜迟,我还是就此前往。"嘴里说着,两只眼睛可钉着那锭银子,说:"住址我替您打听,要不这银子,我不要吧。"细侯说:"妈妈说那里话来,带上就是。"婆子说:"那我可就依实咧。"说着,带在胯兜之内,又万福了万福,说:"你老听喜信儿吧。"说着走出外屋。

又到东房,见婆子、丫头们梳洗已毕,皆因上房主母同人说话儿,既没呼唤,乐得脱会子懒儿呢。见婆子进来,都起身招呼让座,又说:"江妈妈,你老吃完早饭再走吧。"婆子说:"今天只顾陪着你们主母多聊了会子,把几家主顾的货,也误了送去咧。我们老头子,在家不定怎么着急哪。"内中有个大脚小王妈儿,同江婆子是陈接房,凤日有个小玩笑儿,跟着就答了言儿,说:"呦,你每天按家送货,敢则是你们老头子打发你出来的呀。你为什么不叫他帮着你送货呢?"婆子说:"你不晓得,皆因我这货是内宅女眷们用的,他是男人,送去未必合式①。你要肯把这宅里的活辞退,帮我送货,我们老两口子比养个闺女还喜欢哪。"一句话说的小王妈儿急了,赶着要打江婆儿。江婆儿连空罐子没顾得拿,一溜烟似的,跑到院中说:"夫人,你看你们家的老妈儿,打了我咧。"细侯坐在房中,正想满生,听婆子院中嚷,只好答句言儿,说:"你们不要欺负人,让他送货去吧。"说的大家都乐咧。婆子心中有事,也不再同众人斗口齿。出了二门,门房儿也没人问他,这才穿街越巷,直奔自己茶楼。

书说简断,一会儿到了,进门一瞧,老头子正在楼下刷锅洗碗的忙合②买卖哪。楼下有几个茶座儿,全是做小买卖儿的,一见婆子进来,都起身让坐,说:"妈妈喝碗吧,新沏的。"婆子说:"我这两天犯茶滞,你们众位请吧。"说着用眼瞟③了老头子一眼,笑嘻嘻往后院跑去。

老头子见老伴儿面带喜色,做为上后院给众人取开水去,也追进房中,悄默声儿的说:"怎么样,有效吗?"婆子噗哧儿的一笑,说:"不是白牌儿(一对儿

---

① 合式:合适。
② 忙合:忙活。
③ 瞟:底本作"飘"。

兑现团①）。"笑嘻的从兜子里取出这锭银子，说："嘿，老头子，你瞧这个。"江老头子一瞧，有财，别提多喜欢啦，说："怎么说你也挣下来了吗，可得分我一半。"婆子说："咱老两口子，谁是谁的，不过有一件事得给人办到。你可晓得满生的住址吗？"江老头子说："昨天并没提就②这层，少不得③他再来的时节，问他就是。"婆子说："人家贾夫人就打听的是这一件事，只要问准了，到将此银送与你我二老。"老头子听到此处，只好提上开水壶，仍回前楼，应酬了会子茶座。

天交午正，果然满生又到茶楼讨信。诸位要知细侯有什么特别的举动，咱们是明天接演。

昨天的书，说到满生来到茶楼，论情理说，应当说满生见着江老头子，江老头子把满生让至后院，见了江婆子，江婆子又把细侯所说的话，从头至尾述说一遍，满生应当怎么样的着急，怎么样的欢喜，这些书，诸位请想，总在情理之内吧。说到满生把住址地名说出，您算算足够一版吧。要按这们说，在下未尝不会，这里面有几层缘故，一则这些事全不是《细侯》的正文，一定这们说，有人说我画蛇添足；再者说，离新年不过十余天的功夫了，我再这么故意磨烦，未免有伤主顾。而况且前天忽然歇了一天的工，诸位以为是我偷闲滑懒。您可不晓得，这天的工，并非我爱歇，皆因在下是历年犯喘，所以在家做稿，每天由邮局往馆里寄，已经办了三四年了，无非稍有迟早之别，谁想前天本馆并未接到。我们经理亲临舍下一问，确已投于信筒之内，无非既没印在报上，诸位爱看的，一定有怨言，我只好现赶了一篇，登在报上。今天仍然没接到，实告诉诸位说："（这是生丸子现攮），好不好的诸位多包涵着点儿。"

闲话靠后，但说满生见了江婆子，把自己的地名儿写了一个条儿，是"北京前门外樱桃斜街路北电话南局五百零三（这是满生吗？我们本馆的住脚儿）"。反正是胡同名儿，随便说一个，然后告辞而去。

满生走后，江婆子复又收拾了收拾，然后赶紧往细侯家中送信。细侯见婆子送了信来，说："但不知我那满郎，听我询问，有什么闲言没有？"婆子说："那

---

① 兑现团：民国初期，北京民众为了保值和生活方便，纷纷到银行把纸币兑换成铜元。然而银行设立的兑换所数量有限，因此经常发生拥挤现象，情形十分严重。各商铺收有较多纸币，兑换困难，于是出现转为各铺户向该地兑换所兑现的兑现团，从中赚一笔，每人每日可获利约五六十枚。

② 提就：提到。

③ 少不得：只好，只得。

到没有,但不知你老还有什么可捎的话语没有?"细侯微愣了一怔,说:"我打听住址也无非是闲问,并没什么要紧。"婆子自然也就不能往下说咧,说:"既然如此,我们要告辞咧。"说着福了一福,溜出门去不提。

但说细侯,见江婆子走后,自己看了看天色约在太阳衔山的时候,一想,"既晓得满郎尚在,我必须把自己失信的心迹对他说明,方不负当年的那番恩义。究竟要面见他,自然得弃此而逃喽。我想满郎新从湖南回来,未必有什么余资,若是把贾宅的金珠携去,满郎必以为污毁他的声名。若是一文不带,难道真跟他去挨饿不成?也罢,我不免把我当日自置金珠首饰打成一个小包裹,夤①夜逃出贾家,有何不可?"又一想,"当年尚有我贾母写的卖身文契,倘若不销毁,将来告到官府,是个老大见证。此时要找出来烧化了,又怕家人知觉。"想到其间,由身旁取出二两银子告述仆妇们,说:"今天是我一时高兴,你告述厨房,用这二两银子备些酒菜,阖宅痛饮一醉。"大家听主母赏犒劳吃,谁不欢喜?

一会儿备齐,已在掌灯时分,先给主母开上一桌。细侯因心中有事,不敢多贪酒,胡乱用了两杯,吩咐撤去。又把本屋丫头们支开,自己托言身体不爽,要早睡下,下人们乐得省事。自己秉上灯烛,先把身契找出,在灯上焚化。刚要打点金珠首饰,只听孩子在床上放声恸哭起来,细侯不由勃然大怒。

且说细侯,正要打点自己的金珠首饰,床上的孩子,"呱"的一声恸哭起来。细侯心中焦燥,又往东房听了听,仆妇丫鬟们又说又乐,自己一想,"若是不管这孩子,他是哭上没完,功夫大了,必然有人过来。"只好把钥匙扔在床上,把孩子抱起来,解开衣钮,喂他乳食,一面拍打着,想叫他再睡。谁想自己自从得着满生重回的音息之后,心中抑郁不舒,一天的功夫没进什么饮食,乳食缺少。这孩子平日肚量儿②极大,衔着奶头儿,吃不出经儿来,咂了约有一顿饭的功夫,还是不住的③啼哭。

又听了听,街市梆锣之声,交了二鼓,自己心说:"倘或过了三更,可就不好行走啦。再说大门若是上了闩锁。难道还□越墙逃走么?即便登上凳子跳墙

---

① 夤夜:深夜。
② 肚量儿:指饭量。(《北京土语辞典》)
③ 不住的:不停地。

走出去,找到满生馆中,深更半夜的,可怎么叫门呢?几次要把孩子放下,他是偏不肯撒嘴,闹得又急又气,在他小屁股蛋儿上拍了两下子。这孩子是合该作死,越发搓着脚的大哭起来。细侯双眉紧皱,低声对他说:"你这孽种孩子,如果再不松口,我可要掐死你啦!"说到此处,这孩子哇的一声,好像有人真掐了他似的。细侯越发气往上撞,说:"你的父亲本是我的仇人,仇人之子,有什么恩义?我若不剪除你,后果不堪设想。"想到此处,登时好像凶神附体的一般,紧咬牙关,把孩子往床上一扔,用右手在孩子嗓子眼儿上使力一按。这孩子本来哭到力尽声嘶,细侯是十分劲儿,立刻小脸儿彆紫①,吭②了两声,两只小手儿想往上抓挠,胳膊也抬不起来咧,两条小腿儿一踹,"喀"儿的一声,尿粪齐流。细侯此时把手放开,微有些心软,又一想:"世上男女做事必须要有绝断,趁此时不走,更待何时?"于是把床上的被褥都给孩子压在身上,坐在床边儿上定了定神儿。

再听东房说话的语声儿稀啦,大约酒都喝的尽了量。这才把蜡花剪了剪,挪在里间屋,用钥匙把首饰箱儿打开,找了一块手绢儿包好。把随身的衣服整理了整理,用系裙子的一条汗巾,将里衣束紧。然后把首饰包儿揣在胸前,走了两步,好在不觉甚沉。又一想:"若是这样短妆打扮,自己不能蹿房越脊。顺街市行走,若是遇着巡更下夜的,一定要盘察诘问,一个走不脱,这叫画虎不成反类犬。再说,头上虽没戴首饰,耳环是有的,下边两只莲足,一看便知是个妇女,越发的令人生疑了。"微然怔了一怔,打开箱子,找出老贾穿过的一件夹袍儿试了试,微然长些。自己一想:"何不将他靴子换上呢?"从床下取出来往脚上一穿,大小差的远。好在床边凳子上有些新浆洗的裹脚条子,取了几副,按照男子脚样缠好,把靴子从新登上。虽说不甚合脚,若是缓缓而行,倒也容易混得过了。又取了一块手帕,先把四鬓理上去,用绢帕包好。又取出老贾新绣的一顶绿方巾戴在头上,借灯光用镜子照了照,到也像个文生。将灯吹灭,走出房门,直奔外院,见门房灯烛明朗,不由得欲前又却为起难来。

且说细侯来到大门以外,见门房儿明灯朗烛,不由心里有些害怕。站住脚步,侧耳听了听,有打鼾的声音,大约是睡着咧。放开胆子,三步两步,奔到大

---

① 彆紫:憋紫。
② 底本作"坑"。

门一瞧,原来这些下人们只顾喝酒,忘记关门了,这一喜欢非同小可。

迈门槛出得门来,天色约有三鼓,天上一轮皓月,照得街上十分明亮,自言自语的说:"鳖鱼脱却针合线,摆尾摇头再不来(乐的背上瞽人词咧)。"不敢顺街心儿行走,靠北墙根儿往西,直奔满生这个寓所。

细侯平日不出街门,今天乔妆改扮,头次穿靴子,脚底下自然不得劲。好在街上人甚稀少,自己只好挺住身躯,缓缓而行,装做一步三摇的文人。走了几步稍觉得劲,心里忽然想起当年满生赠自己的那首诗来,于是信口吟哦起来,念到"无复行云梦楚王"的末一句,有些伤心。恰巧从对面来了一个过路人,见他举止斯文,口中唱着昆腔,以为是散局的票友儿①呢。

细侯见有人走来,这才不往下念咧。(怕是融了活儿去。)穿街越巷,一会儿到了这条巷口,见家家关门闭户,自己不知是那个门儿,不由好生为难。趁月色走了几步,见有一家门首新贴着一张经书文馆的学报子,心中一动,说:"莫非我那满郎,他就在这个门户吗?"侧耳往里细听了听,果然有人念诗呢。自己一想:"如果真是他,这可巧极咧,我不免冒叫一声。即便不是,若有人出来,也可以就便访问。"打定主意,故意先咳嗽了一声,乍着胆子②,说:"满仁兄,可在馆中么?"

说书的玩艺儿,离不开支离凑合。或是打算往岔道儿上说,反正变着法子,有枝添叶的编造让他出岔儿③。若是打算往一块儿说,不怕离着多远,也得叫他见着面儿。评书行的规矩,就叫"不巧不成书"。这段书既要赶着说,咱们免去枝叶。

书中代表,这门内念诗的正是满生,皆因白昼从茶楼回来,不知细侯有什么心事,用完晚饭,心里烦闷,躺在床上打闷雷④。俗语儿有云,"闷来愁肠困睡多",又搭着昨夜就没睡好,当天又走累着点儿,一阵心血来潮,沉沉睡去。馆僮过来,见满先生和衣而卧的睡去,自己不便惊动,跑到下房儿,同本宅下人

---

① 票友儿:称业余的京剧演员,也正式拜师学艺,正式登台演唱。《北京土语辞典》
② 乍着胆子:勉强克制恐怖心情,鼓起勇气去做。《北京土语辞典》
③ 出岔儿:出变故。《新编北京方言词典》
④ 打闷雷:不知详情,暗自纳闷儿,揣测。《北京话词语》

打牙①犯嘴儿②的去了。满生一觉醒来,听了听街上已交二鼓。好在有月色,屋中不至甚黑,敲火点上灯烛。叫了两声书僮没人答言儿,一想:"小孩子人家困大,相许已经睡熟。"自己有心再睡,觉着不困,只好翻阅诗文解闷儿。看到得意之处,不由念诵起来,念了约有一个更次,正赶上细侯到了门前(不怎么说巧呢)。忽听有人称呼满仁兄,心说:"这样深更半夜,是谁唤我?"站起来出了书斋,站在台阶上可就答了言儿,说:"但不知那位学友呼唤?"细侯一听,真叫着咧,赶紧说:"满先生,快些开门,是我特来访你。"满生一听,耳音很熟,这才奔到街门。这所书斋是这次新开了个旁门儿,没有闩锁,自己撤去插关,说:"那位朋友夤夜前来造访?"说着将门开放。细侯一见满郎,伸手拉住,说:"想不到你我夫妻尚有今日。"

且说细侯,见开门出来的正是满生,心里一酸,伸手拉住袍袖子,哭了声:"苦坏了你咧,我的满郎呀!"满生好在白天有江婆子问住址的事,晓得细侯得着自己下落,必是找来了。若是不知晓,定疑惑是鬼,抄起门闩搂头一下子,细侯可就成了钱素娟咧。(说《聊斋》外饶《错中错》,您瞧这一枚铜子儿有多便宜!)

满生心里一喜欢,借着月光之下一细瞧,原来是个风流少年男子,不由惊讶起来,说:"你,你,你,你可是我那细侯娘子么?"细侯擦着眼泪说:"满郎,不是奴家,谁肯深更半夜的到此?但不知你这馆中可有闲杂人没有?"满生说:"只有一个馆僮,另在里院下房睡觉。此时未见过来,大约必然睡下了。"细侯说:"既然如此,门外不是讲话之所,可以到馆中细谈,一切便了。"满生说:"如此快请进来。"说着话携手揽腕,将细侯扯进门来,将门照旧关好。

进到书斋彼此落坐,满生刚要诉说自己别后的苦楚,细侯摆了摆手,说:"你已过之事,奴大略都听说了。奴家冒险前来,尚有要紧的一件事与你相商,但不知你原籍的田产可还尚在否?满生说:"从前那数十亩田地,我连年未曾回家,有人代为照料,大概总可以存些余粮。卿今日问起,莫非你要我一同逃走么?"细侯说:"事已至此,除逃回家乡暂为隐藏之外,别无妙策。奴再对你述说一件事,不但奴来了,而且还替你报仇雪了恨。"满生说:"但不知怎样报

---

① 打牙:开玩笑,逗乐。《北京话词语》)
② 犯嘴儿:争吵,斗嘴。

了仇？"

细侯把掐死孩子的事述说了一遍,满生一听,登时吓得浑身打战①,说:"又是一条人命,这便怎么处？"细侯说:"你不用害怕,现在贾克礼尚在苏州,家中只有几个下人,谁能替他出头告发？不如你我夫妻贪夜一走,到得②他回来再告,已经难以寻找了。"满生说:"你我逃走岂不连累你那贾鸨母？"细侯说:"你只管放心,他已于去年死去,连那个做媒的梅媒也不知去向了。"满生说:"虽然如此,只是此时我同你弃馆逃走,本馆许多学东见我不辞而别,焉有不疑惑谈论的？贾家死了孩子,这件事一传扬出来,一定露出马脚,仍然要赴昌化捉拿于我。到时二罪俱发,恐怕这次要死于此案。卿呀,卿,这件事你做得荒唐得紧③。"细侯听满生说到此处,也微有些后悔惧怕,微然怔了一愣,说:"假如我先寻个安身之处,隐藏一两日。你把馆辞了,你我再一同逃走,你想怎么样？"满生说:"此处学馆原可不就,皆因都是前次陈学生彼此相熟,我姑且应下的。若是托言回家,众学东也必然相信。但是你往那里隐藏数日呢？"细侯说:"此地可有清静的店房旅馆么？"满生说:"店房旅馆你深夜前去,未必肯留。况且人甚杂项,你又是个乔妆打扮,明日天明未必看不出来,是断乎去不得的。"细侯听到此处,眼珠儿一转,说:"我且问你,那江婆子家可有闲房么？"满生听细侯说出江婆子来,登时拍手,说:"是呀,是我一时忘怀,你若隐藏他家,是最妙的去处,况且离此不远。"细侯一听,说:"天色已交五更,事不宜迟,你我夫妻就此前往。"

且说满生,想起江婆子家既有闲房,大约也肯其④收留。两个人总算当时表决。细侯说:"既有这样好地处,不必迟延,咱们就快些去吧。"满生说:"容我倒带上门。"说着话上了台阶,将门带好,两个人并肩而行。

此时街上路静人稀,穿过两条巷子,已到细侯从前的旧楼,两个人未免都有些感慨。少时到了茶楼门外,见里面的门上了个挺严,细侯说:"满郎你只要把门叫开,见了他们二老,你就赶快回馆,料理你的事去吧。"满生点头,到了楼门口儿喊了一声:"江老丈起床了么？"没人答言儿。又叫了两声,还是没有

---

① 打战:打颤。
② 到得:等到。
③ 紧:做补语,表示程度深。
④ 肯其:愿意。

动静。

　　书中代表,老两口子正在后院房内磨浆,离街弯远,故尔听不见,把个满生等急了,只好用手砸门,嘴里嚷说:"快些开门,取浆的来了。"江老婆子忽然听见,说:"老头子,你到外面瞧瞧去吧,八成儿来了顶门主顾了。"老头子说:"那们待我去看。"说着话,从后院绕过来,一听语声儿挺熟,可辨不清是谁,连忙答言儿,说:"那位叫门?待我小老儿开门。"说话间下了门闩,将门开放。满生低声说:"是我,今晚同来一位至友,借你房中说句私话。"江老头子一瞧是老满,说:"原来是满相公,那位相公尊姓?"满生说:"你不必细问,也姓满。"江老头子说:"呕,这就是了。如此请进楼中吧,容我上个灯烛。"满生细侯一同进楼。江老头儿把灯掌起来,将门关上,用眼上下一打量细侯,真是好俊一点风流少年,心中纳闷儿,说:"八成儿也是个荒唐鬼儿。"刚要问这位满相公尊寓,贪夜有何贵干,满生见老头子直犯游疑,一想不必隐瞒,这才说:"原来江老丈不认识呀?这就是我那位细侯娘子。今天得着我的下落,连夜离了贾家,要同我回归原籍,打算暂在你家隐藏一二日,不知老丈肯行方便否?"江老头子一听,有些害怕,迟迟疑疑的说:"这事虽说不要紧,但是本楼房舍临街不大严密。"细侯听到此处,说:"老丈不必为难,你将你家妈妈请出来,我自有商议。"

　　三个人说话的功夫,江婆子听前楼人声复杂,放下磨已然赶了过来。一见是满生同着细侯来咧,心说:"想不到我这磨房要改小房子儿,合该是一笔好财。"笑嘻嘻的冲着细侯万福了万福,说:"呦,夫人这一改良打扮,真同满相公像亲弟兄似的。错非咱们常见面儿,不然真认不出来。既是投奔了我们老两口子来咧,还能让你老再到别处去吗?不过房屋狭小,屈尊慢待就是咧。"细侯说:"妈妈不要客气,只求收留我一二日,我夫妻恩有重报。"满生见婆子肯留细侯,这才说:"既然二老收留,娘子你就在此等待,大约今明日我准可以前来接你。"江婆子说:"满相公只管放心,多住两天也没要紧。你老请到后院喝碗热浆,再去不迟。"满生说:"我馆中开着门,不便久待。"说着叫江老头子开了楼门,自己忙着回到馆中,推开街门一瞧,灯烛已然着完。

　　天色黎明,不便再睡,一会儿馆僮过来,张罗梳洗。满生吩咐去请各家学东,言明暂且不就此馆,必须回家一行。

　　且说满生,到了次日把各学生家长请到馆中,说:"小弟此次从湖南回来,多蒙众位盛情,本当在此仍以教读糊口。奈因昨天有本村的乡亲们到来,言说小弟家中的地亩有背主盗典①情事②,势不得不回趟家乡,查询个明白,以免祖产落于外人之手。一俟办理清楚必然回来,再向诸兄台前领教。"大家一听,心说:"这位先生上次辞馆,说是为祖坟,这次又说是为祖产,足见念书的人拿'祖'字儿当事喽(其实全为作支桩用的)。"大家不能拦阻,说:"既是你老先生家乡有事,我等不敢强留,总是我等小孩子们无福,不得受先生的良好教育,只盼你老夫子早些回来,再求训诲。"满生听到此处,给大众做揖,说:"小弟还是迫不及待,今日就要起身。"大家一听,说:"论理我等应备一杯水酒给老夫子饯行送别,既然你老先生是为祖先的事迫不及待,我们把这祖饯酒席,暂行搁起做为将来接风酒就是了。"(这叫就坡儿下③。)满生说:"小弟此次重来,深愧未尽寸心,再赐厚馔,亦断不敢领,就此谢谢。"大家纷纷散去。满生略为收拾收拾,好在只是一肩行李。赏了馆僮几个钱,这才出离学馆,直奔茶楼。

到了茶楼,见没有茶座,只有江老头子在前面坐着冲盹儿呢,见满先生到来,连忙接过被套,说:"你老请后院坐吧,俺老伴儿送货去没在家,后院只剩——"说到这儿,不好称呼,改嘴说:"只剩空房,你老请进去就是。"满生说:"小生遵命。"说着奔到后院直进里屋,见细侯仍是男妆,白天一瞧,两耳上有耳眼痕迹,况且脸上脂粉一时不能洗净,若行在街市上恐怕不易混过。细侯见满生回来,悄默声儿的说:"你的事办清了么?"满生说:"馆已辞妥,行李也带来了。只是一件,我身旁的盘费无多,若步行搭④船,可以凑合够了。再说,江家这二老当怎么办呢?"细侯说:"郎君不必着急,奴身边有一包金珠,还有些首饰。方才我已经交与江妈妈两件,叫他给换些散碎银两,大约做为路费,是使不清的。你我夫妻今天只好在此隐藏一日,明日乘清早混出城去,再雇轿搭船便了。"满生说:"娘子说好便好,只是咱两个人的饭食,当怎么样吃呢?"细侯说:"我已托咐江妈妈,给买些现成的酒肉,少时想必就到。"满生说:"总是娘子细心,不愧称为细侯。"说得细侯也乐咧。

满生又到前楼坐了会儿,果然江婆子提着菜篮子,从外面进来,一见满生在前楼,连忙说:"你老快后边儿坐着去吧。"满生心里有鬼,说:"有什么噩消息

---

① 背主盗典:背着主人盗卖田地等产业。
② 情事:事情。
③ 就坡儿下:在僵持、尴尬的情境之中,借某种机会采取有利行动。《北京话词语》
④ 搭:搭*。

么?"江婆子说:"你们夫妻二位三四年没谈心啦,好容易到在一处,不说会子知心话儿,替我们看什么空房呢?"说的满生有些害羞,只好说:"妈妈休说趣话,你老多行方便就是。"说着跑过后院儿去了。

江老夫妻忙着把酒饭收拾妥协①,四人一处用毕,一日无书。次日起五更,夫妻二人出城回昌化原籍。江老夫妇得了十数两银子,照旧做买卖,当日又往贾家送浆,方知出了命案。

昨天的书,说到满生把细侯带回家去,在戏文上,叫做团场子,从此便不再见场啦。按本传的原文,还有几句书,不能不叙说叙说,咱们大略一表儿,好换新鲜目录。

但说贾克礼宅中下人,酒醒之后,门房的人才出去关好大门。里院仆妇们都在下房安歇,到了次日天明丫头进上房扫地,见夫人没有影儿了,地上扔着箱子,床上堆着许多被褥,先以为夫人上了厕所,找了一遍踪迹皆无,这才把大家叫起来里外院一找寻。见大门没开,复又进屋,掀开铺盖,才看见孩子已然死在床上。内中有个王妈妈,说:"可了不得咧,八成儿昨天夜晚咱宅里进了采花淫贼啦。不是佩带薰香盒,把大家薰过去,将夫人背走了吧?你们看看帐子上,记下什么暗记儿了没有?"门公一听,说:"你别挨骂咧!八成儿你们老头子是说《施公案》的吧?我想一定是夫人同外人订了什么私约,携款潜逃,不定隐藏在某国租界去啦。这件事咱们可得赶紧脱干净。咱把上房锁上,我到铺子知会了事掌柜的们,赶紧给饭东②写信,请他急速回家报案。"大家一听,都说还是上年岁的人有主意,于是把上房门倒锁上。

门公到了绸缎庄上一学说,铺中伙计说:"昨天晚间听本行人说,铺东已然搭船载货往回路走着呢。赶上顺风一半天③准到。若是写信,还能沿途寻访去吗?"门公说:"多迟一半日,原不要紧,只是床上的死孩子可就臭咧。"了事的说:"既然有这层难处,只好你们写个报呈儿,报知地方,请县台先验了尸。至于案子怎么打,俟等老板回家,再补呈子就是啦。"门公只好回宅,把地方找来,赶紧报到县衙。

---

① 协:恊*。"妥协"的意思是"停当"。
② 饭东:东家。
③ 一半天:一两天。

知县接了报呈，当日带领书吏、仵作来相验，一验该男孩尸，委系生前被掐身死。一问有无尸亲，据下人禀称，主人出外未归，主母不知去向。县官心中纳闷儿，说："如果该妇与人通奸，背夫私逃，也是常有的事，但是掐死孩子，殊出人情之外。既然尸亲不在，只好暂令备棺盛殓起来，浮厝①院中，俟将贾贾氏缉获后，再行审讯吧。"

　　验完回衙，过了五六天，贾克礼才回到余杭。到了铺中，听说细侯不辞而别，孩子已死咧，张着大嘴放声恸哭了一场。到了家中问了问情形，下人们都不敢指实是细侯掐死的不是？克礼自己一察点箱子，见他身契没了，所有自己的首饰也没了，贾家的物件除去丢失自己一套衣服鞋帽之外，一样儿不短，心中明白，必是细侯私通外人，赠给情人，做了表记②了。按这意思写了一张呈子，报到县衙。

　　县官将他唤上堂一问，"可知奸夫是谁？"贾克礼说："商人时常出外，不晓得是谁。"于是又把贾家下人们传来，隔别一审讯，确无男子往来，大家矢口不移。县官又问贾贾氏娘家有人没有，门公只好把贾夫人的出身回明。知县一听，才晓得细侯原来是娼妓出身。"从来都说狠毒不过妇人心，唯独娼妓尤为心狠，这孩子一定是他自己掐死的了。"想到其间，把贾克礼唤上堂来，才细问当日赎身时有何凭据。

　　且说余杭县的这位县官，夙日是个方正人，最恼寻花问柳这些事。如今听贾家仆人说出贾氏是行院中人，早猜出必是此女心中不乐老贾，一定另有情人。既然案关人命，可不能不替他追究，于是把老贾唤上堂来，要问他是替报仇，还是打算把细侯找回来，仍做夫妻。若是老贾与细侯恩义已绝，以报仇为念，还可以替他派捕役踩访③下落；若是老贾不以亲儿为重，仍恋着狠毒妇人，自然不犯替这宗人当碎催了。打定主意，这才向贾克礼问说："你的这个女人可是结发夫妻，还是半路夫妻？"（得，余杭县的县台唱上《双钉儿计》咧。）

　　老贾到是实话实说，当日怎么仰慕细侯，托梅媒为媒，讲明是娶做续室，由他贾母出了张卖身文契，昨日商人到家一察点，别的物件一概没丢，就把这张

----
① 浮厝：谓暂时把灵柩停放在地面上，周围用砖石等砌起来掩盖，或暂时浅埋，以待改葬。
② 表记：信物。
③ 踩访：寻找，查访。

身契失去。县官说:"那们他这假母从来与你家有无往来,现住何处?"克礼说:"原是断绝往来,再说,上次商人听说这贾鸨母已然做古去世了。"县官说:"据你所说,一定不□逃回娘家去了。你可晓得细侯未嫁你之前,他有什么样热客没有?"贾克礼有心提出满生来,又怕把自己从前的马脚露出,赶紧向上磕头,说:"太爷想情①,细侯是本处红姑娘,有的是公子王孙的阔客,商人焉能指得出来?"知县说:"你既不能指实,本县只好暂做疑案,派捕快替你寻访细侯的下落就是。但只一节,你是要替你死孩儿伸冤呢,还是只愿与细侯再行完聚②?"贾克礼说:"只要能把我的娘子找回来,再要孩子不是有的是吗?"知县点点头,说:"既如此,你画供回去听传就是啦。"克礼只得画供下堂,到家冷冷清清,连想念细侯得了一场冤孽病,没过几天,竟自呜呼哀哉逝世。

　　书说至此,按本传原文,蒲先生夸赞细侯说,"不亚如汉寿亭侯之归汉"。这个比方有许多人都不满意蒲先生,说是"拟不于伦③",因此这段书当年才附在卷末,在下也不必替关夫子争论有个比拟。据在下眼光论断,这段事故,大可以做为④从良的殷鉴。皆因大凡娶妓女的,多是富而无行的人,再说,年貌都未必相当,仅以丰衣足食,羁縻住其身,不能羁縻其心,就如同曹操与关公空费上马金,下马银,三日小宴,五日大宴的一般。况女子越是丰衣足食,越能纵容他的情欲,若再有意中人能得相会,这路情形一定是免不掉。别瞧跟了某人,怎样亲爱,其实不定一年半载彼此还许离异。即便真能白头相守,有如细侯这样死心眼儿的,也不容易遇着满生这样痴男。

　　再以本文说,这段事故虽稍近真事,可是姓名、地名好像都有寓意,以开篇"昌化满生"四字看,即"娼妓化身的一个姓满的男子"之义。再说,满生有姓无名,也可做此人因私欲充满看,从此生出许多魔障。数千里远行,仅为娶妓筹款,几乎死在囹圄,这路人若让他替苦同胞出门筹筹赈款,他未必肯为呦。

　　书说至此,过了明天纪念,咱们另换新题,照常敬献。

---

① 想情:"细想情理"的缩写。
② 完聚:团圆。也指男女结为夫妻。
③ 拟不于伦:不能拿来相比或做比方。
④ 底本"为"下有"弄"字。

青蛙神

民国瞬息九载,洵称国步维艰。水火刀兵并荒年,生民均遭涂炭。
洪宪伪托共和,其实想揽大权。志愿未遂便宾天,余殃停止兑现。
前因青岛问题,外人欺我难堪。激起各校学生团,沿街卖货讲演。
外交本来棘手,南北争持极端。米面柴薪又长钱,家国胥凭借款。

几句感时事的词儿念毕,不必细批,人人经过的实事,我说会子也当不了立刻富强,反正有罪得大家同受。劝诸位不必瞎担忧着急,您还是瞧我这门《聊斋》,比想这些真事宽心。

要说这一程子①,我还是一天的工没歇,调换着笔路儿②敬献,什么缘故呢?皆因各家报纸都添材料儿,钱项儿又紧,所以我们也得抖精神往好里研究,好对得住主道们一枚铜子儿。这一来,我可应了俗语儿有云咧,"蛤蟆垫桌腿儿——死挨儿"。其实应写搁木,谁也不用蛤蟆,那位不信,真捉个蛤蟆管保垫不住桌腿。这路介虫专能运气,善于伸缩,垫上他也能遁走。

无如俗语儿这们说,恰巧《聊斋》上有这们段《青蛙神》,所以在下借这俗语引入本题。咱们是闲话少说,就说这段《青蛙神》。原文说:"江汉之间,俗事蛙神最虔,祠中蛙不知几百千万,有大如笼者。或犯神怒,家中辄有异兆,蛙游几榻,甚或攀缘滑壁,不得坠,其状不一,此家当凶,人则大恐,斩牲祈祷之,神喜则已。"皆因什么今天先抄写一段原文呢?因为这篇玩艺儿是先断后叙的笔法,不能不替写出来,然后还得大略的变成白话儿说一说,诸位往下看着就了然咧。

---

① 一程子:一段时间。(《北京土语辞典》)
② 笔路儿:写文章的思路和方法。

说的就是三江两湖的地方儿,在早年间,人家多供奉蛤蟆,呼为"青蛙神",也有神祠,就如同龙王庙似的。每一座神祠之中所有的青蛙,不定有几千百万,说起个头儿,真有圆笼大小的。如果某某人不信,得罪了蛙神,立刻也就真有个显应儿,当天能有青蛙跳在桌子上蹲着,或硬上床榻。再者,勿论怎么高的石灰墙,蛙也能往上爬,决掉不下来。(这件事传到北京,所以有"癞蛤蟆要上樱桃树"的古谚。)比如某家蛙闹得最凶,本家人就惧怕的了不得,真能杀猪宰羊,供到祠堂祷告赎罪去,多早晚蛙神喜欢了,方算完事。(那位要问蛤蟆乐了什么样儿,我可没看见过。)以上所说,就是那几句原文。

且说湖北地面有位姓薛,字表昆生的,从小儿的时节非常的聪明。再说,模样儿生的真是娃娃似的,论书套子①的话,前发齐眉,后发盖颈(人家孩子是自来长儿的长毛儿),天庭饱满,地阁方圆,眉似刷漆,目若朗星,准头②丰满,丹硃口,不乐不说话,一乐两个酒窝儿。归根一句,人家孩子长的比我够嚼谷儿。一幌儿到了六七岁,谁知有青蛙神见喜,要选为坦腹东床③。

昨天述说本传的这点儿原文,在如今江汉地方,也未必还有这种神祠了,因为从前神道设教,南北两省各有习俗,南有五通④,北有四大门⑤。真要有人不信,也许适逢其会的,遇着点儿失意之事,便以为神谴,更加乡人附会传说,故神其词。人心厌故喜新,又一穿凿引伸,久而久之,便相习成风,酿为真迷信。南省开通的早,北方自经庚子拳匪之后,也渐渐消灭了许多,再过几十年,大约便能人人不信这些邪魔外祟了。

在下说这段故事,并非引人迷信,这段书别瞧题目是《青蛙神》,内中所言的纯是家庭爱情故事,与寻常佳人才子小说体裁不同,诸位看完,便了然咧。

闲话少说,从此咱就再替蒲先生说谣言。且说这位薛昆生到了六七岁,出息得越发体面,上无三兄,下无四弟,只有一双父母在堂。薛老头儿薛翁原文没名号,以"薛翁"呼之,咱以下就将"翁"字当老薛的别号,是个中等财主,为人

---

① 书套子:评书中的套话套路。
② 准头:鼻尖处。
③ 坦腹东床:旧时对女婿的美称。
④ 五通:民间传说中江南邪鬼名,又称作"五圣、五郎神"。
⑤ 四大门:北方民间流行崇拜动物为神的信仰,"四大门"又称"四大家",是对狐狸、黄鼠狼、刺猬和蛇四种动物的统称。

忠厚老实。这天,薛昆生在本村乡塾附学去,老夫妻二位坐在上房闲谈,左不是这个年月怎么好,虽说咱家人口不多,也架不住纸票子七十枚铜元①上下,杂合面儿都五枚钱一斤咧,到春天青黄不接的月分儿,至贱还不得七个铜子儿呀,这可怎么办哪?(这是薛翁吗?我们街坊翁二先生泛牢骚,我听着着急,写串了辙咧。)老夫妻闲谈话儿,商量将来给昆生总要说房好媳妇儿,模样儿得胜似梅兰芳、韩世昌,唱做工儿要超过陈德霖、孙藕香,才配得过儿②哪。(这又是怎么件事呀?不是要选昆旦,好配昆生吗?)

正商量到少爷定亲的事,就听当院有人说话,说:"薛翁在家么?"老夫妻听着是个妇女声音,嗓筒儿③宽而且哑,不是熟人。薛翁对夫人说:"你出院子看看是什么人,找我做甚?"薛媪答应,连忙启帘栊④出来一瞧,夙不相识,不但嗓音儿特别,模样儿、穿章都没见识过。看这婆儿约有五旬上下年岁,身量约在四尺,横宽约有三尺,大匾脑袋,头发秃的剩了不到几根儿,两只黄眼珠子,塌鼻梁儿,鼻孔朝天,傻⑤咧着瘪嘴唇儿,撇着大嘴岔儿⑥,好像起心里不悦服谁似的。身穿一件半旧油绿的绸衫儿,腰裉⑦很宽,还把肚子箍得紧绷绷的。下身是一条老茶青布裤儿,散着裤腿儿,因为裤腿儿短,怕露磕膝盖,又套上两只东洋线线织的高腰儿洋袜子(专销劣货)。脚底下穿的是一双淡黄色横宽的坤履,右手拿着一柄新芭蕉叶儿扇子,轧着椿儿走进院来。一见薛媪出迎,立刻满面堆欢,这一笑直比哭还难瞧,说:"呦,您在家哪。"薛媪虽不认识,见人说话儿和气,又是来到自己家中咧,又道是"主人让客三千里"(老帮子蹭听过一出《铁龙山》),自然也得以客礼相待,说:"原来是一位妈妈,快请屋里坐。"这婆子说:"正要到屋里坐。"说完,扭着两只大脚走进房中。薛翁也只得起身让坐,然后请问贵姓。婆子一笑儿,说:"是我婆子姓赖,可不依赖谁,是奉青蛙神差遣,要与你家做门子亲戚。"

---

① 铜元:一种钱币,币面有图案,无孔,机器制造。《中国钱币学》
② 配得过儿:般配。
③ 嗓筒儿:指嗓音。《北京话词语》筒,底本作"筲"。
④ 帘栊:泛指门窗的帘子。
⑤ 底本作"啥"。
⑥ 嘴岔儿:嘴角。又作"嘴岔子""嘴茬子"。
⑦ 裉:裋*。裉,指上衣靠腋下的接缝部分。

且说薛老夫妻一瞧来的婆子这个样子,心中便有些害怕,及至听他说出是青蛙神祠打发他来的,越发惊骇的了不得,说:"原来妈妈是位保山①,要替小儿做媒来的。但是,既奉神差(比鬼使硬气的多),想是那家有女儿,愿配小儿,到祠中祷告,故此神圣才派妈妈来的喽。"赖婆子把嘴一撇,说:"薛先生,你没听明白,我们是由青蛙神祠来的,你别当我们是月下老人派来的哪,青蛙神不管拉皮条纤②,当大媒图喝谁家一碗冬瓜汤。皆因我们老神有一位老生子③的女孩儿,今年八岁,长得致致标标、标标致致(要唱《金鸡岭》),打算选择一位好女婿。近村的学生们老神都看不中,听说你们家小少爷,人有人材,文有文才,愿把神女下嫁你的少爷,你当我替外人跑合儿④来的哪。"说着,用扇子先拍肩头,又扇⑤肚子。

　　此时薛媪一听,早吓傻咧,还是薛翁究竟有见识,听到其间,连忙欠身⑥,说:"多承神圣怜爱,妈妈美意,但是一节,小儿今年方才七岁,未通人道。按照古礼,男子三十曰壮,有室。即便求速,不到二十五岁,也不准娶妻。(老薛同我一样,满街上瞧来的,大把儿抓着,往外说哪。)虽承神圣垂爱,此时也不必预定,过个十年八载,再商量也还不迟。"赖婆子听到其处,说:"我们的姑娘岁数也小哪,不过打发我来,预先告述你家个话儿,省得你们说定别人家的,打退又得费唇舌。话是告述明白了你咧,我回去就照你的话,替你回覆老神去就是咧。"薛翁说:"千万妈妈多替美言。"赖婆儿说:"我这做媒的是奉官差遣,不像市街⑦上做媒的,图谁家三百二、六百六,我是茶水不扰。"薛媪一听,才想起只顾谈话,忘了张罗茶咧,赶紧说:"妈妈大远的前来,不要忙,喝盅酒,用过晚饭,再回去吧。"赖婆儿说:"我说不扰,一定不扰,你当我假撇清⑧哪(地道一字

---

① 保山:媒人。
② 拉纤:介绍交易。《北京土语辞典》)"拉皮条纤"的意思是"为不正当的男女关系拉线"。
③ 老生子:又作"老生儿",指年老时最后生的子女。
④ 跑合儿:为买卖双方做中介。《新编北京方言词典》)
⑤ 扇:搧*。
⑥ 欠身:坐着时臀部稍稍抬起。《新编北京方言词典》)
⑦ 市街:街市。
⑧ 假撇清:假装清白、正经。《北京话词语》)

清①,不使黑杵②)。"说着起身告辞,薛翁夫妻只好送到门外。恰巧一阵顶头风③,这股子腥味儿别提多薰人咧(多年的老疥,自然难闻)。老夫妻捏着鼻子送到院中,赖婆子连头都不回(就根儿④就没长脖子吗),扭出街门。

　　老夫妻进来,到了房中,彼此对叹了一口气,薛翁说:"这是那里说起?真是'闭门家中坐,祸从天上来'。"(那位说,老薛要唱《金钱豹》哇?您没猜着,偏是《丁甲山》。)薛媪说:"方才员外的话,虽是支个十年八载的,但是已然默许,将来还恐怕不易退辞。"老薛说:"方才我一时忙中无计,才用了这缓兵之策,好在咱昆生孩儿尚小,娶亲总在十年之后。一个蛙神,喜怒无常,还能一定等这些年吗?彼时也许另许配他姓。只不过暂时不必张罗这件事,也不可对外人提说,就连今天这件事,也别叫昆生晓得。过几年遇着门户相当的,说妥了就过门,即便神圣闻知,还肯把女儿给咱孩子做偏房吗?"薛媪说:"员外言之有理。"

　　书说简断,一幌儿就是六七年,这年昆生到了十七岁,有本处姓姜的愿与他结亲,经媒说合,择日纳采下了定礼。

　　娶媳嫁女,晓得事理的家长只能讲门当户对,品貌相等,万不可因自己私心,少微牵就,便能贻误儿女的终身,不但贪富慕贵,自己有所希冀能上当,即便故意退让将就,有时也能为难。怎么说呢?比如自己的儿子生性聪明,性情好高,做父母的不体察他的志愿,给说个拙笨媳妇,或是乡间女孩儿。在做父母的,以为这路媳妇能帮助自己家中做粗糙活,拾柴担水的事从此都可省心。殊不想小夫妻若是不投缘,男子最易习于荒唐,媳妇因丈夫不和,也得生意外的坏事。即便小两口儿都能认命,身子做了病⑤,与体育后嗣也均有关系。在下目睹亲友家中这些糟心事,今天说到此处,随便提说提说,俟等将来这段书说完,我还要再批评批评呢。

　　若以本文书说,这位薛翁还不是好高攀的一路人,至于老蛙以水族异类,

---

① 一字清:干净利落,不拖泥带水。
② 黑杵:京剧界的票友演唱,一般不拿钱,但偶有不公开而暗中拿钱的,江湖隐语叫"黑杵"。(《北京土语辞典》)
③ 顶头风:迎面出来的风。
④ 就根儿:又作"旧根儿",原来,本来,早先。(《北京话词语》)
⑤ 做病:出毛病,出问题。

偏要巴结佳婿,勿怪屡次为难喽。闲话少说,且说薛翁耗了十年,这才给昆生说定本处姜姓的女儿。这姜家是做什么营业的,女儿又怎么样好,原文没载着,而且姑娘不见场①,咱不必瞎添枝叶,反正是两家情愿就是了。

　　湖北风俗,又在康熙年间,三百年时移古化,按如今的礼节说,万不能对,只好不必细表。可是放定纳采的这件事,万不能没有的,也别管是首饰、戒指、红绿布,左右大媒给送过去咧。

　　姜老头儿周旋亲友,忙乱了一天,及至吃完晚饭,就忙着安眠。方才睡着,就见进来一个人,把自己唤到一座庙中,上面坐着一位神圣,用手指着自己,气哼哼的说:"你这畜类好生可恶(自己不是人类,多爱骂人畜类,不信您上街瞧欺负拉车的去呀),你好大胆子,硬敢把你女儿许配给薛昆生啦。你也没打听打听,薛昆生是吾神的爱婿。你硬敢高攀,本当将你从重治罪,念你年老昏愦,暂且宽恕你这一次,若不设法辞退,管保你这门亲事做不成。"姜翁不知什么神圣,只得连连磕头告饶,出了神祠,抬头一瞧,才看出是青蛙神祠,心说:"薛亲翁这可不对,既同老蛙神有秘密协约,就不该反悔另说我的女儿,我赶紧得找他讲讲理去。"气忿忿往前一迈步,冷不防被石头绊了一跤,睁眼一瞧,躺在床上,听了听外面,方交三鼓,原来是一场怪梦,连忙穿衣起来,把老伴儿唤醒,把梦境的事从头至尾述说了一遍。

　　上文书说过,彼处乡风都信服青蛙神,老堂客更甚于男子喽,一听这件事,说:"照这们说,这件亲事是万做不得咧,要讲是人,还可以同他讲讲理,既是蛙神上赶着同薛家做亲,大约薛亲家也不敢违拗。咱也不必同他费唇舌,明天乘早儿找大媒把定礼给他退还,把这场梦告明白了他,大概也不敢狡辩。"姜老头儿一听,说:"我明天就这们办。"说完又睡了一会儿。

　　天光大亮,拿上定礼起身出门,找上大媒一同到了薛家,就把梦话又说了一遍,问薛翁可有此事。薛翁把前十年的旧事也不隐瞒,实说一遍,只好说:"容我前去祷告,倘蒙神圣许退婚姻,咱们再重订丝萝②。"

　　且说薛翁听姜亲翁说的虽是梦话,无如这件事除去自己夫妇晓得,外人都

---

① 见场:出场。
② 丝萝:"丝"指的是菟丝,"萝"指的是女萝,均为藤萝类植物,缠于草木之上,不易分开。常用来比喻婚姻。

不知道,故此不敢辩白,说:"您把定礼先拿回去,容我预备点儿祭礼,到青蛙神祠祷告祷告去,然后咱再定规。"姜翁说:"勿论怎么说,咱们这门亲事可得算别做咧。"放下定礼,同大媒告辞出来,薛翁送出门,各自回家不提。

但说薛翁复返进了家门,把这事告知夫人,薛媪一听,也是烦闷,当日无书。

次日一早,薛翁上集买了一个猪头、一尾鱼,宰了一只小鸡子,打了一壶酒,并香蜡、纸马等物,雇人挑着,到了青蛙神祠上好了供。这路神祠没有住持僧道,只不过如乡间五道庙似的。挑供的人预备妥协,薛翁才点起香来,斟上酒,自言自语的说:"一进庙台,躬身下拜,尊一声蛙神爷爷、蛙神奶奶,细听明白。小老儿膝前只有一个男孩,前十年蒙老神见爱,遣去的媒婆自言姓赖,提说道老神有令媛,愿与吾儿配恩爱。这件事说来已十载,据我想,小儿是俗子凡夫①,难与神女花烛和谐,有心要另说他家,又怕老神见怪,因此上将猪头三牲备来,望老神详察下情,将令媛另许名门,别选良才,小老儿父子不敢蒙抬爱,老神千万休怪!休怪!"自己找着辙,这们一学张别古,祷告完毕。站起来一瞧,挑供的坐在庙台外头睡着了,赶紧把香请出来,焚化云马、钱粮,可没有吉祥表文,就算了却心愿要回香咧。

及至把挑夫唤醒,说是撤供,好往家里挑的功夫儿,再瞧酒盅儿里,有好几个大蛆,再瞧供品上,也都生出肉芽,亚赛②银鱼大小(别听我瞎聊,那成了蚯蚓咧),看着肮脏,闻这股子气味儿又腥又臭。挑夫说:"这还怎么往回路挑呀?走在街上,人说挑肩儿的③长了大疮咧,本来你老是借着上供的名目为自家改馋④吗?"薛翁说:"既然如此,只好把祭品抛在祠外,收拾空傢伙回去吧。"说着话,又磕了三个头,刚要念二次⑤进庙台,此时神祠中苍蝇打成攒,薰的老薛□子也念不上来咧,垂头丧气带着挑夫回归旧路。到家把挑夫打发走,又把今天的情形告述明白夫人,老两口子对叹了会子气,从此也不敢再托人别家提亲去咧。

---

① 俗子凡夫:凡夫俗子。
② 亚赛:相似,近同。(《北京土语辞典》)
③ 挑肩儿的:称挑扁担的劳动者。(《北京土语辞典》)
④ 改馋:解馋。
⑤ 二次:再。

这件事一传扬，即便有相中薛昆生的，也不敢混巴结咧。从前薛昆生并不知这件事，及至姜家退了亲，才听见这们说。薛昆生尚在年幼，情窦初开，却非拆白党一流，婚姻之事任凭父母主张，倒是一点不往心里去。薛翁看这意思，心中少微放宽了些儿，只是一脉单传，当以嗣续为重，难道说能叫儿子打一辈子的鳏过儿①吗？蛙神那一方面既没再加罪，又没上紧②催，也只好暂且耗一天是一天啵。

　　薛昆生这个人模样儿虽然生得俊美，只是不爱读书，薛翁也不甚督催，故此连个秀才没中，也没什么实业手艺，终日游手好闲，好在不同浮浪子弟一处□跑。这天饭后一个人出外闲游，走在旷野荒郊，迎面来了一个穿绿衣服的拦住去路，说："奉吾神召旨，请到祠中一叙。"昆生一听，不由好生的惊疑不止。

　　且说薛昆生这天走在郊外，见迎面来了一个人，身穿一件绿粗布的衣服，上面印着好些花点儿，头戴一顶官帽儿，足登青布快靴。昆生只以为是谁家娶媳妇，穿驾衣的灯夫鼓手呢，无如只是一个人，未免看着纳闷儿，可也不便问人家。

　　就见这个人冲定自己做了个揖，说："在下奉吾神诏旨，请贵客到祠中有要事面商。"昆生一听，摸不清是那里的事？夙不相识。再说，看这个人面貌生得凶恶，八成儿是请财神的，不如推脱开，俟等到家同父亲商议好了，那不再去哪。于是向这人说："学生今天衣帽不恭，请法官将神祠的地址示知，容我回家禀明家父，然后到祠中叩谒神圣，请示有所见谕。望法官先替我在神圣台前美言几句，不知法官肯为力否？"这人一听，立刻把嘴一撇过耳丫子③，说："我们是奉官差遣，盖不繇己，没别的，请您跟我辛苦一趟，见了我们官长④，把话说明，就没我的事咧。再说，我们长官的话，派我来的时候有谕，不准私自卖放。按您这套话，我们当小差使儿的可不好交待。依我说，薛先生不必费话多饶面儿⑤，你就乖乖儿的跟我走啵。"（这是《聊斋》吗？从前步营传被告儿的那套俗口，我写串了辙咧。）虽不能这们说，反正非让昆生立刻到祠不行。

---

① 鳏过儿：光棍儿。
② 上紧：加紧，抓紧。（《北京话词语》）
③ 耳丫子：耳朵。
④ 官长：长官。
⑤ 饶面儿：这里指向人请求但没有结果，白丢面子或白搭人情。

昆生无法，一想："他既然来请，大概不至有什么恶意，况且大丈夫只有向前，焉有退后之理？"（跟陈大官学的。）说："既是一定叫我去，就烦劳法官头前带路啵。"这人说："这不结咧吗，好朋友的话，不能让朋友为难（还是那套贫口）。"说完腆着胸脯①子，轧着桩儿，往前而行。昆生跟在后面，自己心里略微明白过点儿来，"一定是老蛙派了来的，少时见了面儿，他若硬要主婚，我给他个大题目，以'父母之命为重，不敢不告而娶'为词。老蛙既称神，决不能反对圣贤道理，只要当时推脱开，回家再同父亲商量好高着儿②再说就是了"，低着头这们想。

两个人一前一后都不交谈，一会儿转了两个湾儿，见远远一片竹林，隐隐约约的竹林后有些楼台殿阁。昆生心中纳闷儿，并没到过这个所在，见这人直奔竹林，中间是一股小道儿，回头对昆生说："请贵客从此穿过去，就是神祠的后角门儿，比走大道近便许多呢。"说着走了进去，昆生跟着也走进去，再一细辨认，才认出是一片苇塘，心里发起怵来（怕瞧见苇札子），故意煞③着步儿，又往后回头瞜④，别着往回路跑。这个带路的短腿儿一躬一躬的，比前走快了许多，昆生只好跟着快走。一会儿过了苇塘，见有一带青草池塘，顺池塘边儿绕着走了约有一箭之地，有一片红墙，当中有一座宫门，这人来到门外，说："此处已是神圣行宫傍门，贵客请先行吧。"昆生此时放了心（苇塘没出情形吗），再瞧这门户，真是"雕梁画阁双凤绕，亚赛天子九龙朝"（帮一个吧，老财主），朱户金钉。昆生走进门再一瞧，是三间偏殿，这人引自己上了丹墀⑤，堂帘高卷，当中坐着一位老叟，居然是年高有德的贵官模样。

且说薛昆生心中想着老蛙神不定怎么青脸红发，长得难看呢。及至一见面儿，好像一位七八十岁的老叟，生得慈眉善目，一脸的仁义道德（可不知一心的什么，大概总是国利民福喽）。自己同人论起乡谊来，也得说乡党莫如齿，何况他老人家又是齿德兼隆呢。（活着好好儿的，就给拟好了挽联文儿咧。）只得躬身施礼，跟着就磕大头。方要自通姓名，老头儿在座上冲着引路的法官说：

---

① 底本作"膜"。
② 高着儿：又作"高招儿"。（《北京话词语》）
③ 煞着步儿：控制脚步，缓缓地轻轻地行动。《北京土语辞典》）
④ 瞜：看。
⑤ 丹墀：宫殿的赤色地面或台阶。

"你快搀快搀,这路礼节是不适用敝国的,不要行跪拜之礼,不要行跪拜之礼,请坐请坐。"法官遵旨,将昆生搀起来。昆生这才偷眼一瞟,靠墙角儿有把椅子,自己不敢就座,还直挺挺的在面前站着。老蛙神用手一指,说:"赐座便坐。"昆生说:"老神有何见谕,晚生洗耳恭听,不敢僭坐。"老蛙神说:"话长,坐了好讲。"(《下河南》串到《拷平》上去咧。)昆生跑了半天的苇塘,腿也乏咧,恭敬不如从命,只好说声"谢座",坐在椅子上面。

方才要问不知吾神相召,有何法旨,就听有妇女声音,从围屏后面笑嘻嘻的过来,有探头儿瞧瞧的,也有挤在老蛙神身后瞧自己的。昆生看这些妇女,内中还没有什么不像人类的,就见老头儿冲着这些妇女们说:"你们到宫内说是薛郎到咧。"就听莺簧燕语的答应了一声"嘎"字儿(比"刷"音嫩点儿),有几个机灵丫鬟往后跑去。

此时昆生正要再问老蛙召见的缘故,不想老蛙下巴颏儿抖了两抖,喘成一团儿,喘完了哇的一声,吐了许多痰涎。昆生心说:"八成儿蛙神有痰喘的病根儿,这要是在北京城到观音寺华英大药房买匣乐山氏润肺止嗽化痰丸,服下去大概早好咧。"(这是薛昆生说的吗?我劝我们舍亲哪。)人家老人儿既是犯了陈病根儿,自己也只好□□儿的坐着(没使运动费,不便替人提倡告白),俟等老头儿喘够了再问啵。好容易□着他吐净了浊痰,又直着胸脯子打了两个噎嗝儿(噎嗝钱吞多了吗?),才缓过气儿来。就听围屏后面有脚步声音,透着上重下沉,大约许是天足①。

昆生往老头儿身后一看,有个六七十岁的老婆儿,生得慈眉善目,穿着一身诰命夫人②的衣服,手拄龙头拐杖,两傍有两个丫头搀扶着。另有一个丫头搀着一位姑娘,看年纪约在十六七岁,生得头儿是头儿(挠子是挠子),脚儿是脚儿(扫边③是扫边)。您要问我怎么体面,我没见过美貌的蛤蟆妞子,净跟疥小儿打连恋④来着,形容不出来。按照原文,"丽绝无俦"这四个字是蒲先生这们说,可是在薛昆生眼中看出来的,虽说情人儿眼里出西施,大概必够一眼(不像我走好了闹个双活儿)。

---

① 天足:大脚。相对于缠脚的小脚而言。
② 诰命夫人:有朝廷封号的贵妇。
③ 扫边:京剧传统剧目中非常不重要的配角,台词非常少,有名姓,但几乎不为观众注意。
④ 打连恋:言其相交亲密,经常在一起。(《北京土语辞典》)

昆生是少之时,血气未定,乍开知识的人儿,看见美人儿,焉有不动心的?登时直勾勾了双目往姑娘身上死钉,一句话都没有啦。就见老头儿用手一指这个姑娘,说:"这是小女十娘,在我想,与君可称佳耦①。君家尊乃以异类见拒,此百年事,父母止②主其半,是在君耳。"昆生听老蛙要提倡自由结婚,不由好生的欢悦。

　　且说薛昆生一见十娘生得艳丽,不由心中喜爱,又听老蛙神撰着文话说了个挺冠冕,昆生心说:"想不到这大年纪一点儿不顽固,提倡教我自由结婚,口中虽没说明教我起家庭革命,可是意在言外,是让我拿大主意。"(跟留胡子似的,外带还不用相面③。)无如这件事自己不好遽然点头,又舍不得推辞,正在默默无言为难之际,就听这位蛙老太太答了言儿咧,说:"老身早就知道薛郎是起心里愿意同咱做这门亲戚的,都是他家父母故意挑剔,这不是本人儿既是点头默许了吗?据我想,事不宜迟,迟则生变。既是破除迷信,千万也不必合婚择日,拘泥那些俗例。俗言说得好,'丁是丁,卯是卯',今儿个④日子就很好。"昆生以为要叫自己来个倒踏门儿⑤呢,谁想老太太跟着又说:"你回家禀明你的父母,就说咱们是爱亲做亲,我这里任什么不要你家的,要一定教你家讲什么样儿的彩轿花车,当时也办不了,你家也不用预备咧。你就赶紧回家,少时我打发花车,把姑娘给你送到家,你想好不好?"昆生一听,心说:"怪不得常听人言,'丈母娘疼女婿,无微不至'。"(那样薄情的丞相王允,太夫人还背着丈夫探望回寒窑去呢。)唐朝薛家门子的故事,昆生也⑥晓得,这一喜欢,也顾不得给丈人、丈母行礼道谢,赶紧答应了一个"诺"字儿,往外就走。又回头瞟了十娘一眼,见十娘低着头含着笑儿,也偷眼瞅着自己哪,彼此不能说"晚晌见"。

　　昆生已然出离殿门,也不等人喊送客,三步两步跑出这个角门,仍由旧路往自己家飞跑,心里是非常的高兴,越走越加快,转眼到了自己家门。刚进二门,见老夫妇正在堂中坐着呢,昆生上前施礼。薛翁说:"吾儿今日回来,为何

---

① 佳耦:佳偶。耦,同"偶"。
② 止:只。
③ 相面:算命,通过观察人的面相来推测人的凶吉祸福。
④ 今儿个:今天。
⑤ 倒踏门儿:倒插门儿。
⑥ 底本"也"下有"得"字。

甚迟？"昆生就把走在郊外遇着青蛙神使邀去的事，从头至尾述说了一遍。薛翁一听，连连跺脚，说："嗳呀，儿呀，你怎么就应许了这门亲事了呢？你赶紧再到神祠对蛙神去说，这门亲戚咱不敢高攀，请老神另许他姓吧。"昆生听父亲是极端反对，暗服丈母娘有先见之明，又回想十娘的神情姿态，真是绝世的美人儿，如果遵父命真去回覆这亲事，无论蛙神不肯退婚，自己也舍不得这样的美妻。听父亲说到此处，自己把头一低，坐在靠墙一张椅子上，一语不发。

薛翁看这情形，晓得儿子是受了蛙神的蛊惑咧，要闹家庭革命，一堵气子，把桌子一拍，说："昆生呀昆生，你不听父言，便为不孝。你要晓得我替你辞这门婚姻，正是疼爱你的意思，并非与我有什么不合式，你还不快去！"薛婆在一傍也答了言儿咧，说："昆生呀，不要惹你父亲生气，你总是顺者为孝。你再到神祠把话说明，如果蛙神万不肯通融的时节，那不再设法呢。"昆生坐在那儿，还是不肯起来。

正在这个当口儿，听街上"里呀、里呀"的嚷，马蹄儿声音很乱，到了门前停住，有两个丫鬟进来送信，说："新娘已在门外下车，请薛郎赶紧行亲迎之礼①。"

且说薛氏父子正然②捣乱的功夫，听外面进来人说已将新娘子送来咧，薛翁至此才明白，自己的孩子早同蛙神携手有密约咧，无怪他故意推诿不回覆去呢。

昆生听见人家把媳妇儿送上门来，心里别提多喜欢咧，顾不得等父母盼咐，站起来迎出屋门。刚下台阶儿，见有四个丫鬟前护后拥，把十娘搀扶进到院中了。屋中薛老夫妻从先以为蛙姑娘不定怎么夜叉似的哪，如今隔门一瞧，真是绝世美人儿，而且宫妆③打扮，分明九天仙女一般，自是也喜欢咧。

此时丫鬟将新娘子搀上台阶儿，昆生已进房门，后边两个丫鬟原有预备来的红毡子，铺在当地。有一个年岁大些的丫鬟，对薛媪说："神圣有谕，本当亲送姑娘前来，因潦草成礼，恐误吉期，故未能赶来。请先朝拜翁姑④，与薛郎成

---

① 亲迎之礼：古时婚礼"六礼"之一。夫亲新郎迎接新娘入室。
② 正然：正当，正在。
③ 宫妆：原指宫女的妆扮，这里泛指精细的梳妆。
④ 翁姑：公婆。

合卺①之礼,明日再来会亲②吧。"说着话,把红毡子铺好。昆生不用等人说话,转在上首就位。薛翁夫妇这一个喜欢,反是话说不出来咧,只好并肩坐在堂中。小夫妻行了个四双八拜③之礼,礼毕,丫鬟搀扶起来。那个大丫鬟笑嘻嘻的向薛媪说:"薛郎回来许久的功夫,大约喜房早收拾出来了吧。"薛媪经这一问,不大得劲儿④,说:"吾儿方才进门,还没商议妥用那屋做喜房呢,你们的车快,就到门了。我想这三间西房原是吾儿的书房,床榻也还都有,就用这房做喜房就是了。"丫鬟答应声"是",这才把十娘搀扶着出了上房,到了西屋一瞧,虽不甚华美,也还将就的过儿。

此时薛老夫妻把昆生叫到面前,说:"既是你自己做主意说来的妻室,我们也管不了咧,只盼你们和和气气,百年偕老才好。你到喜房,自己调动去就是咧。"昆生遵父母之言,到了西房,见十娘已将冠戴卸去,只穿便衣在床上坐着哪。四个丫鬟见薛郎进房,都上前叩头道喜。昆生说:"今天我可没预备赏封儿⑤,明天再补吧。"丫鬟们说:"不敢讨赏,我们的差使预备完咧,还得回去覆命去呢。姑老爷千万休怪,我等不能常川⑥伺候,天已不早,我们也要告辞咧。"昆生说:"这些事你问你家姑娘商议去,我是一概不干预的。"丫环一听,又跑到十娘耳边嘀⑦咕了几句,笑嘻嘻的出门而去,大概坐原来的车回去咧。

昆生见天色已然昏黑,忙着点上灯烛,然后又到上房一瞧,原来薛翁虽那们说,究竟还能所不管吗?容昆生出屋之后,老夫妻一商议,到了外面把做庄稼活的长工叫来,打发他到外面镇店上沽酒买菜。昆生进房,见长工已将鱼肉买来,昆生也很喜欢,父子又谈论会子神祠的景况,怎样的富丽。薛翁越听越后悔,自己从前不该回覆这门亲事。

此时薛媪率领长工、仆妇们把酒肉搬到厨下,胡乱做成,一会儿端在西房,做为给新夫妇摆团圆饭。新娘子落落大方,不用婆母周旋,用些酒饭,吃毕撤

---

① 合卺:指旧时婚礼中的一个仪式。把一瓢剖开为两个瓢,新婚夫妇各拿一瓢,斟酒以饮。
② 会亲:旧时结婚后男女双方互邀亲属见面的礼仪。
③ 四双八拜:旧时婚礼的仪式之一,四起八拜。
④ 不得劲儿:不好意思,难堪。《北京话词语》
⑤ 封儿:赏钱。
⑥ 常川:经常,连续不断。《辞海》
⑦ 嘀:啾*。

去残席。薛媪找出铺盖来,送到西房,替预备妥协,自己回归上房。

昆生十娘上床安寝,从此是琴瑟和谐。

且说薛昆生同十娘成了夫妻,拜了天地,入了洞房,吃了子孙饽饽①、长寿面,放下帐子睡了觉,可就没有事咧。(今天的《青蛙神》外饶②《玉玲珑》,不然怎么说本报这分儿《聊斋》比别人说的高哪?)昆生同蛙老妞□亲,怎么个滋味儿,我可没尝过。原文说琴瑟甚谐,按照乐器上说,琴瑟两□乐,齐鼓起来,宫商角徵羽五音是一样谐和③的。这路乐在下只听过鼓琴,并没听过鼓瑟,况且自己不知音,决不敢信口妄谈。就以现在胡琴、月琴做个比喻,反正二位得一个心理,一个工尺。假如拉胡琴的要拉大开门,弹月琴的不随着,台底下力笨听着都乱的慌。古之琴瑟,亦犹今之乐器,无怪场面收徒④弟都有限制喽。

闲话少说,还得说《聊斋》。

且说薛昆生从这一天起,小夫妻是非常的投缘对劲⑤。到了次日,老蛙神夫妇都来认亲,薛翁只好一味巴结。两亲家虽不班配⑥,既薛翁不以异类看待,蛙神也不能自居位大爵尊,于是时常来看女儿。来时与生人无异,惟所穿的衣服颜色可是时有更换。忽然穿件红袍来,过一两天薛家必有喜庆事;有一天穿了一件白袍来,昆生看着有些忌讳,到了晚间一问十娘,据说老蛙神穿白,主于咱家有财,过了几天果然也应验⑦了。

说书是无话则短,约莫过了小半年子,薛家从前是中等人家,有个几十亩地,有两处同人合伙的小买卖儿。从打⑧同蛙神做亲之后,田地打的粮食比从前多两三倍,薛家人口不多,吃不清的粜⑨出去换了钱,又多置几亩,买卖比每年也赚得钱多。薛翁夫妻是勤俭过日子的好手,并不旷为,所以家业是越积攒越多。

---

① 子孙饽饽:新媳妇儿过门儿后,婆家为她包的小饺子,象征早生贵子、多子多福。
② 饶:白送,白给。
③ 谐和:和谐。
④ 底本作"従"。
⑤ 投缘对劲:情投意合。(《北京土语辞典》)
⑥ 班配:般配。
⑦ 底本作"应也验"。
⑧ 从打:自从。
⑨ 粜:卖粮食。

这点儿书是原文中有的,不能不略为叙叙,但只一节,薛家自从十娘过门之后,也不晓什么缘故,满院中不断有大□蛤蟆,不但墙根屋角有,就连上房台阶门坎上都时常跳越。一到下过雨后半晌,合着声音一叫,真比捧坤角儿嗓音特别。薛老夫妻因关于儿妇的种族,不敢伤害一个,并且吩咐长工们出门入户的都要留神,出入时拿上根棍子,拄在手里,所为得轰①蛤蟆(可别打拉洋车的)。大家既信奉蛙神,又有主人吩咐,自然无不谨遵喽。惟独昆生这个人是个少年任性,性情有些浮躁,父亲虽也一样的嘱咐过,不可伤害青蛙,可惜不走心经②。有时喜欢了,满院、满屋一跳跶③,就给劲死几个。若是这天遇着点儿生气的事,满院一跳脚儿,更不定劲死多少。时常对人说:"我听人说前二年北京东直门外蛤蟆搬家,没想到搬到我家白住房来咧。"(康熙年的蛤蟆就搬家,并非民国这次才兴的。)他对人这样说,外人不敢答言儿。(怕替他得罪至亲。)

这且不言,再说,十娘为人虽是谦驯④,只是无缘无故的好生闷气,不知因什么,就鼓着肚子⑤撂脸子⑥。有时看见昆生这样轻视蛙命,免不掉生气说闲杂儿⑦,左不过"大小也是条性命咧"之语,昆生满不听提⑧。这一天夫妻因蛙反目,才闹成自由离婚。

这段书前九篇说的是蛙神强与人结婚,算是造因,从此已⑨后,都是结果。

昨天的书是承上启下的文字,在评书行的先生们调侃儿,这叫过沟。论正意是过钩,也可做"勾"字写,皆因先生们忌讳"钩"字,所以改用做"沟",就是由彼岸登此岸之意。每遇书说至这等段落,必不热闹,不过既有这路筋节⑩,而且内中应有⑪埋伏,后文的许多辞意说到这种地方,也都得略叙一叙。诸位记清楚了,往下咱好往热闹里敬献。

---

① 轰:掏*。
② 走心经:注意牢记。(《北京方言词典》)
③ 跳跶:跳跃。(《新编北京方言词典》)
④ 谦驯:谦虚善良。
⑤ 鼓肚子:生气时肚子鼓起来。
⑥ 撂脸子:给人冷脸。
⑦ 闲杂儿:乱七八糟的事,不相干的闲事。(《北京方言词典》)
⑧ 不听提:对别人的话不愿意接受,不肯入耳,甚至有反感。(《北京土语辞典》)
⑨ 底本作"己"。
⑩ 筋节:指关键之处。(《北京土语辞典》)
⑪ 底本作"有应"。

闲话少说,但说薛昆生从十娘过门之后,家业是一天比一天发达,总算沾了丈人的光儿喽。论理说,无论怎么样,从此后,坐车骑马至苇塘,都得下来走着,免得叔伯、丈人同伏地大小舅子挑眼。昆生是少年不知时务,既做了亲戚,又不懂拿蛙族当事。虽说女生外向,究竟心里未免不愿意,话言话语的说过几次,昆生满不听①。

这天十娘所恼咧,话语说的口沉②了点儿,昆生也有点儿肝火旺,把两眼一瞪,说:"你这话口儿我也听出来咧,大概你觉着你父母有祸害人的权柄,你要藉这权势拿捏你的男人。你也不打听打听,我薛昆生是个男子汉大丈夫,不怕蛤蟆。"俗话说,"打人莫打脸,骂人莫揭短",十娘是蛙,最恼人说这个"蛙"字儿。一听昆生说出"蛙"字儿来,立刻粉面含羞,桃腮带愧,说:"好你个没良心的小蛮子儿③,豆腐皮儿④。你也不想一想,自从我跟了你来,替你家田增粟,贾增价,亦复⑤不少。(那位说,怎么十娘撰上文咧?南方老文明,不懂白话儿。)从前你们一家子时常缺吃少穿,挨饥受冻(纸币折扣闹的),如今老老少少、大大小小都吃穿足咧,就好像那夜猫子似的,养得翅膀儿一硬,这就要想吃妈妈的眼睛咧。"昆生一听,心说:"这个小娘儿们,真敢硬顶撞男人,我信口说了一个'蛙'字儿,他把我比做鸮鸟⑥,这句我可不能饶⑦。"有心要揪头撸鬓打他一顿,又怕他运足丹田气,一喷水,自己就成了金蝉咧。(昆生要说《安良传》。)他家父母是上赶着我姓薛的来的,凤日翁婿情谊还不错,况且女子嫁夫,要讲从一而终。他如今敢辱骂我,便算犯了七出⑧之条,我就可以休他,拿离异一吓吓他,他已后也许就不敢咧。想到其间,嘿嘿儿的一冷笑,说:"你所说的是从你娘家带来的金银财宝,填还了我姓薛的咧。不是,你不知道,我姓薛的有个拧性脾气儿,从不贪这路外财,皆因咱们两个人过在一块儿了,才不能

---

① 满:完全。
② 口沉:也作"口重",说话语气、用词重。
③ 小蛮子儿:旧时对南方人的蔑称。
④ 豆腐皮儿:也说"豆皮子",对南方人的蔑称,特指江南人。
⑤ 亦复:也。
⑥ 鸮鸟:旧时有传说鸮鸟不孝,母哺翼成,啄母睛而去。比喻忘恩负义。
⑦ 饶:底本作"扰"。
⑧ 七出:古代社会丈夫可以因此而遗弃妻子的七种条款。语出《仪礼·丧服》,包括:无子、淫佚、不事舅姑、喈、盗窃、妒忌、恶疾。

算这笔清帐①。你说这都是你给我薛家增添的,自居有功,美的了不得,在我瞧着,很嫌肮脏。即便传留到后辈,外人也笑话是仗着媳妇娘家混起来的。话今天说到这儿咧,你如果嫌我家穷,你乘早儿打主意,要走只管走,要嫁只管嫁(这们个功夫,又唱上《教子》啦),我还是简直的不要你咧,文之武之②给我走之。"十娘听昆生说到此处,站起来气哼哼的鼓着肚子出了西房。昆生也没理他,只当奔上房告述翁姑去了呢,走了半天并没回头,才知果然是不辞而别回了娘家。

且说薛昆生与十娘吵闹了一场,这本是少年夫妻常有的事,以平等论,谁也不应胡说谁;以专制论,夫为妻纲。明事理的男子,自应有刑于之化的学术,不得信口揭短。至于女子出外从夫,虽应以顺为正,若是夫家以异种相待,也万难忍受,何况人家爸爸也是个能号召一方的大脚色呢,所以听了丈夫之言,闹了个不辞而别。

昆生到了晚半天③到上房一问,才晓得十娘没递辞表就下了野咧。此时薛老夫妻听见这件事,是非常的恐惧。薛翁把昆生唤到面前,说:"你这孩子也过于野蛮任性咧,对于媳妇一点儿事都不能容忍,这要有人摧残自由,你大概早拚命去咧。你也不晓得老蛙神最疼爱女儿,天下能福人的最能祸人,你乘早儿别等十娘到家,一片嘴两片舌④的说长道短,你赶紧前去陪个礼儿,同老丈人一抹稀泥⑤,大约和局准有成效。"昆生经父亲这样说,嘴里虽不反对,心说:"敢则父亲若大年纪,到底胆子小,凭他们蛙族还有多大的蹦儿⑥。"嘴里虽然应许着去陪罪,就是不肯动身。

一幌儿天黑,自己在西房安眠,一觉醒来,觉着脑浆子生疼,呕吐恶心起来(若是搁在北京这两天,一定是受了煤毒咧,谁让不买清远楼的解煤气香呢),口中哼哼起来。一会儿听上房母亲也哼咳不止,扎挣着到了上房一问,原来母

---

① 清帐:经过整理记录得非常详细的账目。
② 文之武之:满口都讲文治、武功的大道理。此处可理解为"说什么都没用,赶紧给我走人"。
③ 晚半天:下午。(《北京土语辞典》)
④ 一片嘴两片舌:挑拨是非。(《北京方言词谐音语理据研究》)
⑤ 抹稀泥:调节纠纷而不坚持原则,辨明是非,只求息事宁人,暂得一时之安,并未彻底解决问题。(《北京土语辞典》)
⑥ 蹦儿:用在"没多大蹦儿"或"能有多大蹦儿"里表示能力、作为。(《北京方言词典》)

亲也是一样头疼脑晕。自己仍到西房耗到天亮,心里是又气又闷,一堵气子,连早饭都没吃。

薛翁一瞧这个情形,想着必是亲翁降罪,拿他母子头疼,再劝昆生大概也是白说。虽说是孩子不识事务,自己同亲家翁有个不错,记得有辈古人廉颇,得罪了蔺相如,后来廉颇身背荆杖前去请罪,蔺相如并不计较,才成为刎颈交。我要学学这辈古人,我们亲家也许演出《完璧归赵》。(不皆因这出,还不至大砸吉祥园哪!)打定主意,也不便再同昆生商量,带上些钱,告述昆生上街给他母子买药去。来到柴草垛前,找了一根荆条,又在街上请了一束草香①,一个人儿穿着苇塘来到蛙神祠。用火点上香,把荆条往脊梁后一插,跪爬了半步,说:"亲家翁,大哥,大哥,你是我一个人儿亲哥哥。"(这是《聊斋》吗?我想起前二十年黄润甫的《丁甲山》来咧。)左右跪倒神祠祷告就是了,直跪了一股香,说了许多好话,然后又磕了一路头,把荆杖扔在祠中。

回到家内一询问,果然娘儿两个的病轻减②了好些,当晚略进饮食,次日居然大病痊愈。薛翁把昆生唤到上房,把自己负荆请罪的事对他述说了一遍,昆生从病好坐在自己房中,觉着孤孤单单、冷冷清清的,也有点儿想十娘,只是不好对父母说。如今父亲这样一说,自己只好信口答言,说:"总是③做儿子的性格不好,才连累母亲害病、父亲着急。"正说到这儿,又听门外汽车的声音呜呜的乱响,一会儿功夫,仍是那几名丫鬟把十娘送回,到了上房参拜翁姑,少时仍归西房。昆生也不敢追问往那方去了,(决计没找白云鹏),从此是欢好如初。

且说薛昆生见十娘回来,自己也不便再追问,十娘也做为是没呕气住了趟娘家,暗含着就算软化咧,从此欢好如初,一幌儿又是两三个月。

上文书说过,薛翁本是勤俭持家的人,十娘从一过门,除去每天按规矩到上房给翁姑请三次安之外,到了自己房中,是横草不捏,竖草不动④,梳洗打扮起来,就靠窗一坐(好在不许人爬窗儿瞧),怕是出入气息不均。至于自己的活

---

① 草香:烧香用的"香"中的一种,是草干后磨成粉做成的,比檀香的质量要差一些。
② 轻减:减轻。
③ 总是:全都是。
④ 横草不捏,竖草不动:也写作"横草不拿,竖草不捏",意思是任何事情不管,任何活儿不干。(《新编北京方言词典》)

计,按时有娘家打发人送来。

薛家洗做的活计从前是薛媪自行经理,及至十娘乍过门,薛媪以为人家姑娘养的娇,新来乍到的不便支使,所以昆生的衣履都是由母亲给操持,十娘不闻不问。这如今过门小一年了,薛媪上了几岁年纪,赶上也犯了肝郁。这一天又见昆生换下来的脏衣服堆积了好些,还得自己各儿①洗来,自己各儿浆,手拿棒棰泪汪汪(老太太唱上《光棍哭妻》咧),气哼哼的说:"咳,人家都盼着儿子娶了媳妇,好有人服事②伺候,不像我家儿子娶了媳妇,一家子的洗做还得做婆婆的张罗,那一样不伸手,那一样儿就搁车③。这们看起来,人家是媳妇伺候婆婆,我家是婆婆伺候媳妇。"一面说,一面咳声叹气,越说越声高。十娘恰巧正奔上房来,一进屋门儿听见婆母这套嫌话,立刻也火儿咧,说:"老太太,你老人家先少泛闲杂儿④,我们在家也学过做媳妇的规矩。按《礼记》上说,早晨应当问安,你们二位老人家吃饭,应该在一傍伺候着斟酒、布菜,到了晚间伺候婆母安歇睡觉,这都是做儿媳的规矩。据我想,敢说样样儿没落过场⑤。所差的就是,没从我娘家带了钱来,雇三个丫鬟、两个婆子替你薛家门儿做活就是咧。"说完一扭头,又回自己房中去了。

薛媪一想,媳妇的话并非强词夺理,凭自家现在的身分,也颇可雇个女仆的了。无奈老当家的不肯出这笔账,自己一句话惹得儿媳甩了一套嫌话,闹得自己回不过脖儿⑥来,登时眼眶子一酸,掉下几滴眼泪。想起方才的话,是越想越伤心,越听越恸情,(老太太一哭,把老排底的荡湖船都翻拾出来咧)。虽没长号、短号儿的探丧,抽抽搭搭的哭了个挺恸,一面哭,一面还得把应洗的照旧洗做。

正在这个当儿⑦,昆生从外面走进上房,见母亲这们伤心,不知什么缘故,连忙问说:"老娘,你与何人执气?"老太太经儿子这一问,把活计放下,叫声:

---

① 自己各儿:自己。
② 服事:服侍。
③ 搁车:比喻停下来不再进行。(《新编北京方言词典》)
④ 泛闲杂儿:说无用的、抱怨的话。
⑤ 落场:这里指礼节上做得有欠缺之处。
⑥ 回不过脖儿:言其僵持住,不好意思认错儿,改口。(《北京土语辞典》)
⑦ 当儿:时候。(《北京土语辞典》)

"昆生吾儿,你,你,你,你且听了。"(老娘儿两个唱上《杀狗劝妻》咧。)于是就把方才自己所说的话,同十娘顶撞的话,从头至尾述说了一遍,说完又叫着昆生说:"为娘的虽然告述于你,你可不要与他执气。"(还是那一出。)昆生听到这里,又犯了旧脾气,气哼哼的进了西房,往椅子上一坐,说:"十娘走来,十娘走来。"恰赶上十娘正从中厕走回,说:"呦,谁这们十娘长十娘短的,待我看来。"(一家子串定了这一出咧。)进屋一瞧,昆生坐在椅子上喘气(成了蛤蟆崽子了),赶上前一问,小夫妻又因此反目,昆生才有个二休十娘。

且说薛昆生因为十娘用话顶撞母亲直哭,自己天性攸关,焉能不生气?如果十娘认个错儿,再到上房给婆母陪个礼儿也就完了事咧。究竟人家娘家有势力的姑娘,性情①骄纵,被丈夫一数说②,自己说的话比丈夫还强硬。

昆生越发上了气,说:"娶妻本为承欢膝下,孝顺双亲的,若是不能替丈夫尽孝,这样媳妇简直的可以没有,你别当我是卖铁蚕豆的哪。(那位说,这又是那儿的典故呀?'铁蚕豆,大把抓,娶了媳妇不要妈。'这件事想必卖铁蚕豆村里的真事,不然怎么编成童曲了呢?)像你这不孝翁姑的妇道,也在七出之条以内,尽多③你无非回娘家,搬运你们蛙兵蛙将去,你就把蛙老总儿蛊惑的□我反对,有什么飞灾横祸,我薛昆生是一概不理会这些个。当年曾子因蒸梨出妻,我薛昆生也要学学这辈古人。"十娘一听昆生拉上典咧,不用等他再说话,一堵气子走出房去,直奔街门。上房没有看见昆生在气头儿上,也不能追他。简短截说,又走下去咧。

到了晚晌,薛翁回到家,听昆生把话学说了一遍。孩子既是讲三纲五常(不怕打,可就怕咬),心中有些害怕,当时也不能怪儿子的不是。到了夜间,背地里懊怨老伴儿,不该泛婆婆车儿的脾气。只好过一半天,容小夫妻都消消气儿,再设法给疏通啵。这是薛老夫妻的私话,昆生并不知晓。

次日午后,昆生父子都出门有事去了,薛翁出村走了不远儿,忽听村中人声喧嚷,烟气冲天,回头一瞧,原来是村中失火,自己连忙往回路跑。进了村子,就看见正是自己的家中失火,一路飞跑到家。进院一瞧,是从厨房中柴灶

---

① 底本作"精"。
② 数说:责备,责骂。
③ 尽多:最多。

扑出火星儿,引着窗户,恰赶上一阵东南风,连上房东间儿的房檐已然勾着咧。

薛老婆儿站在当院急得跺脚恸哭,薛翁一瞧也无计可施,几个长工都在地里做活呢,听见信忙赶回来。本村近邻多是种庄稼的住户,半天晌午不能在家,只有些老人小孩子,又没有消防器具,只好白看着。俗说"水火无情",转眼间三间上房、三间厨房,俱都烧净,只有三间西房幸尔没连上。此时昆生也回到家中,见父母无恙,略微放了心。

本村邻居赶回来,帮助薛家做活的挑水,泼灭烧剩下的木架儿,直闹了一夜,次日天明院中才没有烟火啦。长工们往出刨烧毁的物件,除铜铁物件剩有一半,其余木器、桌椅、床榻是一样儿没剩,老爷儿三位只好都暂住西房。薛媪口中直念佛,嘱咐昆生赶紧上火神庙给火神爷烧香去。(烧完道乏①,当初不知什么人兴的。)薛翁对昆生说:"你不必给火神爷烧香,这场火灾大约是你老丈人放的,不然怎么单单把你住的房子一点儿没伤耗呢?依我劝,你赶紧请上香烛,照我那一天似的,也学一回负荆请罪,苦苦的把十娘央求回来,从此咱家才能过安静日子呢。"昆生听父亲之言,立刻出门,并没请香,直奔蛙神祠去骂蛙老丈人,可不知有何飞灾横祸。

且说薛昆生听父亲吩咐自己到蛙神祠前去陪罪,嘴里不敢说老爷子迷信,心中颇不以为然,顺口答应着出了家门,来到神祠。

上文书说过,蛙神祠原是没僧没道的小庙儿,也没人照管。昆生到了祠堂门口儿,一上台阶儿,想起从前请我来的时候,蛙老丈人不是用什么邪术变化的宫殿,才把自己朦住,如今凭这们一个小房子儿,木雕泥塑的偶像,还能有什么多大的能力吗?家中失火,总是自己不小心,凭他焉敢信意②烧人家宅呢?想到其间,这气不打一处来,七孔冒火(昆生成了火判儿咧),用手一指偶像,说:"好你个老丈人,养活女儿,嫁了人不懂得三层大,两层小,连公公婆婆不懂得尊敬,已经可恼。你还听信你女儿一片嘴两片舌的话护犊子,你能自以为神道设教能感化人哪!我姓薛的听古人说,'神道至公',就当以公理为重,不应有私心,不能不讲夫为妻纲,焉有神圣教导人怕女人的哪(也许蛙神中了土地老儿的毒咧)?再者说,同你女孩儿打架辩嘴,都是我姓薛的一个人儿做的事。

---

① 道乏:口头或宴请,向为自己辛劳的人致意,或向亲友、客人致意。(《北京话词语》)

② 信意:任意,由着性儿。(《新编北京方言词典》)

俗言说,'好汉做事好汉当,休要连累二爹娘'(唱上《宝莲①灯》咧),与我父母无干。你有什么法子只管使去,就是刀山油锅碓捣磨研,尽管朝我来(把蛙神祠当了阎王殿了),我要绉绉眉头子,不是平辽王的嫡亲后代(昆生巴结唐朝的世职哪)。"冲着偶像数骂了半天,也没见怎么样(蛙神同脏官一样的不怕骂),也没人劝劝。

昆生一回头,见祠堂外堆着几捆柴草,是本村人存的。昆生也不用同本家儿商量,下了台阶儿,抱过两捆来,说:"你不用忙,我今天也烧你,听听烧蛤蟆叫唤是什么声儿。烧你个少皮没毛的,咱们算两没事。"说着又抱柴草,一想:"没带火种儿,可怎么点哪?"昆生在祠中这们闹。

书中代表,恰巧邻村来了一位还香愿的,刚走到庙后头,就听昆生说什么刀山油锅的话哪,心说:"谁跑在这儿唱《大十万金》来咧?"(烧香的是个戏迷。)及至看见,却认识是昆生。昆生是蛙神的姑爷,这件事近村都有个耳闻,先都不信,后来见薛家门口儿时常有马车、汽车,这才传扬动咧。"今天听这词儿,是翁婿犯了心②,女婿要拆丈人的窝,可不能不出头当个说和人。日后人家还是亲戚,自己托托姑老爷的人情,也好得点儿便宜。"正想至此处,见薛爷堆完柴草,又进村来寻觅火种,这位可绷不住③咧,跑过来扯住昆生说:"薛姑老爷,你这是怎么咧?莫非你疯了么?杀人放火岂是丈夫所为?断断的使不得。"(了事④带过戏瘾。)昆生一瞧并不相识,见他过来拦自己,气哼哼的说:"你既拦我,想必你是蛤蟆精喽。我说蛤蟆精,好你个小舅子的,我先摔出你的蟾酥来吧。"这个人一听,说:"姓薛的,我是人。"昆生说:"你必是蛤蟆精的余党喽。"这人说:"我是烧香的,你不晓得此庙神道至灵,你不可胡来。"昆生说:"休要管俺的闲事,闪开了。"(昆生也卯⑤在这出上去咧。)二人这一捣乱,惊动近村的居民,全都赶来拦住昆生。

这段书开篇儿就把江汉信蛙神的事叙说出来,因蒲柳泉是山东人,恐怕北省人不晓得,人人不信有这种事,故此先叙后说事故。其实这路迷信是各处习

---

① 底本作"连"。
② 犯心:闹别扭,闹意见。(《新编北京方言词典》)
③ 绷不住:忍不住,等不及,坚持不住。(《北京话词语》)
④ 了事:劝解,调解矛盾、纠纷。
⑤ 底本作"柳"。

惯不同,非文化日进打不破,如早年印度有拜蛇、拜象、拜火的习俗,而今才渐归消灭了。北京前些年盛兴四大门,自经庚子之后,才渐渐信服的人少咧。您如果到山村儿,还不断有这路信仰的人,但以本文书说既是该处有这个祠庙,自是信的人多嘍。

今天薛昆生堆柴草要烧神祠,大家焉肯容他点火,所以都过来拦阻。内中有同昆生相熟的,把他让到家中,问问他同蛙神呕气的缘故,又说了许多开导解劝的话,然后有三四位人出头,把昆生送回家去,昆生也只好气忿忿的同众人回家。送的人到薛家,把薛翁请出来,说说薛昆生这种举动,嘱咐老薛千万多留神,少让他再出门胡闹去。薛翁一听,吓的了不得,谢过众人,然后把昆生叫到面前说:"我命你前去陪罪,谁教你拆庙去咧!倘或神圣怪罪,只怕还抢咱们个一家儿净呢。(老薛拿蛙神当了老抢儿①咧。)"昆生告诉父亲不必害怕,"勿论怎么说,孩儿是他家的门婿,大略总得顾点儿亲情。"老薛说:"但愿无事才好。"口中这样说,心里总捏着把汗儿,父子三人在西房用毕晚饭,安歇睡觉,一夜并没什么凶险。

次日天光一亮,老薛先起身下床,刚出屋门,听街门外头有大车停住的声音,又有好些人说话,不由纳闷儿。刚要出门探询,长工早跑进来说:"回禀老当家的,木料、砖瓦灰都运到咧,瓦木匠也在门口儿等着哪。"老薛一听,说:"咱家房子虽然得修,只是一时办不到,所以还没商议到这一节,莫非少当家的昨天在外面把活包给木厂子了么?"连忙进房,唤醒昆生一问,昆生是一字不知。

父子同到门口儿一瞧,有近村儿几位首户②带着许多匠人,同薛家父子有相熟的,也有不认识的。薛翁一问,大家齐说:"昨夜三更偶得一梦,梦见老神把自己叫到祠中,说:'薛家房舍被焚,派你们几家有木料的出木料,有砖瓦的出砖瓦,所有工匠夫役饭食工钱,你们大家分摊,不许要薛家的分文。还得多召集匠役,立刻清作动土开工,限十天内要报齐。'如果不遵神谕,把我等家中烧个片瓦无存,人口死亡大半。及至醒来,是一场大梦。神圣的话焉敢不遵?所以天光没亮,大家找大家一问,果然是梦梦相同。故此,不敢耽搁,赶紧有料

---

① 老抢儿:抢匪。(《新编北京方言词典》)
② 首户:这里指村里最富有的人家。

的套车运料，招工的上集叫人。我们是奉神谕派来的，薛先生，您净擎①着住新房子吧。可有一节，您府上的下人们敬小费我们可不应酬，不是别的，皆因老神说咧，必须工坚料实，十成到工。我们这是遵谕孝敬的活，就请您多包涵点儿赏收吧。"薛翁一听连连摆手说："多蒙众位费心，但是无故的劳动大家助工，又破费钱钞，愚父子何敢领受？"昆生也答了言儿咧，说："好一个不通情理的蛙老丈人，他派手下余党烧了我的家宅，如何勒派乡亲代为抚恤赔偿？"

且说薛昆生听来的大众说是受蛙大人分派给自己家盖房来咧，连忙说："这件事不敢劳动诸位破财受累，既是他烧的，焉有苛派各村赔修之理，断断使不得。"大家说："薛姑爷你就不必推辞咧，我们若是不遵神言，当时就有灾祸。你们老爷儿两个还得开恩赏收，只当积德行好。"说着话就做了个大揖。薛翁一瞧众人都是实意儿候②，赶紧答礼，对众人说："这到教愚父子却之不恭，受之有愧了。"又嘱咐昆生不可执拗，昆生也只好向众人道了谢。

此时运料的卸料，做工的进门清作，把烧残的木料运开，剩下没坏的砖瓦也都放在一边，立刻刨槽打夯，没画做法样子，照原式修理，全凭薛翁父子一句话，薛翁也不能混开单子。俗言说："人多好做活。"简断截说，刚到一星期居然盖好。这话可透点儿玄虚，无如原文上就是"不数日第舍一新"，要较真理儿，盖六间房至快也得过二十天，蒲先生是信笔写的，咱们也不便摘这毛儿③，反正极力描写本处的人，被老蛙夙日给朦背④了就是咧。

闲话少说，这天房子盖好，又来了些人抬着桌椅、板凳、厨房的傢伙，至到马杓⑤、筷笼子都给预备到咧。薛翁一问众人，说也是遵蛙神之谕给科派⑥的，只好收下。送物件的人给安排好了，说是"再缺什么，您只管言语"。薛翁给大家道过谢，这些人连茶水不扰，各自回去。昆生各处一瞧，说："这到不错，真是焕然一新喽。看这举动，大概十娘必有回来的一天。"方才想到此处，就听街门外头呜呜儿的声响，一会儿十娘从外面走进来，又有几个丫鬟、婆子提着包袱

---

① 净擎：什么都不用做，某事或某种结果自然会发生。
② 实意儿候：诚心诚意地等待、接受。(《北京土语辞典》)
③ 摘毛儿：挑毛病，有点儿吹毛求疵。
④ 朦背：蒙蔽。
⑤ 马杓：马勺。形状像马蹄的木质的大饭勺。
⑥ 科派：摊派。

一齐进了上房。十娘冲着薛媪说:"前次儿媳说话莽撞,婆母千万不要生气,务乞高抬贵手,饶儿性命。"说着话,跪倒行礼。薛媪一瞧儿媳这分和蔼,又有许多包袱,赶紧过来就搀,说:"呦,什么饶命不饶命的,一个婆婆不咧。骂咧就骂咧,打咧就打咧,只当打傻小子哪。"(这是薛媪吗?母老虎。)把个薛老夫妻喜欢的不知什么好咧,还怕昆生再得理不让人。此时昆生在傍站着,气也消咧,只不过不能赶着十娘说话。

十娘给公婆磕完头,站起香躯,一转脸儿冲定昆生噗哧儿的一笑,昆生不由得也陪着一笑。老夫妇一瞧,敢则不用人疏通,这二位已然和局告成,从心里也是高兴。薛翁也哈哈大笑,薛媪点着头儿说:"这便才是做儿媳的道理,你来到家中许久,到你房中休息休息去吧。"十娘答应。

这些婆子、丫鬟乘十娘见礼①的功夫,早把带来的包袱打开,里面有给老夫妇定做的新衣服。"这是十娘拿出体己银子给公婆做的,不在赔款数内。"婆子们把话回明,薛媪更别提多喜欢咧,连忙对十娘说:"这到生受②你了。"婆子、丫鬟把衣包交代③明白,告辞而去。

十娘到了西房,仍然照旧靠窗静坐,到了晚间,与昆生是言笑如初,都做为没这件事。俗说"久别胜似新婚",大概蛙族也不能独异,从此十娘性情比从前越发温和。一幌儿就是二年,谁知又生出一场是非。

且说十娘此次回到薛家,脾气比从前温柔了许多,一则因为大了两岁,二来必是在娘家受了父母的教训了,并没敢同婆母、丈夫犟④嘴。薛家爷儿三个也不能因为媳妇好说话儿,虐待人家,故此一幌儿二年,总没抬杠辩嘴。

十娘平日胆子最大,就有一个毛病,天生的怕长虫⑤。南省地方到处是蛇,十娘所以出门爱坐汽车,为是跑得快,省得被蛇钻咧。昆生虽是年已二十岁了,仍是孩子性质,无事出外闲跑去。这天走在苇地里,看见一条小长虫,心中一动,说:"有咧,我们那一口子,他不是说怕蛇吗,我索兴吓唬吓唬他。"想到其间,一伸手把这条小长虫提溜在手中,用条手巾一兜,跑回家中,直奔西屋。

---

① 见礼:泛指行见面礼。
② 生受:没有回报地接受他人的馈赠。
③ 底本作"带"。
④ 犟:倔*。
⑤ 长虫:俗称蛇。

偏巧十娘没在房中，一瞧，靠窗台儿上有个盛首饰的楠木匣子，昆生打开一瞧，敢则是个空的。赶紧打开手巾，把这条蛇放在匣内，另放在一个地方儿，做为是自己买来的。

到了午后，小夫妻坐着闲说话儿，左不是这个月的纸币虽说涨了几枚铜元，可是两张零几十枚铜子儿的马甲钱粮①，又往后推了好几天。（那位说，这是薛昆生说的吗？又想起我的心腹事来咧。）小夫妻闲说话儿，猛孤丁②的昆生说："嘿，大奶奶，你瞧我昨天打牌赢③了几千块现洋，走在金珠店门口儿，看见有珍珠镶嵌的珠花，制造的很精巧，我给你买了两只，你要戴出去，岂不是我姓薛的脸面吗？"十娘说："你别涮④我咧，你多早晚舍得花钱往我身上添补东西，你不定是买下要送谁的哪？"昆生说："我真是给你买的，不⑤信你瞧，那不是桌子上那个匣子盛着哪吗？"十娘信以为真，一伸手把匣子取过来，一抽匣盖儿，长虫是野物，在匣中放了半天儿，闷的要死，如今一着风儿，抬起头来，吐出舌头。十娘一⑥瞧，登时颜色更变，把匣子撒手，匣子往地上一折，长虫磕到地上，乘势一钻，早跑到床底下去咧。

十娘略定了定神儿，说："我说你们这小白脸儿没好心眼儿不是，你这简直的是要我的命呕。"昆生一笑儿，说："我买的是上好珠花，没想到刚到你手，就现露原形，想必你没戴珠花的福命。"十娘说："你这话分明嫌⑦我，要说我没戴珠花的命，据我瞧，你们薛府上从根儿⑧就没见识过。"昆生说："你这话是嫌我们家穷呀，穷虽穷，到底我们是贵族（还是自居唐朝的那个老碴儿）。不像你，无论怎么说，也是草野出身。"十娘一听，今天昆生是又要找寻⑨自己，气哼哼的站将起来，说："这次我也看出光景来咧，我不用等你往□轰我，你乘早儿找

---

① 马甲钱粮：钱粮即旗人当兵后的粮饷，可分为六类，数额不等。第一类，领催钱粮（五两），第二类候补领催钱粮（四两），第三类护军钱粮（四两），第四类马甲钱粮（三两），第五类二步钱粮（二两），第六类养育兵钱粮（一两五钱）。
② 猛孤丁：突然。（《北京土语辞典》）
③ 底本作"嬴"。
④ 涮：开涮，开玩笑或耍弄他人。
⑤ 底本无"不"字，据文义补。
⑥ 底本无"一"字，据文义补。
⑦ 底本作"赚"。
⑧ 从根儿：根本。
⑨ 找寻：找碴儿；故意挑毛病。（《北京土语辞典》）

你们门当户对的,另说去吧,我可跟你告辞咧。"说着站起身来,一甩袖子直奔二门而去。

小夫妻在房中辩嘴,越说越声音高。恰巧薛翁在上房听见了,赶紧把昆生叫到上房一问,昆生把这件事述说了一遍,薛翁听到十娘告辞的话,又气又怕,抓起拐杖来,照定昆生搂头便打。

且说薛昆生无端弄了条蛇吓嚇十娘,在昆生想着是不要紧的小事,殊不知这路闹着玩儿的事是最使不得的。因为人在社会,无论对于什么人,断不可故犯人家的忌讳,至于某人心中怕那一种物品,更得切记莫犯。皆因各人胆量心理不一,别以为不要紧的物品,若某人有何心病,真能因此要命。按之刑律,谓之戏杀、过失杀,虽不能抵偿,也当科以军流之罪。

本文这个薛昆生同十娘是恩爱夫妻,偏要故犯所忌,所以十娘寒心不辞而别。及至薛翁听说是为这件事,又怕又生气,拄着拐杖照着昆生,就是一下子。昆生也不敢辩白,连忙跪下,说:"父亲请少息雷霆之怒,孩儿知罪,下次不敢就是了。"薛翁说:"你还不与我起去。"昆生谢过父亲站立一傍,薛翁有心命昆生到神祠前去请罪,又怕他到在祠中不定再胡说什么,只好自己亲自去上一趟啵。气哼哼的站起来,出了家门,到了神祠,烧了股草香,祷告了几句,返回家中,幸而没什么意外飞灾,也没什么异兆。

一幌儿过了一年多,昆生一个人独宿西房,日子一长,可就想起从前十娘与自己本是恩爱夫妻,不该犯其所忌。既是他自行告辞,大约非自己前去谢罪,恐怕难以挽回。有心亲去陪礼,又怕有人笑话,连父母也没回禀,偷偷儿的到了蛙神祠,先给老丈人磕头,然后又哀告十娘,千万别在娘家久住,早些回家来吧。

祷告完毕,回转家门,仍是没对外人提说。每天坐在房中,净听门外车响。一幌儿十几天是杳无音信,心说:"莫非我那十娘上外洋游历去了么?那可等返国后再说吧。"自己心中愁闷,只好仍旧是出外闲游散闷。这天遇着一个相识的朋友,说他有一家亲戚姓袁,是河北袁氏之后,上□间做了一梦,梦见蛙神示梦,愿将十娘许配袁大少为妻。这个老袁从先很羡慕薛翁①有了这门子蛙亲家,田增粟,贾增价,房舍被灾真就有替赔修的。自己的孩子要有这样俏事,

---

① 底本"翁"下有"从"字。

何愁不成个富翁？只是不知薛家当日怎么运动成的这门亲事,又不知蛙神还有儿女没有。这天忽然得此梦兆,心中一喜欢,哈哈一乐就醒咧。赶紧起身,把孩子叫醒,对他说明。次日天光一亮,父子爷儿两个斋戒沐浴,备上香烛纸马,另有两匹彩缎、一桌酒席,亲自带着袁少到蛙神祠去谢栽培。

到了祠中,姓袁的怎么狗苟蝇营,咱们不必细表。父子上完供,把彩缎做为定礼,回转家门,从此见了亲友邻居,张口就自称是蛙神亲家,"你们谁若不尊敬我们爷儿们,将来一句话,能叫你家败人亡,死无葬身之地"。他自己一吹嘘,亲友是半信半疑。昆生这位朋友这天把话对昆生一提说,昆生碍着朋友面子,只好说:"十娘是被我休弃的妻室,他父亲另许他家,这也是事理之常,与小弟并不相干。"说完各自分手。昆生往回路走,又想十娘的美貌,又恨他寡情,一狠心,说:"他既再醮①,我何不另娶一房？"

且说薛昆生听朋友传说十娘改嫁袁家,已经纳过彩礼,不日就要迎娶过门咧,自己也只好死心塌地啵。到了家把这话对父亲说明,自己也要张罗续娶一房。

薛翁年过半百,抱孙心切,皆因十娘这个原故②,不敢提说这话,今天听儿子之言,正合心意,于是到处托亲求友,给昆生张罗续弦。亲友先还都不敢给为媒,怕蛙姑奶奶派降罪,后来听袁家夸张的话,才有敢给薛家说媒的。

早先南省乡风多是自幼结亲,昆生已然二十多咧,又不肯娶再醮寡妇,即便有年岁相当的坐嫁女儿,多是望门寡,或貌丑没人肯要的。说了几家,昆生一偷相,全不合心,从此就更想十娘喽,有心再去祷告,怕是不能灵应。

踌躇了几天,这天忽然想起一个主意,莫如自己悄悄儿的到袁家村打听打听,真有这件事没有。主意已定,也不便禀知薛翁,自己做为闲游,到了袁家村,问询到这一家。刚到家门口儿,就见人家把门楼儿提浆刷色,新油的两扇绿油儿的街门（所为跟新亲翁对颜色儿）。门口儿有几个瓦匠,还赶着墁地③哪,站在街上往院中一瞧,真是整旧如新。

又同本村的人一打听,敢则袁家没处通信,只好预备齐毕,净等蛙神把十

---

① 再醮:古代婚礼中父母给子女酌酒的仪式称"醮","再醮"即再娶或再嫁。
② 原故:原因,缘故。
③ 墁地:用砖、石铺的地面。（《新编北京方言词典》）

娘给送来呢。昆生一瞧这个情形，是又惭愧又后悔，垂头丧气的只可回家啵。到了家中，顾不得进上房给父母问安去，直奔西房。到了房中，睹物怀人，看见那一样儿，就想起当日十娘怎么样儿的神情姿态，立刻眼泪就在眼圈儿中乱转，躺在床上用被子一蒙头，呆獃獃的睡去。

到了晚晌，薛媪打发人叫昆生吃饭，昆生说是不饿，到了第二天，更懒怠起床。薛老夫妇只是这们一位少爷，焉有不疼的？老夫妻全都跑到西房。薛翁说："吾儿你是怎么了？"昆生上气不接下气的哼哼着说："吾么，吾是病了哦。"薛媪说："吾儿，你得的是何病症？"昆生说："我得的是单思病。"薛媪说："只听人说有相①思病，什么叫做单思病？"昆生说："我想十娘，十娘不想我，故此是单思病。"（病到这个样儿，那块肺，还一个人儿串唱《打樱桃》哪。）薛翁看着儿子焦心，说："从前是你任性，得罪十娘，幸而神圣不曾怪罪我家，已是万分之幸了。如今十娘既然巴结上四世三公的后裔，有如泼水难收，你只可自己想开着点儿吧。古人说'妻子如衣服，大丈夫患不自立，何患无妻'。"（老薛所跟《三国》典扎上不散了。）昆生说："话虽如此，孩儿自听见十娘有再嫁之信，不知怎么，眠思梦想，大略性命有些难保了。"薛翁说："吾儿你看，春风多厉，强饭为佳。（又扯到《续西厢》上去啊。）你年轻轻的人儿，必须多进饮食，想什么好吃的，你尽管言语，我急速派人给你买来。"薛媪说："待为娘下厨房，亲自与你去做。"（那位说，这是那一出哇？小莲花的《东游》吗？）昆生摇着脑袋说："不见我那十娘，我是一口也不用的。"老夫妻急的干跺脚。

昆生的病次日越觉沉重，竟自卧床不起。忽然有人按了一把，抬头一看，原来正是十娘。

这段儿书虽然托言蛙神，其实纯乎言情，所说的又确合夫妻爱情，与别种小说专以男女私欲的玩艺儿迥乎不同，敢说笔法真高。据我瞧，比上《西唐传》上薛丁山三休樊梨花②有过之无不及，只是苦于不易加哏、斗趣儿，急得我把

---

① 底本作"想"。
② 薛丁山三休樊梨花：樊梨花与薛丁山订婚，其父樊洪怒斥其私订终身，并持剑欲杀，却失足误触剑锋而死。薛丁山误以为樊梨花有心杀父，休弃之；后来，薛丁山陷烈焰阵，梨花救了他，但薛丁山再休之。樊梨花后来收薛应龙为义子，救薛丁山，薛丁山疑而三次休之。后薛丁山兵败，不得已再求助于樊梨花，梨花诈死，薛丁山终于悔悟，夫妻合好。

从前所有记得的书套子、戏词儿，全都大把儿抓着，当了饶头①咧。诸位若是还不爱瞧，那我只可给您另换一位敬献吧。那位说："你说了半篇子的废话，到底十娘是做什么来了哇？"我这段书说到这点儿，是"卖黄土②的捡肚带③——有了盼儿咧"。今年的冬冷快熬出来咧，又替薛昆生一喜欢，张嘴聊上没完，把书扣子④忘咧。咱们闲言少叙，赶紧接着说这末本团场子。

且说薛昆生病势垂危，净擎一死，也顾不得父母年迈了。老夫妻求神问卜，也是无效。过了两天，这天昆生躺在床上正然发昏，觉着有人按了自己一把，抬起头睁眼一看，敢则正是十娘，就见他笑嘻嘻的说："你好个大丈夫呀，你累次要跟我们离婚，如今怎么成了这个样子咧？"昆生听到此处，怕是做梦，赶紧揉揉眼睛仔细再瞧，果是十娘，立刻心里一痛快，爬起来一把手拉住十娘说："嗳哟，你可从哪儿来呀？你既来咧，从今以后我可不放你再走咧。从前的事千错万错，都是我一个人儿不是，你要再有气，我可就要给你磕头咧。"

十娘看见昆生情形出于至诚，心中一酸，反到要哭，强忍住眼泪，长叹了一口气，说："以你这个轻薄没良心的汉子待我的这分儿寡情无礼，本当谨遵父命另嫁他人，况且人家姓袁的是亲自送去的彩礼，比当日你们薛家门子懂交情。无奈据我的顽固见解，想咱两个总是结发的恩情，究竟舍不得撇了你，所以袁家意在速成，屡次到祠中祷告我的父亲。我父亲几次劝我速嫁他家，我故意推托装病，一直挨到今天，是十分推不过去咧（好像我的节账母的），这才定准是今晚成亲。从前天我就晓得你悔过想我，打算辞退袁家，还与你成为和好的夫妻，把这件事对我父亲一说，谁想老人家一听，气得不但鼓肚子，连腮帮子都鼓起来咧，说：'你这无端反汗的事，只是你们妇女做得出来，我既以神道自居，有保佑一方之责，实不能这样的出乎反乎⑤。你要是想打退袁家再归薛郎，只好随你自己办去就是。'我听到这里，总算是父亲有了许我自由的活动口话儿了，于是

---

① 饶头：另外添加的，额外的。（《北京话词语》）
② 卖黄土的：把黄土卖给老北京住户修理房屋、摇煤球等的小贩。卖黄土的小贩从距离北京城十里外的郊区的黄土坑挖黄土，装在筐子里，用独轮车运到城里，沿街叫卖。
③ 肚带：围绕马骡等的肚子，把鞍子等紧系在背上的皮带。
④ 扣子：说评书时，说到故事发展的关键之处，突然停住，留下悬念，使人产生愿意听下去的愿望。（《北京话词语》）
⑤ 出乎反乎：出尔反尔。

不用派人，我亲自拿上彩礼，送到袁家。进门恰巧没人，把缎子给他们放在堂屋桌案之上，我就回祠而去，又在父亲面前禀明上你家来。我父亲还是余怒不息，一面追着送我，一面说：'傻丫头，你不听我的好话，从今已后，你再受薛家什么样儿的虐待，就是受死，可也别来告述我来咧。'这是我来的时候儿的真情实话。"

昆生说："从今已后，我要再说你一句，我是个蛤蟆崽子（可不是在天桥说相声的小面茶周）。"夫妻正自谈心，惊动家中下人，报告与薛老夫妻，二老一听，更是喜出望外。

且说这个薛家原是中等财主，皆因薛老头儿勤俭持家，所以只有两名长工，并无主仆名分。自从十娘过门之后，日月一天比一天兴旺，在薛媪想着既有了儿媳，所有的内政更有人帮着自己操劳了，故尔不用女仆，才有上文书这场婆媳顶嘴。及至十娘二次自行告辞以后，薛媪年岁已渐衰老，势不得不用一两个女仆。

昨天的书说家人皆喜，就是指着这仆人而言，因昨天的书限制篇幅，故尔没能叙出来。再说每次十娘都说乘车，这次为什么步行来的呢？诸位别忘记，人家是蛤蟆的女儿，善于土遁，所以来的极方便，就冒猛①进到房中。直到小两口儿谈完心事，把和局告成，女仆们进房才看见少奶奶回来咧，赶紧跑至上房禀知薛老夫妻。

薛媪一听，说："你待怎说，我那贤德的十娘儿媳，他，他，他自径②回来了么？"女仆说声"是"。薛媪说："待老身亲自相迎。"薛翁不便往儿妇房中跑，只好坐在上房净等朝参。（老当家的么。）再说，薛媪三步两步跑进西房一瞧，儿子儿媳在床边儿上下首儿坐着哪。十娘见婆母进房，站起身来，深深万福，跟着就要跪倒行礼。薛媪赶上前把手拉住十娘，说："十娘吾儿，你想杀③为娘的了，快快不要行这跪拜之礼。只要你们从此和和美美，比这些繁文缛节胜强百倍。"说着话眼泪早滴下来。（这就叫喜极而泣。）此时十娘见婆母见面儿这分亲热，也深悔从前年轻任性，也陪着掉下眼泪。昆生见母亲、大奶奶都伤心，

---

① 冒猛：猛然，突然。（《北京方言词典》）
② 自径：径自。
③ 杀：用在心理动词后，表示动作的程度深。

自己也不由得要哭，虽不用起叫头①，来个"三②哭③""三叫"，反正各有一番委屈。薛媪一瞧是自己招出人家孩子伤心，赶紧把自己眼泪擦干，说："十娘，从今以后你可再别私自归家了，你丈夫有何差错，对为娘说明，我一定重责于他。"十娘说："原是做儿媳不能容忍，才有这几次是非，儿媳从今改过就是。"说着抓起垫子，跪在地上给婆母行礼，做为拜见带赔情，薛媪用手相搀。

参见已毕，薛媪又略问问蛙亲家安好（没到五月端午就老享幸福），然后又将十娘带到上房参拜薛翁。薛翁又把昆生叫过上房，当着十娘嘱咐昆生，从今不许再故犯十娘的忌讳，昆生唯唯听命。嘱咐完毕，告述女仆叫长工上集镇置办酒肉，昆生在一傍嘱咐千万多买，孩儿已经三天不曾用饭了，薛翁也才想起来。

于是怎么预备，在下既不替买，更不看吃，即便编造着说些样儿，也不讨俏。就算吃喝完毕，小夫妻同归西房，重结美好良缘，从此相亲相爱。昆生自□这场病，尝了这二三年鳏过儿的苦楚，变做老成人④，不但不同十娘顽皮⑤闹着玩儿，对于朋友也连句趣话儿不说了。十娘一瞧丈夫真变成一位道学人⑥了，更加一番恭敬，从此情好益笃。

一幌儿又过了五六个月，这天晚间对昆生说："妾从前以君儇薄，未必遂相白首，故未敢留孽根于人世，今已靡他⑦，妾将生子。"昆生一听大奶奶撰着文话，敢则是有了喜信儿，不久便要临盆。

且说薛昆生听大奶奶一背诵《聊斋》的原文，好在人家孩子是念过五经四书⑧，又开过讲⑨的人，所以登时解释出来，说："妾女子自称谓之妾，皆因'妾'字从立女之义，是应该侍奉丈夫的。（那位说，要是叫男人跪着顶灯的妇女，应该自己称呼什么呀？我没那路朋友，您同皮庆儿打听去吧。）从前皆因你性情

---

① 起叫头：传统戏剧表演的一种程式。当剧中人物情绪激动而呼号时，有单叫头、双叫头之分。一般使用单叫头，情绪特别高昂时，重复一次，称双叫头。
② 底本无"三"字，据文义补。
③ 京剧表演中有"三哭""三叫""三笑"的戏。
④ 老成人：规矩稳重之人。
⑤ 底本作"疲"。
⑥ 道学人：原指懂得儒家或道家或理学的人，这里泛指正人君子。
⑦ 靡他：无他。比喻感情专一。
⑧ 五经四书：四书五经。
⑨ 开讲：学塾里学生读书。（《北京土语辞典》）

轻佻,恐怕咱们两个人不能白头到老,故此不敢给你生儿养女。如今看你这意思,是没有两样的心肠了,我也该给你养个大头儿子咧。"(那位说,你做什么又重叙一回呀?若是改不出白话来,那叫整吃整拉,我那儿有那们大的造化呀?)昆生一听,起心里高兴,把这话偷偷儿的告述母亲,薛媪听见也高兴起来,把产房应用的一切都给备办齐毕。

又过了几天,这天神翁、神媪穿着大红的礼服来探望十娘,昆生一见,晓得这是催生来咧,敬谨参谒。

次日,十娘果然要生产,也不用请产婆、吉祥老老①,薛媪帮着一张罗,功夫不大,产下一对双孪儿。昆生赶紧到神祠叩头谢栽培,蛙神翁媪到三朝都来做汤饼会②,到二十九天上,大办小儿弥月。从此后蛙老老不断来看姑奶奶,亲戚走的很和睦。

再说五里三村的居民有冲撞着蛙神的,蛙神见怪降罪、祷告无效的,就赶紧来见昆生,求昆生转求十娘。十娘若点了头,就能没事。再若不行,把家中的堂客打扮的齐齐整整的,坐车到薛家门口儿下来,硬往里走,见了十娘,跪在地下不起来,多早晚蛙姑奶奶一乐儿,就算完事。

后来薛昆生连得了好几个儿子,从此人丁茂盛,家业兴隆。(这句要紧,不然全都饿成皮儿咧。那不是蛙族,成了身无技术倚赖成性的惰民咧。)照此看来,十娘性情虽傲,究属妇人之仁。蛙神虽能祸人,敢则也怕三爷的人情。薛家又过了几辈,人口更多了。

湖北地方有个薛蛙子家,就是薛昆生的嫡派子孙,只不过近处的人都不敢叫,到了邻省才敢传说哪。

这段书原文止此,异史氏也没总评。据在下看,蒲先生必然隐寓着一段真事,言其儿娶女嫁,万不可牵就巴结,若是一时倚仗自己势力,被一家轻看了,便生许多的是非。即便势力迫胁③,到后来反闹成里外不是人。观于薛家失火与另订袁姓之处,可以憬然大悟。至于薛昆生这人,原无特长,开篇只有"幼慧美姿容"五个字,并未提及品行学术,尽只因护母出妻一节,不失为孝子。咱

---

① 吉祥老老:收生婆。(《北京话词语》)

② 汤饼会:旧时风俗,人寿辰及庆祝小孩出生第三天或满月、周岁时要准备象征长寿的汤面,因此庆祝的宴会又叫汤饼会。

③ 迫胁:胁迫。

们说书,当以孝为百善之先,便不敢再贬人家。至于因蛇戏气走十娘,若果另有美妻,也就不再想十娘了。再者十娘如年老色衰,恐昆生也就弃如敝屣了。说到归根,便还离不开以色事人、色衰宠绝之义。好在十娘不从严父乱命,能守从一而终之义,比诸自命文明随便自由结婚不久就离婚的女子,还高一筹。现在世风日漓,吾愿看这段假玩艺儿的诸君,别看不起昆生,也不可学蛙丈人硬主婚才好。

书说至此,明天另换新题,再接续着敬献。

云翠仙

屈指已经首夏,诗云月尚清和。今年京内旱风多,而且忽寒忽热。
各处山坛庙季,听说毂集肩摩。妙高峰势甚巍峨,了愿焚香缺我。
本想游山玩景,苦于步履难挪。再说粥茶净白喝①,问心又对不过②。
布施随缘资助,善财无力怎舍?《聊斋》假事当真说,管保我先治饿。

几句流口辙的书词儿念毕,接着还是我讲演《聊斋》。

上回说的白莲教,因其不足称教,故此可以斗哏。这回更换《云翠仙》目录,是烧香念佛的故事,就如同北京妙峰山,朝顶进香似的,本不应打哈哈,无如烧香还愿信士的弟子虽多,其中有贤有愚,较真理说,都是一个贪心,叫做妄希幸福,比□享幸福差不了多少。在下从前借烧香为名为是逛山,这二年笔墨债离不开身儿,再说,也没有这路高兴了,故此在老娘娘③驾前缺情短礼,没能拜望各茶棚的各把④老都管⑤们去,也实出于我财政困难,并非善财难舍。

今天说的这段玩艺儿,并非给结善缘的豁事,就说的是香客中真有坏小子冒充善人的,到后来造因结果,必有恶报,仍不失□淫的宗旨。闲话打住,这就开书。

且说有个姓梁大号叫有才的,原本是个山西人,家中没有财产,从小儿赴各处学买卖。皆因性情不稳,一艺无成,后来流落到山东济南地面,做些小本

---

① 喝:歃欠*。
② 对不过:对不起。
③ 老娘娘:北方地区长久以来信仰神灵"碧霞元君",民间通常称为"泰山老奶奶""老奶奶""老娘娘",北京香客多称为"老娘娘"。
④ 把:量词,用于人。
⑤ 都管:管家,总管。

经营糊口。彼时年货丰早,米粮也贱,挣几百老制钱就能混两顿饱饭,一身一口到处为家,也是个乐境。这年手里积攒下几串钱,换换衣服鞋袜,想歇几天的工散逛散逛。听人说山东泰安州娘娘庙香火最旺,景致也好,恰巧正是四月开山的月分,自己一想:"我在山东住了这些天,没上过泰山娘娘庙,未免缺典①。趁这两天富余几个钱,逛逛泰山娘娘顶有何不可?"

到了山脚下,见香客接连不断,也有施舍粥茶的席棚,也有各样进香的会,反正各处乡风大同小异。

梁有才跟随众人往山上行走,沿路渴了白喝茶,饿了白喝粥,还有舍馒头、缘豆儿②的。梁有才往饱里吃,乘着都管们张罗阔施主的功夫,揣到怀里两个。自己心说:"要是一年到头的老开庙,我就老住茶棚,有多省嚼谷儿呀!"人家设茶棚的是大众愿心③,十方来十方去,十方共成十方事④,谁也不是亲钱,所以也不拿香客当贼看着。其实真有偷茶碗的,梁有才好在不当小绺⑤,进了几座茶棚,居然一文钱没花,闹了个肚儿圆,也就知足的狠啦。

不多一时进了庙中,见烧香的人真多,自己空手进庙,连股草香没拿,未免觉着下不去。刚要出山门请香,见从庙外进来许多尼僧,带着男女老少不等,杂跪神前,不由好生纳闷。

且说梁有才正要出山门,见从外面进来几个尼僧,带领着老少男女,约有好几十名,每人手中各持一股草香,往里行走,直奔大殿。有才心说:"莫非这是要拜把子的吗?"又一想:"不能,即便把弟⑥把嫂一块儿来,犯不上用尼僧带排呀!这必然另有举动,我倒要看个明白。"想到其间,自己也就随在人群后面,跟进大殿,见几个尼僧在驾前合掌当胸,先下大参⑦,然后起来,口中念诵经文。另有一位老翁烧上一股香,方才跪下,有旁人递给一张黄表,老翁托着

---

① 缺典:遗憾。
② 缘豆儿:在农历四月初八佛祖释迦牟尼诞辰的日子,北京城中万寿寺煮青豆儿、黄豆儿送给施主。民间信佛之人也学着煮豆,并上街分送给路人,以结善缘。因此这样的青豆儿、黄豆儿称为缘豆儿。
③ 愿心:心愿。
④ 十方来十方去,十方共放十方事:中国佛教一对古联云:"十方来十方去,十方共成十方事,万人施万人舍,万人同结万人缘。"
⑤ 小绺:小偷小摸的人。《北京话词语》
⑥ 把弟:结拜而成的兄弟。
⑦ 下大参:行下跪参拜之礼。

也念诵起来。虽然听不清说的什么,大约离不开"求财""求子""保佑平安"的词儿。

此时各位善男信女也都跪在当地,各人叨念各人的词儿,惟有年轻妇女声音极小,听不清祷告的是些什么。猛一低头,见那旁跪着一个十六七岁的大姑娘,生得十分美貌,比座上塑的娘娘像还好看。脸上肉皮儿一样的白,可不那们没有血色,梳着两个大发①髻,头发黑而且亮,两道柳叶眉,一双杏核眼,樱桃小口一点点,别提多好看咧。有才心说:"这些位跪香的,全都是至诚顶礼。要讲两只小脚儿,凭走这山路,已然累的狠啦,怎么说进庙还讲跪着呀?我虽不烧香,瞧□□大姐子,实在好看,我挨着他跪一会儿,也算前世有缘呀。"想到其间,顺着大殿槅扇,绕在姑娘脊梁后头一瞧,不但没②人儿,外带挺宽绰的地方儿。

再瞧众香客,一位位合掌□着问心,多是低头闭目,好像怕泥娘娘见怪似的,所以没人留神有个满屋串的混孙。自己冲着姑娘的后影儿咕咚跪倒,真要摸人一把,又怕人家孩子一嚷,把自己轰出去。再说,殿中的人都是安安详详③的,唯有自己眼似銮铃,东张西望的,太不像事了,只好也低下头。恰巧姑娘跪的功夫久了,两只小金莲一动,往后一伸。有才一瞧,喝,真是周周正正,说三寸不到三寸,是一双红缎子鞋面儿,上面扎着花儿,真仿佛两个红秦椒摆在眼前的一般(好吃辣的对了劲儿啦)。自己一想:"莫若我假装乏人,弯下腰儿,两手伏地,慢慢儿的往前伸胳膊,够着的时候用两个指头轻轻儿的捏捏脚尖儿。"坏心眼儿一动,右手④早够着姑娘的脚尖儿咧,不敢使劲,轻轻儿的捏了一下儿。姑娘没留神,小子越发胆子大了,张开五个手指头一攥。姑娘才觉着身后有人,扭转粉颈回头一瞧,登时小脸儿一红,恶狠狠的瞪了一眼,嘴唇一动,没说什么,八成是心里骂哪。有才赶紧往后退退手,心说:"敢则她生了气另有一番□□,无怪说'宜嗔宜喜春风面'喽(小子也不是多早晚学了一句《西厢》来)。"此时姑娘回过脸儿去,跪着往前挪了半步。有才心说:"反正是这殿里,你会挪,我也会往前爬。"赶紧也跟了半步。

---

① 底本作"鬃",疑为"髪(发)"。
② 底本作"不没但"。
③ 安安详详:安安祥祥。
④ 底本不清,据文义补。

稍等了一会儿，姑娘站起香躯①，往殿外就走。有才心说："既然不跪咧，我也不陪啦。你走，我也跟着，倒要看看你奔往何方而去？"

且说梁有才，见姑娘站起香躯，出离佛殿，自己本来不是虔心烧香，焉肯还跪着？也就跟着站起身形，往外就追。庙中人甚多，称得是磕头撞脑（只不过不能真撞上，对面来人，彼此也得对躲着走）。有才一下佛殿台阶儿，恰巧又进来一拨儿香客，及至开过去，姑娘早走出山门去了。自己三步两步追到庙门口儿一瞧，只有从对面进庙的人，姑娘的踪迹皆无，不知道进了什么地方儿去啦。有才一跺脚，自言自语的说："哼，这可坏了醋②咧（'老西跺脚③'，这句俗语儿，就从这年留下的），又不知道人家的名姓，可往那里找去呢？虽有来的人，也不能截住人问一声儿。"立刻垂头丧气，低下脑袋，顺着旧路往山下走啵。

来的时候儿是一团高兴，此时腿也觉乏了，磕膝盖也疼啦，走一个山湾就想坐下歇歇儿。抬头一瞧，天已过午，心说："只顾耽延着，少时山风儿一下来，我穿的衣裳少，怕是冻着，不如抓早儿④下山吧。"打定主意，站起来顺山道往下走，见来往行人不少，大半多是回香的，自己听人说话儿也到解闷。

正在这个当口儿，恰巧见方才跪香的那位姑娘也从后面走来，前面是一位老太太，看那意思好像母女的样子。有才一瞧，慌忙走了几步，凑⑤到姑娘身旁，听老太太说些什么，心中暗暗欢喜，想着只要能把⑥这位老妈妈溜哄⑦的合了式，进身也就不难咧。

就听老太太一面走着，一面对姑娘说："嗳，孩子，你能够至至诚诚的参拜娘娘圣驾是一件大好的事。咱这本处这庙中香火最盛，老娘娘也真灵应，你又没个兄弟姊妹的，就求老娘娘默地保佑你得个好女婿吧。"说得姑娘小脸一红，并没答言儿。有才心里说："这样的好姑娘，不知老太太要给个什么主儿？使财礼不使？"又听老太太说："只要能够帮着你孝顺我，就是好的，也不必什么做

---

① 底本作"躯"，据文义写作"躯"。
② 坏了醋：事情办糟。（《北京土语辞典》）
③ "老西儿"是旧时对山西人的俗称。"跺脚"表示着急。"老西跺脚——坏了醋"比喻把事情搞糟了。
④ 抓早儿：及早，趁早。（《新编北京方言词典》）
⑤ 底本作"揍"。
⑥ 底本不清，据文义补。
⑦ 溜哄：花言巧语讨人欢心。（《北京方言词典》）

官为宦的人家,富商大贾的后人。那路人家的子弟,多半骄傲无知,眼睛里连父母都没有,还懂得孝顺丈母娘吗?"

有才越听越欢喜,赶紧递嘻和①,说:"老太太,你老人家真虔诚的狠咧,这样年岁还走这样道路,脚底下可千万多留神,怎么也不拄上一根拐棍儿呀?"老太太听小伙说话和气,也就信口答言儿说:"烧香还愿,讲不起受辛苦,要讲年岁,比我老的多着②呢。"有才说:"老太太,你老人家贵姓呀?"老太太说:"老身姓云,我膝下无儿,就生了这们一个姑娘,他名叫翠仙。我们家住在这山西边儿,也是山村,离此处约有四十里远呢。"有才一听,故意一皱眉,说:"我的妈呀,这个样儿的山路有多们难走。你老人家又腿脚这样迟慢,这位大妹子又这样儿单弱,剩了不高的□影儿了,按这们一步步儿的磨蹭四十里山路,得多早晚走得到哇?"有才心说"我背着你老人家,抱着姑娘",一想不像话,没敢说,只好装做着急,说:"要不租个民房住下吧?"老太太见有才着急,这才说:"香客不必多虑,此处幸有一③亲戚。"

且说云老太太听有才同自己认成晚辈,又替发愁走不动,心里十分喜悦,微然一笑,说:"要论今天回香就讲到家,那如何到得了?本山有我一家至亲,离此不过十余里,今晚住在他家,不至甚晚。"有才说:"哦,这就是咧。这们说起来,你老人家这门亲戚必定不是外人喽?"老太太说:"这是我的老娘家,有我们姑娘的母舅、妗子、姨娘。"有才说:"这们说起来,你老人家当年必是财主喽。"老太太说:"怎么见得呢?"有才说:"你老人家既能背六言杂字,莫非不记得《名贤集》上的'富在深山有远亲'么?"老太太一听,说:"这是娘家不能以贫富论,俗言说得好,'人活九十九,留下娘家做后手'④。再说,这是'姑表亲辈辈亲,折了胳膊连着筋'。"

有才听老妈妈儿泛上贫口⑤,心说:"我别招老人家岔话了,赶紧说正经的吧。"(我也怕海下去找不着老老家。)赶紧说:"方才我是句笑谈,听老妈妈说给姑娘说婆家,既不嫌穷,又不讲有官儿没官儿,足见老年人不势利眼喽。咱娘

---

① 递嘻和:笑脸对人说话,表示赔罪、歉意、亲近、讨好。(《北京话词语》)
② 底本"着"下有"的"字。
③ 底本无"一"字,据文义补。
④ 留后手:不把事情做绝,留有退路、回旋余地。(《北京话词语》)
⑤ 泛贫口:耍贫嘴。"泛"常写作"犯"。

儿两个自商量商量,你老人家可别说我冒失,这叫'一家女儿百家求,说说不买不算打落①(念涝拦住老妈妈了,自己又犯上贫嘴啦)'。我可是一身一口一个人儿,从小儿没说上家小,不晓得妈你老人家喜欢我不喜欢我?"老太太听到此处,并没答言儿,扭项回头对翠仙说:"孩子,你自己看着怎么样?好在这个地方僻静,有什么话只管明说。你也老大不小的啦,耗到多早晚也是人家家里的人。这样年头儿,我也别净动压力,将来受你的玷言。你即便拉不下脸来说,咱们闹个摇头不算点头算,一百岁留胡子——大主意自己个儿②拿(虽不用要求内柜同意,也怕长不出来)。"老太太问了好几句,姑娘直仿佛没听见。老太太说:"你到底是怎么个主意呀?你总得说。"翠仙把脸一整,说:"这个人不但福薄,而且荒唐,他做事没有定见③,反覆无常,孩儿不愿给这种人做家小。"

有才本是一团高兴,心想只要老太太做主,是手拿把稳④的好事喽。没想到本人否认,还把自己薄贬的一个小钱儿不值,心里所急啦,说:"妈,你老人家不要听他的话,他简直的是假高眼。咱娘儿三个走了这们一道儿,你老看我那点儿不老诚?也不是我自夸其德,要说,我是个地道朴实好人,我若是一点坏心眼儿,冤⑤过人,叫我促死促灭⑥,太阳落我就死(明天一早再复活)。"老太太见小伙子脑筋也绷起来啦,脸也紫啦(舌头再一短,就成了公道处出来的啦),以为年轻的人被人说屈,着了急,连忙解劝说:"年纪轻轻儿的,不可起这样重誓。"有才好象要哭,揉着眼睛撅着下嘴唇儿说:"妈,你老人家不晓得,他真屈我的心吗?"老太太见有才是一个小孩子似的样子,立刻好笑,又听自己女儿这片话⑦,也许故意拿乔,真崩老了,下次就没人问咧。又一想:"莫如我替他硬做主意吧。"说:"你们也不必再说了,老身应许这头⑧亲事便了。"可不知翠仙又复如何。

且说云老太太听女儿口中直薄贬这个小伙子,一面又用眼睛上下打量,其

---

① 打落:言其并不想真买,只是问问价钱。(《北京土语辞典》)
② 自己个儿:自己,也写作"自己各儿"。也说"自个儿"。
③ 定见:主见。
④ 手拿把稳:十拿九稳。
⑤ 冤:骗,欺骗。(《北京话词语》)
⑥ 促死促灭:猝死猝灭。
⑦ 片:量词。
⑧ 头:量词。

实是要细瞧有才是什么变的,有骨头没有。老人家错会了意,以为大凡做女孩儿的,只要一提婆家,脸就绯红,满嘴说不认可,心里儿巴不能够的呢。(也许想起自己幼年老碴儿来了。)所以说:"得,我也不用再紧同你商量咧,我瞧他说屈了心直着急,再说,人□又单静,不至受别人的气。我硬做了主意咧,咱们就这们办,这叫千里姻缘一线牵。那们这位香客,你可就是我的门婿了。可是的,你贵姓呀?原籍何方人氏?到济南几载?住在什么地方?有何职业呀?"(那位说,已然将女儿许配人家了,这才问姓名住址,云老太太未免透点儿瞎摸海①吧。)您别挑眼,原文上简直②的没有,还是我看着太荒唐了,所以替造了这们几句。问得晚点儿,您只好包涵着瞧吧。

有才一听,说:"是呀,你老人家的姓氏、住处都对我说啦,我还没告诉你老人家呢。我姓梁,名叫有才。"姑娘听到此处,从鼻孔中哼了一声,把头一扭,说:"这还有财哪,有财还不借人家的哪?"老太太说:"休要拿姓名胡说,何方人氏呢?"有才说:"咱们是紧对着的省分,我是山西省太原府人氏,从小儿出门到处为家,那儿的钱好挣,我往那方奔,到了这济南五六年了。要讲挣的钱,实在不少,打算回家说亲去。此地住熟了,听我们乡亲们的土音,反有些不顺耳了,所以没回家,现在就在这泰安州山脚下镇店住着呢。"姑娘气哼哼的对母亲说:"你老听,是个没准窝巢的飞来喜雀不是?"老太太说:"如今既然安上家,自然就有准住处了。只要有志气,有能为,立家原不是难事。"有才听母女捣乱,怕老太太反悔,越发卖弄殷勤,老太太过步③略大一点儿,就说:"妈呀,你老人家留神石头碴子、活沙子。"姑娘用眼直瞪他,他会装做没看见,好像见了新客的姑娘儿。

三人走过一个山环儿,恰巧有两个送香客回头的山兜子④在路旁歇着呢,有才一见,连忙招手儿说:"你们搭个回头脚儿的买卖好不好?"抬头儿说:"若讲下山,我们可不去,香客雇什么地方儿呀?"有才说不出地名儿,回头问老太太说:"哦,我大舅他是什么村儿呀?"老太太说:"就是山后鹧鸪村。"有才说:"你们听见了没有,鹧鸪村儿要多少钱?"抬头儿说:"喝,还有十几里哪,好在我

---

① 瞎摸海:意思是瞎子下海摸物,实际上是讽刺一个人说话不着边际,做事思虑不周、方向错误。
② 简直:副词。根本、完全的意思。
③ 过步:走路跨步。
④ 山兜子:靠用简易的轿子抬人上下山挣钱的人。

们奔鹧鸪庄,相离不远。你既要雇,每人你给二百老钱,我们共总五个人,着肩儿的①四位挣你八百钱,我是揽头②,家伙是我的,抬得功夫大啦,我还得替换肩儿,你得给我三百老钱。"有才一听,心说"不多",自己又卖弄不啬吝,说:"你一共要一吊一百不是?我也不还价儿,烧香是修好,不能拿你们卖苦力气人打算盘③。"说着从身上取出一个钞囊来,先撒出一串老制钱,又掏出二百零儿来,说:"头儿们,你们瞧,这共总一吊二(定兴口音,要说着可难听),全给你们,多的做为酒钱。可有一样,千万沿途保重,休要颠坏了我的老娘。"

且说梁有才把兜子雇妥,给了钱之后,对五个人说:"咱们可得讲在头里,你们几位沿路上多加小心,我丈母娘这个年岁,背着我都不放心,你们要是抬起来,一路大颠儿那可不中。"抬头儿说:"香客只管放心,我们历年做这营生④,什么样儿的娇弱堂客也都抬过,决没危险,何必你多嘱咐?"有才说:"哼,敢则你们摔了一跤儿不心疼,你们不用夸嘴,我可得招护⑤着点儿。"

此时抬夫已把山兜放下,撒开绳杠,有才搀着老太太,说:"你老人家慢着点儿,千万坐稳了。"揪住绳子,嘴里说着话,眼睛又看着姑娘,姑娘气哼哼的并不瞧他。抬夫们以为这不是两口子,多半是小姨子同姐夫为什么生了意见,才这样淡淡儿的。也不便打听人家家务事,放下兜子,也让姑娘坐好,抬夫也嘱咐两句:"左右别往下瞧,眼皮子多往上翻,准能保险。"姑娘无非点点头,说话中间,抬将起来往鹧鸪村而来。

反正走山道不能净是上坡路,都是上几层下几层,道路宽窄也不能一律。有才在老太太身后、翠仙前边儿来回乱幌,嘴里所不闲着,什么"左跨""右跨""左照""右照""左脚空""右脚空"(那就滚下山去咧),惹得抬头儿直生气。越走到狭窄地方儿,他越出主意,反正离不开"别颠""别摇""别动"(那还怎么走呀)。

书说简断,好容易磨蹭到舅舅村中,抬夫们累得满头是汗,有才腰也疼啦,

---

① 着肩儿的:这里指用肩膀抬轿子的人。
② 揽头:揽活儿的工头儿。
③ 打算盘:节约,设法省俭之意。
④ 营生:职业。(《北京土语辞典》)
⑤ 招护:又作"招呼",意思是小心。

腮帮子也酸啦。日色已然衔山,老太太用手①指着个柴门说:"此门便是。"抬夫往下放兜子,有才说:"你们可找平地儿,不要硌②了老人家。"抬夫说:"你过于小心啦,按这路买卖,再走这们远,就把我们支使死咧。"后面兜子也都落平,有才搀下老太太,姑娘自己出了兜子,抬头气哼哼的归弄③家伙,走开不提。

但说既是山居,多没有甚么高院墙,无非半截碎山石堆起来,在屋中也看得见门外。院中是三间石板儿正房,两间西草棚,正房开着门,就见从房中走出一个老头儿,说:"原来姑奶奶来咧。"房内有个老婆儿答言儿说:"快接快接。"云老太太哈哈一笑,回头对有才说:"我刚要叫门,他们老两口子听见了,不用等请,咱们进去吧。"有才说:"大半门□着呢。"说话间,老头儿已然开开柴门。云老太太说:"兄长一向可好?"翠仙也赶紧给舅舅万福行礼。此时老婆儿也追出来说:"妹子、甥女,今年怎么回④香早呀?"云老太太说:"嫂嫂不晓得,我们是雇了脚力来的。"老头儿刚要问这位何人,云老太太对有才说:"姑爷,你过来见见,这是你舅丈。"有才赶紧做揖,老头儿也回了一礼,说:"既然是姑奶奶同甥女贵客到来,不可在门口儿外头叙家常,快请房中坐,歇息歇息吧。"云老太太带着翠仙头前走,有才让老头儿先走,老两口子一定不肯,五个人同进房中。有才一瞧,三间房一明两暗,堂屋供着佛爷。有才说:"舅岳父母在上,甥婿初次造府,礼当参拜。"说着跪下,闹了六个枣木狼。老两口子一瞧,十分喜悦,这才问云老太太几时与甥女完成的良姻。

且说云老太太听娘家哥哥问说几时与甥女成就的婚姻,姑娘一抹身儿,早进了东里间屋中去了,他舅母自然也跟随进去。云老太太说:"你甥女尚未过门,今天我在娘娘驾前焚香祷告,为的就是他这件终身大事。恰巧回香,路遇这位香客,我们娘儿两个一见投缘,彼此说闲话儿,听说他一身一口,故把女儿许给于他。我前天听人说,今天是天恩、不将吉日⑤,我想与其再找人择日合婚的也很烦难,打算借你这个地方,就叫他们小两口儿成就百年好事,不知兄长可肯借给他们房屋做洞房一用么?"老头儿一听,说:"妹子想的这个主意实

---

① 底本无"手"字,据文义补。
② 底本作"铬"。
③ 归弄:收拾,整理。(参考《北京土话》)
④ 底本不清,据文义补。
⑤ 天恩、不将吉日:"天恩"和"不将"都是历书上宜于婚嫁的吉日。

在简便,这们一办,彼此都免得许多要求。至于房屋一层,别听俗语儿说'宁借人停丧,不借人成双',据我想还是成双是吉祥事,这不过有房不肯借人的推辞话儿。咱们既是至亲,借房一用又有何妨?但只一节,天色已晚,要预备什么上等酒席,这山村之内有钱也无处去买呀。"有才在旁边赶紧答言儿说:"老舅这话可说远了去咧,别说还有随常①茶饭,就是干咬儿得地瓜都是好的呦。"老头儿说:"你倒能随乡入乡。"说话进入里屋,同老伴儿啾咕了几句,然后又到西里间房中取出酒瓶子,并许多现成菜蔬,堂屋中只剩有才同云老太太谈些家常琐事。

本家老妈妈出到院中,拾柴烧火忙成一处②,有才不好帮助着,见老头儿从东间取出酒盅、菜碟、筷子等类,要奔西间,自己连忙抢过来,说:"让老舅这样受累,小婿实在于心不安,你老打算怎么摆,分派明白了,我也会摆呀。"老头儿说:"贵客初次到此,简慢已然讨愧,那有劳累之理?"说着把家伙送进屋中,又让云老太太,说:"妹子,你同姑爷西房坐吧。少时酒饭齐毕,咱一桌同食,就做为他们夫妻们合卺交杯,不知意下如何?"云老太太说:"咱既说从俭,诸事只好将就些儿吧,贤婿你就请呀。"又到院中对嫂子说:"你是位老全福人,你把饭做熟,请你给翠仙梳梳头,咱们就算一棚③大事全完,一个小钱儿没花。"(这是云老太太说的吗?《龙凤配》普胡子的词儿,我写串了辙啦)老婆儿连忙答应,云老太太进屋让有才进西里间,有才进屋一瞧,见前檐一铺大炕,上面放着炕桌儿,老头儿追进来说:"没别的,姑爷上座吧。"有才还要谦逊,老兄妹二人都说:"今天既是你们小夫妻头顿团圆饭,吃好吃歹也得按这个规矩。"

此时本家老太太已然把菜饭摆齐,擦擦手进入东间,把翠仙搀出来,坐了次座,三位老人家殷勤劝让。有才心里这分儿喜欢就不用问咧,偷眼瞧翠仙,还是淡淡儿的。一会儿大家用饱,云老太太又同兄嫂一商量让他们新夫妻住那屋子。老头儿说:"莫若就住这屋,你们姑嫂住东里间,我在西厢房还有许多该照应的事呢。"云老太太点头说好,立刻从箱子取出两个新被褥来给他们铺好,又给点上灯烛,三位老人家出到外屋。有才一瞧只剩翠仙,这才说:"娘子,

---

① 随常:平常,一般。《北京话词语》
② 忙成一处:忙成一团。
③ 棚:量词,意思相当于"场"。由于当时办红白喜事都要搭棚子,因此"棚"发展为量词,可以说"这棚丧事"等。

你看天色不早,不如早早安眠。"

且说梁有才见三位老人家走开,自己赶紧同新娘递着嘻和,说:"娘子,你看天色不早,咱早早安眠了吧。"翠仙长叹了一口气,说:"我原本看出你不是个有情义的才郎,因此不愿嫁你。谁想我那母亲硬做主张,将奴许配于你,既然迫于母命,也只好听天由命便了①。咱今日预先说明,你要打算往人道里走,吃喝一层不用你为难。"有才听到这句,越发喜之不尽,说:"娘子说的是,我从此是言听计从,你说什么我都由着你,决不反对。"翠仙有心再往下说,因为尚无证据,自己再说,人家又说假高眼,故此只好睡觉啵(我可皆因原文没记载什么,才不编谣言啦),一夜无书。

次日天光一亮,有才听外间屋老太太咳嗽起来,初次在人家寻休儿②,不好委窝子③,连忙起床。再瞧翠仙香梦正浓,想必跪香累乏咧,不便惊动。出了屋子,见舅丈已在院中打扫院子呢,见了有才,总当说几句抱歉的话,有才也得道谢感情。

一会儿听岳母已然出了外屋,自己赶忙进来,从新拜见丈母娘。(从前是蒙提拔,如今实行任事,所以又得谢恩。)云老太太见他懂礼,老太太笑嘻嘻的说:"贤婿免礼平身,请座。"有才说:"有座④,有座。"(老娘儿两个研究上戏场子咧。)有才坐在下首,才要问咱今天是否回家,还是在此多住些天(有人管饭,打算吃一辈子才好呢)。老太太乘兄嫂都不在房中,对自己说:"贤婿,此处是亲戚家,你我都不宜久留,有心把你带回西山住上一半日,究竟也不是长法。莫如你将住址说明,你自己先行下山,老身将女儿携回我家,他尚有些须妆奁,一齐送去,不知你意下如何?"有才心说:"这倒巧极咧,我昨天本没告述老太太我在各处住闲⑤,今天要一同下山,带着岳母媳妇儿现租店赁房,有多泄气呀。恰巧原住小店后院另有两间房子招租呢,自己先去赁妥,家伙没有,借着也容易。人要走好运,什么事都是巧的。"想到其间,说:"老娘言之有理,孩儿孤身一人,所住的房屋很是肮脏,时常在房东家一块聊天儿,倒锁门就不回去了。

---

① 便了:算了,便罢。
② 寻休儿,又说"寻宿儿",意思是在别人家过夜。
③ 委窝子:早晨已睡醒,但不愿起床,仍躺在被窝里。(《北京土语辞典》)
④ 有座:他人请入座时的礼貌回复。
⑤ 住闲:谓待业者暂居某处、某人之家。(《北京土语辞典》)

如今我先回去打扫干净,该添置什么添些个,免得新娘子看着不放心。"云老太太说:"既然如此,你就乘早回去吧,咱晚间准见,你的门户可要说清。"有才说:"就是山根儿底下泰山居起火店①店后院儿。你老人家少时去打听梁老西儿,没有不认识哦②的。"老太太说:"老身记下了。"

有才有心要进房同翠仙再说几句,自己听他还打鼾声,要将他唤醒,又怕他护觉③闹气④(那是我们那一口子),莫如别惹他,也免得他刨根问底儿。打好主意,说:"既如此,你老人家少时替我在舅母跟前美言,我就先走哩。"说完出离上房。老头儿说:"贤婿不要忙,少时酒饭便得。"有才赶紧做揖,说:"谢谢老舅,多有叨扰了,你老改日下山,想着找我去。"老舅见他一定赶早儿走(想必有约会儿),不必再拦,送出门外。

诸位要瞧夫妻正式过日子,咱是明天接演。

且说梁有才辞别舅丈出离鹧鸪村,直奔山下而来。沿路走着,心里别提多乐啦,自言自语的说:"还是老太太好哄,再说人都说信佛没有好处,我错非⑤进庙烧香,焉能得此俏事?"心中叨念着,脚步儿越加快,不到巳牌时分,已然到了泰山居小店儿了。

掌柜的见有才回来,先道虔诚,又说:"你回香这么晚,我还只当你掉在山涧里头喂了山猫了呢。"有才说:"你这丧气嘴,你不晓得,我昨在山上成了家啦!"掌柜的说:"同老虎成了家啦?那可真虔诚。"有才说:"你今天做什么这们找寻哦呀?"掌柜的说:"这两天咱店里香客多,你成天在店中起腻,这两天不说帮我们个忙儿,怎借烧香为名,不定跑到什么地方儿爬宿儿去了,我故此祟惑你。"有才就把烧香遇着云老太太喜爱上自己、把女儿许给、当夜借舅丈家成亲的事述说了一遍,掌柜的听出这是真话,才不敢打哈哈了。伙计在旁边说:"上山烧香带挑女婿缺,无怪娘娘顶上香火这们兴旺呢!早知有这样俏事,我也早烧香去呀。"

---

① 起火店:指简陋的小客店。通常是店主给客人做饭,由店小二送碗筷,但是客人需要自己到灶上端饭盒。
② 哦:模仿山西话"我"。
③ 护觉:睡觉不能被随便叫醒或吵醒(否则会生很大的气),有起床气。
④ 闹气:生气,发脾气。(《北京话词语》)
⑤ 错非:此处表示"要不是"。

有才又把要租后院闲房的话对掌柜的一说，掌柜的点头应允，也别提多少租价，当时一说就成啦。有才付给租价，然后买些现成的吃食①做为早饭，这才来到后院儿。开屋门一瞧，除去一铺土炕之外，别无所有②。跑到前面借来一把笤帚，先喷上水，连炕上带地下打扫了一个过儿，又把院子也都扫净。将笤帚送去，自己又到外面买了一领席子，把自己的铺盖从店中取过来，铺在炕上，说："这我可该歇一歇儿咧。"

方才坐下，一抬头，说："还是不中，窗户上的纸不定多少日子没换了，还得从新糊糊，不然多黑呀。"于是又跑出去买了纸来，打些糨糊，将旧纸撕去，胡乱糊上。自己心说："敢则自己租房住这么难呢，幸而手中还有钱。"这要窦四烟馆（山东窦四），一个大没有，更是难喽。

书说简截，溜溜儿的忙了一天，又想起虽说这院另有个门儿，我还没开开呢。少时岳母送新娘子前来，从小店打穿儿③有多泄气呀。赶紧把小门开了，又到铺中寻了一张红纸，写了个"梁寓"字条儿贴好。

刚要进门，见远远儿的有一辆车，车边儿上坐的正是自己岳母，有才赶紧跑过去，说："妈呀，你老人家来了吗？我这儿净等接你老人家下车哪。"此时赶车的把车赶至门前，云老太太先下车，有才搀着，嘴里还直说"慢着，慢着"，将老太太搀下来。翠仙在车中，扭身搬出一个金漆小皮箱儿递给有才，有才一接，心说："这要净干货，我可真有财咧。"刚要放在地上，往下搀媳妇儿，翠仙说："你们娘儿两个先进去就是，我不用人搀架。"

云老太太已进街门，有才只可搬箱子跟随进来。老太太见只有两间房，不用再问那屋喽，奔进来一瞧，真干净（穷了个干净）。翠仙也随着进来，有才说："你们娘儿两个都上炕吧。"老太太冲着自己叹了口气说："嗐，像这个样子怎生度日？老身不必久坐，乘早儿回去，明天遣人替你安家就是。"

且说云老太太到了有才房中一瞧，真叫做"爱亲儿做亲，一个杏核儿砸两半儿"。既然生米做成熟饭，还能登着窗台儿够橡子吗（一句书没说，净跟巧谚扎上啦），说："你们这日子往后可怎么过呀？莫如我赶紧回去，拣着有用的给

---

① 吃食：吃的东西。（《北京话词语》）
② 底本作"有所"。
③ 打穿儿：指从街道、小巷和住宅的院落中间穿行而过。（《北京土语辞典》）

你送些来,要讲现置,别说得花好些钱,有钱一时都有买不着的。不然怎么俗语儿常说,'穷家值万贯'呢。"有才听岳母之言,笑嘻嘻的说:"既然老娘疼顾①我,我也不敢套虚②,你老人家容我到前边店里借把茶壶沏碗茶,你老喝完再走不迟。"老太太一听,连个茶壶、茶碗、茶盘子都没有,更不用问被褥、枕头、门帘子咧。别瞧炕上铺着一分,还许是刚赁的呢,越发坐不住了,说:"我不渴,别沏,明天见吧。"说着已经走到街门。有才赶出去,搀扶老太太上了车,又闹了几句白花蛇③的客套。老太太吩咐④赶车的快走,别让他穷说了(本来又少半版咧)。

　　有才见车走远,自己觉着对不过⑤人家姑娘儿,绕到店前门儿借了把茶壶,酽酽儿的沏上一壶,连碗拿着回到房中,见翠仙脸上淡淡儿的,默默无言,有才笑嘻嘻的说:"走了多远的道路,你大概渴得很了,你先自斟自饮的喝着,我上外边叫饭去。"翠仙只好点点头说:"随你自便就是。"有才一想不够面子,忙斟了一碗茶,说:"你趁热儿喝吧。你别瞧咱这山根儿底下,真有高调货,这茶叶还是北京前门西月墙白鹤儿家定捎来的呢。"说着双手奉上。翠仙难却情面,只好接在手中。有才自己也斟了一碗,陪着坐下,没话找话儿,瞎抓词儿⑥(我要不会抓词儿,可怎么吃这碗子饭),说:"娘子,哦的贤妻,古人常言道得好,'这男儿无妻家无主,女子无夫房无梁'(本村谢秋戏偷了两句《秋胡戏妻》来)。我从前初到贵省,也置了许多的家具,只因一身一口不能随身带着,被街房邻舍借的借,偷的偷,如今才缺了手⑦啦。从今以后,你我夫妻要谨防这路人才好。"翠仙依然默默,脸儿冲窗户一坐,低头喝了一口茶,把碗放在窗台上。

　　有才说:"你等着我叫饭去。"说着仍奔前面,见了店中人,说:"嘿,你们大家不信,过一半日容他熟和⑧了,你们瞧咱这堂客,敢说有一眼,你们今天可得捧我一场。"掌柜的说:"帮什么忙儿全都可以,就有一句话,可得搞在头里,赊

---

① 疼顾:疼爱,照顾。
② 套虚:假意地客套。
③ 白花蛇:"白话儿舌"的谐音。(《北京话词语》)花言巧语。
④ 底本作"咐吩"。
⑤ 对不过:对不住,对不起。
⑥ 抓词儿:这里指没话说又不想气氛尴尬而找一些话说。
⑦ 缺手:缺少,没有可用的。
⑧ 熟和:与人熟识。(《北京土语辞典》)

帐、借钱免开尊口。小铺本短,君子莫怪。"有才一听急咧,说:"你们真把我姓梁的瞧小咧,我有银子有钱,如今又有了阔丈人家咧,何至于赊借你们的。不过我是新安家,诸所置办不齐,你们先把居家应用①的暂借我用几天,伤损了那一样儿,我赔新的,万也不能含糊。"掌柜的说:"桌凳闲伙可以行得了②,锅灶刀杓可没有敷余③。"有才说:"那我也晓得,再说我们房中也不能现起火,想吃什么,你们柜上包办,我如数开钱④行不行?"掌柜的说:"那还有不行的吗?不过有一句话不好说,你这两天既手中宽绰,先借我几两,吃完算帐怎么样?"有才一听,从腰中取出一两银子交在柜上,立刻出主意要请翠仙晚宴。

且说梁有才把银子交给泰山居铺掌⑤,叫他包饭。乡下山村儿地方,不能吃什么有什么,但凡有点儿猪肉就是阔镇店。做什么不但不能得味儿⑥,而且还不是样儿,什么丝儿炒、片儿炒,先没有合手的刀,反正是毂辘⑦块儿,只要吃惯了决不挑眼。(在下下乡永久吃斋,没有那们好的口福。)

铺掌受了有才的嘱托,赶紧打发伙计买了半斤生肉。店中有陈存的咸鱼、新鲜鸡子儿⑧,配合两盘。把肉切碎,有心做一盘肉片、一盘肉丝,既没新样配头分别,做出来一瞧,无非两个炒肉,又烙了两张大饼,一会齐毕。一瞧没汤,菜不款式⑨,又做了一碗豆腐汤,做齐了放在一个方盘里,叫伙计托着,给有才送过屋里去了。又怕有才不愿意打穿堂儿,出了铺门绕到小门外头,一喊送饭。

有才正坐在炕沿⑩边儿上,没话找话的应酬新人呢,听见喊,说:"你端进来就是咧。"伙计心说:"只要你有话,我就敢进屋子。"一面答应着,端着进了街

---

① 居家应用:居家过日子的生活用品。
② 行得了:可以。(《新编北京方言词典》)
③ 敷余:富余。
④ 开钱:付钱。
⑤ 铺掌:店铺的掌柜。
⑥ 得味儿:美味,可口。
⑦ 毂辘:轱辘。
⑧ 鸡子儿:鸡蛋。(《北京土语辞典》)
⑨ 款式:合乎某种样儿,这里指做的饭有主食和菜,没有汤,不像吃饭的样儿。
⑩ 底本作"簷"。

门。见风门子①关着，两手端盘子，不能开门，站在窗外，说："你到是打帘儿②呀。"有才连忙开了风门子，说："你交给我就是啦，家伙可是明天再取吧。"伙计说："是咧。"嘴里说着，偷眼儿从门缝儿往炕上瞧，只看了个旁影儿，果然是个堂客。有才接了方盘，见伙计贼眉鼠眼的，心里有点恼意，说："我现在不是你们店里的客了，是好照顾主儿，送下不走，你满处瞧什么呀？"伙计说："我瞧你这窗户呢，纸虽糊了个很严，可惜闷得慌，再安上块小玻璃儿，里面挂个布帘儿，就方便咧。"（一死③往三等里给凑合。）有才装做不懂，怕菜凉了，说："你少出主意，快回柜做买卖去吧。"伙计抹身就走。

　　有才一低头，见盘中只有饼菜，不但没酒盅、布碟④、小菜碟，连筷箸、汤碗、调羹也没有，一转脸儿说："你回来。"伙计说："你瞧你，这不是诚心麻烦吗？有话不一块儿说。"有才说："你问问你们掌柜的，谁吃饭下把⑤抓呀？"伙计才想起是自己忘记预备啦（我方才就没提这几样儿吗），连忙说："梁先生，你老别放闲杂儿⑥，我们拿你这屋子当了过日子人家儿了，送菜不带话，不敢预备零件儿⑦，怕挑眼说是打发祭席。既缺零件，我赶紧回去再取不迟。"有才说："你就便⑧再打半斤老清酒来。"伙计说："这到使得，你老把菜放在房中，到是给我腾⑨方盘哪。"有才气哼哼的说："不能由着你，你不晓得我这儿没有桌子吗？要腾油盘，你先给我放上桌子。"伙计一想有理，这才说："你老带盘儿吃也使得，不过柜上油盘倒不开，所以问一声儿。"说着扭身往回路走，自言自语的说："我又挣不着放桌子的钱，伺候你们这些个呢。"（店中这个伙计的夫人，一大半随活⑩。）

　　书说简截（这还简截哪，不过按这们加着花头说，更得用心就是咧），回到

---

① 风门子：旧时四合院屋子门口最外侧装的单扇门，上半截儿有窗格，糊纸或安装玻璃。
② 打帘儿：掀开帘子。
③ 一死：坚持不放松，不改变。《北京土语辞典》此处可理解为"一个劲儿地"。
④ 布碟：两三寸的小碟子，是布菜用的。《北平土话》
⑤ 下把：伸手（取物）。《北京方言词典》
⑥ 放闲杂儿：说一些无关紧要的埋怨的话。
⑦ 零件儿：这里指吃饭用的筷子、勺子、碟子、碗等餐具。
⑧ 就便：顺便。《北京话词语》
⑨ 底本作"膳"。
⑩ 随活：做一般杂物的女仆。

柜上,把应用的预备过来,送到屋门口儿,回到柜上,把有才这位夫人儿怎么体面对大家一说,大家都纳闷儿,不知他怎么朦了来的?内中惟有掌柜的暗暗叫苦,后悔不该租给他房,早晚要打拐带窝藏。

且说泰山居铺掌因听伙计说,梁有才这个媳妇儿生得十分人材,又且一夜的功夫就说来的,恐怕来路不明。这如今房子是租给人家了,还能退钱撵人就搬吗?只好出了什么乱子再说啵,暂且言讲不着。

但说有才见酒饭齐毕,连忙亲给翠仙满斟了一杯,说:"你看一个外人没有,你先干这一盅吧。"翠仙见他殷勤劝让,再说,又在轻年,是母亲相中了的,不能一定抗头①,只好也把盏回敬。从此两个人吃喝不分,总算有了真感情咧。

一会儿酒足饭饱,有才把家具端在地上,见里面有些剩汤、剩菜,自言自语的说:"这要一闹耗子,可怕传染瘟疫,不如我给他们送过去就是。"于是把茶壶也放在盘子之内,端到前面,从新又泡了一壶茶。又回店中借了一个木墩子的蜡台,买了两只蜡,连引火之物都一齐备办过来,先把蜡台往窗台上一放,把蜡安好。

此时天尚未黑,一面说着话,一面劝翠仙喝茶。不过说些山西省分有什么好景致、土产民风(有才工于媚内,比甘心送给外国人强得多),翠仙一答一和的只好陪着聊啵。天色昏黑,点上灯烛,四月季夜已渐短,有才催着翠仙摘头②睡觉。自己把小门关好,再回到房,见翠仙不但将铺盖收拾妥协,连自己首饰、衣服也都锁在皮箱之内。又到院子中去了一蹚,然后回来要洗洗手,可惜连个瓦盆儿都没有,只好吹灯安眠吧。一夜无书。

次日有才起来一想,应添置的物件实在太多,昨日岳母说送点儿什么,不免③多耗会子吧。于是出门又到店中借了一个洗脸的木盆,打上水给端将过来,又拿壶沏茶,问翠仙早饭喜欢用什么。正在这们个功夫儿,听门外有男女声音,吵嚷着说:"到啦,就是这个门儿,院里没接坊④,只管□□抬吧。"有才赶紧出屋子一瞧,约有七八个男女,有抬着柜橱儿的,有挑着食盒、网篮、箱子的。内中有个年轻的说:"梁姑爷早起来啦?你老指点怎么摆,安设完了,我们还得

---

① 抗头:又作"扛头",不同意对方的要求或条件。
② 摘头:把头上的首饰等摘下来。
③ 不免:不如。
④ 接坊:街坊。

赶紧回去哪。"有才一瞧,这个人正是昨天赶车的那个小伙子,连忙说:"喝,这可受累啦。俺那岳母老娘他老人家昨夜可好?"旁边有个婆子同着个刚留头的小丫鬟说:"这就是新姑老爷①哇,我们有礼啦。"说着一齐万福。有才赶忙还揖,说:"不要拜节②,我没洋饼子(这是梁有才吗?窑皮受热啦),不要见礼,快屋里坐,同你们姑奶奶说话儿去吧。"婆子带丫鬟进到房中。有才说:"门外有车没有?"赶车的说:"昨天切了轴了,所以没套车,我们是连抬带握给架弄来的,你老快开了屋门,我们好安排。"有才说:"不用我帮□呀?"大□说:"这到不必,你老指定地方儿,我们就给摆好了。"有才说:"我也没有准稿子,你们看着摆,不合式,等没事我再自己调换。"大家一听,搭起木器胡乱放在屋中,转眼已然摆满,这才说:"我们老太太有话,留下春香服侍姑娘,我们要回去啦。"

有才要给大家叫饭,都说不饿哪。有才送走众人,进房一瞧,居家应用的应有尽有,外带还有陪房,这一乐非同小可。

旧历端阳佳节,京城国泰民安。七成旗饷满数关,所为维持市面。银元连朝涨价,猪肉更多卖钱。询诸何以裕财源,敢则又能借款。

前天是中华民国的夏节,即旧历的五月端阳佳节,我们借着印刊工人歇工,一天没动笔(好在照旧有薪金),今天接着招这门说。既有这个节令儿,普通又有贺节之礼,故此不便张嘴就说③书,先要说几句④找辙的吉祥话儿,如同给本柜上放挂利市鞭似的。话儿虽不吉祥,却是实话。因人若退一⑤步想,平安即是福,但得能混个饱暖,无论受什么累,都是好的。就怕人心不足,即便有吃有喝,总觉着受委屈。这路人所在多有,咱一时也不便指出谁谁谁来,就以本文书上这个梁有才,就是个标样。诸位不信,咱就接着往下瞧。

且说梁有才正愁安家一时不能齐,丈母娘打发人送来吃的、使的,无不俱全,外带还有使唤丫头,这个乐子实在不小,赶紧把头天同店中借的物件凑齐送还人家(我要不赶紧说出来,也怕给人忘了)。店中掌柜的问说:"今天预备什么饭哪?"有才说:"今天不必你包啦。"掌柜的说:"怎么说?莫非另有包家儿

---

① 底本无"爷"字,据文义补。
② 拜节:节日里向长辈或亲友拜贺,这里指丫环向姑爷拜贺结婚之喜。
③ 底本作"张嘴说就"。
④ 底本不清,据文义补。
⑤ 底本不清,据文义补。

了么?"有才摇着脑袋说:"不是外人,是我老泰水包啦。"掌柜的说:"你这泰水还越得过我这泰山居去吗?"有才听他不懂文话,说:"泰水是我岳母,你别拿他老当做买卖人。比如你这字号是泰山居,我说你这儿住的都是老丈人,谁不揍呀?"掌柜的自知失言,赶紧说:"那们既不用我们柜上包饭,只好给你算清帐吧。"有才说:"这倒不必,你替给我存在水牌上①,我用个零钱儿方便。"掌柜的说:"那们也好,你要手中宽裕,多存些银子好不好?"(许进不许出,买卖人普通心理。)有才说:"等我有钱,还能不存在你柜上吗?"说完仍回后院。

一瞧,这个春香丫头已把行灶②生着火,跟着用水筲③出门汲水沏上茶,跟着煮饭。翠仙脱去大衣服,也帮着收拾菜饭,一会儿做熟,放上炕桌,让有才上座,自己下面相陪。春香殷勤服侍,容夫妻用毕,这才端下去,一面自吃一面归着零碎儿④。有才说:"有什么忙不过来的,我□□办。应买什么你们言语,我上街买去。"翠仙说:"米粮现在都有,只有肉食菜蔬⑤可得现买。再说,我见你好喝一盅儿,我母亲生来酒点不闻(可不是二众⑥),大概这网篮之内没有瓶子,必然没给你预备酒。你如果这次吃酒,你自己打去,喝黄喝烧随你自便,酒菜也可以拣自己合口味的买下些个。"有才说:"我有我的好酒菜,你就不用分心了。"

说完问明买什么,翠仙交给他一串制钱,有才去到集镇买了许多菜,又灌了两瓶绍酒,见钱还有敷余,有心要上酒铺儿喝会子,一想"俗说'一人不喝酒,二人不耍钱',放着有这们好的新堂客陪着,不回家去,一个人有什么意味",于是往回路走。进到家中一瞧,翠仙同春香已用木器把房子截成里外屋,从新安设床帐,见丈夫买物回来,连忙接过来,预备给他摆酒。

且说梁有才回到家中,见翠仙率领春香把房屋收拾得十分干净,虽没有特别装修,用柜橱把屋子截成里外间,把行灶水缸放在院中。春香见姑老爷回

---

① 水牌儿:饭馆、店铺记流水账的牌子,用木板或铁板制成。《北京话词语》牌子上的内容可随时用水擦去,故此得名。
② 行灶:一种可以移动的简易的炉灶。
③ 水筲:用来担水的桶,多用木板儿箍成。《新编北京方言词典》
④ 零碎儿:这里指剩下的饭菜。
⑤ 菜蔬:蔬菜。
⑥ 二众:对僧尼的合称。

来,先把买来菜蔬接过去,然后给沏茶打脸水,又请问这酒菜应该怎样的预备。有才呷了一口茶,说:"哦,不喝茶,快快看酸黄菜①、酸黄酒②(这是梁有才吗?说《铁冠图》的形容闯贼哪),张罗用酒用饭。"少时三口儿都吃饱,天已昏黑,春香收拾床帐,安排衾枕③。没什么新鲜事,睡觉而已。次日天光大亮,还是过日子的俗事,不用细说。

但说有才刚吃了三天的舒心饭,觉得闷的难过,有心同翠仙说说凑凑④,打闹着玩儿。偏偏这位新人虽说模样长的标致,可是一脸的正气,静默寡言,当着春香丫鬟越发连个笑容儿没有。有才饭后没事,只好上泰山居找掌柜的说闲话儿去,人家做买卖赶上忙劲儿,没功夫陪他,他坐不住,又到别的茶馆、酒肆儿⑤闲聊天儿去。

本处有些无赖子弟,从先⑥虽都熟识,有才既是终日奔驰⑦挣饭吃,便陪伴不起这些人,大家又因他是个外乡穷小子,也不爱答理⑧他。自从云老太太送翠仙那天,大家都听说他说了个阔媳妇,都直纳闷儿,打算去拜望,凤日又不过来往。恰巧今天在酒肆儿遇见,赶过来给有才道喜,都说:"梁大哥,你可不对,我们该挑你的眼,你成家为什么不知会⑨大家一声儿?我们大家没别得替你的,跑跑颠颠的出个人力儿还不行吗?"有才一笑儿,说:"但凡我要办事,还能不累你们老哥儿几位吗?皆因我用的是节俭婚礼,连说带过门才半天的功夫,还用人做什么呀?"大家都说:"怎么这们快呀?八成儿你们是凑⑩合上的吧。"有才就把烧香遇着云老太太,一见喜爱自己,当晚就在舅丈家成亲的事述说了一遍。这些人半信半疑,有的心说:"不定是那儿找不着主儿的剩货许给他

---

① 酸黄菜:一种浸泡发酵的芥菜叶,略有酸味。(《北京土语辞典》)
② 酸黄酒:黄酒生产过程中,由于杀菌不完全,耐酸力较强的乳酸菌过度繁殖,产生了大量的乳酸菌素,就形成了酸黄酒。
③ 衾枕:被子和枕头等卧具。
④ 说说凑凑:聊天,逗笑取乐。
⑤ 酒肆儿:酒馆。
⑥ 从先:从前,早先。(《北京话词语》)
⑦ 奔驰:奔走,劳碌。
⑧ 答理:搭理。
⑨ 知会:告知,通知。(《北京土语辞典》)
⑩ 底本作"凌"。

了。"有的心想："不定有什么恶疾（七出之条指石女①而言）。"不过谁也不好追问，只好说："这位老太太总算有眼力儿，梁大哥你老好造化，好福气呀。既是没知会人，我们也就难怪了。今天我们本当各具②一分贺礼，给你补着道道喜，奈因咱们是路遇，朋友们不敢说腰里都方便。我到有个主意，今天就在酒肆里公请梁大哥一个酒儿，你可别不扰，你要怕回家受气，一驳大家的面子，那可不是交情。"有才说："那有叫众位弟兄破钞之理？今天我请你们几位就是了。"大家说："那可不行，无论怎么说，别管怎么说，拍布的怎么说，你今天也得扰我们哥儿几个。不怕你不过意，那不明天你再还席呢，全都使得。"有才说："既然众位弟兄们一定赏脸，我领命就是。"说着同到酒肆后院儿，七八个人挑了一副宽大的座位，要了些酒菜鱼肉等类。大家把有才让在首坐，每人给他斟个盅儿，然后举起筷箸，大家风卷云③一路抢着吃喝。

酒过数寻，内中有说："怎么今天这早晚，解闷儿的哥儿们还不见到来呢？"有才一听，此铺有赌局，不由得好生欢悦。

且说梁有才听大家说起这酒肆后院现在设立着赌局，借着酒兴说："哦，我从前最爱赌个钱儿，后来到了贵处，总凑不上手，所以老没有耍钱，但不知你们这里都耍什么玩艺儿？"领头请有才的这个人昨天没说姓名，左不是大张二李，此人就叫大张，原先在各处给人扛④长活⑤，只因好耍钱没人肯用，回到家乡一点儿正业没有，仍以聚赌为生，这叫"羊群里丢了羊群里找"。（进了礼拜寺可就拉不出来啦。）听有才打听赌什么耍儿，说："咱这山东地方的朋友多是性子急，玩钱讲个痛快（左不是杠个小宝儿），抢个大骰儿的时候多。要讲纸牌摇滩，铺家掌柜的们闲着解闷儿有赌的，咱们谁有那些耐性儿呀？梁大哥，你从前都喜欢赌什么玩艺儿呀？"有才说："我们家乡讲究骨牌玩艺儿的人多，什么挤黄儿、别棍儿咧，都是人人会的，轮到天九可就不常见了。要讲痛快，都爱推牌九，人少的时候也有顶由吾的，俗名叫顶牛儿。真要凑上手，大家对别很有个意思。但不知这些玩艺儿，咱这里兴不兴？"大张一听，说："你说的前几样儿

---

① 石女：生育器官没发育或发育不全的女人。
② 具：准备。
③ 风卷云：形容吃得很快的样子。
④ 底本作"抗"。
⑤ 扛长活：做长工。（《新编北京方言词典》）

本地人多不会，唯独牌九兴的最宽，一翻两瞪眼，比掷骰子押宝不在以下。梁大哥既然喜爱，咱几个人少时吃饱喝足，推几桩①好不好？"

有才因为身上带的钱少，刚要推辞改日见，内中有个二李，是北京久吃反喜的，什么活都会使（反正是腥的，不是评书行，管着说什么书叫使什么活），听大张架弄老梁，赶紧摆手，说："依我说，你们不要跟梁大哥一块儿赌。你们不晓得，他新近得着这样俏事，一定气儿正，你们不信考□去，红棚赌钱新郎多是赢家儿，皆因人家正走这部运（这运可不知叫什么部位）。梁大哥眼看着是妻财子禄俱全的人了，咱们跟人比什么？"说着话，笑嘻嘻的又瞧了有才一眼，有才脸上果然露出一种骄□的样子，说："一个解闷儿有什么准稿子，再说还能有多大冷注吗？"大张说："梁大哥说的是，二李□赌你瞧着，或同别人另局。好在牌九同宝一样，四门人没定数儿，那时你喜欢你再加入。"二李说："依我说，不如这么办，我同梁大哥勾着，你们谁的桩家②，我一概不管，但不知梁大哥你肯借我点儿福气儿不肯？"有才本来喜捧，听二李这话，说："你要肯同我勾着敢则更好咧，可有一样，今天我可不能替你垫捎。"二李说："只要你肯勾着我，借你的造化，你一文钱不用拿，管保咱弟兄两个净擎赢钱，这叫多带时运少带捎。"有才说："不是这们说，咱弟兄们初次坐下，怕你们信不及我。"大张说："这话梁大哥说远了去咧，赌钱赌的是个人品，名儿姓儿，我们要不看你金山似的重，还不往里局你呢。可有一节，咱今天既说初次，不宜大玩，每人赌个一千二吊的，所为细水儿长流，大家想好不好？"大家一齐点头。

说话酒饭已毕，喝了碗水，取出赌具，大家拿出现钱，打好桩家，推起活儿来。不到太阳落，众人的现钱都赢在有才手内。

且说梁有才推了半天的牌九，把众人的钱全都赢在手内，天色不早，都张罗□局，二李冲大家说："你们不听我的话，你瞧怎么样？"大家说："这也没有法子，只可明天再捞啵。"二李说："你们明天还敢再要吗？梁大哥你怎么样？"有才说："今天既然我赢了，明天就不照面儿，那有多没根基③呀。"二李说："既然如此，那们大家必须早到，可得多带现捎。"大家说那是自然，二李帮着有才把

---

① 推桩：推庄。
② 桩家：庄家。
③ 没根基：比喻没出息。（《新编北京方言词语》）

钱数好,除去给酒肆抽头儿钱,自己分了一半。有才白捡了五吊制钱,说:"这们沉的现钱,我不愿意往回路抗,你们那位给存一存,明天再赌好不好?"大张说:"那可不好。梁大哥嫌抗着压得慌,就在本铺儿买他几两银子,腰里带着,不就轻松了吗?"有才果然就托大张给换了三两多银子,辞别众人,欢欢喜喜的回家。

到家天已昏黑,翠仙同春香已然用过晚饭,见他这早晚才回来,以为必是吃过饭了,及至①一问,有才说:"同着朋友用了一顿,此时又饿咧。有什么剩饭,我再找补点儿,也就饱啦(天生的剩饭手吗?),好归着②睡觉。"翠仙以为他必然要自谋什么生计,也是没问他在外边做什么去了。当天无书。

次日有才用了早饭,又上酒肆接着又聚会,从此每天必到。虽说赌钱互有胜负,究竟是有才输的时候儿居多,您要问这些人用的都是什么手艺,在下于赌博这门③,夙欠研究,即便有个道听涂说④的记问之学,也不便给人坏事。反正一句俗语儿,"久赌无胜家"。再说,老梁虽是机伶,他是外省人,混在大家一处,如同独行客,所以赌了不到几天,把从前赢的全倒出去,余外⑤连本身攒的几两体己,□泰山居存的钱,也全输光,还欠大张二李好几十吊制钱。自己一想,这两天运⑥气儿不好,再说,拿不出现钱来,也拉不下脸来再去了,于是两天没照面儿。

这天刚吃完早饭,听门外有人喊说:"梁大哥在家吗?"有才出门一瞧,正是大张同着二李,说:"你这几天怎么不照面儿啦?该欠输了几个钱,算得了什么?"有才说:"我皆因这两天身上有些不爽快,所以没去,二位家里坐呀。"两个人一齐答言儿,说:"正要到你家里坐。"有才只好带路,进到院中。

翠仙听丈夫让进两个朋友来,隔窗一瞧,不像什么正经人,不便见他,连忙躲入里间,藏在炕上,放下帐子一坐。此时二人已同进到屋中,两个人往里一打量,屋中摆设满满当当,心说:"这个堂客手中一定有财,有才即便多输些儿,

---

① 及至:等到。
② 归着:收拾。
③ 底本作"门"。
④ 道听涂说:道听途说。
⑤ 余外:此外,其它。《北京话词语》
⑥ 底本无"运"字,依文义补。

也不至坑谁。"有才说:"你们二位喝点儿茶呀?"两个人说:"正要喝茶。"翠仙心说:"敢则是一对儿嘎杂子①。"(翠仙多早晚听过这出呀)。

有才赶紧叫春香烧水烹茶,春香不敢不遵,一会儿沏过来,各斟一碗,三个人一面喝着,一面谈起赌钱的事来。有才心痒难挠,说:"你们哥儿两个一不忙,在我这儿喝个酒儿,吃完了咱们一块凑会子去。"大张说:"据我想,梁大哥有心请客,何不同到酒馆,喝完再见个输赢呢?"有才手中没财,这一急非同小可。

且说有才同大张说到高兴之处,应许着一同前往,又一想:"挺大个子的人,不带一文钱,可怎么去呀?"刚一迟疑,用眼在里屋桌上一瞟,见翠仙的摘头盘儿里放着一对金钗,暗暗欢喜,冲二人说:"你们二位暂且坐一坐,容我换双鞋。"说着进了里屋,见翠仙在帐子里藏着呢,一伸手把一对金钗褪入袖内,答讪②着奔到炕沿边儿上,把两只新鞋换上。又瞧了一眼,不但翠仙没看见自己偷首饰,连春香也没在屋内。二次出来,说:"你们哥儿两个既说外头喝,必是嫌家中拘泥,那们我也不套虚了,咱们走吧。"两个人一齐起身说:"说走就走。"

三人陆续出了屋子,有才见春香还在院中烧水,故意对他说:"少时,你们娘儿两个用你们的饭吧,我有约会儿,今天回来早晚不定。"春香只好答应了个"是"。大张乘这功夫,隔窗又往屋里瞧了一眼,看见翠仙一个后影儿,身材苗条,准有几分人才,不敢紧自③再钉,也怕老西④吃醋,又答讪说:"梁大哥,我看你这院子很宽绰,可惜房□少,再说也窄小点儿。"有才说:"这还瞒得了你们两位吗?这不是因为成家,忙着现赁的吗?俟等消停消停,还得挪动挪动。"说话走出街门。

有才一想:"把人同到酒肆,现当卖首饰喝酒做赌本未免泄气。"冲着两个人说:"你们二位不肯在我家,咱们就在这泰山居吃个酒儿,你们想好不好?"大张说:"这也可以。既然梁大哥实意儿候,彼此不是外人,咱们就扰你个酒儿。"有才见他二人应允,于是转到泰山居前门,把二人让进去。

掌柜的晓得有才手里有钱,见他同进朋友来,立刻抖起精神,说:"喝,梁先

---

① 嘎杂子:指闲杂卑琐、不务正业、心术不正、奸诈使坏之人。(参考《京味儿夜话》)
② 答讪:随口敷衍着说话或找话聊。又写作"答山"。
③ 紧自:连续不断地,频频地。(《北京土语辞典》)
④ 老西:山西人别称。(《北京话词语》)

生,这一程子少见哪,你老净往那一方游历哪？想必公忙,咱们紧邻都有七八天没见面儿啦,我还只当你又上了外洋①了呢。"有才说:"我做什么跑那们远哪,不过我们哥儿几个在一块儿赌了几天的钱,所以没顾得来串门子。"掌柜的说:"哦,这就是咧,那们赌的必是扑克喽？"有才说:"什么叫扑克？我满不懂,我们推牌九呢。"掌柜的说:"玩杠宝也到痛快,早晚没事咱们这屋里也局两天。今天没别的,你先照顾照顾我们吧,咱们这儿新添的应时小卖②。"有才说:"你们想起什么预备这样高调货来啦？"掌柜说:"有你老这们位阔人物了,我们还能不想着沾光吗？"有才听掌柜的直替自己吹嘘,登时乐的了不得,说:"既然这样,我们今天总得尝尝杓口儿③(憨着往杓里巴结哪吗),那们给我们三个人摆□桌呀。"掌柜的说:"要整桌的,今天可赶不及,你们二位还是随便要菜吧。"有才一听,敢则一要就脱落④,只好叫先打二壶酒,劝大张二李每人要两个菜,名目虽有区别,反正全是炒肉味儿,有才要了个醋溜肉片加酸菜。皆因有高醋,味道稍微特别了一点儿。

一会儿吃完,有才叫掌柜的算了算,一共吊半零三儿钱,一横鼻梁儿写在帐上,一同出门去奔赌局。诸位要问金钗怎么折变,并如何吵家⑤,这段热闹节目,咱明天接演。

前昨这两天的书,无非略微形容赌博害人的损处。恰巧本报前天有位谦善君来稿,演说的也是赌害,说的十分透澈⑥,比在下这们瞎聊,议论正大⑦。无如谦君所说的,还是桩赌⑧,并没说到吃反喜的腥赌⑨。论到腥赌,别瞧耍儿不大,专倾害的可是苦人⑩。左不是中等铺户伙计、做坊⑪头儿手艺人,一个输

---

① 外洋:外国。
② 小卖:饭馆中分量少、不能成桌的菜或用来零售的现成菜。
③ 杓口儿:烹调出来的菜肴的味道。(《北京话词语》)
④ 脱落:比喻事情落空、露了底细、钱财耗尽等。(《北京话词语》)又作"秃噜秃落"。
⑤ 吵家:吵闹,吵架。
⑥ 透澈:透彻。
⑦ 议论正大:观点雅正宏大。
⑧ 桩赌:庄赌。
⑨ 腥赌:黑话。谓使用作弊、欺骗的手段赌博。(《北京土语辞典》)
⑩ 苦人:生活在底层的穷苦之人。
⑪ 做坊:作坊。

急了,不是在柜上崩骗①偷窃,就是逃跑。回想前清末季,齐家胡同一带毁人炉②有多少座。北京如此,论到乡村镇店,更没王法。所揍的除去小本经营并做庄稼活的外乡人,就是种地的少当家的,不然怎么说乡下有块赌局,能穷十里地去呢?尽说这些与原文无干,即如③梁有才就是个标样④。

且说有才同张李两个人又到前次所去的那个酒肆,大家都等急了,说:"梁大哥是这一方的财神爷,你老人家这一程子不来,净剩点子零碎注,要的叫人不耐烦。咱们今天既要赌,就痛痛快快的大见个输赢。老哥,你们想好不好?"有才还没答言儿,二李在一旁说:"你们晓得梁大哥为什么不来不晓得?"大家说:"想必是嫌不解气。"二李说:"这不结了吗,莫若咱们今天赌银子。"大家说:"那有多费事呀。"二李说:"咱们拿钱当银子,一文钱算一钱,十文算一两,赌完彼此一打,谁输谁赢一总清算,不是一样吗?"大张说:"好虽好,但只一节,银子所差的是早晚市价不同,比如今天赢□吊,合银子八钱,明天行市一个改盘儿,两家总有吃亏的。既然改赌银庄,可得预先说明白了,咱大家无论谁胜谁负,一律下地充帐,不知你们几位以为如何?"

有才听到这儿,稍有些胆怯,刚要说咱们还是小解闷儿的为是,大家没容他张嘴,说:"张大哥,你瞧你这小气劲儿,别说三两五两,就是谁输个三头五十两的,谁也不至⑤坑谁。你要不放心,咱们索兴大家闹个倒水的⑥回家,亮上捎怎么样?"大张说:"这么办,做个信息儿也好。"说着从腰中掏出张银票,说:"我这是北京四大恒⑦的一张五十两整票,你们那位无多有少不要拘泥,至于赌□了,过得着⑧的,还许不提了呢。"二李一听,也从腰中掏出两个十足印儿的锞子⑨来,说:"我这两锭暂算二十两。"其余有取出现银的,有现票的,立刻摆了一桌子。

---

① 崩骗:"崩"指借去不还,多是熟识的人;"骗"指以欺诈行为得到,多是不相识的人。"崩"与"骗"多并称。
② 毁人炉:比喻害人的办法、事情。(《新编北京方言词典》)这里指赌场、赌铺。
③ 即如:就像,正像。
④ 标样:典型的例子。
⑤ 至:致。
⑥ 倒水的:水夫。(《北京土语辞典》)
⑦ 四大恒:指的是当时北京最有名的四大钱庄,分别为恒利、恒和、恒兴、恒源。
⑧ 过得着:相互之间关系好。(《北京话词语》)
⑨ 锞子:旧时作货币用的金锭或银锭。(《新编北京方言词典》)

有才一瞧，共总①约在百两以上（可不知有一半儿真的没有），回想前次所欠大张的，不足十两，这要都一齐下注，自己桩家，起一个对尊，不是全是自己的了吗？（就忘了闭十啦！）"干，俗言说得好，'舍不得孩子套不着狼'，我也别叫朋友瞧不起我。"想到其间，把袖中这对金钗取了出来，说："今天咱们只顾忙着出来喝酒，银袱子②忘带了，我这对金钗，是我们内人嫌花样老，交我贴换去的，你们瞧能合几十两？"大张伸手接了过来，略微一掂，约有一两一只，果然是赤纹□金，还嵌着两块宝石，说："此时不必合数儿，赌完如果梁大哥下注，再找行家合去就是。"说着，大家搭桌子开桩③，正是有才，少时一翻骨牌，敢则是一身合体的袍褂。

　　且说有才是牌九桩家，开门起了一对闭十，各门都得赔钱，这一桩就输了个十几两。跟着又推，简直的没有赢的时候。天到日色平西，自己一算，约摸总输了个五六十两。

　　大张在一旁冲二李说："你瞧今天梁大哥的彩兴儿，也不知往那儿去了？"二李说："他那天走的那部运，一辈子走不了几回，这已后可就凭手法儿④吧。"有才此时输的上了火，说："要讲手法儿，吾也不含糊，不知今天怎么起不着好牌？"大张说："你看天色不早，咱们今天赌的功夫虽小，可是见的输赢不小，不如清算清算再赌吧。"有才只可就坡儿下，说："今天我本打算出门，皆因精神不足，明天咱可还得痛痛快快的赌几场儿。"二李说："那是自然，谁明天不到那算他没根基。"说着把牌收起来，把帐一算，大张二李每人都输三五两，唯独有才整输了五十二两五。

　　张李二人先把自己输的给了赢家儿，大张把有才调到一边儿，说："梁大哥，你打算怎么办？实对你说，我本应当替你搭⑤一搭，无奈我这一程子手头儿窘的难过，本指望你今天赢了大大的帮我个忙儿，谁想你气儿也不顺。既然你指的是这对金首饰，只可托人折合了吧。"有才一想，反正不能说了不算，只好说："就求张大哥，你给分分心吧。"

---

① 共总：总共。
② 袱子：包头巾。这里"银袱子"指内中包有银子的布包。
③ 开桩：开庄。
④ 手法儿：技术，技艺，有经验的方法。《北京土语辞典》
⑤ 搭：这里指先行垫付。

大张把自己的原票带起来，又将金钗拿在手中，说："不知梁大哥你当初怎么换的？"有才从根儿也没打过金首饰，如何说得上来，结结巴巴的说："实对你说，这是我岳母陪送我们内人的，应当什么行市我可说不清。"大张说："既然你没定价儿，咱们一块儿到银楼，叫他给按市价折合了就是。"有才说："事到如今，也只好如此喽。"大张又对几位赢家儿啾咕了会子，叫二李暂且陪伴众人，把这对首饰拿上，同有才出离酒肆。

　　泰安州山脚下只有一座银楼，大张把有才同进内柜，说："我们这位相好的有这们点儿金首饰，要折变现银，求掌柜的给公公道道的做个准价钱。"这位掌柜接过来瞧了瞧，又用石头试了试，然后上戥子一平，说："连这两块石头京平①二两，这两天行市是十二换②，首饰只有八成金子，连石头卖成物，共总合二十两银子就不少。"有才知物不知价，不会争竞。大张说："掌柜的，那们这石头呢？"掌柜的说："你们如果嫌少，可以起下来再上戥子。这们按金价合，我们隔行还怕吃亏呢。"有才怕是少合银子，冲大张说："张大哥，谁叫我急用银子呢，一总算给他也就是啦。"大张见本人点头，也不问二成成色合在其内③了没有，这才说："掌柜的，咱们可是按行市合的呀，别叫人说我的闲话。"掌柜的说："二位如果不凭信④，可以另到别家再打打去。"大张说："那就不必啦。"掌柜说："还有一节，这位我们可不熟识，如果有错儿，张爷可是你的保人哪。"大张说："你只管放心，是人家自己的东西。"掌柜的这才平了二十两松江银子交与二人。

　　回到赌局一充帐，下欠⑤三十余两，由二李并赌友担任起来，明天打总⑥充帐。有才垂头丧气的回转家门。

　　且说梁有才白白的把一对金钗输给人家，余外还欠人好几十两银子，只有垂头丧气的回家啵。越走越腻越不到，及至到了家门，已是掌灯时候了，见街门

---

① 京平：当时衡器类别有五种：管库平、库平、公砝平、市平、京平，重量依次递减，因此京平最轻。
② 换：旧时金银比价单位，随市场行情变动。如果当日市场行情是一两黄金可以兑换12两白银，则当日金银比价为十二换。
③ 底本作"丙"。
④ 凭信：相信。
⑤ 下欠：借款者一次没还清，还欠下一部分。
⑥ 打总：汇总，一齐。（《新编北京方言词典》）

关闭,用手推了推,原来里面已经上好。有才一面用手拍门板,嘴里喊着:"春香,还不快来!"春香听见,连忙出来给他开了门。有才迈门槛往进走着,说:"天这么早你就张罗掩门,成什么过日子人家儿啦?"春香说:"这是我们姑奶奶这们分派的,说是怕闹贼。院中人少,倘或溜进个白潜贼①来,偷走那样儿不是钱呢?"有才戳着自己心病,不便往下再说,春香将门照旧关好,跟随进房。

　　有才见翠仙在灯上做针黹,已然将首饰摘下,自己情知理亏,假做和气说:"娘子可曾用过饭了么?"翠仙依然低头做活,说:"方才与春香胡乱吃了些儿,郎君如用什么请自随便。"有才说:"方才我那两个朋友一定约我在外边吃酒,我们是多年旧交,难却情面,只好在一处用了些个,做男子的还能不交朋友吗?"翠仙说:"人不能离群而孤立,但只一节,交友层务须掌住了眼睛,名贤有云'莫贪意外之财,休交无益之友'。若是每天凑在一处,除去讲些吃喝嫖赌之外,不谈一点儿国计民生,这路朋友实在无益有损。"有才说:"娘子,你说的话虽然不错,但是男人终日在外边,不能不交往,遇有什么事,也不能不随喜。你别净听说某人荒唐,好嫖好赌,错非仗这两宗事联络感情,还未必挣得出钱来呢。"翠仙说:"你说的是运动政界的时道人儿,或者有的,至尊驾从前做个小本经营,如今倚赖妾身吃碗舒心茶饭,也要这们胡搞,有什么益处?再说赌博场中没有好人,谁都为钱争红了眼睛,要从赌局中交结朋友,恐怕一个儿也交不着,还不如酒肉吃喝,彼此还留个当时交情呢。"有才听他说了半天,好在没肯说明丢了首饰,心中虽不耐烦,也只好信口答应着,说:"娘子见教极是,从此我少出去同他打连恋去就是。"

　　翠仙说:"妾身本应出嫁从夫,不过见到的地方随便说说,听与不听,任凭郎君便了。"有才说:"我多早晚也没不听你的话呀,你看天色不早,咱们安歇了吧。"翠仙说:"既是郎君劳累了,你先睡就是,我这针线活得做完才能睡呢。"有才说:"我到不累,也不困,不过见你已然摘了首饰,只当你要忙着睡觉呢。"翠仙说:"郎君有所不知,妾身听人常说'朝朝防火,夜夜防贼',咱住的房屋无多,难免被□人看在眼里。从今以后,妾这些首饰,要严密收藏起来,不必戴了。"有才一听,说:"娘子,你这话可差些个,你是新出阁的娘子,既然有这首饰又不

---

① 白潜:天桥的窃贼,按其不同的行窃手段,可分为"白潜""黑潜""戏潜"和"高买"等四种。"白潜"又称"剪绺"或"小绺",俗称"白钱贼"。(《北京话词语》)

戴,可做什么用呢？"翠仙说:"所为省心,免得劳神。"(到不是怕亲友借当。)有才不敢往下再钉,只好安歇睡觉。

从第二天起,翠仙果然不戴首饰,把小皮箱儿锁了个挺结实。(不戴首饰,熬上带钥匙啦。)有心要对他说明自己还欠人家款呢,又不好启齿。用毕早饭,只急得出来进去,如同热灶上蚂蚁一般。

且说梁有才原同大家定的是次日准赴赌局再去捞捎,不想翠仙虽不明说丢了首饰,可是全锁藏起来,财物到不了手,还欠着人的赌债,焉敢再去？这一急非同小可,再说,头天输钱急的上了心火,晚饭又没吃好,今天看这情形,还怕有口舌是非,更是急上加急。自己一想:"莫如借这个为由装做害病,即便谁找上门来,也有得推辞。翠仙如果看着自己害病着急,一个疏神,给他个什么得手拿什么,存在前面店里,再重赴赌局大大的捞一下子,只要把昨天损失的捞回来,那不再戒赌呢(好耍的多有这种心理),有理呀有理。"打定主意,春香让他吃饭,他说不饿,让他喝茶,他说不喝,就张罗铺床睡觉。(梁有才学上杨雄啦。)

翠仙早猜透他是装着玩儿,故意说:"大郎,我看你八成儿有什么心事吧？"(挺好的坤角儿①,也要巴结这个角色儿。)有才说:"我没有什么心事,不知怎么,起心里不痛快,嘴里发苦,心里发堵,多半儿中了鼠疫了,你给我预备个百八十块的,我上医院住几天,免得你们受了我的传染。"(这是梁有才吗？新人物借卫生说事哪。)梁有才设②有这一套,无非要同翠仙手里挤几两好做捎往别处扎去。翠仙说:"大郎既然身体不爽快,总是吃两服药或烧香许愿都可以,千万不要再劳神受累了。"有才说:"我有心到外边游玩游玩,现在天气暑热,无处可去,所以才同几个朋友赌钱解闷,并不算什么劳神。"翠仙说:"昨晚妾劝你的话原是金石良言,奈因你不肯听,这叫良言难劝易性人。你既好赌,你请赌你的去。"有才说:"前天我欠人家几两银子,今天不爽快不愿去了。"翠仙说:"去与不去任凭于你,只是想拿我钱财去做赌本,是万不能的。"有才一听,只好死心啵,仍就③装病,倒在床上哼哼嗳哟,翠仙并不理他。

---

① 坤角儿:指旧剧中的女演员。(《北京土语辞典》)
② 底本作"没"。
③ 仍就:仍旧。

一幌儿闹了两三天,自己也有些不好意思的起来,只是不能再去赌博。这天午后,自己在床上唧唧哝哝的唱着玩儿,翠仙听着不顺耳,出到院中去做针黹,忽见门口儿有个人往里一探头儿,看见自己复又退回身去,咳嗽了一声,跟着问说:"梁大哥在家么?"翠仙听见,连忙跑回房去,说:"门外有人唤你。"有才猜着必是张李赌友来讨帐的,悄步声儿的说:"你回说我没在家就是了。"翠仙说:"这可不对,既然有人寻找,总是觌面见着问明什么事,不见会子难免人家二次再来。"有才一听,只好起身,出离屋门,一面走着,说:"我看看是谁找我,是谁找我?"(梁有才唱上《马思远》啦。)

此时门外又喊了一声"梁大哥",有才听语声儿,正是二李,连忙答言说:"李二哥,少见①少见,快家里坐吧。"二李已然进到院中,说:"要不咱哥儿两个还上前边店里说话儿去吧。"有才一想,不当着夫人儿说也好(搪帐怕内柜知道的都是梁爷一流人物),赶紧说:"二哥嫌家中拘泥,咱们就上前边儿去。"说着又到泰山居。二李说:"嘿,梁大哥,你怎么又不照面儿了?"有才脸一红,这才设法编谎搪帐。

且说梁有才听二李问说"为何好几天又不照面儿,莫非打算输钱不认帐了么",登时觉着对不过,只好编谎啵,说:"李二哥,你有所不知,从打那天回到家内,第二天就没吃饭,又怕你们几位不放心我该欠的这两个钱,赶紧托亲友借贷了三十多两银子,谁想没能送去,半夜闹贼,不但把这银子丢了,连衣服首饰简直的丢了个一家儿净。这一破财,我这病越发的沉重了,我们内人也因为财政支绌,急气交加,也闹起病来,赶紧请医吃药,求神许愿,昨天才见轻松了点儿。今天李二哥来,敢莫是为讨债而来么?"二李一听,明知梁有才是借病支帐,因为大家勾着吃不可性急,把他拿钻了,只好顺口答音的说:"原来梁大哥你在家害病来着。据我说②,几十两银子很不必着这么大急,你命中还有一注大财哪。"有才听到这儿一愣,说:"李二哥是会看相呀,还是会算命呢?你怎见得我命中有财?"二李一乐儿,说:"我又没瞧你的手,也没问过你生辰八字,即便会相面批八字,也不能就断。反正你这笔财准有,你只要自己愿意发财,就能到手。"

---

① 少见:一段时间没见,再见面时说的客气话,意思是"最近见得少,有段日子没见了"。
② 底本"说"下有"说"字。

有才被二李没头没尾的几句话说得越发发了怔,说:"你是怎么见得,你总得说个明白,要不然咱们两个人没完。你想世界上的人,谁又不愿意发财呢?"二李说:"这件事我可不能白告诉你,你得好好儿的请我喝个酒儿。再说,你这笔财如果得到手,你怎么酬谢我也得预先说明,不然你自己想去。横竖我这话准有把握。"有才一听,立刻也顾不得再装病了,说:"李二哥,你要喝酒,我一定请你喝酒,我这笔财准能到手,给你二成回扣,你这就快告诉我吧。"二李说:"你要真肯请我,咱们就要菜吧。"有才说:"不上不算。"

再说自己还欠着人的赌债,不然真许瞪眼要钱,连忙把伙计叫到跟前,要两壶酒,又让二李要了几样菜,一会儿做齐。二李说:"咱们不客气,一人一壶,自斟自饮,喝呀。"说话斟满一盅赶一盅,嘴到杯干,有才一盅还没喝完,二李已然亮了壶底。有才又喊伙计从新再打两壶,二李又把两壶喝净,菜也吃到够了数儿。有才无非勉强陪着,见他稍有歇气儿的功夫了,这才说:"李二哥,你这可该指教我发财道路了吧。"二李说:"我说出来,听不听在你,你可别恼。"有才说:"你说什么我都不恼,你就只管说吧。"二李说:"那天我同张大哥来探望你,临走的时候儿,隔窗看见你屋里坐着一位天仙似的美人儿,不过看了个大概。今天到你门口儿,刚要打门,院中站着一位堂客,真称得起天上少有地下绝无的一位绝色美人,见我一喊你,跑进房去,大约必是你那令正尊夫人喽?可不是我说,俗言说'穿衣吃饭量家当儿',何况娶妻?岂不知妻者齐也,要是同自己不般配,反与自己有祸。就以你方才说你害病的事,据我瞧,就是你们这位堂客妨的你。君子问祸不问福,我是概不奉承,你肯信我话,就能发财。"

昨天的书说到二李不肯简直的给有才出主意,让人把夫人儿出手,所以才略用迷魂掌①法,想着有才如果急了,先跟他认做玩笑,他如果一死儿不答应再跟他要帐,反正得把钱弄到手中,所以夸说夫人好像天仙。

有才并没生嗔②,直勾勾的两只眼睛看着二李,直好比蹭戏,听入了神似的。二李说到"准保"这句,故意略微迟钝了会儿,抓起筷箸,又吃了两箸子残

---

① 迷魂掌:相面先生有三种,在棚内相面称为"挂张";立在墙下相面的,叫作"抢巾";不说话,写字相面的,称"哑巾"。其中"抢巾"又叫"迷魂掌"。"抢巾"是相面者立于墙下,看准目标,便追上前说"神色不正""面带邪气""家中必出祸事"之语,并给出消灾的方法,如砍去房前大树的一根枝杈或填填坟土等。(参看《天桥史语》)

② 生嗔:生气。

肴，有才不好往下问，可不住点头咂嘴儿。二李心说："有边儿①，他既不炸，我就愣给他断个价儿。"说："我方才说你家这位夫人称得起是个千金美人，比如你肯出手，要是送给官宦人家做个偏房，苦到家②也能使一百银子的财礼，还可以闹个活门儿③。过去几天你去瞧看，只要你们二位感情好，他给你美言两句儿，能提拔你得个一官半职的。你要怕不稳当，索兴一狠心，把他送入乐户籍④，手拿把稳的能使一千银子的身价。像你这个身量儿，假如有一千银子你在手里拿着，爱喝酒能开个清酒缸，你爱弄耍儿，足可以开个宝局，你这个乐子可就大了去咧。"说完又冲有才一乐儿。有才听到此处，不好答言儿，仍是默默的看着二李点头。二李心说："八成儿这叫默许，我别钉紧了。"想到其间，又说："梁大哥，你的酒怎么样了？"有才说："我听你说的热闹，忘了喝啦。这儿还有半壶哪，你不够再来一壶。"二李摇摇头说："不，我足以够啦。你既不上酒肆儿，那天高兴，咱们可还得凑凑。还有一节，你上次欠的那点儿银子，千万可得早凑齐了充上帐，才算做脸哪。"有才说："李二哥你只管放心，赌奸不赌赖，我要不是被贼偷了这一通儿，早就充了帐咧，你见着众位千万替我美言。"二李说："那是自然。那们我也不说什么了，今天让你破钞花钱，咱们哥儿两个到底那一天见？"有才说："三五天。"二李皱皱眉，有才说："要不一半日（又串到《翠屏山》上去啦）？"二李说："不用定准日子啦，反正你赶紧设法去凑银子吧，我也该回去了。"

有才把二李送出泰山居，自己又叫过伙计，一算不过四五百制钱，依旧记了帐，往家中而来。进到房中，见翠仙已同春香用过晚饭，见他回来，仍做针黹。有才坐在一旁，答讪着对翠仙说："嗳呀娘子，可了不得啦，方才我听人传说，今年⑤北省处处亢旱⑥，连河南的麦子都颗粒没收，大庄稼也种不上。南省的大米都被奸商运出口去了，粮价是一个劲儿飞涨，早晚有人吃人的行市。想

---

① 有边儿：指所期望的事有可能实现。（《北京土语辞典》）
② 苦到家：来源于"黄连敲门——苦到家了"，原意指味道非常苦。喻指极度的悲苦。这里引申为副词的用法"最差，最少"。
③ 活门儿：这里指把妻子卖给他人后还能和妻子往来。
④ 乐户籍：妓院的别称。
⑤ 底本不清，据文义补。
⑥ 亢旱：大干旱。

咱家这三口人,我一点儿正事没有,恐怕要活活儿的饿死,你看这可怎么好?"说完假装着急,皱着眉头子,嗐声叹气①。翠仙起初听说荒旱还有些像人话,及至听他说得十分厉害,反不信了,心说:"这又不定借这旱灾说事,□着什么高着儿呢(八成儿要吃赈灾)?"扭过头去,竟自不理他。有才见夫人儿不答言儿,故意的一跺脚,说:"娘子,你看这可怎么过?这可怎么活着?"抽抽答答②的装掉眼泪,谁想翠仙依然不理。

且说梁有才回到家中,对着翠仙撒开③了一诉苦穷儿,翠仙给他个"任凭你花说柳说④,满叫白说"。到了时候,叫丫鬟掌银灯,"你把那红绫子被儿与我安排定,哼,嗳哟。"(那位说:"翠仙不是山西人,怎么也唱上《酸五更儿》咧?"你没猜着,被有才气得犯了肝气⑤,故此忙着要睡觉。)

闲话少说,从这一晚晌起,有才一点笑容儿也没有。到了次日早晨,翠仙命春香预备好菜饭,给有才盛上一碗。有才抓起筷箸,气忿忿的往桌上一摔,说:"你看这个菜不加醋,怎么吃呀?"春香忙着给他到了一碗醋来,他把筷箸一扔,说:"虽说我们山西人好吃醋,也不能用醋泡饭喝呀。春香呀春香,你这丫头片子简直的是坏了良心咧。"春香撅着小嘴儿也不理他,心说:"反正□两头儿有个坏了良心的。"翠仙看不过眼儿,叫春香拿饭院子吃去,有才不敢反对,胡乱吃了一碗,倒在炕上横挑鼻子竖挑眼,变着方法儿找斜碴儿⑥。

一连气闹了三天,见翠仙还是不理,只好到外边溜达溜达,可又得躲着赌友地方儿走。一会儿天黑才往回路走,到家一瞧,今天晚间特别明灯朗烛,把酒盅擦的光亮,桌上摆着四碟小菜,都是自己合口味的。

翠仙见自己回来,赶忙起身让坐,说:"郎君回来了?你今天为何这样昏黑回家,奴家久候多时,要与你痛饮一醉。"有才心说:"今天我们娘子请我喝酒,不知什么事?"此时肚中又渴又饿,连忙说:"多蒙娘子款待,怎么今天你也犯了酒瘾了么?"翠仙说:"奴家原不喝酒,皆因连日见你着急,故此特备些酒菜,与

---

① 嗐声叹气:唉声叹气。
② 抽抽答答:抽抽搭搭。
③ 撒开:打破拘束,纵性而为。(《北京土语辞典》)
④ 花说柳说:竭尽力量用各种理由、各种说法劝说开导。(《北京土语辞典》)
⑤ 肝气:中医指肝脏精气不和的病。有胁痛、嗳气、呕吐等症状。(《汉语大词典》)
⑥ 找碴儿:又作"找茬儿",意思是故意挑衅,挑毛病。

你解闷消烦。春香你就快摆呀!"春香答应,一会儿做了几盘熟菜,摆在桌上。有才赶紧把壶抓过来,说:"你今天也喝一盅。"翠仙说:"既蒙郎君相劝,奴家少不得①也陪你一盏就是。"有才说:"这也叫喝酒的人架不住三让。"连忙斟满,自己也斟上一杯,说:"你猜怎么着,我还是正想酒喝咧,不过一个人喝酒没什么意思,今天咱们两个人总得喝喝。"说着端起酒盅,呷了一口,说:"今天这酒比往日酒好,这大约得四十多子儿一斤吧?"(这是有才说的吗?我的心腹事。)有才口中夸着酒好,早干②了四五盅啦,忽然想起心腹事,又皱上眉头。翠仙说:"我见你这一程子为穷着急,脸上透着瘦了许多,我又没法子替你捕帐挡穷,分忧代劳,我的心里也自觉讨愧。昨天我细细盘算,除去几样簪环首饰衣服之外,一点儿值钱的也没有。即便折卖,也不值多少钱。"说到此处,见春香没在房中,悄步声儿的往院中一指,说:"要不咱把这个丫头卖出去,一则省分儿嚼谷儿,二则也少招你生气。卖上几两银子,你做为资本做个营业,你想好不好?"有才听夫人说到这儿,心说:"有方向,顺这口话儿往下订,也许二李的主意有成儿。"想到其间,把眼睛一眯缝,说:"娘子虽是好意为我谋求生计,无如一个小毛丫头子③又值上几何④?再说,出了手,你也缺手。不如咱先喝酒,谋生的法子暂且缓议。"

且说梁有才听翠仙有将丫头春香出手的话口儿,心中暗暗欢喜,摇着脑袋子说:"值不了许多银子,不如不卖。"嘴里说着,眼睛故意的看着翠仙,说:"得咧,咱们今天既然喝酒,就先喝酒,不要提这些烦事。俗言说得好,'今朝有酒今朝醉,明日无钱明日愁'啵。"说着端起酒盅儿,又连干了两盅,脸上微露醉态。

翠仙看出他这一程子同自己有外心似的,想着今天索兴试探试探他。想到其间,又用话往下勾引他,说:"奴家既然嫁了你,你是我的夫主,夫乃一层天,无论什么事,都得由着你做主,奴所有的财物衣饰也全应属你。但只一节,本来没多余财物,过了这些天,已就垫补着花完,从此咱再往下过,一天紧似一天,早晚有断炊之日。我若一定守着从一而终之义,即便咱一同饿死,还能像

---

① 少不得:又作"少不的"。意思是只好、只得。
② 底本作"赶"。
③ 毛丫头子:女孩,还有蔑视其无知或无能力的意味。
④ 几何:数量的多少。

伯夷叔齐以饿成名吗？无非白受些罪，将来葬于沟壑。要想发迹，彼此断没什么指望。假如你若肯把我出手，卖在个官宦人家，为奴做妾，大约总比春香多值几两银子。奴既不至饿死，你有这笔钱，做点儿事业，或者够你用度的了吧。"说完两眼看着有才。

有才虽然满心愿意，无奈拉不下脸来立刻点头，摇着脑袋说："嗳呀，娘子，我与你是恩爱夫妻，难以割舍。（要唱《鸿鸾禧》①，小子的行为本同莫稽差不多吗？）再说，咱们穷虽穷，只要你设个法子，就能有吃有喝，何至必讲独立呢？"翠仙说："但凡我能回娘家运动些钱财，或在别处能借出款来，我断不说这辞职的话，明明舍不得你，势出无法，也不能不下台。别瞧奴是个女流之辈，处上事得分得出缓急轻重来。你是个堂堂男子，也得有决断才行哪。这叫做'现放着两全其美的一条逃生路，莫非你藕断丝连像女人不成'？"翠仙说到这儿，背了两句子弟书②，而且整颜厉色，好像真起心里真愿意似的。

有才看着登时喜欢的拍手打掌，说："罢了，罢了，你真是我的好伙计，你既有此心，拙夫听从你的妙策就是了。再说，这不能像别的货物，说卖就有主儿。容过一半天，我到外边吹嘘去，一来得人家合式，价码也得大，事成之后，那不多给人家的回扣呢，那到使得。"（梁有才是借债的熟手。）说着话笑嘻嘻抓起酒壶，说："娘子，你既肯这样成全我，没别的，我先给你斟个盅儿，做为道谢啦。"翠仙假意殷勤，接在手中喝了下去。有才又连喝几杯，真是酒入欢肠，说："娘子，我虽是一时答应你的主意，可断不能忘了你的恩情，将来若能常来常往，还求你多提拔我哪。"翠仙说："那是自然。你看天色不早，既然今夜不能表决，咱们睡觉吧。"有才说："娘子说好便好。"翠仙唤进春香，收拾床帐，先自己睡下。

有才瞧壶中还有许多酒，对春香说："你如果困，你也只管睡你的，我把酒喝完，我吹灯就是了。"春香答应躲开。有才一面喝一面心里盘算，"明天找二李去，把今夜情形说明。不管什么人，只要出的价钱大，立刻人财两交。"

---

① 《鸿鸾禧》：又名《金玉奴》《棒打薄情郎》，京剧传统剧目。故事讲的是明英宗时，生员莫稽，家遭天火，沦为乞丐。丐头金松以自己的女儿金玉奴给他做妻子。后来莫稽中进士任德华县令，嫌弃妻子出身卑微、低贱，在上任途中，将妻子推入江中，被相国徐尽臣遇到救了起来，以义女再次配给莫稽。洞房之夜，玉奴命丫鬟棒打薄情郎，莫稽十分后悔。

② 子弟书：一种曲艺，在清乾隆年间盛行于满族八旗子弟中，曲目多取材于明清小说、戏曲以及当时的社会故事。

且说梁有才听翠仙认可自行卖身,这一乐非同小可,揣度那个滋味儿,比得着头等奖券的彩票还高兴。一夜无词。

次日老早的起来,奔到集场去找二李。二李正打算约会各赌友去找有才催取前债去,今见有才来找自己,笑嘻嘻的说:"梁大哥来得恰巧,不然早半晌儿①,我还给你请安去呢。想必你把银子奔出来了,你多借给我几两方好,我这两天时运不济,手头也丧,输得要死,你快救命啵。"有才说:"你立刻要银子,我可是一分一厘没有,找你来另有话说。"二李一吐舌头说:"喝,我的爹,你没有银子,找我莫非打算向我遣求借贷么?这个年月,这件事可万办不到。"有才说:"并非借贷,此处人多不便细说,大略说给你个略节儿②。就是你上次给我出的那个主意,我那一口子,现在有了同意了。"二李有些不信,说:"真的吗?"有才说:"我多早晚冤过你呀?"二李说:"既然当真,咱们找个僻静地方吧,你说给我听听,好替你帮忙。"有才说:"那儿清静就上那儿说去。"二李说:"这是机密大事,茶馆酒肆万说不得。这群赌友平日最好拉纤,被他听了去,这个一言那个一语,见天③要领人去相,若是一个把事情闹糟了,岂不可惜?"有才听着直点头,说:"李二哥说得是,那们咱们到底上那儿去好?"二李说:"咱们得出村,找没人的地方儿去。你把情形说给我,我再给你转托人。"说着,两个人出离二李家门。

穿过了大道,村外有个五道庙儿,四周无靠,庙后有个石台儿。二李说:"这儿很僻静,咱就这儿说说吧,梁大哥你坐下。"有才挨着二李坐下,就把昨夜翠仙的话述说了一遍。二李心说:"这位堂客八成儿是看出小子没起色,所以要自投生路。但不知娘家都是做什么的,虽没有多大的势派儿,可也不得不防。"容有才说完,说:"据你这们说,这位嫂子可真是要成全你喽。但只一节,老娘儿们的见解多是游移无定,说了兴许不算,这事可得加紧办,迟了恐有翻悔④。你瞧这件事还是十分凑巧,错非你财命儿好,真赶不上这个机会。"有才说:"什么好机会呢?"二李说:"你这一程子总没上赌场儿,新近来了一位内官家,从北京新到,说是到老家来有事,每天离不开赌钱。人家注大,又是松心赌儿,咱这

---

① 早半晌儿:上午。(《北京土语辞典》)
② 略节儿:简要的书面报告。这里指大概的情况。
③ 底本不清,据文义补。
④ 翻悔:反悔。

一方的人被他赢的不轻,好在该该欠欠的人家不当回事。听说过三五天要回京当差去了,到人走的那一天,还能不充帐吗?要跟人家讲赖,二指大的纸条儿,就能把咱们杀啦。昨天我同他一块喝酒,问他京里有什么产业,他说大小明暗中都有挂钱儿,自己贴身还有几个孩子。"有才说:"你说内官不是太监吗?他们要家小做什么呀?"二李说:"你敢则外行,内官方称中贵人,原是男子性质,净身不能改天性,所以有妻妾。为服侍自己,有时逛下处也是如此。"有才说:"人家有钱又怎么样呢?"二李说:"他说喜爱本乡堂客,打算办一位带到北京,只要人材好,不怕多花钱,一见令夫人,还管必能中意。"

且说有才听二李说到这位中贵人怎么有钱,自己心里喜欢的了不得,说:"请问李二哥,这位内官家你能亲自对他说呀,还是得另经别人呢?"二李说:"你这个人敢则这们不开窍儿,这路事若是一经许多人,便不能有成儿。这件事我紧靠你这卖主儿这一头儿,那位买主儿人家爱隔几道手,全不用你管。少时我就找他去,只要看中意,人财两交,不然出了钻纤①的,可就难免有口舌是非咧。"有才说:"那们咱们哥儿两个那儿见面儿呢?"二李说:"据我想,你赶紧回家,先把话对嫂子说明白了,你就在泰山居店中等我。今天后半天,我领中贵人前去相看,他们那路人的秉性,只要中意,不怕多花钱。可有一节,他出到了价儿,你要再争,他可就许②不要了。"有才说:"那们少时全仗二哥帮衬,我看你眼色行事。"二李说:"少时看势做事就是了。事不宜迟,咱这就分首,你回去想着催你们那一口子,梳洗好着点儿。"有才点头答应,二人离开五道庙。

有才回到家中,见翠仙果然光梳头净洗脸,称得起是刷干掸净,见有才回来,说:"你往那里去了这们半天?"有才未从说话,先递嘻和,说:"呀,娘子,昨天夜里你说的那个碴儿,我越听越有理,今早到了集上,寻找一位朋友。你瞧别提有多巧咧,有个北京新到的贵人,正来说亲,只要模样儿好,不怕多花财礼,带回京去做夫人。少时本人亲自来相看,咱们可是前言后不改,别到时候儿让中人为难。"翠仙把眼一翻说:"那是自然。但有一节,究竟是什么样的买主儿?你可得别冤人。"有才说:"少时人家来相,我用话砸对准③了二李,反正

---

① 钻纤:扦纤的被同行后来居上,抢了生意,也叫"钻锅儿"。
② 就许:就有可能。
③ 砸对准:"砸对"的意思是商量确定。《北京方言词典》这里"砸对准"指确定、问清楚。

不能叫你受委屈。"说完出离家门,奔到泰山居门口儿一等。

　　天到日色平西,见二李同着一位四十上下岁的太监,穿戴的很阔,从远远儿的走来,说:"二李,怎么还不到哇?这山根儿①底下还有什么好人材吗?"二李说:"老爷你别着急,你瞧,就是那个茶馆儿后身儿②那个小门儿。"有才一听,说:"李二哥,我在这儿等你哪。"二李说:"你过来见见老爷。"又对这宦官说:"这位姓梁,就是本主儿。"有才赶紧凑过去,深深的给太监做了个揖,说:"我给老爷行礼啦。"太监略微点点头儿,说:"罢啦,你姓麻儿③呀?"有才说:"方才李二哥不是告述你老我姓梁吗?"太监说:"早晨我没听明白,不错,他方才还说过了一遍呢,这们功夫,我又忘咧。"二李说:"你老人家这就叫贵人多忘事吗。"说得太监也乐了,回头说:"小李子,咱们那儿坐呀?"有才说:"老爷既来了,就请上我家去吧。"太监说:"也好,你头里走,看着狗。"有才说:"我家没怕丢的,不养活狗,你老请啵。"说着进巷口儿,到了小门儿,说:"请呀。"自己先进来,二李随着太监也进到院中,有才紧跑了一步,说:"我替你们二位打帘儿。"

　　太监迈进门坎儿,见里间屋床上坐着一个如花似玉的美人儿,站起来看了自己一眼,没问贵姓,扭过身儿去低头坐下。太监又一瞧后影儿,身材苗条,不由十分喜悦。

　　且说翠仙一见二李同来的这个人是个内监,而且一嘴的南腔北调,撇唇咧嘴,心说:"看这神情,决不是奉公守法当差的好人。"正在这个当儿,就听二李笑嘻嘻的说:"老爷,你看怎么样?"又听太监答言儿,说:"只要脾气不抗头,凑合着卖④得出去。"二李怕翠仙懂得这话,连忙冲太监挤眉弄眼摇头儿(孩子上了毛病儿啦),又一拉有才的衣襟儿,冲前边努⑤嘴儿。太监也自知失言,说:"咱们在这屋里说话不方便,要不上茶馆儿说话儿去吧。"

　　有才刚要叫春香看茶⑥,一听太监这们说,也信口答言儿说:"老爷既嫌房屋窄小,拘泥的慌,咱就前边借个地方儿说去也可以使得。"太监站起身来,又

---

①　山根儿:山脚。
②　后身儿:一座大建筑的后墙外一带。(《北平土话》)
③　麻儿:什么。
④　底本作"罢"。
⑤　底本作"弩"。
⑥　看茶:仆人给客人端茶倒水招待客人。

瞟了翠仙两眼,对二李说:"那们我先走咧。"二李也跟着站起来,说:"一块儿走。"此时有才跟着出离屋子,要奔泰山居后门儿。

太监同二李腿快,早到了街门儿,两个人一面走,嘀①咕了两句,有才不便往回叫人家,也跟着出来。二李说:"前边茶馆有清静地方儿吗?可别被破坏党听了去,给咱们坏事呀。"有才说:"那到不能,而且我同掌柜的有交情,可以借他柜房儿坐着去。那不将来事情办成给他几两呢。"二李说:"这更好咧。记得这位掌柜的给人家写过卖契,就便拉上他做个代笔中人,也可以使得呀。"说着二人进了泰山居,掌柜的正在柜上算帐,见有才同进两个人来,认识一个是二李,那一个太监不知名姓,心说:"有才这小子真是能钻,八成儿要拉官纤。"赶紧推开算盘,站起来笑嘻嘻的说:"梁先生今天请客吗?"有才说:"不,我同这位宫中太爷有两句话,在我家嫌不方便,打算借你柜房儿坐一坐儿,大约没人吧?"掌柜的说:"我们都在外边儿忙,屋里清静的多,请吧,请吧。"有才说:"老爷你就走吧。"

掌柜的忙着叫伙计沏茶,自己追进来,抓掸子掸桌子,抓笤帚扫了扫炕,说:"这位老爷可多有屈尊,贵姓呀你老?"太监说:"这到叫你忙合了,我姓宫,你忙你的去吧。"掌柜的说:"我们柜上本就缺人,昨天又病了一位先生,不然我倒没多少事。宫老爷肯赏脸赐光,少时我孝敬你老人家一杯水酒。即便天晚了住下,有的是闲地方儿,咱们再说话儿。我瞧你老人家很随和,不是好闹脾气的老爷们。"说完刚要出去,伙计已经送进茶来,掌柜的忙着要斟,二李抢过来,说:"你去治②你的事,我们也得说会子,这事成了还有求你的事哪。"掌柜的说:"李二爷肯拉扯③我,敢情④好极了。没别的,咱跟他老人家上京,领他老爷的东,大大的闹个买卖才好哪。那们你们三位说话儿,我就失陪了,用着我只管言语。"说完走出套间,给放下单布帘儿。

二李倒上茶,有才抢过来又倒了两碗。二李说:"梁大哥,这不是给你们两造拉了面儿啦吗?你们对说对讲,给我什么我擎着,不给什么,我净手拈香也决不红眼。老爷你老听我像人话不像(可惜就是不行人事)?"有才同太监一齐

---

① 嘀:咻*。
② 治:办(事),干(活儿)。
③ 拉扯:原指辛勤抚养,这里指照顾并给机会。
④ 敢情:当然,表示求之不得。(《北京土语辞典》)

答言儿说:"李二哥真说得爽快,焉有叫你白落忙①之理?"太监这才要问身价若干。

且说宫太监对二李说:"既是这个姓梁的肯把家里的出手,但不知他要多少钱?"二李说:"梁大哥,这不是宫老爷问你哪吗,你就说个数儿啵。"有才说:"宫老爷,他话是这们说,我是被穷所挤,万分无法,才想这各自投生路的法子。我们两口子平日感情原本不错,若是你老爷带回家去,跟你老享福呢,我可以少使几两。方才你老人家说什么摆得出去咧,这话想必你老也要在堂客身上生财。我要一定说不卖,未免招你老爷生气,既然卖,就得头朝外,咱们干干脆脆,你老给个整数儿。"说话伸出一个手指头来。太监说:"你跟我打手式②干麻儿呀?是银子是钱,是一千是一万你乘早儿说明,这们呕腻③人,我可受不了。"

书中代表,梁有才原不是贩卖人口的主儿,不过那天听二李说为妓可得千的话,所以才伸一个指头。如今见太监有些生气,吓得了不得,用眼瞧着二李,意思想叫他帮衬几句好话。二李做为没看见,并不答言儿。有才急得拍了二李一下子,说:"早晨咱哥儿两个不是计较④了一回了吗?你怎么没把底泄给宫老爷吗?"二李噗哧儿的一笑,说:"人家没有看见货头儿,我能替你要价儿吗?再说,银庄钱庄有许多分别,你愿意要那样儿,你只管明说。宫老爷看着不值,也许还个价儿,不怕你们两下里⑤上下差点儿,我可以替凑合凑合。你不说银钱数儿,我怎么答言儿呢?"宫太监此时答了言儿,说:"还是二李子是久惯⑥办事的衙役。梁老大,依我说,银子钱都是各使各⑦地道,北京各省平头⑧成色又不一样,简直的你就说咱本地的老钱,你净擎多少,不就完了吗?"有才一想,真要动千要银子,又怕把老爷要炸了,只好顺着口锋儿,说:"既是宫老爷

---

① 落忙:帮忙,特指在别人办红白事时帮助料理各种事务。(《北京方言词典》)
② 打手式:打手势。
③ 呕腻:使恶心。
④ 计较:计算并商量。
⑤ 两下里:两方面。(《北京话词语》)
⑥ 久惯:经常且熟练。
⑦ 底本作"个"。
⑧ 平头:平头银。

喜欢说本地老钱，咱就说钱也使得，你老爷给一千吊老钱①就是啦。"太监说："你说了半天，同一千银子也差不多，要是坐家女儿，我就不驳你的回了，无如开了脸②。再说，还不知道生养过孩子没有，这不过隔山买老牛③，你要的这个价值忒多一点儿。我也不留添头④，给你八百吊老钱，愿意呢就算着，不愿意你再卖，我再买。"有才一听，怕是错过机会，赶紧说："老爷，你既还出价儿，我也不敢嫌少，不过我原本没敢多要。"

二李在旁答了言儿，说："梁大哥可不是我相⑤着一头儿，你原要的价值本来大些个。再说，你瞧宫老爷人真爽快，况且人家往京里带，一路得花许多车脚⑥。比如说人家给你一千，要叫你送到北京，货到钱回，我不怕你恼，你沿路张多少心⑦？再说你垫办⑧的了吗？我既替买主儿说了会子话，不替你说两句，也透着有点儿一头儿沉（可不是皆因不满一版）。这么办，所有的花销同代笔人的笔资，都出在宫老爷身上，你干擎八百钱好不好？"有才说："你别把'吊'字儿去掉了哇。"

两个人说话忘情，宫太监一拍桌子，说："你们两个忘八小子，分明拿我开心。"吓得两个人做揖认错，掌柜的也听明这些话，赶紧进来解劝，立刻要写立卖身文契。

且说梁有才同宫太监争论价值，这些话早被泰山居掌柜的听了个明白，心说："好没良心的小子啦，就是媳妇来得容易吧，也不该这们撒手哇！早知道他是这路货，我还早架弄到我手里头呢。"又一想，"我又拿不出动千的银子来，人家既是都成了，我凑进去，先闹分花销。"打定主意，这才追进里屋门，装做续开水，进门先打壶盖儿，说："你们三位茶凉了吧？"太监说："我们还没喝呢。"掌柜的冲有才说："梁大哥，怎么你嫌家口累赘，打算要离婚吗？这个年头这样贵的

---

① 底本无"钱"字，据文义补。
② 开了脸：旧时女子出嫁时，用丝线将鬓角、前额等处的短发、汗毛等绞除，将脸庞修饰得洁净、漂亮。《北京话词语》这里泛指结过婚。
③ 隔山买老牛：指未经调查，没有亲眼看见，而贸然去做。
④ 添头：旧时为弥补损耗而加在商品上的价钱称为"添头"。
⑤ 相：向。
⑥ 车脚：车费。
⑦ 张心：劳神，费心。（《北京方言词典》）
⑧ 垫办：代人办事，并先行垫付费用。

吃喝,到是正经主意(就怕找不出主儿来)。"

二李知道泰山居掌柜的已然听了去了,好在事情已然办妥,即便破坏也霍弄①不动了,笑嘻嘻答了言儿说:"这不是你已经听明白了吗?方才我说求你的话,就为这件事。上次张二卖地,我见你笔底下挺在行,没别的,他这个代笔就不用另找外人咧。"掌柜的把嘴一咧,说:"李二哥,你别胡拉扯我咧,要讲买房置地给人做个中人代笔,反正是老乡②对老乡。再说,无论典卖,谁有钱谁置,是常经③的俗事,至于买卖人口,本就犯着律条。而且方才我听见一耳朵,这位老爷也是替人办的事,这路代笔可不能伸手就动笔。"

二李一听,晓得掌柜的是要动拿捏④,连忙说:"掌柜的这话说得极是,好在你同梁大哥你们是陈相好,而且又是近邻,你又是土地爷玩枸杞。"太监说:"枸杞有什么玩头儿呀?再说,那个村儿里有这们不开眼的土地爷呀?"二李说:"你们老爷们是陪王伴驾的人,不懂我们这土语,这是一句俏皮话儿,就是知根儿。"太监把眼珠儿一翻,说:"不像话,要讲土地爷玩什么花草都得知根儿,做什么单说枸杞呢?"登时把二李问得没了词儿。掌柜的心说:"二李还是不行。"连忙在旁拾着笑儿说:"老爷,这个毛儿摘得有理,不过这路老俗语儿内中也另有个意思,皆因枸杞的根子扎得深,跑得远,年代久了,能成情迹,又名地骨⑤灵,人轻易挖不着。若是土地爷喜爱地骨灵,不是一挖一个准儿吗?"说得三个人全都乐了。宫太监说:"罢了。你不但会开带小店儿的茶铺儿,还外带会此巧言儿哪。(彼时要是有报,足够做一门小说儿的。)我别打搅二李,你们还是说你们正经的吧。"

二李接着又对掌柜的说:"方才我说的是,你既跟梁爷有交情,讲不起就得帮个忙儿。而况且你瞧这位老爷,也不是一拳打不透的人,既然用你,还能白支使你吗?"宫太监说:"掌柜的,你要做个代笔,常口儿⑥都是二两,唯独你我加倍给你四两,还不行吗?"掌柜的听到这句,连连摆手说:"别说加一倍,这件

---

① 霍弄:本义为搅动,这里可理解为"搅和"。也写作"攉弄、合弄、和弄"。
② 底本作"卿"。
③ 常经:经常。
④ 拿捏:刁难,要挟。(《老舍作品中的北京话词语例释》)
⑤ 地骨:枸杞。
⑥ 常口儿:这里指通常开口的价格。

事加五倍,外带还得有妥实铺保,不然先生请照顾别家去吧(这是泰山居掌柜的吗? 我们馆里掌柜的往外支鸣冤忿告白哪)。"掌柜的听说写字多给钱,说:"那们就写吗?"宫太监说:"咱们这们说,把字据写成,归我拿着。我现时钱可带的不多,先付些定钱,明日一早人钱两交,不知意下如何?"

且说梁有才听宫太监说先放定钱,次日人财两交,心里虽不愿意,好在人家没拿了自己什么去,笑嘻嘻的对二李说:"既然宫老爷手底下钱不够,那们索兴明天再办好不好?"宫太监听到此处,把眼一瞪,说:"梁老大,你这话说得太透外行,要讲动成千的现钱,出门买货的人,谁也不能老抗着这些现钱。我腰里虽说有银票,不是小瞧咱们这山村地方,给谁家谁家未必能找得出这些现银子来,即便到镇店上也要多吃亏。我在杂货铺存着一笔现钱,少时我去了,叫他给你开成帖子①,可非我亲自去不行。此时你点头认卖,若是不写个字据,明天你翻悔了,中人得陪你打官司。我要净空口说白话,比如我明天不要,你敢把我怎么样? 我怕你不放心,所以说先给你们定银。如果我不要你的人,这银子你算是白使了。你想这不是好事吗?"有才见太监犯了脾气,说:"既然老爷这们说,请问你老先付给我多少两银子呢?"太监说:"零的我没有,除去五十两二两五的一锭整宝②,下余③都是一百两一张的京票,给你们你也没处兑去,再说合的价儿小了,谁应吃这亏? 我先给你这锭整宝,不怕你不乐意要,明天再换给你,你想怎么样?"有才一听,心说:"喝,白花花一个老亲人,我焉有不愿意要的呢?"赶紧说:"那们就依老爷,把定银取出来就是。"

宫太监从腰里掏出一个大钞包来,里面有几个零包儿,还有一卷票子,余外有一锭整宝。用手拿着往桌子上一扔,真是响了一声"矻④",白花花耀眼增光,爱死个人(这是梁有才吗? 泼牛氏)。伸手要拿起来看看成色,又怕太监瞪眼。

此时二李在旁答了言儿,冲大家说:"你们就别紧磨烦了,天色不早,梁大哥你快取张毛头纸⑤来,好让掌柜的写呀。"有才冲掌柜的说:"我家中也没有

---

① 帖子:票券。
② 整宝:五十两一锭的元宝叫"整宝",又叫"东海关"。
③ 下余:余下。
④ 矻:石头破裂声。音 pā。
⑤ 毛头纸:一种纤维较粗、质地很软的白纸,常用来包装或糊窗户。

现成纸，你柜上借给我一张，我明天给钱还不行吗？"掌柜的说："这到凑巧，昨天我买了一刀，为是钉帐本子、糊窗户用的，没有使完，送你一张原不要紧，无奈这路纸不能白使，明天你多少给几个钱就是。"说完从柜中取出纸来，研得墨浓，添得笔饱，坐在靠窗台儿，对有才说："那们就写出卖嫡妻人梁有才喽？"有才没答言儿，太监说："你既常办这些事，你还问他做麻呀？"掌柜的说："不然，要不问明白了，他不画押，我不是白费笔墨吗？"有才说："既然托你，你按规矩替写就是了。"掌柜的写完前文，又问卖与何人，有才说："自然是宫老爷身旁为妻喽。"太监一拍桌子，说："我们不应奉明文娶家小，再说很不必提名道姓，就写卖与过路客官为妻为婢的老文儿有多简截。"掌柜的一听，顺笔写好，写到□钱笔下交足的这句，冲太监说："若是这样写，你老爷又得写倒字儿①，不如空着钱数儿，与人财两交的下文，好不好？"宫太监说："就这们办，再说我也不必拿这张白纸，将这银子同字据都存在你的柜上，我明天拿钱再取货好不好？"大家一听，都说宫老爷真爽快，彼此分首。

有才回到家中，要用话去冤翠仙。

且说梁有才在泰山居与宫太监、二李分首，回转自己家门，心中盘算，见了翠仙得变着方法夸赞宫太监怎样富贵，明天好让他乐意前往。只要进了北京，爱怎么样就与自己无干了。打定主意，掀帘进去，见翠仙已然光梳头净洗脸，把簪环首饰全都戴好，而且穿的衣服比往日齐整，只是没系裙子。有才心说："八成儿他当这就跟人上路呢，所以打扮的这样高兴。"有心把同宫太监怎么讲的实说一遍，究竟心虚胆怯，怵惕忐忑了半天，陪着笑脸儿说："娘子可曾用过饭了么？"翠仙说："也得有米呀。"有才一听，翠仙透点儿要说闲杂儿（倒没唱《王小二过年》），连忙装愁眉苦脸说："嗳呀，我的妻，你想不是为丈夫的□得难过吗？"翠仙说："是呀，那们你同那两位说成了没有哇？"有才缩脖儿一笑，说："幸蒙娘子施恩，慨然已成独立，已经定了草约，明天人财两交。并非我姓梁的负心，为德不终，实是因穷所迫，娘子千万要多原谅。"

翠仙把头一扭，说："谁又说什么来着？你这分穷是人人皆知，就连我母亲

---

① 倒字儿：买卖房屋谈成了后，中间介绍人以中间担保人身份，与新旧业主一同找个饭馆签署契约并过款。替旧业主给新业主写的是"白字儿"（卖字儿），新业主验收房屋所有权的凭证（所有权状）等后，替新业主写的并交给旧业主的是"倒字儿"，承认交接手续已清，保证按期付足余款等事项。（参看《旧京人物与风情》）

也晓得的,丈母娘疼女婿是天下通行,并非与女婿有什么特别血统关系,皆因是怕女儿跟着受罪。我母亲生我一个儿,且甚于别位老太太,有心顾赡①你,奈因也是自顾不暇,即便给你几个钱,好比杯水车薪,无济于事,这叫'棒棰接不起幡杆来(连讲孟子带谡声谚语都被他偷学了去咧。翠仙若有其人,当推为白话报后起之□彦)'。"有才怕夫人儿揭根子②,低着脑袋长叹了一口气,说:"娘子说得是极,我没说岳母老泰水咱的那位娘没疼顾过我呀?"翠仙说:"你别当我母亲不来瞧看,要闹个眼不见心不烦呢。实在因我跟你受穷,母女联心,时不常儿的闹病。这如今我既改就别家,你也有了过度了。咱们当日恩爱是他老人家给撮合上的,现在既然恩义断绝,不是你梁门中的人了,不可以不去告述他老人家一声儿。我收拾好了,等你回来,没别的,跟你暂且告一会儿的假,我回娘家去上一趟③。"

有才一听翠仙这片话,登时吓的颜色儿都变啦,心说:"他这一著儿真损,他闹个一去不回头,明天宫太监答应我吗?"有心瞪眼不许人回娘家,当日又没讲下死门儿。况且人家的话都在情理之内,如何敢拦?为难了半天,说:"娘子,据我想总□不让他老人家晓得的为是,你没听过《回荆州》吗?孙夫人跟刘皇叔走,只能告述国太随儿夫长江一祭祖先,若是说明,就怕国太舍不得。你我分离与回荆州大同小异。(有才词穷,拉上《三国》典咧,可不是《聊斋》带演《三国》。)娘子不宜固执,母女见面儿彼此伤心,不如一狠百狠,暂且不回去,那不到了北京,享受荣华富贵之时,再给他老人家写信或专人来接,一同快乐去呢,岂不两便?娘子,我这是为你们母女的好意,你要再思再想。"翠仙听到此处,把脸一沉,说:"你今天无论怎么说,我是一定的要去,你要不放心,何妨一同前往。"

且说翠仙听有才不准自己往娘家去,登时怒形于色,说:"怎么你今天让去我也去,你不让去我也要去。你如果不放心怕我不回来,你只管跟了我去。"有才碍难再往下推脱,只好陪着笑脸儿说:"我并非不放你去,怕的是你们母女见面把话说明,岳母舍不得你远行出外,一定拦阻于你,岂不耽误你我的好机会?

---

① 顾赡:在生活上给予照顾和资助。
② 揭根子:是京字儿中的小儿语,"翻陈年老账"的意思。(《京味儿夜话》)
③ 底本作"蹚"。蹚,量词,音 tàng,同"趟"。

从此再想享福，恐不易得。我这话实在出于肺腑，多半为你起见，你要仔细想想。"翠仙一笑儿说："你这分好心眼儿，我岂不知？况且是我自己出的主意，乐于跟人到京享福去。母亲如果拦阻，我把话对老人家说明，老母自然也就无法了。这件事我管保没错儿。"有才说："那们你可得急去快来呀。"翠仙说："好在道路不远，天亮准可以回来。你不必游疑，咱们就乘早儿走哇。"有才说："你我都去，这家可交给谁呢？"翠仙说："既有春香，而且前面铺子都有照应，大可放心。"说完叫过春香，当面嘱咐明白，叫他跟着关好街门。有才有心到泰山居托嘱①托嘱，一想："傥②然人家听着不放心，又得费唇舌，再一耽延，翠仙带春香走下去，自己可上那方找去呀？"所以不敢言语，跟着翠仙出离大门。

此时已是黄昏时候，好在是个新秋中旬，月色渐明，顺道往西行走。翠仙在前面，别瞧窄窄金莲，走的飞快，自己得步下加劲儿，亚赛开跑步才跟随得上。转眼进了山口，自己虽在泰安地面住了这几年，并没到过西山，不但山高岭峻，而且怪石嵯峨，大约不必说夜晚，白昼间都没有多少路行人。走了约有两个更次，这一程子白吃白喝，吃饱了蹲膘，身子长了许多肉，这一通儿跑累得筋疲力尽，热汗直流。追上翠仙一瞧，人家孩子一点儿不喘，心说："敢则没领教过我这位内人，这们好的脚程儿③哪。"结结巴巴的说："嗳呀，我的妈呀，怎么还不到哇？"翠仙说："再走几里就是。"有才说："不是别的，这么远的道路，明天还赶得回来呀？"翠仙说："如果嫌远，你为什么不坐飞艇、轮船、火车呢（彼时一概没有，翠仙大概有未卜先知的能为）？"有才不敢再追问，再说一说话的功夫，翠仙又走出半里远去咧。

上文书说过，走山道是高一段矮一段，又绕过一个山环，见远远有一片树林，好像是个村落。有才说："大概这个村儿就是吧。"翠仙说："没④错，正是此处。"说完仍往前行。约摸又走了三四里，见路西是一座梢门⑤，都是虎皮石砌成的，虽然有门洞儿，已经没有门了。有才跟着翠仙进了门又往西走，见路北有一座大栅栏门，双门紧闭，前面有护庄濠沟，沟内有栽着许多柳树，中间有一

---

① 托嘱：嘱托。
② 傥：同"倘"。
③ 脚程儿：指骡马等的行走能力。（《北京土语辞典》）
④ 底本无"没"字，据文义补。
⑤ 梢门：用秫秸或树的枝条做的院门。（《新编北京方言词典》）

块石条,天然的小桥。翠仙奔过桥去,款①金莲上了石台基儿,有才紧跟了几步也越过小桥,就见翠仙用手敲打门环。敲了两下,听里面有人问说:"昏夜之间,何人击户?"说着下了闩,撤去上下插根儿,吱咖咖门分左右。有才借月色一看,是个年老苍头,给翠仙深深做揖,说:"原来是姑奶奶到来,老安人正在后楼,尚然未寝。"

且说苍头开了大门对翠仙说:"原来姑奶奶到此,老安人正在后楼,尚然未寝。"翠仙点点头,往院里就走,有才只好后面跟随。苍头用眼上下打量了打量,说:"但不知尊驾贵姓?是我们姑奶奶家的什么人?"有才说:"原来你不认识我。我本姓梁,大号有才,是你们家的姑爷。"苍头说:"哦,原来你就是姑老爷,老奴没到过尊府,你老也没走过亲戚,今天错非我们姑奶奶回家,你老大概还不登门儿呢。"(真正脚尖儿不离脚后跟,可称跟姑爷中的老手。)有才不敢分争,怕是翠仙进去自己找不着门儿,连忙赶着往里行走,见外院有门房客厅。

大众听说姑奶奶回家,都要赶着吃个面儿②,明天好讨赏钱,追出来做揖、请安、鞠躬,一路乱行礼招呼,翠仙自好应酬几句,脚下未免迟慢些个。有才看着有几个眼熟的,自己一想,是上次送奁妆去的,不知名姓,而且既没人管,也不好递嘻和先同人说话儿,只好抬着脑袋满院里胡瞧。

见客厅对着一座垂花门,两边随着抄手游廊,隔门往里一瞧,五间大厅,高挂绛纱宫灯,正厅后面有一片高楼,真是"画栋朝飞南浦云,珠帘暮卷西山雨",心说:"到不是'日夕文光冲北斗,朝来爽气挹西山'。"(别瞧姓梁的品行有限,记得的对子③不少,足够使《对春》④的哪。)

此时男仆见完翠仙,有两个机灵俊俏的小僮儿往里飞跑,有才心说:"这八成儿是给安人送信去了,小名儿叫做'跑上房'的喽。"心中胡叨念,翠仙已然进垂花门,直奔大厅,刚上台阶儿,见厅房中灯烛辉煌,先出来四个婆子,高挑帘笼,嘴里说:"给姑奶奶请安。"又有四个刚留头的小丫鬟跑出来给翠仙行礼,翠仙略一迟延,有才不能跟着往前进步,只好站在院中发愣,暗暗吐了吐舌头,说:"喝,凭这个派头儿,别说是个山村人家,就是省城的抚院也无非如此吧?

---

① 款:缓慢(迈步)。
② 吃个面儿:见个面。
③ 对子:对联。
④ 《对春》:对口相声名,又称《对春联》《对对子》。

（好在没说明是山左山右。）凭这们阔人家儿的姑娘，别说摆出去混事①，就说给人当个偏房，都怕不认可。细想起来，总是当初我的疏忽，不该不一死儿的往丈人家勤跑着点儿。再说，岳母送物件之后，我同我们这口子虽说过几回要给岳母来道个谢，可恨他永久是用话支我，不是说房舍狭窄，就说道路遥远，没人看家。我又怕说紧了，有朋友议论我专走一面儿亲戚，故此这们一年多没来一趟，真称得起六亲不认咧。今天他带了我来，嗳呀，不定葫芦里装的什么药哪？"想到其间，热汗直流。

此时丫鬟已然给翠仙行完礼，两个提着手灯子（可没有大灯子），头前引路。两个大些的搀扶着翠仙进了正厅，刚迈进门槛儿，婆子要放帘子，有才三步两步也追上台阶，翠仙冲着自己点手儿，婆子只得暂擎住手。有才毛腰②跑进正厅一瞧，敢则当中有围屏，是一间穿堂儿。翠仙已然绕过去，有才紧跟随由后面穿出，见后院五间大楼，翠仙回着头儿说："我母亲在楼中，你我要前去见礼。"有才此时直闹得是进退两难。

且说梁有才跟定翠仙到了后院，见他回着头儿往楼上一指，说："老娘现在楼上，你要随我上楼来哟。"有才说："还请娘子带路。"此时婆子们打起帘子，翠仙仍由小丫鬟搀扶着，够奔西北间楼梯，一个跑在前面，大约是给老安人报信去了。翠仙没系裙子，并不用人服侍，手扶楼梯走了上去。有才容小丫鬟上去三五步，自己才往上走，见梯子宽大，好像石磴似的，可惜此处稍觉黑暗，走了约有二十余层，出离楼口，见翠仙在那里站着。

五间大楼摆设齐整，当中是一座罗汉床，老安人坐在当中，有两个丫鬟侍立着，前面有张条案，两边有凳子座位。翠仙向前到了案前，说："老娘在上，女儿前来参见。"有才看见丈母娘坐在床上，好像一位老娘娘，不由肃然起敬，连忙跪倒磕头。（可不能起倒板，唱"二梓童搀扶着待孤拜见"。）

老太太在位上，并没理自己，也没什么免礼、平身、赐坐的客套，冲着翠仙说："你们夫妻夤夜前来，令老身好不纳闷，但不知有何事故？"翠仙给老太太行完礼，站起来坐在上首凳子上，有才没人吩咐，不敢起来。趁桌上灯烛明亮偷眼瞧翠仙，见他满脸怒容，气忿忿的指自己对老太太说："嗳呀，娘啊，我前次说

---

① 混事：此外指当娼妓。
② 毛腰：弓腰、弯腰，又作"猫腰"。

过,他这个人无情无义,母亲不信孩儿的话,如今果然真赃实犯①。母亲不待信,女儿当面与他质对一番。"

有才一听,自知今夜这祸一定不小,既处到这个地步,只得低下头,闭眼认命啵。就见翠仙一掀衣襟儿,从裤腰带子抽出一物,是个绸巾包儿,里面包着长圆的物件,有才心说:"莫非是炸弹吗?"见他往桌案上一抖,绸巾散开,露出金黄黄的两个赤金锭儿,大约足有五十两一个,往当中推了推,冲着老太太说:"幸而未被这坏小子冤去花费了,特意送还母亲。"有才一瞧,起心里别提多后悔咧,心说:"凭这两个赤金锭儿,怎么说也值个千数来两银子呀。别听他见天同我哭穷,敢则手里有值钱的干货。早要知道,我焉能舍得把她出手,自己暗暗捣鬼?"见老太太在座上慢闪慈眉,轻开善口,说:"老身怕你跟他受穷,所以留给你们防荒用度②的,既然还有,何必前来?莫非你们夫妻因什么吵闹了不成?说与老身听明,以便从公判断。女儿你要从实的说来呦。如果不够用的,也不妨明说。"

翠仙冲老太太一摆手儿,又一指自己说:"他已然将我卖与人家了,女儿要这金子有什么用处?"老太太听到这句一皱眉。翠仙把桌子一拍,指着有才立刻长了个调门儿,气哼哼的说:"你这个没良心的狼崽子,想当初我乍跟你的那天,你是挑八条绳儿③出身,脸上油泥多厚,不亚如鬼也似的,乍一挨着我,这股子臭汗味儿实在难闻。再说,浑身多们瘦的难看,手脚上的皴足有一寸厚,到而今想起来就犯恶心。自从娶了我,你才有饱饭吃,脱去饿鬼皮。当着老母,我决不是说瞎话吧。"

有才跪在当地,大气不敢出,低着脑袋挨骂,净盼老太太替说句好话劝解。

且说梁有才被翠仙数落的一句话没有,净盼老岳母替讲个情儿。谁想这位老太太此时是老专尼达的弓,一个劲儿死鱼不张嘴儿,死树干听儿。(那位说:"那儿来的这些外快呀?"我又想起宫太监那天的老碴儿来咧。)

翠仙越说越生气,说:"本来我自己晓得没有倾城倾国④的姿色,要讲做个

---

① 真赃实犯:犯罪的证据确凿,犯罪属实。
② 用度:家庭日常开支。
③ 挑八条绳儿:街头巷尾挑担卖食品、碎货的活计,由于挑担多用八条绳,故此称呼。
④ 倾城倾国:倾国倾城。

王妃命妇①,进宫入府去侍奉贵人不够资格。若像你这样的男人,我自居很配合的过儿了。再说,过了这些日子,我那一点儿亏负于你,你怎么半点情义没有?当初那天,咱们一个头磕在地下,这股草香,我算跟你白举咧。(这是云翠仙说的吗?要撅香头儿②的把兄弟,犯心③斗牙钳子④啊。)再说,你要真肯听我的话,一心一意儿的过日子,不喝酒,不要钱,不用你满市街胡扑去,我也能给你盖楼房,置良田肥地。皆因我早瞧透了你这骨头,是儇薄⑤之骨,比净脆骨强点儿有限,乞丐之相,混到多早晚,也决不能白头到老。故此我才另留了个心眼儿,你听明白了没有?"

翠仙方说了两句,丫鬟中有凑过来要解劝的,因为翠仙越说越加劲儿,所以没敢插嘴。此时楼上的仆妇越聚越多,把个有才团团围住。有才再想哀求老岳母,连面儿看不见,大概乘乱劲儿溜场儿下啦。

这些仆妇们听姑奶奶所说的,才知道有才实在不是人行,内中有口直性快的,也上了气苦一帮喘⑥,说:"姓梁的你听着。"有一个小丫鬟"呸"的一声啐了有才一口吐沫。小丫鬟儿们正在淘气时代⑦,一个跟一个学,这个也啐,那个也啐,吐津没有了改做甩鼻涕,此时梁有才成了精忠庙门口儿的铁摆设儿咧。(大约皆因有碍交通,警界给取消的,决不是受了姓秦的运动。)内中有个年轻的小老妈儿说:"你们小姐儿们不要跟他费吐沫了,姑奶奶你也招呼累着,气坏自己身子骨儿。"有才心说:"这么半天,好容易有个替我说句好话的咧。"借着口锋儿也说:"娘子你真该歇歇气儿了。"

此时人多口杂,自己虽这们说,大概没人听得见。就听内中有替翠仙出主意的,说:"既是他待姑奶奶一点恩情没有,这种丧尽天良的坏小子,留在世界⑧上早晚不定又祸害谁,咱们简直的结果了他的性命,往山沟儿里一扔,老虎都许不爱吃,嫌没人味儿。请请狼崽子也是好的呀,他□什么直没那么大的

---

① 命妇:封建时期授予封号的贵妇人。
② 撅香头儿:毁盟约,把兄弟绝交。又说"拔香头儿"。
③ 犯心:不和睦,闹别扭,闹意见。
④ 斗牙钳子:彼此斗嘴,互相讥讽。又写作"逗牙钳子"。
⑤ 儇薄:奸诈,阿谀奉承,轻佻。
⑥ 帮喘:费力地帮腔、助阵。(《北京话词语》)
⑦ 时代:年龄,年岁。
⑧ 底本作"界世"。

功夫理他。"有才心说:"敢则更给加上言儿啦。"吓得屁滚尿流,一路磕响头,嘴里说:"姑奶奶们饶了我啵,下次我决不敢喽,不信你们瞧下回。"翠仙听有才告饶儿,依然不理,又一拍桌案,说:"你把妻子卖给人已经是可恶了,要论这路事,还算不了新奇,是世界上有的。你卖给大户人家为奴做妾也还好哇,怎么你竟自与二李勾上手,要把我卖给娼家。你别当我真傻,没听出来哪。"翠仙方说到这一句,围绕的仆妇、丫鬟们一听,不容翠仙分派,有从头上拔下簪子来的,有从衣襟儿底下抽出锥子来的,有从衣兜中掏出刀子、剪子来的,照定有才一路乱扎,但不知有才性命如何?

  昨天的书说到翠仙家中这些仆妇丫鬟,听到有才要把姑娘卖与娼门,登时大怒,不容翠仙吩咐,一个个顺手掏出家伙,照定有才连扎带钻。

  这路妇女若是讲起动手打群架,可比男人厉害的多。皆因男人打架,除非定约为去打架的事才有家伙,故此早年外场混混儿,讲究三车霸道棍儿,五车劈柴,别听吵嚷的欢,其实是虎,麻事只要有人出头调解,相许就打不起来啦。再说,一动群殴,彼此必然都有个名儿、姓儿,所约的人不差什么,两面都看个熟脸儿。虽然说打架不恼助拳的,光棍打光棍,一顿还一顿,真为旁人的事得罪苦了人,走单①了也是苦子②。故此即便动上手,也是一打二吓唬,挨打的气儿一馁,口中一说软活话儿③,喝令的即使不出气,助拳的也就不管咧,这叫杀人不过头点地。再说,彼此既有一头怕事,所争的也如愿以偿了,莫非谁还真愿意打人命官司吗?这是早年野蛮打群架。如今军警林立,两个人苦吵,就带处④罚金,打群架更轻易不好约人了,每人五元以下,谁会帐呀?所以无形取消。

  至于妇女打架,可实在可怕,别瞧没有多大的气力,位位都有阴着儿⑤。再说身上、头上都有致⑥命的利器,不用说善用刀剪,外带鬼门十三针(那是女医),就便赤手空拳,胡掏混搂,这分儿小取,你就搪不了。再若人多口杂,有一

---

① 走单:孤身一人行动。
② 苦子:苦头,使人痛苦、苦恼的事情。(《北京话词语》)
③ 软活话儿:求饶、认错或认输的话。
④ 底本作"区"。
⑤ 阴着儿:又写作"阴招儿"。
⑥ 底本作"制"。

个领头儿的,彼此一逼能,多大能为的男子也不是敌手。诸位常听五女七贞,那们横的黄天霸,只要遇着女的,就被获遭擒。再说《安良传》上的九花娘,多大能为的英雄都拿不着,您想这不是比样吗?

那位说你是说《聊斋》呀,还是要吃公案套子呢?对呀,我还得接着说我的《云翠仙》。

且说大家这一个攒盘儿①,每人一下子,有才身上早就干了十几个窟窿,登时鲜血直流。有才虽是从山西混到山东,北五省总算走遍了的混混儿,真没吃过这苦子,立刻疼得山嚷怪叫,用手挡那块儿,那块儿也挡不住。

上文书说的明白,好在他原本是在地上爬伏跪着呢,要是站在楼上,早就滚下楼啦,急得他杀猪似的,一面哭着一面喊叫:"姑奶奶,姑祖宗们,饶了我啵,我再也不敢喽。"翠仙在凳子上冲大家一摆手,说:"你们大家慢动手,听我有话说。论起他的行为来,本来□死不多。不过他虽不仁,我也不必再以恩义待他喽,你们听他喊的声音都差②了,直同要宰的牛马一样的觳觫③。俗语儿说:'人心都是肉长的',我最怕瞧这种稀胎子④的样子,你们暂且停手,别招他这们嚎的难听咧。"这些仆妇丫鬟听翠仙这们吩咐,这才不连连动针了。有一个小丫鬟举着个锥子恶狠狠的又在有才屁股蛋儿⑤上饶了一下儿,笑嘻嘻的说:"我们姑娘想起齐宣王来了,我偏叫你学回苏秦。"这一下子好在不甚疼,有才没敢出声儿。

此时翠仙站起来,够奔楼口,丫鬟们有追着搀扶的,婆子们后面紧紧相随,一会儿全都散净。有才这才坐起身躯,哼嗐不止,不知少时还要如何发落?

且说梁有才容翠仙率领众人下楼之后,自己扎挣坐起来,不敢抬头,偷眼在桌案上看了看,灯烛惨淡,再瞧方才翠仙⑥放下的那锭金子也没有影儿啦。又侧耳往楼下听了听,万籁无声,心想:"只好耗到天光大亮,再设法央求老岳母替讲个人情,那不我给翠仙磕头陪礼呢,全都使得。"既而一想,"怕是不行,

---

① 攒盘儿:多人围攻一个人。
② 差:"差声儿"指发出带有恐惧的异常的语音。(《北京方言词典》)
③ 觳觫:因恐惧而发抖的样子。
④ 稀胎子:软弱的人。(《北京方言词典》)
⑤ 屁股蛋儿:臀部肥厚的肉。(《北京土语辞典》)
⑥ 底本作"位"。

方才翠仙虽没肯懊怨母亲，老太太必然也正是气头儿上哪，万一一个不管，或勒令怎么处治我，我一点儿照应没有，更是苦子。再说，听他方才的话口儿很紧，一定同我绝情断义，莫如闹个三十六着走为上策，乘早儿一溜儿，另奔他方谋求生路啵。"心中盘算到这儿，想站起来，隔楼窗往下瞧瞧，那方没灯亮儿好往那方奔。

刚一抬头，看见上面许多星辰，银河耿耿①，心说："怪呀，方才明明是楼房，怎么楼会没有上顶儿了呢？不对，八成儿我眼离②了，吓糊涂咧，闭上眼定定神思再瞧吧。"于是把眼一闭，净想碴儿，定了约有一两刻钟的功夫，又一睁眼，见东方已然发白。往下一瞧，那里有什么雕梁画栋，黑糊糊③一片全是树木山石，而且桌案也没有了，灯光也灭啦，自己□坐的是一个山尖儿上的一个峭壁。低头往下再瞧，下面是无底的深涧，吓得哆嗦成了一团，自言自语的说："怎么糊里糊涂的会被人架弄到极峰地位上来了呢？这要一个头朝下滚了涧，一定粉身碎骨，我别动身才好。"又一瞧，好在石头块儿大。往当中瞧，比自己坐的这点地方稍然平坦些儿，心说："有咧，我在那边儿蹭一蹭还牢稳点儿。"

稍一动转，只听塌然一声震得两耳乱鸣，自己所坐的石头居然脱落下一大块来，幸而是在石头上面爬着④，身子一滑，随石往下坠落。有才一闭眼，心说："得，这下子一定摔死喽！"谁想落下几尺，被山崖上的枯藤条挂住前衣襟儿，没掉下去，但只一件，两手两脚全部悬空着，想揪那儿又够不着，只是肚子下面好像有个网络。再往下瞧，还是瞧不见坑底，心说："嗳呀，我这是腰朝上，外号儿就是眼儿猴⑤啦，大略性命仍然难保。若是再一翻过儿，即或变成腰朝上，就怕再配两个么，也是干瞪眼。"（这还没顾过命儿来呢，又想起掷骰子来咧，好赌的人确有这样的人。）

此时有才虽说不得劲儿，总算暂且有点儿络子，无如控的功夫一大，头闷眼晕，不禁不由⑥的喊叫起来说："那位行□□好□啵，救救我啵。"嚷了半天，

---

① 耿耿：高远的样子。
② 眼离：谓眼睛迷离，看不清晰。（《北京话词语》）也说"眼岔"。（《新编北京方言词典》）
③ 黑糊糊：黑乎乎。
④ 爬着：趴着。
⑤ 眼儿猴：本是赌博掷色子的点子，三个色子都是"幺"，大输。这里谓死了。（《北京土语辞典》）
⑥ 不禁不由：不知不觉，不由自主。（《北京土语辞典》）又作"不紧不由"。（《北京话词语》）

一个人影儿没有,已然嗓子哑的一字不出了。(那只好告辞吧。)再说,人的身子悬得功夫一大,而且又有许多金刃伤,被风儿一吹,早晨露水一浸,登时肿起来,受的新鲜轻空气越多,眼耳鼻舌身自是一点儿劲头儿没有了。

又待了半天,天光已在巳牌时分,有两个打山柴的,一面砍着柴,一面说着闲话儿。有一个猛一抬头,说:"大哥,你瞧今天这西山,怎么半中腰里悬着一个动物哇?可不知是死是活,咱何不叫他一声?如果是活人,好设法将他搭救下来。"

且说西山两①个打山柴的原是姑表弟兄,原文没多少用处,咱也不必给人编造姓名,只好说一个是姑子的儿子,一个是看水表的少爷。这个姑家门子的年岁大些,有点罗锅腰儿,见天背山柴,累出来的毛病,走上山道,永久低头儿来低头儿去。常说的"罗锅子上山——前短②",就是此公。走上道儿,自然不爱东张西望。这位表行的老二年纪小,自然是跳跳蹿蹿。

饭后弟兄们又上山砍柴,老二一眼看见半山腰里悬挂着好像个活人,所以叫大哥说:"你瞧那边是个人不是呀?"姑老大歪着脖子满处一找,看见有才,说:"可不是个人吗?可有一节,不知什么时候挂在这儿的,现在还有气儿没有了?你大声喊叫个两声,如果没死,咱们设法把他搭救下来。又道是'救人一命胜造七级浮屠',咱这危险行当儿,多行点好事,管保有好处。"老二说:"大哥说得是,况且你瞧这个人的穿章儿虽说不阔,决不像咱山沟儿里住户,不是被人诱进来要害他,就是被妖精迷住滚下山来的。"老大说:"你先别猜闷儿③,你到是叫他两声呀。"老二腿脚灵便,往山坡紧跑了几步,说:"挂住的那位,你是怎么啦?"

有才已然发上昏了,听有人贼叫,扎挣着睁开眼睛,一见是个樵夫,赶紧使足了气力说:"樵哥,行点儿好,救救我啵。"还怕樵夫听不见,悬着胳膊又点了点手儿。老二说:"你别忙,等我找帮手去。"说完要往下跑。有才这才动转,连说的话姑老大也听见了,说:"你不用往下跑了,你赶紧往上爬几步,等我绕上山头,把绳子递给你,你把他拦腰拴好,或往上提溜或往下放,才能终用哪。"老

---

① 底本作"西西山"。
② 前短:"前短"与"钱短"谐音。
③ 猜闷儿:猜谜。(《北京土语辞典》)

二说："那们你就快着点儿吧，功夫大了一起风，我这儿站不稳。"老大说："那们你问一问他能自己揪住绳头往上爬不能？"两个人说话声音高，有才求救的心急，说："樵哥，我周身是伤，两膀子没有力气，可怕①不终用。"老二说："大哥，你就别耽延着啦，况且他周身葛条、藤蔓儿，好像被蜘蛛网缠上的飞虫，他自己也解脱不开，只好我受点儿累，爬上去替他摘解摘解吧。"老大点头，把两个人的绳子找齐爬上山头，结在一块系将下来。好在绳子长，此时老二连爬带登着葛藤，凑近有才身旁，拉住绳头把有才的腰拴好，抬着头说："大哥，你试试提得动提不动。"老大说："不行，我一个人气力小，倘或扯到半截，绳扣儿一开再掉下来，就怕又□这□可巧的藤条咧。依我说，往下放又省气力又保险。"老二说："你既□□□，你就往下放绳子吧。"老大说："你不把葛藤条断折了，我怎么能往下放呢？"老二一听有理，连忙从腰中取下板斧，把葛根砍断，又用斧柄连推带拨，才把有才所牵挂的衣服撕搂开，嘴里直嚷说："你留神撞脑袋。"

有才被绳子□提溜，连吓带周身伤痕疼，已经说不上话来了，只是点头儿。幸亏老二随着绳往下跟着走，一面抬着头说："大哥撒线儿，多往外崩劲，招护二次再挂上。"说话间，有才已落平地，老二解开了扣，翻过来一摸，已然成了死人。

且说两个樵夫费了好大半天事，才把个梁有才架弄到平坡儿上，老二替他翻过身来，伸手一摸鼻孔，原来已经不出气儿了，抬起头来，冲上边罗锅儿说："大哥，咱们哥儿两个白落了忙啦，你瞧敢则死咧。"大爷听说，把绳子撒手，跑将下来，用手摸摸胸口，觉有才胸头乱跳，再说四肢也都软和，这才告述老二说："不碍事，他是被冷露凉风吹得功夫大了，所以冰凉。咱们把他扶起来，给他盘上腿，让他坐好，千万堵住他粪门，要是一放屁可就泄了气，不容易活啦。"老二说："你说了半天，敢则他这也同上吊一样吗？"大爷说："一样不一样的，总是防着点儿好。"说话二人一齐动手，把有才扶起来，靠山根儿一坐，老二在后面戗着，大爷解开钮扣②摩摩他的胸口，嘴里不住说："客官醒来，客官醒来。"

有才经二人这一撅救，渐渐上气接上下气，口中哼哼了两声。老二在身后头看不见，一听出了声儿，心里一高兴，磕膝盖一加劲儿，正顶在针眼上，把个

---

① 可怕：恐怕。
② 钮扣：纽扣。

有才疼的叫出妈来。两个人说:"可惜没有地方找姜汤热水去,若有通关散或半夏末,吹入鼻孔内,还好得快呢。"(这是《聊斋》吗?《洗冤录》救自缢的老方子。说书带饶偏方儿,也算半积阴功半养生。)大爷在前面说:"这位客官,你贵姓高名?家住那里?因何吊挂山上?你说与我们听听。"有才刚活过来,万不能从头至尾的细细述说,无非说出名姓、住址,已然又接不上气儿了。两个人又问他因何到此,自己又怕这两个人是丈母娘家的什么人,若是说明了,自己又得吃苦子,不肯直说,连连摇手,说:"是我一时昏迷,也不知怎么行至此处。"两个人说:"你八成儿是被什么妖怪迷进来的吧。"有才一听,是挺好的词儿,说:"二位樵哥见得不差,但不知此处离泰安东山根儿有多远道路?虽蒙二位搭救于我,我自己回不去家,也是枉然。没别的,二位救人救到底,我姓梁的但得活命,不敢有忘大恩。"说着话扎挣跪下,给两个人磕头。

两个人见事已至此,不能中道而废,说:"你先免礼起来,按你说的这个地方儿,若顺大道走,足有四五十里,若是咱们抄小道儿,不过二十余里。这们办,索兴你再缓一缓儿,我们哥儿两个也歇一歇儿,把绳子结到一块儿,把我们的衣服给你垫上,用扁担把你抬回家去,你想好不好?"有才一听,说:"二位樵哥那可积了大德喽。"说着,复又磕头道谢。您别瞧山沟儿里乡下人,除去财上黑点儿,最喜奉承,见有才这们和气,豁出白耽误一天的功夫,称得起是任劳任怨,实比满口的利国福民、变法子剥削小民的大老好惹。

闲话打住,两个人略坐了一坐儿,立刻把绳子结成一个网络样子,将夹袄垫好,找齐板斧掖在腰中,又把两条扁担并在一块儿,让有才坐在络子里。老大说:"你可揪住绳子,不用害怕。"有才点头坐好。老大说:"二弟呀,咱们着肩儿呀。下坡路多,你抬头合式,不然压爬下我,你们就砸了我咧。"说完抬起来,直奔有才的旧寓而来。

且说两个樵夫嘱咐明白有才,穿上扁担,搭起有才,往下坡路飞跑。有才两手揪住绳子,好在离地不高,所以不觉眩晕。走到日色平西时分,已然到了。老大说:"梁爷,你在那个门儿住哇?"有才睁眼辨别方向,说:"前面那个茶馆儿带小店的房子,我就在他那后院儿住。"两个人抬起来,到了泰山居门口一瞧,一个人没有,好像前些日子宜昌城外遭了兵变,被抢一空的样子。这才问有才说:"你瞧是这儿不是?"有才一瞧不错,无如怎么一夜半天的功夫拆毁成这个样子,可没处讯问①去,只好说:"昨天还挺热闹的来着,今天也不是怎么咧?"

两个樵夫落下扁担,把绳扣解开,搀扶有才起来。周身的伤痕全都肿起来了,身子疼的直打幌儿,有气无力的说:"二位樵哥既然行好,索兴把我送进后面去吧。"两个人连搀带架,到后院再瞧,房子已然空了,连门窗都好像被人拆去了,所有翠仙床帐桌椅一样儿也不见了。

有才此时如同掉在凉水盆里一样,说:"二位樵哥,我这家原不是这个样子,谁想被抢一空,大概一时不容易恢复原状了。"说到此处,咧开大嘴放声恸哭。两个人说:"只要你有命,就可以再重整家业,既是把你送到了,我们抓早儿也该回去啦。"有才衔着眼泪,爬伏就地②,又给两个人磕头,说:"本打算请你们二位喝酒吃饭,住一夜再回去,现在我一文钱没有,赊借无门,不能款待两位恩公,实是对不过、对不过。"两个樵夫原本有贪图,现在见这情形也无法了,只好说:"不用客气,咱们后会有期就是。"说话收拾扁担绳子,把衣服穿在身上,回西山村自去不提。

但说有才进到自己房中一瞧,除去当日连借带买的几件破烂家伙还都存在,其余一概无存。回想前些天还有春香使唤着,现在也不知落于何方,是被人抢去还是由翠仙派人接回去了,只好俟等养好伤痕再打听啵。想到其间,爬上土炕,饿着肚子睡了一夜。

次日清晨,爬起来找了一根棍子拄着,稍然能够行走,想到集镇上打听打听,泰山居被什么人砸的这样土平。扎挣着走到村子,遇着几个熟人,看见自己老远的躲开,好容易揪住一位问了问,这个人说:"敢则这案没有你总算便宜。"有才问:"什么事呀?"据这位说是宫太监来到山东地面,不但贩卖人口,还有勾结土匪往北京谋为不轨的情事。不想风声走漏,有山东省城的马快③探访着,连夜将他抄获去了。泰山居是因为同官兵要饭帐,被官兵拆毁,连铺中人也绑走了。有才听说宫太监犯了案,心中略放点儿心。又到集镇上,见酒肆已然关张④,原来捉拿宫太监的时候连赌局一齐被抄,大张二李等人此时已然遭了官司。有才心说:"这还算我姓梁的不幸中之大幸。"肚子饿的难过,只好

---

① 讯问:询问。
② 就地:原地。(《北京话词语》)
③ 马快:亦称"马快手"。旧时官署中担任缉捕事务的役吏。(《汉语大词典》)
④ 关张:倒店,结束营业。(《北平土话》)

向各村乞讨饭吃。内中有知根底的不但不给他,反用话奚落他。有才甘心忍受,一天得不着两顿饱饭,周身伤痕变成疥癞,自己一想:"这房子现在没有主人,不免拆了卖两个钱,暂时度命要紧。"

"云里深山雪里烟,看时容易做时难。"在下今天为什么先说这们两句《名贤集》呢?皆因《聊斋》一书,多半藉神道设教,以鬼神讽世,寓言体裁,十之八九。咱们讲演当小说儿说,只好把理由分晰明白了,不能囿于迷信。但内中有一种难处,鬼狐神仙不能自相交接,其中必夹杂些人事。说狐鬼等处,看着玄虚,可以说事虽本无,理所固有。若说到人事,可不能没个起结。

就以本文书说,云翠仙既以仙称,怎样能变化楼房,惩戒有才,都可以不较真儿。唯独原文既有"遂缘中贵人,货隶乐籍,立券八百缗①",若是不把这个碴儿设法给弥缝上,有才到家,不但中贵人不答应,这群人贩子拉纤的就有一场伙连热闹官司。万分无法,叫他这群恶人一夜的功夫全遭了事。虽说过于快点儿,也算不巧不成书。至于云翠仙这一方面,俟等篇终,在下另有个见解,今天暂且打住。

且说梁有才既然家中被抢一空,又长了一身的疥癞,沿街乞讨着吃,饥一顿饱一顿,再赶上下雨、阴天不能出去,无非在空房中挨饿。自己一想,"这房虽不是自己置的,泰山居铺掌遭吃官司,早晚官人也许查封入官,莫如给他个先下手的为强。"

清早扎挣着扒下一根房梁,扛到集上卖个二百、五百的。第二天又挟了两个椽子,卖个三十文、五十文的。一个拆着卖就不用提多们快了,不到一个月连前带后木料全净,只剩碎石头破砖。(那位说,这不成了近日外火圆明园的营房了吗?这都是跟梁有才学的吗?)临完只剩几架□枕,一个人扛不动。几根好梁这天卖净,除去吃花剩下几百老钱,自言自语的说:"这一程子我总没剩下钱,今天这房梁多卖几百,怪不得我叫梁有才呢,此天应验。可怕和同犯地名的大将,不久就该归位咧。又听人说泰山居掌柜的官司有信完结,再说,此房既是连上盖都没了,同旷野也差不多。不如把这钱买柄夹把儿的刀,带在身旁。倘若赶上机会,我如此这般,那不然后再死呢。"心中这们想,嘴里可不能告述谁,打定主意,真花了四五百制钱定打了一把钢刀,又置了一件破棉袄,用

---

① 缗:緍*。

破衣服把刀包好。

白天仍然在街市讨饭吃,到了晚晌找到西山口内,见有个山洞,约有七八尺深,钻进去试了试,除去湿点儿、黑点儿,到是不能透风(可惜怕塌陷了砸死),居然睡了一夜。从这一天起,就以这山为家,到白天挟着刀,又到集镇去讨要。遇着当日熟人儿胆子小的,一见老远的跑开,有才跪下苦苦的哀求。胆大些的凑近几步,说:"梁老大,你混到这们累了,做什么还弄一把刀呀?再□我告述你一件事,现在本处明堂局都叠起来了,你打算跳案子,剁手指头,全兴不开啦。你早晚被官人缚了去,凭你这刀就得是个苦子。据我劝你可是好话,你把这刀卖个三百二百的,先混两天的肚儿圆。再遇到熟人儿,大家不怕你了,你也往下好混,你想对不对?"有才一听,连连摆手摇头。

且说梁有才听人劝他把刀卖了换饭吃,连忙摆手说:"这件事可万使不得,你老哥没在山洞儿里跟狼虫虎豹打过连恋,如今我混到狼窝儿里,要没有一把合手的家伙,早晚总得喂①狼。"劝他的这位听到此处,自然也就不能往下紧说了。

又过了几天,听说大张打了局头②,发遣出去了,二李枷号③了一个月,限满释放,暂且能在集场重整旧业,故此轻易见不着。

有一天,二李在外边赶宝棚④回家,正从西山根儿底下路过,肩膀儿上扛着几吊钱,走道儿幌里幌荡,嘴里唱着"姐儿南园拔大葱"(山东老玩艺儿吗)。有才一眼看见,往前就追,说:"李二哥站脚儿。"二李自知有才开腿⑤跑了,并不知道他这细情,万想不到他现在下野,自己惹了祸,倒不是被他排挤的,猛一回头,见是有才,说:"呦喝,我当是谁呢,敢则是梁老大呀,你怎么混到这步田地了呢?"有才往前凑了两步,说:"李二哥,我的事没你不晓得的,屡次我要找你诉委屈,听说你也遭了事咧。没别的,你想想旧日的好处,你周济我个三千五吊的,我好换件衣裳。"二李一听,把嘴一撇⑥,说:"怎么说,要跟我白寻钱⑦?

---

① 底本作"锒"。
② 局头:组织赌博局子,聚众赌博的头儿称"局头"。
③ 枷号:旧时将犯人上枷锁并示众。
④ 宝棚:旧时庙会上常有搭起棚子赌博的场所,称作"赌棚",又称"宝棚"。
⑤ 开腿:走,动身。
⑥ 底本作"敝"。
⑦ 寻钱:向人讨要钱。

新鲜！你使我的，我还没向你要哪。"有才又往前凑近一步，说："李二哥周济周济，有你的好处。"二李越发高扬着脸儿，竟自不理，抹头要走，冷不防有才从身旁掰出尖刀，恶很很①的照着二李的肋下扎将进去。二李"嗳呦"一声爬倒在地，有才两脚踏住，两手把刀柄一霍翻，二李把腿登了两登，全魂气断。

此处虽是山根儿地方，总也有乡约地保，听见二李喊嚷，赶紧跑过来要解劝，再瞧二李已然挺了尸啦。地保说："嘿，姓梁的，你打算要拦路打劫吗？"有才一想，大略自己也走不脱，说："我同二李有仇，都是被他害的我这样。如今大仇已报，情愿打官司。"地保一听，说："好，朋友，你只管放心，决计没多大乱，那们你就跟我上衙门啵。"有才点头，地保把钱扎起来，回到下处叫来伙计，用席头儿盖上死尸，带有才赴泰安州呈报。

次日委派典吏下乡查验，验查委系生前一刀杀死。二李的家小奔赴尸场认尸，既有梁有才供认不讳，案无遁饰，原行凶一点不错，也只好凭官判断啵。一干人证到了州衙，州官把梁有才提上堂来一问，有才是实话实说，按例谋杀无非斩监候，秋后处决，也就不必再用刑拷问了。二李尸首准其抬埋。

梁有才自从入狱就不思饮食，又没人照应他，不到一月死了，□眼拉出去，由官赏给棺木抬埋，这一案从此全完，原文也至此而止。

这段书蒲先生说得闪闪烁烁，若据愚人看，未必确有这件事，无非有代为隐讳之处。翠仙虽奉母命，究竟入庙烧香，□于迷信。偏巧这位瞎摸海的老太太输眼②，才误其终身。足见父母主婚，亦不可不留心。再说抑或翠仙已被卖于娼寮，蒲先生气不平，故有棒打这段故事，所以以"云翠"命名，隐寓既是老坑③菠菜绿④，究竟无瑕美玉也。书说至此，明天另换新题。

---

① 恶很很：恶狠狠。

② 输眼：眼睛没看出来，比喻看错了人。

③ 老坑：翡翠分为老坑种、新坑种、新老种和水石四类。老坑种又称老厂石，是指经过风化和氧化过程有皮壳包裹的翡翠。它是通过洪水冲刷搬运后又沉积堆积下来的翡翠砾石。老坑种翡翠绿色浓艳，质地细密，水头好，宝气足，它的硬度和相对密度较高，质量好，价值高。

④ 菠菜绿：翡翠颜色的一种，是一种像菠菜那样的偏暗偏黄的深绿色。

夜叉国

连日前门热闹，多因兑现风潮。你拥我挤乱吵吵，实在庸人自扰。
若果平心论事，实由匪类造谣。诸君少待莫心焦，何必纷纷胡闹。
现在各处整顿，转眼谣诼①全消。不信中交两行瞧，近日兑现人少。
只有小本经纪②，就把钱财看高。存在手中两三朝，别像鸡心胆小。

几句流口辙挤银行新词儿念毕，咱们说说中交票③。若论做报的人，便当知道爱国，连日取现洋的捣乱，究竟什么原因，言人人殊。做小报、说小说的人，不配晓得那样大局的事。但据愚下所经见实事的，记得十七那天，到护国寺闲游，中交票钱摊不收。十八可有换钱的，合十五吊余。可是央求您别多换票才好，皆因成本太小，周转不开。次日到中交两行门口儿一瞧，果然是真挤不动，内中有被白钱④偷去票子的。你说他不做买卖吧，就得挨饿；做买卖，是看着这景况为难。幸各大商家热心维持，买卖交易还吃不了多大亏。次日又赴前门大街并东安市场，见许多家贴着"欢迎中交票"的国货店，细一调查，亦是各铺商所为维持金融起见，所为引起人民同心爱国。说到小本经营，虽有心爱国，力量办不到，若一定责备他没有爱国心，请问爱国与爱身家⑤，究竟孰轻孰重？

---

① 谣诼：造谣诋毁的话语。
② 经纪：经营的买卖。
③ 中交票：指旧时中国银行与交通银行这两家银行发行的钞票。与当时通行的银元相比，便于携带，但容易贬值。
④ 白钱：一种白昼行窃的贼，江湖用语。又写作"白潜"。（参考《北京方言辞典》和《北京话词语》）
⑤ 身家：拥有的家产。

那位说:"你这是《聊斋》吗?"对,只顾谈时局,差点儿忘了我的正工儿①。闲话靠后,今天更换目录,说回《夜叉国》。事之有无,不必较真儿,反正我当真事说,您当玩艺瞧,茶前酒后可以解个当时之闷。

但说交州地面有个姓徐的,此人是个泛海飘洋②的人,论真为这行商业的人,一则不能没伙伴,二则也未必自己又会使船。这段书原文既说是一个人,只好算做一个驾小船儿在海洋面上趁钱③做些零星买卖的小商家,才略觉圆全④些个。家中娶下妻室,没生育儿女,住家离海边不远,说文话,就是滨海而居。徐爷一个人时常不回家,就在船上住着,大凡这路人,就都是以船为家,船上有一应使用的家具,米面干粮,无不俱全。

这天做完买卖,把船泊在海边儿上,系好了缆,用毕晚饭,又乏又困,躺在舱中睡着。睡到半夜,听耳旁风声直响,吹得透体寒凉,自己也不敢出来瞧,只好凭命由天,只要船不翻,反正飘到那儿也是一样挣钱吃饭。这风直刮了一夜半天,次日午后,方才稍微息住点儿。徐爷出舱一瞧,原来飘至一座荒岛,不知属于某省某国。

且说徐爷等到风平浪静之后,睁眼一瞧,这只小船儿飘到一个海岛之内,眼前一座高山,上面树木荫森。自己既不认识这座高山,也不知离家有多远道路。看这方向,山内一定也有居民,若是在船上等人下来,此地没有船只,可不定得到那一天。靠岸有一棵大柳树,不免把船缆在这树上,带些干粮进山寻觅本乡土的人,问明道路,再设法回家啵。打定主意,跳下船来,把铁锁练子扯足⑤了,拴在树根儿上,复又上船,把干粮口袋取出来,里面有些干面饼子并牛肉干等类,掖在腰内,上了岸顺路而行,尚不至十分难走。

约莫走了一里之遥,见两旁有许多天然石洞,一个挨着一个,好像蜂窝似的,内中有用石板挡着洞口的。自己心说:"看这样子,一定有人居住的喽。"又走了几步,见一个大洞口之内,隐约似有人说话的语声儿,只不过听不清字眼儿,停住脚步,咳嗽了一声,心想:"若果有人,自然就许出洞来喽。"正自叨念,

---

① 正工儿:正事,这里指说书这个工作。
② 飘洋:漂洋。
③ 趁钱:有很多钱。(《新编北京方言词典》)这里指挣钱。
④ 圆全:把某事说得合乎情理,显不出破绽和漏洞。(《新编北京方言词典》)
⑤ 扯足:拉紧。

已至洞外,往里探头一瞧,原来不是人样儿,有两个野兽。巨齿獠牙生在唇外,头上蓬着毛发,赤着身子,腰内围着一张带毛的兽皮,下面赤着熊掌似的两只大脚。再往脸上一瞧,两只眼睛放电光,好像一对灯,滴溜溜的乱转。徐爷虽久在洋面上,见过些各岛的生番①,还不至这样恶劣。听人传说,海中有一种夜叉,平日没有见过,只听说这路夜叉是给龙王巡海用的(可不是海巡),身子同鱼类相仿,口生顶上,下面有腮能喷水,如今这两个并不一样,也许另是一种山夜叉,只好愣②叫他夜叉就是了。再瞧两只手,同鸟爪差不多,把着半只生鹿劈开了往嘴里送呢,连皮带骨嚼了个很香。看到此处,早已吓得魄散魂飞③,"嗳呀"了一声,说:"这种野人大概许会白吃人吧,我要不快跑,还愁着不是他嘴里的食吗?"一抹身形顺旧路要想逃跑。

  夜叉方才只顾吃肉,没有留神洞外头有人,及至听见徐爷出了声儿,又开了跑步,这才一抬头,赶紧把鹿腿撒手,迈开大步跑出洞来。徐爷身体小,腿脚迟慢,夜叉三五步,早已被他赶上,一伸大爪,揪住一只胳膊往胁下一挟,就给挟进洞中。徐爷不敢支撑,只得认命啵。夜叉转身进来,冲定那个,啾儿啾儿的怪叫了几声,大概是说人话呢,在徐爷耳中听着同鸟兽的声音相似。就见未出洞的那个夜叉答了两句言儿,点点头儿,大概是赞成抓徐爷的意思。徐爷心里越发害怕,暗说:"你们若全都同意,我命休矣。"那个夜叉把徐爷撒了手,用爪子就撕衣裳,徐爷一急,心说:"可不是要啃我么,我乘此时要不给他进点儿贡献④,打点好了他们,大料⑤性命难逃今晚。"(那块肺还唱《琼林宴》呢。)急中生智,一伸手把腰中的干粮⑥取了出来,冲他一抖。夜叉一怔儿,徐爷倒出多半口袋来,低头捡起来,一手拿了一个面包,送给二夜叉。两个接过来,好在不择食,往嘴里就放,大略嚼了嚼,吞咽下去。徐爷一瞧有边儿,二次又呈进牛脯。

  且说徐爷一见夜叉肯用自己的面包,微然放了点儿心,心说:"只要肯受贿

---

① 生番:比喻粗野的人。(《北京土语辞典》)
② 底本作"楞",此处读 lèng,同"愣",鲁莽、冒失的意思。
③ 魄散魂飞:魂飞魄散。
④ 贡献:献上、奉上的贡品。
⑤ 大料:大概,很有可能。
⑥ 底本无"粮"字,据文义补。

赂，就可以保得住我的性命。莫如索兴讨他个喜欢，给他吃点儿得滋味儿的，也许感动他好心眼儿，放我逃生。"打妥主意，拣出一块牛肉干儿，一手举着，一手拿着面包，往夜叉嘴边儿上送。（告诉他是就菜吃的意思。）

别瞧夜叉生得不像人形儿，既是天灵盖①朝上，比上横骨插心②的野畜敢则灵得多，果然接在手中，一样一口的往嘴里送。对面站的那一个大概是个母夜叉，见徐爷先孝敬这个，心中有点气忿，外带闻着吃食真香，把两眼一瞪，伸爪要抓老徐。徐爷会意，也照样儿各取一块，递在这个的手中。此时那个已然将肉干儿吃了，剩下多半个面包，一下子全塞了进去。徐爷心说："招护噎死！大概此物天生的大嗓筒儿（可就是没有亮音儿）。"不大理会③，已经咽了下去。又巴答巴答了大嘴岔儿，复又冲定老徐伸出极大的爪子，好像还要吃个重回儿④。徐爷心里透亮，赶紧又捡了一样儿一块，虽然说面包小，肉干儿不一致，总算赶上什么都得算着，照旧双手奉上。敢则夜叉不择食，欢欢喜喜的接过来，依样儿的往嘴里吞食。徐爷乘这个功夫，心说："我乘此时溜溜乎也，也倒不错。"谁想刚一转脸儿，那个母夜叉早把徐爷的脑门子一按，吓得徐爷一缩脖子（足见徐爷必是个长脖挺儿⑤），扭脸一瞧，敢则这位母夜叉公，一手指着地上的干粮肉干儿，好像自己没满意似的。徐爷机灵，赶紧又一样儿捡起一块来双手奉上。母夜叉接过来，好在不挑不拣，也送入口中。

书说简截，两个夜叉倒换着吃（别名也叫伙吃），已然全都吃净。皆因徐爷是乡下堂客的扁簪儿——两头儿忙，喂完一位，又喂一位。诸位请想，徐爷原是只管个人的自了汉⑥，所带的干粮只为自己用的，并没想着请客养众。如今遇着两个大肚量儿的怪物，不到三四轮儿，二位已然吃光。看那意思，即便再宰两只牛煮熟了现晾，做一口袋面包，也未必能饱餐一顿，何况所带来的只有此数呢。

---

① 天灵盖：颅骨的顶部。（《北京话词语》）
② 横骨插心：民间不科学的说法，牲畜等不能说话，是因为"横骨插心"，心窍不通，自然丧失语言能力。
③ 不大理会：没来得及注意，指变化很快。
④ 重回儿：意为再一次同样的行动。（《北京土语辞典》）
⑤ 长脖儿挺儿：脖子又长又直。
⑥ 自了汉：生活上只用顾自己不用顾别人的独自一人。

及至吃完,两个夜叉依旧对徐爷伸手,徐爷一瞧,嘴里急得直嚷"妙已齐,念啃①喽。"(徐爷敢则原是老和②。)人家二位也好,闹了个天津卫③讲话,满没听提④,还是照旧要吃,徐爷直摆手。谁想那个母夜叉更是个急性子,伸出爪来,冲着他们公的,一指徐爷带来的口袋,意思是必定带的不止此数。(那位说:"你怎么晓得呢,他不是我是蒲松龄的圆谎代表吗?")您别瞧夜叉性劣貌恶,敢则耳软,一见夫人示意,这才抓起徐爷带来的那条口袋来要细细搜寻,直不亚如今拿获着野土贩子的一般。徐爷急的直嚷:"不够本,没,没,没有。"夜叉不理他,翻脸无情,只怕老徐的性命难存。

且说徐爷被夜叉挟住,又向腰里重翻口袋,徐爷吓得又摆手又说(直仿佛庚子年的口袋会,遇着印度咧)。夜叉搜寻了一个过儿,因为没有,一堵气子,把徐爷在地上一扔。老徐闹了个高掉儿⑤,扎挣着刚要往起爬,那个母夜叉一抬大脚,早把徐爷的脊梁踏住。徐爷急得无法,只好连连磕头,说:"你们二位若肯其把我放啦,我船里头有锅灶家具,喜欢吃熟的,我给二位现做,比吃这剩的胜强百倍。"

夜叉听徐爷直磕头、说人话,不知是哀求是骂,依然怒气不息。那个母的稍微好像通点儿情理,晓得磕头是哀求的意思,把脚一抬,徐爷爬起来一面说,一面指指自己的鼻梁儿,又往山下指了指,用手比了比锅笼。两个夜叉这才透着略微明白点儿。两个对啾啾了两声,又冲徐爷点点头,也伸出长爪来,往山下指了一指。徐爷心说:"有边儿。"扭转身躯往回路行走。

那个劈鹿的夜叉还有些不放心,在身后紧紧相随。徐爷一想:"自己还是千万不可快走,若要一开跑步,他一犯疑心,追上自己依然得死。"所以一面走,反一面回着头,冲夜叉指指掇掇⑥,嘴里又说:"我决不逃跑,你只管放心。"夜叉也随着点头,一会儿的功夫,到了山根儿底下。徐爷用手一指船,夜叉点点头,徐爷跳上船去,进后舱掀起船板,取出铁锅、蒸笼、刀勺等类,自己先把锅笼

---

① 念啃:江湖黑话,谓没饭吃,挨饿。
② 老和:江湖黑话,也作"老合儿"。闯荡江湖之人。
③ 卫:天津的代称。(参考《北京土语辞典》)
④ 满没听提:完全不入耳,完全不经心,意同"不听那一套"。《北京土语辞典》
⑤ 高掉儿:重重地跌倒。《北京土语辞典》
⑥ 指指掇掇:指指戳戳。

运到船头，复又回来取上刀斗，及至出舱再瞧，敢则夜叉早把锅灶替端到岸上，两个大爪子举着反复端详，好似看希罕物件呢。（端锅这件事大概是夜叉的发起。）见徐爷出来，胳肢窝①挟着刀斗，连忙把锅笼分开，一手提着一样儿，冲老徐努嘴儿，好像他帮拿的意思。徐爷不敢由他手中往下夺，也连连点头，跳到岸上。

夜叉喊了一声，冲山上一努嘴儿，徐爷心说："这必是让我头里走（虽说应酬子弟厨师傅，其实怕走调货②）。"乐得拿他当个上锅钴③头行的碎催呢。迈开大步，在头前走了个飞快。夜叉提着锅笼，一面走一面瞧，又顶在脑袋上试试，好像要巴结④个铁帽子似的。徐爷看着要乐，又不敢乐。一会儿又把笼屉帽子落在锅上，往脑袋一顶，真正特别的高帽儿。夜叉这一捣鼓，脚下未免到迟慢了。徐爷走在半路儿上，东张西望的往四下观瞧，心说："我今天虽说溜不开，将来我得寻着逃跑的道路才好呢，要不然这两个怪物那天要是犯了性，还是照旧得吃我。"心中正自叨念，不知不觉的已然到了洞口。

在徐爷并没看清，皆因那个夜叉正站在外面往下山路瞧呢。一见徐爷先来了，啾啾的又怪叫了两声，那位离着很远，早就答了言儿了，彼此一问一答，乱叫了一阵，好像前清洋枪队叫的口号。说话间进了洞口，夜叉放下锅笼，还是向姓徐的要求吃饭的问题。

且说徐爷跟随夜叉同到洞中，自己把刀斗放下，那个夜叉也把锅笼放在就地，用手指定徐爷啾啾的乱叫，大概是问他怎么办的意思。徐爷心说："这下子还是要糟，虽然说有锅，俗言说得好，'巧媳妇做不了没米儿的粥来'。锅上没有，锅下没有，可怎么办呢？猛然一低头，见有夜叉方才吃剩下的两条鹿的后腿，外带还是极大的鹿儿，徐爷可就得了主意啦。遂把撕破了的大衣服脱将下来，只穿一件贴身的小褂儿，把袖子挽将起来，掇过四五块石头，把锅支好，要往锅中舀水，一想连个盆儿罐儿都没有，这可怎么办哪？只好从新端起锅来，要往外面去取水去。

夜叉蹲在一旁，见他端着锅要走，立刻站起来，冲徐爷瞪着眼睛，好像又生

---

① 胳肢窝：腋窝。《北京话词语》
② 调货：做菜用的材料，如鱼、肉、青菜、油、酱、醋、淀粉等都是。《北京土语辞典》
③ 钴：用来炖煮食物的器皿。
④ 巴结：努力、勤奋地做某事。

了气似的。徐爷用手指指锅里头,说:"一则得用水①刷刷②,再说没有水可怎么煮呀?"夜叉依然不听,伸出大爪来,又揪住徐爷的腕子。徐爷说:"你不用不放心,我姓徐的断不能刷完了锅就偷跑,既然你不晓得脏净,只好不刷,咱们就煮东村③。"于是把鹿腿拉过来,夜叉这才略微明白些个。徐爷略试了一试,连一条也放不下去。徐爷从新放在石头上,把刀拿过来,按照卸猪肘子的办法,连砍带劈,好容易分开一半,又试了试,凑和着可以放得下去了,复又端起,扭头冲夜叉往山下指了指。夜叉点点头,徐爷端着出了山口,奔至河岸,毛下腰舀了一锅水,一会儿端了回来,从新放在石头上。又向洞外拔了些个乱柴草,好在腰里带着火镰④,连忙取将下来,撕了块火茸子,放在火石上,刚敲出火星儿来,两个夜叉站在一边看着拍手打掌⑤,嘴里呕呕的怪嚎起来。(比捧坤角儿怪声叫好的不在以下。)徐爷把火茸子引着,放在柴草之上,用嘴加着力儿的一吹,好在柴草不湿,借着山风儿,居然引着。徐爷连忙往锅底下塞了塞,一会儿把锅烧热,一想带着毛的还怕夜叉挑眼,不如等水开之后,用刀一刮,大约也就将就咧。

　　一低头儿柴草已然烧净,只好又奔到外边拔了些过来,陆续的往里填送。那个夜叉见柴草冒出火苗儿来,起初心中有些个害怕,及至见徐爷蹲在旁边儿并没有动身,也没受什么损伤,于是跳跳蹦蹦的跑到洞外,扒上半山腰去,抱住一棵小树儿,硬往下搬,只听咯吧咕咚的一响(我替徐爷代表,先是树杈子折下来的声音,第二次是夜叉挨摔的声音,通俗叫做熊跌膘,这如今换做夜叉,又叫夜叉行,这就算我们改良得能之处),倒把姓徐的吓得一机灵。一会儿见他乐乐嘻嘻,连扛带拉跑了回来,徐爷心说:"敢则他也懂得帮忙儿呀!"说句新名⑥词,这就叫做"维持⑦"喽。只好赶过去接过来,好容易拉到跟前,谁知撅也撅不动,这一来,急得徐爷又要动刀。

---

① 底本作"用得水"。
② 底本作"刷制"。
③ 东村:用于动词之后,表示动作之粗鲁、干脆而不顾及后果。
④ 火镰:旧式取火工具。《北平土话》)
⑤ 拍手打掌:因情绪激动(或高兴或悲伤等)而拍手鼓掌的动作。
⑥ 底本作"各"。
⑦ 维持:想方设法处好关系。

且说徐爷见夜叉拉进一棵树来，心中虽然感激，奈因锅小，码的石头洞儿太大，放不进去，心说："你们别听'搬倒大树有柴烧'，炉灶的资心不够也是白闹，既然人家是好心眼儿，我也不敢别拗人家，只好用刀劈开，趁着火旺，放在里边。"格登①时裂焰飞腾，烧开了锅。徐爷把鹿腿用杓子搭了出来，放在石头上，稍然晾了一晾，然后用刀子往下一刮，虽说不甚干净，总比连毛吃强多喽。刮完也没管再脱靴子（大概妙已齐唎），重新放入锅内，把笼屉帽子盖上，复又看火。两个夜叉见徐爷顾了烧火，顾不了取柴，到是直替出去搬运。徐爷一手指着柴草，一手伸大拇指头指细茸的，夜叉明白是让照那样的捡，于是专捡柴草往里搬运。

书说简断，一会儿见了几个开儿②，徐爷用杓子捞到靠进锅边儿，用手指甲微掐了掐，已然有八成熟啦。两个夜叉前蹿后跳，好像闻香不到口似的，嘴里头直往外流吐沫③。徐爷心说："他们既敢生吃，牙口儿必然是好的，只要稍微一熟，就是不十分烂，大概不至挑剔唎。"想到其间，连忙用杓子搭将出来，没有盘碗，只好放在石头上，被山风儿一吹，已然不见冒热气儿了。一手用杓子按住，一手用刀划开，大略分做七八块。

两个夜叉瞪着眼睛看着徐爷，好像干饿不到嘴似的。徐爷不敢绷④老唎，拣凉些的拿了两块，一齐递了上去。两个怪物接将过去，各自往自己口中送，大嘴一嚼，越嚼好像越香，立刻唧唧嘎嘎的好像傻乐起来。两个夜叉吃完，徐爷又从新敬献上各位一块，两个原有生肉垫底儿，又吃了徐爷许多面包牛肉干，如今又各吃了两块，已然略饱，对啾啾了两声，先跑出一个去。徐爷偷眼儿一瞧，敢则是奔海边儿上找水喝去了。徐爷忙乱了多半天，肚中也有些饥饿，乘他们不留神，拣了一块精致烂糊的，用刀子轻轻儿的切将下来，藏在石头底下，又看了看锅下的火，已然将灭，心说："那时他们吃足，那不我喝点鹿肉汤儿呢，也可以不至于饿死。"

此时那个喝水的夜叉笑嘻嘻跑了回来，向洞内这个嚎了两声，又连连点点爪子，这个果然听话，也就追了出去。徐爷心说："俗语儿有云，'人有人言，兽

---

① 格登：象声词。这里指柴火烧得轻微炸裂的声音。
② 见开儿：烧开，煮开。（《北京话词语》）
③ 吐沫：口水。
④ 绷：等，拖延。（《北京话词语》）这里"绷老"指让夜叉等的时间过长。

有兽语',果真一点儿不假,他们不是都走了吗?我也得足啃一顿。但只一节,没有咸盐,白嘴儿吃肉可怕不得滋味儿。"势处无法,从石头下把偷下的那块鹿肉撕下一块来,放到嘴里一尝,不但不淡,而且透着很咸,这才想起是海水煮肉,不用再加盐,自来①是咸的。自己胡乱吃了几块,又用杓子舀了一杓子汤,用嘴吹凉一喝,除咸之外,真是美味香甜。一块肉不曾吃完,抬头一看,见天色已然傍晚,两个夜叉又跑回洞来,掇了一块大石头堵住洞门,这下子可把徐爷几乎吓死。

且说徐爷乘着两个夜叉没在眼前,偷偷儿的啃了点儿带汤的鹿肉脯儿,自言自语的说:"这叫厨子不偷,五谷不收,什么叫得味儿不得味儿的,先弄个肚儿圆。"正在这个功夫,两个夜叉走了进来,抬来一块大石头,把洞口堵严。徐爷心说:"不好,大概做完票活②,还要揍厨子,这下子大概我又有性命之忧。不用说,你们两个是在外边议和好喽。"

谁想这两个夜叉没奔到自己跟前,另往后洞而去。徐爷心说:"这必然是怕我逃跑的意思。"又偷眼看看两个夜叉,找了个大石头窟窿,蹲身进去,挤着一蹲,俨如夫妇一样。

自己再瞧衣裳已被撕破,暂时虽不甚冷,可怕睡到后半夜儿,山风儿一起招护我再冻着。又往方才烧锅的地方儿看了看,火种已灭,于是把锅端在靠石头边儿放好,把支锅的石头推了推,底下的余灰还是很热呢,心说:"有咧,我今夜晚间在这夜叉洞中,愣睡上一回霸王炕③(可那儿找霸王去呀),也倒不错。"刚往下一坐,烫得十分难过,只好把支锅的石头往四外推了推,有夜叉给拔了来的乱柴草铺在当中。二次坐下又试了试,不但温和,而且软和,可惜石槽小些,伸不开腿,一歪身子,头枕石头倒下。自己心说:"不定那一时两个怪物一犯野性,准同今天这鹿是一样呕,俗言说'伴君如伴虎',我姓徐的现在比伴君犹且危险的多,思想④起来好不愁杀人也。"想到其间,掉了几滴眼泪。

再瞧天色已然昏黑,两个夜叉大概是睡啦,徐爷是事到头,不自由,只

---

① 自来:原来。

② 票活:称无偿的劳动。(《北京土语辞典》)

③ 霸王炕:一种用草坯砌成的低矮的地炕,没有火洞,就地拢火。夜间将火种堆于一角,人就地温而眠,次日复燃。这样的炕称为霸王炕。

④ 思想:思考,考虑。

好凭天由命啵。再说白天又拾柴又煮肉,辛苦了一天,又受了惊恐,乘着肚中有食,闭闭眼睛,养息精神要紧。刚才一合眼,一阵心血来潮,居然沉沉睡熟。

自己也不知有多大的功夫,猛然间听见一声响,好像山崩了似的,吓得徐爷一骨碌身子坐将起来。揉着眼睛一瞧,天光已然大亮,再瞧两个夜叉,已然不在昨晚蹲的那个地方儿了,又一瞧,原来堵洞门的石头改变了样儿,徐爷这才明白,"方才这一响是夜叉搬石头的声音,如今照旧堵着门儿,大概是怕我逃跑的意思。"自己坐将起来,从新紧了紧身上的带子,收拾收拾鞋袜,心说:"莫若揣上些鹿肉,慢慢儿的登着石头爬到上面,再顺路往海岸儿上一溜,到了那里赶紧解缆开船,逃窜生命要紧。但只一节,一个要是跑不脱,或是另落在别的怪物手中,罪孽比这个还许大呢。"心中正自叨念,猛见有头往里一倒,果然那两个野畜从外面回来咧。一个推石头,那一个抗着一条大鹿,比昨日生吃的那条透着又肥又大,跳上石头,蹿了进来,向徐爷眼前一放,指指锅,比了又比。徐爷心说:"想不到我这临时的厨役,到拉下主顾,变成了长活咧。"只好冲这两个夜叉点了点头,夜叉又跑到洞门口把石头抬开,在外边替他取了些柴草,看那意思是催着老徐给他们快快的煮鹿。

且说徐爷见两个夜叉扛来一只大鹿,比昨日的又肥又大,用手指指锅,徐爷心中明白,大概是照方儿①吃鹿肉。(比吃炒肉强,皆因照方儿,就是两分儿啦)无如整只的死鹿,谁家也没有那么大锅,有心要把鹿腿卸掉,一齐退毛。一想:"挺好的鹿皮,莫如剥下来,一则不蹧踏②东西,二则煮着也省事。"

虽说自己是外行,好在常在羊肉铺门口儿看热闹儿。"于是将鹿放在平地,用刀挑开四蹄,又把肚腹划开,放下刀,轻轻儿的往下解剖,并不费力。一会儿居然脱下一张鹿皮,放在石头上晒晾起来。还有头天剩下的那半锅鹿肉汤,只好一倒儿,有心再往海边儿上取水,一想:"煮出来一定是照样儿的咸,本家吃着虽不挑眼,自己有些受③不了。昨天见夜叉跑到洞后,大概是另有山泉,取着也近便。"于是把锅端下来,先把石头按好,这才端着锅往后走。

---

① 照方儿:比喻按照已用过的方法做。(《新编北京方言词典》)
② 蹧踏:糟蹋。
③ 底本无"受"字,据文义补。

夜叉见徐爷不出山取水,自是①也放心喽。两个忙着把堵洞门的石头掇开,又忙着替徐爷拔来许多柴草。徐爷坐②好了锅,把鹿卸成数块,只放得下两块,照旧敲石取火,将草然③着,盖上笼屉帽子。自己肚中有些饥饿,心说:"我不如把昨天的剩鹿肉放在上面,底下煮生的,上面蒸熟的,更许好吃。"打定主意,立刻把剩的蒸上,夜叉看着喜欢的了不得。一会儿的工夫,锅上了气,自己取出一块来尝了一尝,分外比头天的香烂。夜叉见徐爷吃剩的,赶过来也各撕了一块,放在口中一尝,喜欢的直打蹦儿④。

　　此时锅内煮的也开了半天啦,徐爷用杓子搭了出来,用指甲掐了掐,已然熟烂,只好捞将出来,放在石头上,冲夜叉指了指,是告述他们熟了的意思。夜叉连连摆手,又指指地上的生肉,又向锅中指了指。徐爷心说:"这一定是还要煮二锅喽。"只好又端锅舀水,从新又煮。

　　书说简断,一会儿分数锅煮熟,都晾在石头上。就见两个夜叉一会儿跑到洞外,往四下里瞭望似的,那个跳在高埠之处呕呕的一路鬼嗥,正在这个功夫,见跳跳蹿蹿的从外边来了好几个夜叉,同本洞的这两个见了面儿互相握爪,啾啾儿的叫唤起来,进洞各从石头上抓起一块来,往嘴里乱塞,一个个吃得美味香甜。本来有生以来头一次吃熟食吗!大家真是风卷残云一样,一路大吃,把一只鹿全都啃了个整净⑤,这才又说起话儿来。都看着徐爷咧嘴儿,一呲白牙,分外令人惊怕。徐爷心说:"这倒不错,吃饱了冲着姓徐的呲牙,大概这是给我道乏哪吧。"

　　又有一个跑过来,蹲在地上,看了看徐爷的刀杓家具,点点头儿。又冲大众一啾啾,登时都跑进前来,用爪子拿起来试了试,又一指徐爷带来的铁锅,伸出爪子一比,大家跟随着皱眉。徐爷心说:"不好,八成儿要叫我砸锅。"

　　且说徐爷,见众夜叉,用手指了指自己的锅,又伸出长爪来,比画了会子,徐爷心说:"莫非嫌这锅不好,一个砸了?别说我,大众都不用想再吃咧。"细看他们的意思,好像嫌小,看完大家又对啾啾了会子,才各自散去。

----

① 自是:自然是,当然。
② 坐锅:指做饭时,把水锅安放在火炉上,准备蒸煮。(《北京土语辞典》)
③ 然:燃。
④ 打蹦儿:蹦,跳。形容情绪激动的神态。(《北京话词语》)
⑤ 整净:这里指整个吃干净,吃得不剩下。

徐爷忙了多半天儿,好在鹿肉耐饥,吃了半块并不再饿,只是泛口渴,无可奈何,跑到后洞,爬在石头窟窿儿上,用嘴吸水喝。两个夜叉仍用石头堵上洞门儿出去。到了晚间回来,还是照旧同徐爷要肉吃。

一幌儿三四天的功夫,徐爷虽不至挨饿,可是想走,是不用打算的。这天又来了一个夜叉,徐爷远远儿的一瞧,好像个大螺蛳的,心说:"怎么夜叉里头也有有盖子的吗?"一会儿进到洞中,徐爷才看明白,原来肩膀儿上扛着一口大铁锅,走进来放在平地,先用手指指徐爷,又指指锅。徐爷心说:"这个背锅来的八成儿是叫我替他刷吧。"低头一瞧,这口锅算是出号①的大广锅,还像人家使用过的,心说:"这东西可从那儿搬运来的呢?"只好也指了指。这夜叉啾啾叫唤起来。徐爷说:"你打算要做什么用呀?"夜叉还是照旧的啾啾乱叫,彼此对捣了半天的乱,谁也不懂谁是什么心思。还是徐爷机灵,说:"你多半叫我换大锅吧。"于是另掇了几块大些的石头,把锅支好,又指给夜叉一看,夜叉喜欢的直拍巴掌。徐爷说:"虽说有这大锅,究竟锅里没东西,也不是干瞧着吗?"此时本洞的两个也从外面进来,一见送锅的,彼此又对啾啾起来。正在这个功夫,见远远的又走来几个,肩头上各扛着野兽,在远处看着,直仿佛肉铺里伙计下市似的。徐爷心说:"呕,这大概是送货来的。"果然,一会儿进到洞内,把所有的野兽都放在徐爷面前,又往锅里指了指。

徐爷一瞧,这些野兽也有大马鹿,也有狼,暗想着:"这鹿我是吃过的,但不知狼肉什么味儿?我只知狼吃人,想不到我今天也闹点儿狼肉尝一尝。"于是把小锅端到洞后,做为舀水的家伙,一锅一锅的取了几趟,已然将满。本洞两个夜叉仍旧帮着拔取柴草,徐爷这两天怕是火茸子用完,没处找去,每天总留些烧剩下的树枝子,放在石洞里头,做为火种儿。于是拨了些过来,用嘴吹着,把新采来的柴草放进去,登时烈焰飞腾,着了个挺旺。

徐爷把这只狼放在地上,用刀剁下狼头,自言自语的说:"常听人说狼心究竟什么样子,我今天也开开眼界。"于是把膛开开,将五脏取出,细细的找寻,并没看出那点儿像心,心说:"莫非狼不长心么?"后来又卸四肢,在胳肢窝里找出一块黑血,包着一个大枣核儿,这才明白,说:"呕,是喽,怪不得说狼人的人心,在胳肢窝里长着,又黑又尖呢?原来此话不为无因。"正然低头胡想,谁知夜叉

---

① 出号:指特大号,比头号的尺寸还要大。(《北京土语辞典》)

在旁乱嗥起来。

且说徐爷,虽说有些经济①,并不趁调羹大手。如今既应了夜叉这工儿活②,只可是极力的维持啵。

好容易把狼剖开,分做数段下在锅内,夜叉在旁看着十分喜悦。另有一个指着那支麋鹿,又拿起徐爷的刀子,比试了比试,徐爷会意,晓得是叫自己也给剥皮开膛。

此时锅中的水已然滚开,徐爷又得忙着烧火,又要宰鹿,未免忙合不过来,捡了一根短树枝子,放在手边儿底下,一面用刀挑鹿筋,一面用棍子烧火,可惜略有点儿够不着。徐爷心说:"这就叫火棍儿虽短,强如手拨拉③喽。"本洞的夜叉搬来的柴草已然不少,徐爷冲他连连摆手,说:"一个放了荒④联着着起来,咱们这儿就改了火云洞咧。"(老徐虽唱高腔,可惜夜叉一窍儿不通。)见他摆手,晓得是不用的意思。(八成儿碰过周元丰的钉子。)又见他忙不过来,有心帮他烧火,又怕燎了毛。如今见徐爷用棍儿拨弄,一样的有旺苗儿,登时乐得了不得,把棍儿从徐爷手中夺过来,蹲在一边替徐爷烧火,一面烧一面耍(夜叉新排的《演火棍》,有多难瞧呀)。徐爷低头剥鹿,忽然一阵烟气弥漫,夜叉被烟一熏,没了主意,扔下火棍,撒腿就跑。徐爷赶紧放下刀,拿棍把火拨了拨,才知道他只顾多塞柴草,将火苗儿压灭,赶紧爬在地上鼓起腮帮子一路⑤苦吹(徐爷原来也是牛皮匠⑥、大法螺手),好容易将余焰吹得又着起来。这些夜叉在一旁拍手打掌,好像佩服的了不得似的,硬说这叫"死灰复燃"。

徐爷把火重新生着,又往锅里看了看,见狼肉剩下少半锅,心说:"原来这狼见生不见熟,不禁火候儿呀。"用杓子搭起来,用指头一掐,依旧生硬,只好照旧放入锅中,又用小锅到后洞取些水来(这狼闹了个二回开⑦),把笼屉盖上,自己依旧剥鹿皮,卸鹿腿。夜叉远远儿的见老徐不慌不忙,又把炉火烧起来,

---

① 经济:财力、物力,这里指有丰富的猎物食材。
② 工儿活:工作。
③ 拨拉:来回的拨弄、拨动,又写作"扒拉"。
④ 放荒:由于无人管理而胡乱行为。(《北京方言词典》)
⑤ 一路:一个劲儿的,一直。
⑥ 牛皮匠:好吹牛之人。
⑦ 二回开:字面义是水再开一次,这里指再重新把凉水烧开煮。

才知道炸烟原来不要紧,渐渐儿的又往前凑,又用棍子来塞柴草。徐爷看着,容他塞些儿,冲他摆摆手。夜叉会意,蹲在一旁,真不再放了。容这柴草有些不旺,徐爷冲他一比,夜叉从新又往里放。徐爷自言自语的说:"想不到我跑到这儿,当上火夫头儿啦。"又看了看锅中狼肉,还是不烂。

那个夜叉已然急的了不得,用爪子比着要吃,徐爷心说:"既然狼这东西蒸不熟、煮不烂,大概白费我的火候儿,莫如给他捞出来,赶紧换汤煮鹿吧。"于是用杓子拨在锅边儿上,拉住骨头,揪出来放在石头上,用手一摸,敢则肉虽和柴似的,骨头却软和得很。夜叉见狼肉已熟,立刻冲徐爷啾啾了两声,徐爷说:"是味儿不是味儿,你就吃个热和劲儿吧。"夜叉不懂,又冲大家点手儿,然后把狼用爪撕做数分,先举起一块,送到徐爷的面前。徐爷只好捏着鼻子,跟着同吃狼。

且说徐爷见背狼的夜叉举起一块狼肉来,送在自己面前,不敢不接(怕说与狼党同系),连忙接将过来,放在嘴内尝了一尝,可不同别的野兽一个味道(大概透柴①),此时众夜叉都跑过来欢迎狼肉。徐爷乘夜叉不留神,把这块狼肉塞在石洞缝中,忙着把那支大麋鹿分开下锅,又端起小锅儿来,要奔后洞取水去。

本洞的母夜叉机灵,把锅接将过来,跳蹦蹦的向后洞跑去,一会儿满满的舀了一锅来,倒在大锅之内,又取第二次。徐爷心说:"我要在这儿留住三年,还当上夜叉洞的厨行②头儿了呢!既然他替跑,乐得自己先省力。"往锅下看了看,火势未炽,连忙把草塞进一把子去。那个夜叉见他又烧火,立刻又出洞帮着去拔柴草,取回来又忙替他烧。取水的跑了三四趟,已然上满了锅。徐爷把笼屉盖上,里面还有吃剩下的鹿肉,依旧蒸着,等到热了自己当点心用。一会儿锅中麋鹿煮熟,徐爷打开屉,把肉捞将出来,放在石头上。这个扛鹿的也拣一块肉多的,先送给徐爷。徐爷见夜叉虽系野兽,颇近人情(比上白拿人当奴才的主人讲理的多),自己既然走不脱,只好在这儿苦耐着啵,这叫"明知不是伴,缓急且相随"。

一幌儿又过了六七天,居然同夜叉混得不分彼此了。本洞两个夜叉有时

---

① 柴:食物含粗纤维多,老化,不松嫩,不甘美。(《北京话词语》)
② 厨行:旧时北京等地对厨师行业的称呼。

出洞去寻找野兽,也不用石头顶门了,徐爷出洞也不跟随着了。这天徐爷又回到岸边,见船虽尚在,有心逃走,一则船上没有干粮,虽有些粮米,锅灶都在洞内,也不能取来。再说此时已近冬令,风是大的,一个走不脱,反为不美。游移了会子,只好把船上所有应用的物件,取了些样儿来,仍回石洞。半路上遇着夜叉,见徐爷拿来好些物件,都争着过来替他搬运。

这点儿书在原文可没有,并非我替徐爷捧夜叉,皆因要过七八年,除野兽之外,既没食品,还能将就,若一切使用物件缺手,不但徐爷难过,连我说着也嫌绕嘴,随便垫这们几句。从此海岸边上只有一只空船,徐爷的全分家私就算都搬运在洞中,用什么有什么。虽说牵强点儿,免得我费脑力,时时留神砸锅。

闲话靠后,一会儿回到洞中,本洞的夜叉见徐爷又取来许多家具,晓得他是实意儿要在此入籍,越发不当外人看待喽。徐爷每天除煮肉之外,有时爬到山上,见也有地土,把带的米麦种上些个。又见本地上的野菜,拣鲜嫩的取下些来,用水洗净,取海水一泡,也有酸咸味儿,这就是新发明的泡菜吗?有时听夜叉啾啾,特意学着答碴儿①,夜叉听着,就能领悟,彼此越说越能代表出意见来,阖洞的夜叉都夸徐爷聪明。这一天本洞的那个雄夜叉,从外面又带进一头母夜叉来,先把来意悄悄儿的对这个雌的说明,然后又告诉徐爷,是因为徐爷鳏居无偶,特寻此雌,要与他匹配成双,这下子可把徐爷闹得好生的为难。

且说徐爷,见雄夜叉带了一头母夜叉来,要配与自己,成为夫妇,心里别提多着急啦。一则是家中尚有妻室,虽不怕打个停妻另娶②,可是凭自己这分儿能力,实在养活不起。况且这位不与□中国的性情,倘或一个犯了他的野蛮性质,自己又真惹不起,甚至还有性命之忧。为难了半天,这才对本洞公夜叉说:"虽蒙洞主③优待,无如这件事可得两相倾愿。再说,听说贵国匹配婚姻,向例主持自由,你老硬给带来,我要立刻点头,这不如同指婚的旧例了么?这件事据我想,总是徐图后图。"徐爷说了半天,虽则夜叉满没听提(大概许是诚心装傻),好在并没用什么强硬手段,交给徐爷,就算没他们的事咧。这个雌夜叉看着自己嘻嘻的傻笑,错非徐爷已经见惯,真能吓死。

---

① 答碴儿:搭理别人或接着别人的话题说话。(《老舍作品中的北京话词语例释》)
② 停妻另娶:抛弃未离异的妻子再与别人结婚。
③ 底本不清,据文义补。

一幌儿到了夜晚,徐爷照旧按时歇觉,这个雌夜叉俟等本洞两个夜叉睡熟之后,把徐爷叫醒,用软语温存。徐爷是久旷思欲,也只好闹个荒不择路,饥不择食,点头认可。那位要问彼此都说些什么,在下没给徐爷当过翻译,那位愿意打听,您找夜叉国通事①打听去吧。

简断截说,一夜之间,不但事已成熟,而且夜叉颇知以顺为止的道理。再说,徐爷混了这们几天,也有些习惯下来,这就是随乡入乡。

次日一早,雌夜叉出洞猎取野兽,依旧交与徐爷煮熟,分送本洞中的两个夜叉。(给大媒道谢哪。)然后又跟徐爷同洞而食,拣上好的留下了几块,徐爷不知什么意思。又到次日清晨,老早的起来,把头天留的好肉给徐爷放在一旁,告述徐爷说:"这两天野兽稀少,总得往多远的道儿才能寻找的着呢,自己出门没有时候回来,你要饿了,拣这肉尽量而食。"徐爷连连答应,雌夜叉才出洞而去。这天到晚间,果然扛回一只极大的母鹿,本洞的两个也抬回一只来,全都放在洞中。徐爷见有许多熟肉,好在天已渐冷,不至臭坏,那天得便,再宰了煮,都可以行咧。

徐爷从进洞之后,起初还记得过了三天五天咧,如今日期一多,渐渐忘却。

约莫过了有一个多月,这天一清早,各洞夜叉都老早起身出洞,彼此各找各人相熟的。徐爷一瞧,今天与往日不同,各夜叉脖项底下都挂上一串珠子,长短大小不等,一个个挂好珠子,都跑出洞去,伸着脖项往远处瞭望。又跑进洞内,告述徐爷快快的多煮上好的鹿肉。徐爷点头忙着安锅取水,自己这个夜叉老伴儿也帮着忙成一处,又替抱柴,又给收拾刀杓笼屉。徐爷说:"今天大家都挂珠子,可不知是什么缘故。"雌夜叉说:"今天是咱本国的天寿佳节,挂上珠子好朝见国王。你没珠子,如何是好?"徐爷说:"那只好我就不朝见吧。"雌夜叉说:"那如何使得?等我设法替你向大家心交②心交。"

且说徐爷,听说要朝见国王,总得挂珠子,自己没有,自然也就不敢强巴结喽,说:"我自好暂且当这黑差吧。"雌夜叉说:"那可不行,你不用著急,等我替你心交去。"徐爷也不知怎么叫做"心交",就见他跑到洞外,冲着大家一点手儿,大家只当徐爷把肉煮好了呢,都乐嘻嘻的跑过八位来,问说:"煮好了么?"

---

① 通事:旧时指的是翻译人员。
② 心交:同别人要东西说"心交心交",可能源于日语。

雌夜叉说："咱们大家既然用他做肉,少时献上国王,国王如果要面见徐郎,他脖项之下没有骨突子①,有多们不恭敬呀!"大家一听都对,点了点头,个个从脖项上把自己的珠子摘将下来,解开草绳扣儿褪下五个来,交与雌夜叉,从新系好绳扣儿带上。这位雌夜叉也把自己的珠子摘下来,解开扣儿取下十个来,照旧系好带上。又爬到石洞上,用爪使力一揪,揪下一根细葛条,放在石头上,用脚踏了踏,然后一颗一颗的穿将起来。

这点儿书原文这们说的,您要问这珠子是在那儿得来的,什么人打的眼,可说不清,我也没法子替圆这路谎,您包涵着瞧吧。闲话少说。

但说雌夜叉蹲在洞外,一会儿把珠子串成一挂,提溜着进洞。徐爷正蹲着烧火,见他双手举着,往徐爷脖项上一比,徐爷方明白,敢则大家一凑,就叫"心交"。赶紧一低头,把脖子递了过去,居然带好。徐爷低头一数,整整的五十枚(五八四十,又加十枚吗)。徐爷既是贩货的客人,对于珠宝红货自然有些半开的眼力儿,低头一瞧,真是紧皮光亮②滴溜圆③,按现在本交州地方的行情,那颗都值百十两银子。这一下子,把位徐爷乐的不知说什么好咧,冲大众点头鞠躬。大家一同指指锅,连说"快快,快快",说完一齐走去。徐爷要叫住夜叉夫人儿,问问大家上那儿去,个的个儿腿快过步大,已然走远。

徐爷低下头,又瞧珠子,又得赶紧看锅烧火,别提多忙啦。把这锅煮熟,捞出来晾上,又煮了一锅。此时天色已然午后,见夜叉夫人儿跑了回来,进洞问说:"齐了没有?"徐爷说:"微等一等,把这锅搭出来,就完事咧。"夜叉说:"快快搭出来,咱们好去接见天王去。"徐爷心说:"不知此处天王共有几位,是否摩家四将④?只好少时看见再说吧。"(徐爷一肚子的《封神榜》。)赶紧打开锅笼,把新肉捞出来,又把蒸的剩鹿肉递给夫人一块,自己也略吃了些个,说:"咱们要是走了,扔下这些肉,丢不了哇。"(徐爷怕闹个狼叼来的喂了狗。)夜叉说:"除你之外,没有不是我们同种的,你别瞧我们模样儿差点儿,却是晓得爱种保种,同群和群。你看天已将晚,咱伺候天王,应当早去。你只管放心,乘早儿跟我走着,到了那里不会说话,总以少说的为是。"徐爷连连点头,说:"谨遵夫人指

---

① 骨突子:珠子用绳子等串在一起制成的项链。
② 紧皮光亮:形容蔬果等表面无皱纹,并且有光泽,好看。(《北京土语辞典》)
③ 滴溜圆:谓极圆。(《北京土语辞典》)
④ 摩家四将:《封神演义》中的四位人物:摩礼青、摩礼红、摩礼海、摩礼寿。"摩"也写作"魔"。

教。"说话间，自己跟随着夜叉夫人出离本洞。

雌夜叉在头前引路，慢慢儿的走着，徐爷直开跑步①方能跟②随得上。一会儿另来到一座洞府，徐爷一瞧，果然另有一种宽绰的气象。

且说徐爷跟随夜叉夫人另来至一座大石洞，见这洞与自己所住的远不相同，四围见方，约有一亩地大小，高约三四丈，上面顶棚天然石头生就③，四围同墙壁似的，光滑极亮，如同玻璃一般。当中放着一块见方的石头，好像一座洋式的饭台。周遭列摆着许多石头墩儿，当中间儿的这个又高又大，上面铺着一张豹皮，其余两旁的石墩儿蒙的全是鹿皮，上面坐着许多的夜叉。徐爷也有看着眼熟的，本洞给自己为媒的那两位也在此处列坐。徐爷大约数了数，共总有二十多位，不足三十位。座位既满，自己只好靠下首一蹲。

正在这们个功夫，洞外忽然怪风大做，称得起是飞沙走石，对面看不见夜叉了。徐爷紧闭双睛，就听这些座位上的一齐跳下石墩儿，跑了出去。自己不敢动窝儿④，照旧靠墙立定。转眼间从外面进来一个大高个儿的，似人非人，虽似夜叉，又比这一群夜叉透着尤其凶猛，驾着风，迈着大脚步鸭子⑤，进到洞中，直奔正中，在那个蒙着豹皮的石墩⑥儿上坐下。两条腿可是登着石墩，说不出是蹲着坐着。

这些方才坐着的夜叉也都跟随进入洞内，不敢就坐，都在两边儿排好，抬起脑袋，伸出两只胳膊，一抱肩头。

上坐的这位，好像点名似的，对大众注目留神，看了一遍，然后才说："卧眉山众，尽于此乎？"就听这些夜叉一齐应声，"呕呕"了一声，大概是答应呢。这个又用眼一瞧自己，伸出长爪指了一指，说："这个异族的是那里来的？"徐爷不敢答言儿，就见自己的夫人儿往近凑了一步，说："回禀大王，此是我新招的女婿。"此时大众一齐答言儿，说："启禀大王，此人有一分特别的绝技，能用火将肉煮熟，十分好吃。"大夜叉在座上说："但不知现在何处？"徐爷本洞的夜叉听

---

① 开跑步：迈开步子跑起来。
② 底本作"退"。
③ 生就：原本自然就有的，与生俱来。
④ 动窝儿：离开原处。(《新编北京方言词典》)
⑤ 鸭子：人脚。(《北京方言词典》)
⑥ 底本作"墊"。

大王打听，立刻跳蹿蹿的跑出洞去，一会儿搬了些块来，放在石台之上。这位也不谦逊，伸出长爪来，抓起一块放在口中，一面吃一面巴达着大嘴岔儿，连连夸赞说："真是发狠①的好吃。"一块吃完，又吃一块，说："这样好食品，你等如能常常供献了好。"众夜叉一齐应声说："理应按日敬献大王，但恐野兽缺短，如何是好？"大夜叉说："你们各洞得轮流着供献就是了。"

说着又看了看徐爷，一指脖项，说："他的骨突子因何太短？"大家一齐答言说："启禀大王，徐郎因初到我国，日期不久，诸事多不齐备。今因天寿佳节，礼应叩见大王，故暂由大家公摊，分赠些骨突子，故尔甚短，望大王详察。"夜叉王一听，微愣了一愣，只好也把自己项上带的骨突子取将下来，将绳扣儿解开，摘下十枚来，放在石头桌子上。徐爷一瞧，这珠子比上方才大家所赠的，是又大又圆，心说："七厘为珠八厘为宝，这们大个儿可称希世之珍了。"夜叉夫人真机灵，早凑过去接在手中，又把徐爷带的摘下来，串在一处，把位徐爷乐的要飞。

且说徐爷见国王所赐的这十颗珠子，比上前五十颗，成色高着许多，自己有心行个三跪九叩之礼，又怕夜叉挑眼，说是骂他们呢。若是敞开儿不理，未免又觉着下不去。此时夫人已将珠子串好，带在脖项上，心说："有咧，方才他们行的是挨冻礼②（两手抱肩儿吗），我闹个随乡入乡③，也照样儿，大概许不至挑眼。即便手脚生疏，抬落不灵，谁让该部没预先传我演礼哪。"打定主意，往前近行了几步，站立当中，先把两手往直一伸，然后往回一拳，两手一抱肩头，冲夜叉王一点头儿，这位夜叉看着十分喜欢。

再说，本洞的众夜叉见徐爷居然不透外行，也都暗暗夸赞，自己的夫人更分外得意。国王在座上，虽不会说什么免礼、平身、赐坐的话头儿（没学过戏场子上金殿客套），也不能"长虫吃扁担——直受儿"，立刻也欠了欠身儿，点了点头，又对众夜叉啾啾了几句，徐爷可不能都听的清楚，众夜叉一齐起立排班。

这夜叉站起身躯，离了石座大踏步出离洞口，这些夜叉都追随送出洞来。徐爷不敢僭越抢行，只得紧跟着夫人身后，也溜了出来，见夜叉王并不回头，一耸身形，照旧驾起黑风，转眼不见踪影。

---

① 发狠：原指咬牙切齿的样子，这里形容程度很高。
② 挨冻礼：这里指夜叉双手交叉抱肩膀的行礼方式，跟人觉得冷时的动作相似，故此命名。
③ 随乡入乡：入乡随俗的意思。

这些夜叉见国王去远,这才扭转身躯,仍回洞内,各按本位坐定,把国王所剩的那些鹿肉用大爪一路乱撕,分做许多分,也给了徐爷夫妇各人一分儿。徐爷累了多半天的功夫,肚中正然饥饿,接到手中,还要谦让大众,原来这些位并不客气,每位往嘴里乱塞,一会儿全都吃净,站起来一摇大爪,分先后各自出洞。到了洞外,彼此不再周旋,各奔各洞而去。徐爷同定本洞几位,并自己夫人往回路行走,沿路观看,处处另有景致。

书说简断,一幌儿就是三四年的光景,徐爷在洞外所种的麦豆等类渐渐的也都留下籽种,徐爷交给大众种法。本洞的夜叉也有要跟徐爷学习宰鹿煮肉的法子的,可惜没有铁家具。好在各洞都有膂力,举着一块长条儿的石子,就能当锄犁使唤。徐爷的这位夫人儿渐渐肚大腰圆,周身倦懒。徐爷莫明其妙,这天忽然产生了三个夜叉,虽然微似其母,到还有七八成像个人形。徐爷抱起来,细细的一端详,原来是两雄一雌,徐爷喜欢的了不得,暗想:"这路品胎①若是在我们内地,州县官据情上详,就算熙朝②人端。可就怕老谣③,硬说得杀一个。"徐爷自己这们想,也不便对夫人说。本洞的夜叉晓得徐爷生了子女,也都替夫妻喜欢,有送生熟鹿肉的,每天没事都常跑过来,抱着这三个小夜叉,哄着玩耍。徐爷身上原穿的衣服已然破碎无存,只好用鹿皮围体,唯独这挂珠子,当做宝物紧紧收存。这一天大众出去猎食,剩徐爷看洞,谁知有拿徐爷当拆白党的一个夜叉前来,要强行无理,但不知徐爷的性命如何?

且说徐爷,这天坐在洞中,看着三个孩子,夫人预先述说明白,是随着本洞同类上山猎取野兽去了。走了约有多半天的功夫,徐爷把孩子哄得全都睡熟,自己出洞,想着要活动活动筋骨。刚出洞门,见迎面走来一个夜叉,徐爷并不认识,也辨不清是雌是雄,看见徐爷,先递嘻和,说:"徐郎,徐郎,剩你一个人在洞中,连看孩子带做饭,有多们累的狠哪!"徐爷说:"人家能猎取野兽,我既没这能力,难道说连看家还不会吗?"这个夜叉说:"我正要到你们洞中看看你们的子女,可都见长了没有?"徐爷一听这话,想着必是个雌的喽,不是沾亲就是带故,不好不让,说:"如此说来,大嫂请啊。"(徐爷不知道要唱那一出?)这个夜

---

① 品胎:三胞胎。
② 熙朝:盛世。
③ 老谣:不可听信的说法。(《新编北京方言词典》)

叉不再谦让,迈开大步先跑进洞来,徐爷只好也随着回来。

　　这个夜叉进到洞中,并不看徐爷的子女,笑嘻嘻的冲徐爷说:"你们两口子,生长这样小孩儿,十分可爱,不知怎么有的?今天乘洞中没人,咱们两个照样演习一番,不知你可乐从?"徐爷夙日虽不惧内,可是真怵夫人儿。再说,一瞧这个夜叉,比自己伙过的那位面貌尤透恶劣,登时吓得不敢答言,不知用什么话语推辞才好,急得摆手摇头。谁知这位是个一宠子的脾气①,说到那儿,要办到那儿,伸出两只大长的胳膊,揪住徐爷两只手腕子,紧往自己这边叫劲。徐爷连夺带闪,连说:"不可不可,断断乎而不可。"母夜叉见徐爷不认可,登时气往上撞,把徐爷用胳肢窝挟起来。徐爷心说:"他要按照请财神、抢库兵、绑票儿②的法子,把我弄到他洞内去,我命可就休已啦。"一面用手支撑,一面嘴里喊嚷:"妈呦,快来救命啵!"三个孩子被徐爷一嚷,全都惊醒,"呕呕儿"的啼哭起来。母夜叉本打算把徐爷架弄走,奈因徐爷两手苦抓自己的肋条③,两只脚连蹬带踹。再说,徐爷这几年专用野兽肉当饭,膂力比从前长了几倍。母夜叉有点扶持不住,一堵气子,把胳肢窝一张,"噗通"的一声,徐爷闹了个干撂儿④。

　　正在这个功夫,恰巧徐爷的夫人儿从洞外走将进来,听见徐爷直喊救命,孩子又哭又号,立刻把得来的一只大鹿也顾不得要了,撒手扔在洞外,跑进来一瞧。母夜叉见正头⑤箱主⑥回来了,不敢久恋,扭转身躯想要逃走。徐夫人焉肯容让,伸出长爪来,把母夜叉两只腕子揪住,两个在洞中就演上蹪跤⑦咧。别瞧这个母夜叉来得勇猛,敢则也觉着有些理亏,别着夺出胳膊逃跑,只顾一扭头儿。徐氏夫人一低头,张开血盆似的大嘴,照定母夜叉的右耳根子上就是一口,母夜叉躲⑧闪不及,这下子正咬在大耳朵稍儿⑨上,真给咬下一大块来。

----

①　一宠子的脾气:任性的,由着自己的性子做事的。
②　绑票儿:绑架。
③　肋条:肋骨。(《北京话词语》)
④　干撂儿:这里指夜叉撒手不管,徐爷硬生生地落在地上。
⑤　正头:正式的。
⑥　箱主:原指戏箱的主人,后泛指主人。
⑦　蹪:摔跤。
⑧　底本不清,据文义补。
⑨　耳朵稍儿:耳朵的上部。

徐爷见救命星到了，顾不得身体疼痛，从石地上爬将起来，胳膊也戳伤了，呲牙咧嘴的，扎挣着进到洞中，看顾三个孩子去了。母夜叉耳朵疼痛难忍，被徐夫人一脚踢倒，抓起了一根葛条，将母夜叉竟自捆绑起来。

且说徐夫人把这个母夜叉按倒丢翻，摔在就地，从旁边揪过一根葛条来，就给捆好，放在洞内，又问了问徐爷，幸尔伤痕不重。这位从新到了洞外，把鹿拉了进来。

此时本洞的诸位夜叉有陆续回来的，进洞一瞧，徐爷这洞口绑着一个，不知为了何事，自然都争着询问。内中有同这母夜叉男人熟识的，悄悄儿的给送了个信儿。这个听说，连忙找到徐爷洞中，同徐爷一搞交情，徐爷满不懂他的话，全推在夫人儿身上。徐夫人因为既没被他讨了什么便宜去，现在白白儿的啃了他一块双皮①，也不便再得理不让人，说："既然他的不是，你把他带回本洞，以后严行看管，别叫他再来此骚扰就是啦。"

这位夜叉公见徐氏夫妻宽洪大量，十分感谢，又问了问徐爷情形，徐爷大略一说，这位夜叉也知道幸尔未曾乱种（那们一来，可就晋封王爵啦），也颇知羞惭，亲自给母夜叉挑开绑绳儿，回洞而去。

从此徐氏夫人因害怕他们不死心，依旧再来，每天永不出洞。好在徐爷在洞外所种的粮食，渐渐存储了许多，煮成饭食，同本洞的夜叉们换些肉食。徐爷身上的衣服烂净，只好用野苎葛藤造成绳儿，把野兽皮缝成一块儿，也颇像衣裤之类了。徐爷时常没事，就把自己这挂珠子取出来看看。

一幌儿的功夫，又是三年，这三个孩子全都会走啦，徐爷闲着没事儿的时候，就教给他们说些句中国话。这三个孩子究竟通人性，一学就会。至于跟随他母亲所学的本洞语言，更是普通喽。在众夜叉之中，看着有些不像同种，好在也没有仇视的。在徐爷听他们说起中国话来，虽依然带着啁啾②的口音，可是比上夜叉话语，有几分人气。再说这个大男孩，尤其生得雄壮，统共方才七岁，两只脚底下登山涉岭如履平地，与徐爷人性攸关，还是颇知孝顺。

老徐这三年的功夫，既没人再找寻徐爷，而且孩子已然长到这们大了，徐夫人也渐渐的放了心。这天告明徐爷，说自己要携带上一子一女，到山前山后

---

① 双皮：指作为菜肴的猪耳朵。（《新编北京方言词典》）
② 啁啾：鸟叫声。

游玩一番(老东皋公师傅的)。徐爷说:"你们要早去早归。"徐夫人说:"如今你们父子二人一同看守洞口,莫非还有什么可怕的么?"徐爷点头答应。

母子三人出离洞府,剩下父子闲谈天儿,说起当年一夜大南风刮到此地,又说到中国怎样繁华。这位大夜叉少听父亲说起乘船飘海的话来,说:"孩儿要想到海岸看看这船是什么样子,不知使得否?"徐爷在此七八年,原本时刻想家,如今一听,说:"可以吧。"于是偷偷儿的把那串骨突子带上,说:"吾儿,你要随为父的来吗?"(要唱全本《硃砂痣》。)父子二人一同出洞,往前走了几步,恰巧正是北风大作。一会儿到了海岸,见故舟犹存,这一来,徐爷才想要设法引渡回国。

昨朝话表,徐爷带着大儿子来到海岸一瞧,故舟犹存,又搭着北风大作,登时顿起回乡之念,不由的滴下几点眼泪。这位徐大少一瞧,不知父亲为什么伤心,连忙请问。徐爷长叹了一口气,说:"要讲我在内地,风俗人情样样儿的比起这本处来,实在强的多。我屡次想回故乡,一则赶不上顺风,有时虽遇顺风,又恐怕走不脱,不敢离洞。再说,又被你母亲严行看守,寸步不离。今天实是天假的好机会,你我父子不如乘此时回国去吧。"徐大少听父亲之言,虽然愿意,奈因舍不得母亲弟妹,又恐日后相逢,母亲见责,皱着眉头子说:"嗳呀,爹爹,常听父亲教训说,'大丈夫处事总要来得明去得白',何妨回到洞中,将此话对我母说明? 若能一同回国,岂不更妙?"徐爷说:"吾儿之言虽然有理,奈因一节你有所①不知。若是回洞一商议,你母未必愿意,因故土难离乃是人之常情。即便认可,本洞的许多亲戚、故旧一定必要拦阻。即或你母深明大义,去志已决,大家都要周旋祖饯②,这一耽延时刻,再想得这样北风,可怕不容易了。莫如咱父子登舟试一试,如果风顺船疾,明天便可到家看看。那时想来,再多备干粮,换只大船,还可以再来接你母亲弟妹呢。吾儿你若不遵吾言,便为不孝了。"徐大少听父亲有重回的口话,一则年纪尚幼,二则好奇的心胜,说:"父亲,但不知这船怎么便能移动?"徐爷说:"你先上去,容我解开铁练,用篙一点,便能离岸。"徐大少没见识过,笑嘻嘻跳上小船儿,钻进舱中,瞧着希奇罕

---

① 底本作"所有"。
② 祖饯:饯行。

儿①。徐爷此时混得脚底下连鞋都没有咧,不怕潮水,连忙走在那棵柳树根旁一看,铁练上铁锈许多,同树根好像连②在一块儿似的了。徐爷现在手头上有劲,用手一揪,居然弄折,立刻跳在上面,顺船舱旁边取出旧篙,使力在岸边上一点。此时正涨午潮,又遇着顺风,已然飘离海岸。

徐大少正在舱中,觉着脚底乱幌起来,赶紧跑出来,见船已离海。父亲将篙放下,说:"这样好风,不必费力了,你我父子稳坐船中,明天便可到故乡。"徐大少是悲喜交集,悲的是母亲弟妹不知何日重逢,喜的是自己既是中华种族,居然能回祖国。

书说简截,一幌儿到了天黑,北风比白昼更大,徐爷觉着身上寒冷,自己也不知共走了多少路程,说:"你我父子进舱安眠了吧。"徐大少说:"父亲肚中可饥饿么?"一句话提醒徐爷,说:"嗳呀,儿,咱来时荒疏③,一些干粮没带,此时不能泊船,无论怎么饿,也得忍饥而行。到明天风止,再上岸寻些食物,才能充饥呢。飘海的营生,这是常有的事,多早晚有临时窝窝头会驾船跟随着,那才算享上幸福了呢。"(这是徐爷说的吗?我替水面上的朋友犯贪心哪。)徐大少无可奈何,只可随着父亲进舱安歇,一夜无词,次日果然回到故乡。

且说徐爷到了天明,肚中也觉着饥饿,再听孩子的肚子里,骨碌碌的乱响。出舱一瞧,风比夜间小的多了,远远有些树木人烟。徐爷心说:"大约此处是中国境内了吧。"自己低头一瞧,不由也笑了,说:"我这一身皮子,连根布丝儿没有,到了岸上,大家还不拿我当汉④奸哪。"有心不登岸,自己也辨不清来到什么地面了。于是把皮衣扣儿解开,把这串珠子摘下来,拣了一颗极小的取下来,放在船板上,把这串系好,围在腰中,嘱咐孩子说:"我儿,你在船舱里坐着别动,等我上岸看看有什么好吃食,给你换些儿来,你好充饥。就便打听打听,交州离此多远,便能计算出离家多远,几日可到咧。"徐大少说:"这船如果不动,可以能行,若是再一换风,把孩儿刮走,孩儿没学过驾船,性命恐怕难保,到那时不但难与母亲弟妹重逢,咱父子也恐怕没有见面之日了。"徐爷一听,说:"吾儿不必多虑,我把缆给你系好,今天的风势已息,断不至飘流到远方去。"此

---

① 希奇罕儿:稀奇罕见的东西。
② 底本作"练"。
③ 荒疏:着急慌张因而疏忽。
④ 底本作"汗"。

时徐爷说话间已然出舱,用篙往靠岸地方拢。

恰巧那旁有依样的一只小船儿,徐爷一瞧,便把自己的船往一处靠。舱中出来一个人,上下打量徐爷说:"嘿,船上的这位毛朋友,你是从那里来的呀?"徐爷一瞧,不但是自己本乡的土音,而且耳音极熟,好像从前常在一处打连恋的熟人。不顾的问名姓,连忙说:"请问这位驾长①,此地可是交州湾么?"这位说:"不错呀,听你口音有几分像本地人氏,奈因一节,咱这江西省分没有多高大的山,山上也没多少獐狍②野鹿,好容易得着一件皮货,谁肯自家拿着打糙儿③用呢(这位八成儿是估衣住儿)?你莫非是个野达子④,谁主使你跑到内地,要扰害什么治安吧?"

徐爷此时已然听出语声儿来,是当年同师学艺的一个朋友,后来都吃水面儿的饭。此人姓商,有个外号儿叫做"水商(可不贩卖人口买良为贱)",又因为他好喝水,也有管他叫"伤水⑤"的(跟我一样,多喝了水,早晚犯了痰,还得多照顾乐山氏润肺止咳化痰丸)。那位说:"这药管化痰,还管消水吗?"这件事据在下自己研究,大凡喜吃肉品的人,多不喜运动行走消化,多以酽茶⑥为消化品。只顾消化,可不顾水与痰,究系同质。况水懦民争玩之,在饮水不觉之中,已然多贪了。在下近年对于别项嗜好渐少,唯吃肉、喝水两事,每日不能离。有时胸满膈膜,服乐山化痰丸可见功效。这是我的肠胃,有同病者,曷⑦妨一试?那位又说咧:"你是说《聊斋》哪?是替做告白底子⑧哪?"(做告白我没学过,说评书行讲话,我又海下去咧。)徐爷登时喜之不禁,说:"你,你,你莫非是伤,伤,伤,伤水,商爷吗?我的伤,伤,伤,伤,伤大兄弟呀!"(那位说:"那儿来的这些个伤呀?"哟,您不知道呕,徐爷敢则全伤透啦!)这人一听道出自己姓氏,立刻分外留神,到底要瞧他是怎么一个毛人?

---

① 驾长:尊称,指船工。
② 狍:麅*。
③ 打糙儿:谓衣物等不甚精美,只供家常使用。《北京土语辞典》
④ 达子:指中国古代汉族对北方少数名族的蔑称。《新编北京方言词典》这里泛指对某类人的蔑称,也写作"鞑子"。
⑤ 伤水:庄稼、蔬菜、花草等因浇水过多而受到伤害,影响了其正常生长。
⑥ 酽茶:浓茶。
⑦ 曷:何,什么。
⑧ 底子:底本,草稿。《汉语大词典》

且说这位姓商的,听徐爷叫出自己的名姓,自然一机灵,说:"你到底是谁呀?"徐爷说:"你怎么把我姓徐的给忘了呢?前几年不是咱哥儿两个时常在一处贸易吗?"商爷一听,说:"原来是徐大哥,一幌儿小十年子没看见你,有说你在外埠发了财的,有说你连船遭险存亡未卜的,如今幸喜重逢。你这们几年,脸上透着黑胖,身子也好像比从前坚壮了,你究竟在什么地方儿混来着?怎么连本国的服制①,你全改换了呢?若说为发财,也犯不上连两只鞋都不穿哪!"徐爷说:"好兄弟,你别提啦,为兄这次,真是九死一生,但凡有处买衣服,我何苦顶皮子呢?你过我船上来,我细细的告述你。"商爷说:"你上我船上来不是一样吗?"徐爷说:"也好,只是我船上还有个生番似的大小子哪,怕他害怕,不放心。"商爷说:"既如此,我就到你船上见识见识,也无不可。"于是搭上小跳板儿过船,彼此重新见礼。

徐爷让进舱中,指着商爷,对大少说:"给你见见,这是你商叔父。"这孩子虽不知怎么称呼,大约必是长辈,连忙站起来,两只手一抱肩头,冲商爷呲呲牙。这下子把这位商爷吓得要开腿,乍着胆子说:"这是你的令公郎么?"徐爷说:"正是大犬子。"商爷皱着眉头子说:"但不知你在外边几年,娶了几位嫂夫人?共生了几位令郎、令媛?"徐爷说:"只娶了一房贱内,一胎产了三个,是二子一女。"商爷说:"那么都在后面走着哪?没别得说的,我可少陪啦,有话过日再谈吧。"站起来就往舱外走。徐爷说:"故人□逢,如何这等薄情?"商爷说:"不是别的,就这一位,我看着心里发忾,就要出恭。你们亲丁②五位,少时到齐,一犯野蛮,我就变成商鞅啦,还不赶紧告辞等什么呀?"徐爷说:"你不必害怕,我只带他一个儿来,其余都在他们本国哪。"

商爷这才重复坐下,徐爷从头至尾把夜叉国的事说了一遍,商爷皱着皱眉,说:"既如此说,此处既然茹毛饮血,大有上古之风喽。既如此,你这一趟,不用问,是仅只③逃得性命回来,一文钱也没弄到手中喽。"徐爷一想,"自己这个样子,不好登岸,商爷既是旧日弟兄,不免托他将珠子换了银子,给置备两身衣服鞋袜,再购买些肉食等类,父子好暂行充饥。"打定主意,笑嘻嘻的对商爷

---

① 服制:指服装的样式。
② 亲丁:这里指家人。
③ 仅只:仅仅。

说:"愚兄虽说没挣回钱来,好在得了几粒珠子。"说着取出来,递在商爷手中。商家第一讲珠宝,商爷也有几分眼力,接在手中一瞧,说:"徐大哥,你有这颗珠子,大约值个三五百两,□分中人之产用不清,无怪人说你发生①了呢。"徐爷说:"还有几粒。你既懂行,就烦你上岸替我兑换了,置些衣服。我父子从昨天就没用食品,一并买些酒肉来,做为愚兄,与你酬劳。"商爷说:"既是没用饭,请到我船上,衣服吃食我全现成,徐老哥千万不可外道。小弟今朝定要与你父子摆酒接风。"

且说这位伤水商爷,看见徐爷有大颗的珍珠,立刻跟着就套交情,说:"徐大哥,你要早说没吃饭,我早把你父子们请到我船上,置酒款待咧。大哥,您千万可别外道,您请到我船上,我有什么,请你父子吃什么,可别挑拣。"徐爷说:"既有现成的食物,暂赐我们一些,更感情②不尽的了。"商爷说:"你这儿是空船,没什么可丢的,我的船上样样儿全都现成,还是上我舱里去,你们老爷儿两个一面吃着酒饭,我把我随身的衣服全行拿出来,您拣着合身儿的穿上,岂不比顶着皮子好看吗?"徐爷说:"既蒙老弟这样的成全,愚父子只好遵命就是。"说着又对大少说了句夜叉话,这孩子欢欢喜喜的站将起来,往舱外就走。

徐爷同定商爷,也一齐出离舱门,登跳过船,大少跟随着也进了船舱。商爷从船板下取出一瓶酒来,又取出几尾干咸鱼,都放在舱板上,说:"你这几年大约也没喝着酒了吧。"徐爷说:"岂但酒,连茶也没听说过呀。"商爷取出三个杯子,说:"可惜没有什么好酒菜。"说着斟满三盅。徐爷说:"这孩子从来没尝过酒是甚么滋味,可留神他醉,不给他喝也到罢了。"商爷说:"何妨少给他一点儿,让他尝尝呢。"徐爷端起盅子,先喝了一口。商爷说:"主不吃,客不饮。"也端起来,一口饮干。徐大少见父亲同这位都往嘴里喝,想必是好东西喽,也往嘴中一倒,灌下去觉着不甚得味儿,商爷赶紧递给他一大块鱼。徐大少接在手中,翻来覆去的细瞧。徐爷此时也自取了一块放在口中,徐大少见父亲这样吃,把这块鱼放到口中,并不知上面有刺,觉着没有自己洞中的鹿肉顺溜,使力的一吧哒③嘴,才把鱼刺按折,噎下去了,心说:"常听父亲夸赞中国食品好吃,

---

① 发生:交好运发达了。
② 感情:感激。
③ 底本作"达"。

怎么到我嘴里变成不得味儿了呢?"商爷不敢再让大少喝酒(怕醉夜叉闹起来比醉鬼难缠),于是从笸箩①中取出些干面馍馍来,递给于他。大少接过来,两三嘴一个,到吃了个美味香甜。徐爷几年没喝酒,也不敢多贪。商爷又苦劝了三杯,就咸鱼彼此吃这个干馍馍。

徐爷说:"承老弟盛情,我们已然得了饱餐,还是求兄弟你上岸辛苦一趟,把这珠子兑换些银钱,买置几件衣服鞋袜,我们父子穿起来上岸,免得惊吓着乡邻。"商爷说:"徐大哥,你怎么又这么外道起来了呢?方才不是说明白了吗?容你们老爷儿两个吃喝完毕,我把我的衣服送给你们穿上,你想这半天的功夫,我也得倒得下手来呀。"说着,从舱板下取出一只小竹箱儿,打开盖儿,取出小褂、裤子等类,交给徐爷,又取鞋袜,说:"咱哥儿两个,脚大小差不了多少,你这位少爷可怕不合式。"徐爷说:"大约大不了许多。"说着自己穿好,又教给大少,也照自己穿起来,说:"愚兄此时套言不叙,过日我给你做新的送过来就是了,我要下船回去探探我的妻室。"商爷说:"据我说,你不去也罢。"徐爷说:"这是什么缘故?莫非你晓得么?"商爷说:"小弟说出来,千万你可别恼。"

且说徐爷刚说到要回家探望妻室的话,商爷可就答了言儿啦,说:"这件事老哥不问,小弟不敢冒猛告述于你。你如今既然提到嫂夫人的话,我实对你说吧,人家现在可不姓徐咧。"徐爷一听,说:"但不知现在姓了什么?"商爷说:"依我劝,你就不必打听了,你想咱这苦省分,水多田地少。再说,咱都没有多少地亩,所以才弄这们一只船做个商业,所为养妻赡子。你想,你一幌儿离家多少日子啦,又赶上前几年米珠薪桂②,嫂夫人跟前又没儿没女,本村乡邻见他可怜,你又音信皆无,故此劝着他另走了一家。听说现在生得小孩儿,差不多也有五六岁了。"徐爷听到此处,思忖了半晌,说:"既然如此,也就由他去吧,但不知我家几亩薄田同家具等物归于何人之手?"商爷说:"你老哥既没近族当户,大半也是你们那口子带过去了。"徐爷说:"如此说来,我如今到是一点儿惦记的没有了,还是求你老兄替我把珠子兑换些银钱,我们父子下船,暂踏寻一座旅馆住上几日,再设法找房安家就是。"商爷说:"那们你们老爷儿两个给看着船,我就替你去趟。"说着跑下船去。

---

① 笸箩:用竹篾或柳枝编成的一种盛放物品的容器。
② 底本作"贵"。"米珠薪桂"指米像珍珠一样贵,柴火像桂木一样贵,意思是物价极高。

剩下徐爷在船上，自己生起火来烹了一壶茶，一面喝着，又嘱咐大少许多话，又说："你在夜叉国这几年有姓无名，如今到了家乡，我给你取个名字，你身体魁伟，就单名一个'彪'字就是。"大少点头记清。

一会儿商爷从集镇回来，说："这颗珠子本处没有金珠店，没人敢买，恰巧有位贩珠宝的客人在店中住了许多日子，总没有买着好的，见这珠子愿出一百银子，我实因价值过低，没肯给你卖，特意回来问你怎么样？这位客人说如果另有好的，他还要出重价呢！"徐爷说："俗语儿说'买金遇不着卖金的'，要讲再大的，我尚有数颗，只要他肯出大价钱，我管保能让他如愿。"商爷一听，说："但不知这颗小的你还卖不卖咧？"徐爷说："也罢，这颗小的，愚兄赠与你，做我愚父子衣食之费，此后就烦你做个中人，我与珠子客人再行交易，所有花销全出在他的身上，不知你可肯么？"

书中代表，这颗珠子，商爷本来同客人讲好，是一百五十两，花销在外，特意回来问问。徐爷如果不点头，还可以多圆全个三二十两，如今人家慨然相赠，闹得自己反有些不好意思起来，说："徐大哥，这是那里说起？你破出死命，挣了来的，如何白白的送我？至于我替你两造成全买卖，原是咱商业分内之事，珠子我管替你卖，你这颗小的，要不我不要吧。"徐爷说："岂有此理，我既说出来，还能说了不算么？"商爷说："既如此，小弟我谢谢你。你若用现钱，我船上现在还有几串。这们办，事不宜迟，咱哥儿两个一同上岸，到店中见着这位客人，把珠子买妥，银物两交，不知你意下如何？"徐爷说："如果赶着①他去，是串店营业，未免被他看轻。况且船上剩你侄子一人，甚不放心，不如你把他约到舟中，与他当面成交，不知可能办到？"

且说徐爷把珠子慨然赠与水商，皆因既是白得来的，而且处处还要仰仗水商帮衬，自己若是一面儿黑，怕水商勾串上外人，把自己图谋了。（那位说："你把水商说成水贼啦，未免太甚。"）您可不晓得，徐爷因为自己发的是横财，再说，离乡日久，又带着个人不人畜不畜的儿子，倘或吃独了，水商虽不会图财害命，要是报了官，说自己是受外国唆使前来潜伏内地的奸细，真有点儿克化不开，故此才重用水商，好做为自己的亲人。虽是徐爷的好心眼儿，处在无倚无

---

① 赶着：极力逢迎、攀附，表示热情，以取得对方的欢心，或说"上赶着"。《北京土语辞典》

靠的地步,自然不能没个党援①。今天这书,要是再接着水商拉珠子纤②,一形容揉兄行跑合儿③的弊病(倒不是倒把做行市,买空卖空),未免又得多说个三五版。一则与原题无干,再说,人家夜叉徐氏在洞里受着苦呢,苦一磨烦,图什么招人家恶心,而况且我也说不好。莫若做个暗场子,就算由水商给引荐来了一位金珠客人同徐爷当面交易,徐爷先卖了两颗,卖了好几百万银子。那位说:"你做什么替姓徐的这么鼓吹呀?莫不成你也是夜叉党吗?"您想按原文说,出珠二枚,售金盈兆,十万为亿,十亿为兆,人家老徐既有这步运气,我何苦少说?况且这还是照旧算盘说,若按西法数学说,从个亿说到个兆,银子该有多少,我简直的都说不上来咧。闲话蠲④免,简断截说。

徐爷陡然而富,又买房子又置地,雇了些仆妇丫环,把只小船儿也不要了,在家看着少爷徐彪念书认字。乡亲中有劝徐爷续弦的,徐爷一概拒绝(怕夜叉太太找来不答应)。有当年旧同行同业的晓得徐爷手里有财,劝着徐爷搭伙做买卖,徐爷说:"现在家中没人,离不开身子,只好等徐彪成人之后再商量吧。"

一幌儿就是十年,徐彪已然十四五岁,不但身体坚壮,而且力大无比,三二百斤的石头,端起来一举过顶。就只一样儿,性情粗暴,好跟人打架。乡邻中明知他是小孩子,又是外番种族,谁也不敢惹他。

这一年广西一位元帅,虽不定名为镇守使、节度使,反正是知兵的大员,看见徐彪将来一定是个将材,把他叫到营中,留营效力当差,暂授以千总之职,俟立有功勋⑤,再行拔升。人家孩子也真做脸,当上差一点儿也不滑赖。再说家里有钱供给,彼时俸饷充足,所有手下的马步兵弁,徐爷不但一分一厘不克扣,而且时常把自己的俸银给大家充赏。恰巧正赶上边省地方烟尘四起,大帅派徐彪带兵征剿⑥,所到之处真是战无不胜,攻无不取。并非徐彪有什么特别技术,皆因待兵如同亲手足,上下一心。再说,自己胆子壮气正,到了十八岁这年,居然实授为副将,可不是钻营运动来的。

---

① 党援:结援相助的党与。(《汉语大词典》)
② 底本作"縴"。
③ 跑合儿:为买卖双方做中介,又写作"跑和儿"。
④ 蠲:免除。
⑤ 勋:勛*。
⑥ 剿:勦*。

说到此处，暂且让徐家父子在任所享福。再说当年那位水商，把卖珠子的银子花净，依然泛海为生，这天遇着狂风，性命不知能否保全？

昨天的书，粗枝大叶的一说，已然是十余年的事情。徐爷父子暂且不表，但说这位水商，把徐爷所赠的珠子卖了一百多银子，垫补着做买卖，虽是见利就钻，可惜财命有限，时常赔本儿。

这年泛海也赶上大南风，把这只商船也飘到一座海岛，自己可叫不上什么地名。书中代表，正是徐爷发福生财的吉地——卧眉山下。商爷既不认识路径，风定尘息，自然要携带上些银钱、干粮等物，上岸找本处居民询问询问喽。上岸走了不远，就见远远站着一个少年高大个子，像貌甚是丑陋，而且不穿衣履，腰中缠着些豹皮。商爷心中明白，说："八成儿这就是徐爷到的这个地方儿吧。"凑近这人，想要问问。谁想这位一见自己，步履如飞，跑到自己面前，上下一打量，透着惊讶的了不得，说："来的这位，你莫非是什么大中华的中国人吗？你是某省分的人哪？家住那州并那县，那个村庄有家门？"（夜叉要唱《荣归》。）商爷一听，口音虽夸，好在还听得出来。连忙回答说："在下姓商，是中国广西省分地名交州人氏，泛海为商。昨天偶遭怪风，飘到贵地，既然问中国，想必此地不在中国版图之内喽。"这位少年点了点头，说："此处不是讲话之所，快快随我来。你若被本地人看见，你的性命难保。"商爷一听，吓得两腿哆嗦起来，想走都不会动弹①咧。这位一瞧，伸出两只大手，把商爷的腕子一攥，说："来，来，来，随我来。"商爷此时也只好闭眼认命，幌里幌当的跟着小跑儿。

一会儿来到一处山洞，进了大窟洞，见两边还有好些小窟洞。这位找到西北犄角儿上有一座极小的石洞，外边荆棘②甚多，拉着商爷往里就走。棘荆棵子③把商爷的衣裳挂住，只听哧儿的一声，商爷说："嗳呀，又撕了一块。"（《状元谱》改了《鸿鸾禧》呢。）少年也看见了，用大光脚鸭子把荆棘一路乱跺，一会儿果然平坦好走。（这叫光脚不怕穿鞋的。）少年拉住商爷，仍不撒手（离开商界大概没饭），一会儿走到尽里边儿④，又拐一个湾儿，另有一个小石洞儿，这才撒开手，说："你先在这儿少微等等儿，我去去就来。"说完一扭身儿，迈开大

---

① 弹：底本作"掸"。
② 棘荆：荆棘。
③ 棵子：植物的矮丛。《新编北京方言词典》
④ 尽里边儿：最里边儿。

步,又顺旧道儿跑咧。

　　商爷心说:"得,想必他也约会他的同党去啦,大半凶多吉少。"可是想走,也不敢出洞。又想到:"当日徐爷是本处著名的穷徐,如今虽无妻禄,却有子财,又道是人逢绝处可重生,有命不怕家乡远,或者我老商也有一步珠子命。"想到其间,反到转忧为喜,正然瞎叨念,猛见少年从外面跑了进来,胳膊下挟着一物,远瞧好像金华火腿,及至来到自己跟前,放在石头上,说:"我晓得中国人口味高,吃肉都讲熟的,幸亏我洞中有块煮熟的,得味儿不得味儿,请你将就些儿,这还是我特别优待呢。"商爷此时吓的把饿都忘了,无奈这是人家的美意,只好做揖道谢。这才要细问此人,既是中国种族,缘何流落在此?

　　且说商爷藏在石洞之中,一会儿见少年回来,而且挟来一条熟鹿腿,放在石上,说:"这是我特意敬献你老的。"商爷连忙做揖道谢,这位少年还是以抱肩礼相还。商爷说:"看你这样子,必是此地人氏喽,想必是到①过中国,不然怎么会说我们中国话呢?"少年说:"我并不曾到过中国,我母亲是本地人氏,我父亲却是中国人,从小儿教给过我中国语言,可惜这几年的功夫,忘了许多。再说彼时年纪幼小,不懂留心习学,如今有心再学,又没人指教了。"商爷一听,说:"你父亲既是中国人,想必是我的同乡,但不知你可晓得姓名?"少年说:"名字我不懂,只听我父亲当年对我们弟兄们说,我们全都姓徐。"商爷一听,乐得拍手打掌,说:"你要提别位我不认识,要讲姓徐的,可同我有交情,我们哥儿两个早年吃喝不分,一处做买卖。不错,我晓得他前十余年航海遭风到过贵国,后来回转家乡,还带去一位少爷,同你年岁相仿,模样也差不多。不知你说的这位徐公,就是此人么?"

　　这少年一听,滴下几滴眼泪,一咧血瓢似的大嘴,把商爷几乎吓死,说:"你究竟有无弟兄,要说实话。"(水商急的要唱哑金②。)少年说:"我有一个哥哥、一个妹子。那年我兄妹二人跟随我母出洞有事,及至回来,父亲与哥哥踪迹不见,不知生死。方才听你所说,才晓得父兄是逃回本国去了。既然同你熟识,你必然晓得我父亲身体可还康健么?兄长现在中国做些什么事没有?"商爷一听,二爷颇知孝友之义,赶紧跟着套交情,说:"从前我同令尊是发小儿的朋友,

---

① 底本作"道"。
② 哑金:装哑巴给人看相,摊上会写有"兄弟几位?妻宫有无?"等字样。

这次重逢也多蒙他赠我珠宝,只皆因现在你令兄做了官,我一个商业人不便常去。再说,他已然升到副总戎,是极大的武官,时常带兵,不在本处,故此有二年没见面儿了。"二徐说:"但不知什么叫做副总戎?"商爷说:"这是中国的官名儿。"二徐还是不懂,说:"但不知什么叫官?做他有什么好处?"商爷说:"嗳呀,我的老贤侄(从这儿就拍上老腔儿①咧),你听我告诉你说吧,要讲中国做官,是头一个好行当儿,出门不是坐轿车、马车、摩托车(彼时早点儿),就是骑马。回到衙门,在大堂上一坐,一叫来人哪,立刻过来许多下人。像我辈这路老百姓买卖地儿,谁都不敢正眼看他。走在街上,赶紧得规规矩矩的站起来垂②手侍立。你哥哥现在又是武职,这个年头儿犹其可发财,这就叫做官。"二徐一听,说:"但不知我哥哥怎么就能做了官?似这路官,我若能到中国,不知也能做官不能?"商爷说:"有什么不能的?中国古人说得好,将相本无种,男儿当自强。再若会运动,多大的官不能做?就在乎自己手腕灵敏不灵敏了。老贤侄,你既听着高兴,况且父兄又在内地,为何不早些同我一同回国?"

且说商爷听明这位少年确是徐老哥的二少爷,不免用些言语打动他的心眼儿,好把自己送回本国。不但重还故乡,对于徐家爷儿们,也算首功一件。万一徐彪再升腾起来,自己还许跟着也闹个官儿做做呢。想到此处,所以问说:"你父亲既是中国人,你为什么不回交州呢?"二徐听到此处,皱皱眉头,说:"这件事我前二年偶到海岸,见我父船只没有了,而且远近没有尸骸,想着或者也许回转了本国。本打算我到交州访问姓徐的,皆因我同我妹子会说几句中国话,生的也有几分还像中国人。若说我母亲舌根生硬,貌相与中国人大异,怕是中国种族不能相容,受了人的残害,所以心里总犯游移不定。今天既遇着你老,容我慢慢儿的同我母相商,如能一同回去,岂不更好?但只还有一件可虑的事,你别瞧我们敝国种族贫于中国,却都晓得爱种。有人到我国来,大都九死一生,想逃走可是费劲(待猪仔的法子)。当年我父皆因有烹调煮肉的法子,方能不死。若是我国的人私离国境,被天王查知,就许给活活的制死,故尔不敢妄动。话我是全告述明白了你咧,你一半天也不能回国,俟等那天赶上风

---

① 拍老腔儿:说话时摆老资格,不能平等待人。《新编北京方言词典》又作"排老腔儿"。《北京话词语》

② 垂:乖*。

顺,我再设法送你回国。你先把遇着我的这件事对我父说明,说他有什么主意没有。你老没事千万不可私离此地,若是被别人擒了去,再想引渡,可就费了事咧(二徐不会新名词)。再说,此地也没有保生命险的公司(二徐也不懂这件事),所以劝你老,总以少出门的为是。至于吃喝等事,全有我一人担任。"商爷一听,又连忙道谢。

二徐说:"话不是说完了吗,我可就要回归我的本洞去了,今天这条鹿腿大概你老总够吃的了吧?"商爷说:"这当饭,三五天也吃不清,但只一节,要是口渴了,我怎么办呢?"二徐皱皱眉,说:"你老跟我往里走。"商爷果然跟到后洞一瞧,顺石头缝儿有冒水的地方儿。商爷说:"这可怎么往口里喝呢?有个什么家伙才好。"二徐说:"少时我回洞给你找寻找寻,如果有,岂不更好?"商爷说:"今日天色已晚,胡乱将就用手捧两口喝,也凑合了。到明天贵洞如果没有,烦你到我船上,应用的物件大概全有。"二徐一听,点头应允,回洞而去。

到了次日,凡是徐爷剩下的,二徐全给搬运到商洞。实在没有的,又到商爷船上取了些件来。商爷好在连铺盖都搬了过来,隔三五天,二徐必给他送些肉来,有时是生的,问商爷自己会煮不会。商爷说:"烹饪而食乃是中国人的习惯,岂但能煮肉,什么叫丝儿炒、片儿炒、溜丸子改刀,我全有个普通学。就是一样儿,做菜全凭调和,要是没有高白酱油、香料、料酒、鸡鸭汤,天大本领的厨师傅也做不好,那只好净刷杓啦(还管剥葱蒜哪)。"商爷这套,二徐一概不懂。

商爷这天坐在洞中,探头儿一瞧,只吓得魂不附体。

且说二徐嘱咐明白商爷,才自行回洞。次日怎么给商爷找家伙,按日送些肉食,都不必细表。

但说商爷一个人住在洞中,饿了吃肉,渴了喝山泉水,困了睡觉,别提多着急闷的难过了,只好蹲在洞中从荆棘棵子的空儿,偷眼往外瞧看这些夜叉有差点儿样儿的没有。谁想一个比一个透着狰狞恶劣,嘴头子比二徐大着一倍。心说:"按这宗样式,不一定专吃野兽,八成儿更爱白吃人。我若被他一眼瞧见,大约皮骨无存,再想回故国,怕得是势必登天难还。"想到其间,吓得动也不敢动。

书说简截,一幌儿就是五个多月的功夫。这天正在洞中睡醒,听外面起了一阵怪风,跟着走石飞砂①,探头出洞一瞧,恰巧是北风。(商爷总算没转了向儿。)心说:"前次二徐说过,'待北风起,我来送汝行',这场风也许苍天助我。"正自瞎叨念,果然二徐从洞外跑了进来,说:"今天好顺风,你此时不快走,更待何时?"说着拉起商爷的胳膊,往洞外飞跑。商爷逃窜性命的心急,也顾不得再拿什么行李,有一件比老徐机灵,有吃剩下的一块鹿肉,抓起来揣在怀中,跟随二徐往外行走,顾不得荆棘扎足挂衣裳,一气儿②跑到海岸边儿上。

商爷一瞧,也是故舟犹存,自己给二徐也行了个抱肩礼,说:"这半年功夫蒙你看护,赐我肉食,我也不必说什么客套话,就盼着你回国之后,也同你哥哥似的,一样升官发财。"二徐一听,登时喜欢的了不得。(比他哥哥□心还重。)连忙说:"前次我嘱咐你的话,你可千万别忘才好。"商爷说:"那是自然。"说话自己上船解缆鼓棹③。二徐站在岸上,看船已开走,自己这才回本洞,暂且言讲不着。

但说商爷,亏得一阵北风,约莫走出三五百里,天已昏黑,腹中也觉着有些饥饿,往舱板底下一瞧,好在破锅行灶都还尚在,把船靠了岸,取些芦苇,敲石生火,用锅舀些海水放在灶上,把鹿肉放在锅内半蒸半煮,一会儿煮热,取出来,筷碗已然寻不着了,用手撕肉,饱餐了一顿,连汤舍不得倒,放在舱中,安歇睡下。

次日天明,鼓棹前行,到了一座集镇,把船拢岸,好在还有从前没花的一锭银子,找了个杂货铺换了二两,买些粮米。一打听此处已是广西边界,离交州还有三二百里路程。商爷略微放心,赶紧回船做饭,吃饱了开船,又赶上逆风,当晚来到交州。因天色已晚,再说自己衣履不齐,不好直奔副总戎府,暂在家中住了一夜。妻子重逢,喜之不尽。

次日换了衣服,直奔副总戎府,到了辕门一瞧,喝,这个威风实在不小,自己又没功名,见府门外许多兵丁,如狼似虎,商爷只好陪个小心,对一位守门的兵丁说:"烦劳老总给我言语一声儿,就说商人求见贵上的老太爷。"这兵丁一听,说:"你既是商人,要想见我们大帅,可不能一说就行。"

---

① 砂:沙。
② 一气儿:不停顿地,连续,接连。(《北京话词语》)
③ 鼓棹:划桨。

且说商爷到了副将辕门之外,对兵丁说要求见老太爷。这兵丁说:"你老贵姓呀?"商爷说:"在下姓商。"兵丁说:"我不必替你回咧,我们老官儿有谕,凡商界的人概不接见。"商爷说:"我姓商,我不是商界的人。"兵丁说:"你是姓商,不是商人,那们请问做什么官职?"商爷说:"我也不做官,我同你们贵上是老乡,烦你进去通禀,就说乡里人求见。"(商爷唱上《行路》啦。)兵丁说:"那们你到底有什么事哪?你听我告述你,我们老官儿的老太爷,从前原是商界的人,后来发了财,才把我们老官巴结的做了官,每逢乡里乡亲有事请求,从先是有求必应,样样儿的事情尽力而为。不想商界中人贪心不足,打着我们官儿的旗号招摇①起来,我们老太爷怕与官儿的名誉有碍,故此对于商界的亲友一概挡驾。你老若是乡农,或者可以见得了。若是商界,我可不敢替你通禀,才同你费这许多话。你只要说出是何行业,我立刻通禀,决不刁难。"商爷这才明白,说:"蒙老总指教,我这才明白,不是你们贵上爷儿们一步登高,不认识老乡亲的苦处。你只管进去回禀,你就说有个叫水商的,新从卧眉回国,有好音献上。"

　　这个兵丁听商爷是外洋新到,立刻换了一副笑容儿,说:"你老若是早说是外国回来的,我早给你通禀进去咧,快随我进来,我棚里待茶。"说着,就拉商爷进了辕门府门,把商爷安置在一间屋中,望里飞跑。

　　商爷心说:"敢则提起外国就能吃香,将来我发了财,雇两个夜叉站门,大概文武官儿看见还许下车马呢。"心里正在胡叨念,猛听院中奏起鼓乐,传出话来:"大闪仪门。"通禀的兵丁跑了出来,说:"我们老太爷迎接商老太爷。"(要唱《恶虎村》。)水商一听,连忙出离屋门,到院中一瞧,有许多兵丁两旁带刀站班,正在这个功夫,听门外冬、冬、冬连响了三炮,商爷悄步声儿的问兵丁说:"这是做什么呀?"兵丁说:"这是迎接你老哪。"商爷说:"迎接俺开炮,这要迎接你哥哥,大概就得用□山鸟喽。"(这是《聊斋》吗?《背娃子入府》。)兵丁不敢回言儿(怕表大太爷),用手一指仪门,说:"商老太爷快请吧。你老请看,我们官儿同老太爷全迎接出来了。"水商抢行了几步,见老徐在前,徐彪在后,不但徐彪透着比从前见出长,连老徐也变成满面红光,脸上反觉少壮了。自己凑近老徐,赶紧深深做揖,说:"老兄一向久违!"

---

① 底本作"徭"。

此时徐大少看见商老叔,跪倒行礼。商爷这下子不知怎么好啦,抱着肩头,也跪倒在地上,给老徐磕头。老徐刚然还揖,一见商爷,行得是夜叉国礼,又带跪拜,也忙成一阵。徐大少磕完头,将商爷拉起来,说:"适才兵丁报道①,老叔从卧眉新回,愚父子有失远迎,老叔休要见怪。请到书房,小侄正要请教现在夜叉国一切情形,好叫我如同重还故乡。"说着话拉着水商,直进二堂②,可不知商爷怎么样的回答一切。

且说商爷进到书房,与老徐分宾主落座,徐彪在下首相陪。商爷就把自己遭风到了卧眉,遇着徐二爷的事,从头至尾述说了一遍。徐彪听到此处,咧着血瓢似的大嘴,放声恸哭起来,一面哭着对商爷说:"小侄自从到中国以来,无日不思念母亲弟妹,只因入了军营,对于老帅知遇之恩,又兼各处盗贼蜂起,终日南征北剿,东撵西除。幸尔稍见平定,本欲问老帅陈情,告假数月,重回故里,把母亲接到住所,同享天朝乐境,苦于尚未办到。既蒙商老叔带来口信,叔父此次遇险,安知非小侄负亲之罪所牵连的?侄儿明天要面见老帅,告假半年,大约老帅不至驳回。即便不准,那怕把这功名弃掉,也无非是□来之物。"

商爷刚要答言儿,老徐说:"孩儿,你不可任性,犯你旧日脾气。一则这股海道不是人所常往来的,强要前去,恐遭不测。再说,你如今是官场中人物了,虽不能算国家柱石,也得算老帅的心腹,你这一告假,恐怕怒恼③老帅,说你有意逃回本国,图谋什么不轨,扰害治安,轻轻儿的几个字的考语,你我父子的性命都恐怕难保,千万还是不要去的为是。"徐彪听父亲一拦阻,说:"父亲言之差矣,天下知有母而不知有父,是禽兽也。若连母亲不认,不但不足以为官,简直的不能算人。孩儿去志已决,一定要去。"说着又哭了起来。

老商在旁,怕是父子闹起来,连忙说:"依我相劝,老兄不要固执,既然老贤侄有这等孝心,掌兵的元帅也必极力造成的。虽说风波险恶,想咱二人都打了一个来回儿,安然无恙。况且老贤侄有功名的人,不比咱一芥草民。再说又有这番孝心,焉知此一去不一帆风顺,旬月之间成全你们阖家团圆呢?"老徐一听,自己的儿子执意要去,况且理由充足,商爷从中又一破说④,自然不能再

---

① 报道:通报,告诉。
② 二堂:官府大堂后面办公的房间。
③ 怒恼:恼怒。
④ 破说:讲解,开导。(《北京方言词典》)

拦,说:"但只一节,我总是不放心,必须禀明老帅,请只大船,派些兵丁沿海保护才好。"徐彪说:"父亲所言虽是要计出万全,但国家养兵乃为保阖境人民的,并非为一人一家而设。况且船只乃是官家之物,如何擅自出境?父亲不必多虑,孩儿仍乘商船,向老帅处讨两名长于驾船的官兵,三人轻骑减从的往返,到觉省事。至于父亲之处,孩儿此去一年半载,归期难定,倒有些放心不下。商叔父既是故交,家中人口无多,从此也必做这海上的生意了,就请住在衙中,与父亲朝夕盘桓,彼此都不寂寞,不知父亲意下如何?"老徐说:"只要你商叔父肯为,我何乐不为呢?"商爷说:"我此时把发财的心已然看淡,只愿得饱暖足矣。既蒙老贤侄委托,我从此就替你照应衙门就是了。"徐彪说:"叔父如愿将家眷接来同住也可,或所有用度由侄儿供给也可。"商爷点头认可,当日无书。

  次日徐彪要面见交帅,不知肯否放他前往。

  且说徐彪把商爷留在衙中给父亲做伴儿,次日老早到了帅府,递上禀帖,一定要谒见老帅。这位交州带兵的元帅,从一见面的时节,就十分爱惜,又见他屡立战功,忠勇两全,故此不次擢升。每次到辕请安,永久是早来早见,晚来晚见。(同邹应龙一样。)今天见他老早的前来,不知是催粮,是请饷,还是有什么紧急的军务,立刻派中军官把徐彪唤到内书房。

  徐彪不能念随令进帐,只好跟中军进来,跪倒给元帅磕头行礼。元帅吩咐起来,赐了一个座位。元帅问说:"你今天到辕有什么公事,快些禀上来。"徐彪就把自己要赴卧眉,迎养母亲、妹子、二弟的话述说了一遍。元帅听着,皱皱眉头,说:"这件事是你为人子的应尽的孝道,本帅不能拦阻于你,但只一节,卧眉究竟离此多少站道路,本帅尚未到过,你自己可说得准往返应须若干日期么?"徐彪说:"启禀元帅,当日我父子回国,是赶上顺风,听说一昼夜从卧眉就来到交州。彼时彪才三四岁,焉能晓得程途①。本年有我父的一位故友,泛海也飘到卧眉,候了半年的北风,新近回来的,听说也只走了两天多。卑职此去若赶上来回顺风,大约十天便可以回来。只是天有不测风云,又岂人所能料乎?(得,刚做了几年的官,也会说《三国志》了。)卑职打算暂请三个月的假,如能早回来,赶紧销假当差;如果赶不上顺风,可怕要耽延日期。还望大帅得格外施恩。"元帅一听,说:"我所以要同你计议的就是这件,如在半年之内可以不必派

---

① 程途:路程。

员署缺①,你若一去一年,可非派署不可。"徐彪说:"只要元帅肯放我去,即使将我功名革去,卑职也是无怨的。"元帅说:"赏罚自有定例,既如此,暂赏你三月省亲的假,只是卧眉非中国版图之内,不好行公文,你早去早归就是。但不知你带多少兵丁?几名跟随?"徐彪说:"卑职正要叩求元帅施恩,皆因卑职不谙水性,也不会驾船,若雇觅船只,又怕无人愿往,好在我父原有一只小船儿,请大帅选派两名惯驾舟船的兵丁做为水手,伴我前往,不知大帅肯施恩否?"元帅说:"你自己回衙,问明兵丁,谁善于驾船?你自己酌量,愿带几名,你开上花名册来,本帅还要当面嘱咐他们几句话。回来另有重赏,还要□□拔升呢。"徐彪一听,这位老帅真是听信自己的话,说甚么是甚么,赶紧起身又给元帅叩头谢恩。

告别回衙,把话对父亲、商爷说明,又把所有的兵丁唤上来一说差,问谁愿去。大家一听,都巴结这分美差。徐彪又问谁会驶船,这些兵丁们,内中只有十个能当水手的,全都要去,徐彪挑选两名年力精壮的,次日带见元帅。

元帅赏了徐彪二百两银子,每兵五十两。徐爷回衙,把公事托嘱参将暂替执掌,收拾好旧日船只,带上干粮家具,沿海直奔卧眉山,可不知有无颠险?

昨天的书,末一句本应说出徐彪航海遭风来,在下存了个心眼儿,皆因徐大少是忠孝双全的好人,要把他说到死生不定,怕看书的人替徐大少悬心,故此没用惊人笔。至于徐大少此次泛海虽是涉险,论礼说,既有父亲在世,又且已是带兵的大员,不当如是,所谓"孝子不登高,不临深",何况是极大的重洋呢?奈因为人子的,对于父母不应分别轻重。即无商爷寄信前来,自己也一时不能忘,何况既然听说母弟日盼回国,故此急不能待,这正是徐彪纯孝的地方儿。

按原文虽没载着月分儿,据我理想,一定是个冬末春初的月分,正刮羊角风②。甚么叫羊角风呢?您每到春天,就看见城外起个旋风,并不甚大,可是转着湾儿,能起个挺高,好像羚羊角似的。这路风要在海面上,别说一叶扁舟,就是极大的太平舢板③满江红④,也是不能前进。

---

① 署缺:由于本官外出不在,暂时由他官代职。
② 羊角风:龙卷风。
③ 舢板:清代在河上作战时的战船。
④ 满江红:刷红色油漆的大的渡船,泛指坚固且大的船。

徐彪思亲心切，迫不及待，及至船已开行，头天①对敷着走了一天，从第二天起，就闹起顶头风儿来。船想往北，偏给你往后倒，走出五百能倒回一千去，徐少爷好像上了花船咧。两个水手是兵士，在内地驾只小船可以凑合，真遇着这个风也是没拿手②。徐彪又怕耽误期限，日日催舟前进，索兴这船行至海面，想拢岸都靠不住边儿咧，每天净在海中间转。徐大少同两名兵丁摇得头昏眼晕，只好在舱里躲着。

风是一天比一天大，有时出舱一瞧，四面是水，心中虽晓得应当往北，漫说③辨认不出北来，连东西方向也找不着呀。这天屈指一算，离交州已④经半月光景，也不知走了多少里？到在什么地方儿？这天午后，忽然起了一阵大怪风，这只小船被风一顶，闹了个船底朝天，徐彪同两名兵丁穿的全套的衣服就洗了大池汤⑤咧，此时谁也顾不了谁。

但说徐大少扎煞⑥着两只手顺水飘流，好在自己气壮力足，不会灌入口中水去，自己心里明白，凶多吉少，悔不听父亲之言。再说两名兵丁大概也葬于鱼腹了，自己也只好闭眼认命啵。待了不大的功夫，忽然觉着被一个水怪拉住自己的手，扯上水皮儿⑦，踏波而行。徐彪吓得发了昏，连眼睛不敢睁，一会儿被他拉到旱岸。

徐彪离开水皮儿，方睁眼睛一瞧，好在不是鱼兵虾将，与自己的母亲模样儿相仿，大约也是夜叉喽。外带靠山根儿有两间小石板房子，徐彪一想，既然是我母族同种，我同他打几句乡谈⑧，或者能全性命，也未可知。想到其间，用夜叉话问此公，这位原来满懂，连忙问说："你既是中国种族，怎么会我的语言呢？"徐彪就把自己是夜叉所生，如今因想念老母，故此乘船带兵航海前去迎接的事，述说了一遍。这个夜叉一听，说："嗳呀，险哪，几乎我落个自残同种的罪过，但不知你生在什么地方？"徐彪说："我生在卧眉山。"这夜叉一听，说："原来

---

① 头天：此日的前一天。（《北京土语辞典》）
② 没拿手：没把握。
③ 漫说：别说。
④ 底本不清，据文义补。
⑤ 池汤：可供众人同时洗澡的洗澡池。
⑥ 扎煞：张开。
⑦ 水皮儿：水面。（《新编北京方言词典》）
⑧ 打乡谈：说家乡的土话。

咱们是老乡,适才不知,多有得罪。"

且说这个夜叉,一听徐大少是要奔卧眉山去的,连忙说:"我也是卧眉山的人氏,既然咱是同乡,多有得罪。"徐大少连说"岂敢",心中后怕的了不得,暗想:"若非我能通语言,大概早就变成夜叉鬼咧。"刚要哀求夜叉设法搭救自己性命,就见这夜叉说:"你既要奔卧眉,为什么会走到此处而来?此地离正道远了七八千里路程,是奔毒龙国大路。若要奔卧眉,还得绕道而行。"徐爷说:"但不知由毒龙国奔夜叉国,走旱路过得去过不去?"夜叉摇了摇头,说:"此地各岛自成为国,全都由水路方能通行。"徐大少一听,长叹了一声,说:"按这们说,我从此不用说回卧眉山,只怕想重返交州也是不得能够的了。"这个夜叉一听,横打鼻梁①,说:"你既是我的同类,不用着急,全都在我的身上。你既不谙水性,你在此少待,我先给你把船只寻找回来,有话然后再说。"说话间噗通一声,跳下海去。徐大少说:"他既有这样水性,如果同龙王有联属②,问问我那两名兵丁能否复活,也是好的呀。"奈因夜叉已□□下海去,不能再往回里喊叫,只好面对大海巴眼儿③看着啵。

功夫不大,猛见水皮儿往起一涨,然跳一声,自己所乘的那只小船,被夜叉从海底下捞将上来。微控了控水,一手拉着船帮,飞也似的直奔自己面前而来。徐爷这才明白,"无怪方才他说'唐突可罪呢,'八成儿我这船是他给翻的过儿。大概是先把我两名兵丁白嘴儿生吃了,又要拿回我去零碎享用,幸亏我说的出本族的话来,方逃活命。我若一提兵丁是否被他吞食,他一翻脸,相许闹个一不做二不休,先吃兵后吃官的主意,我命仍恐难保。"正胡猜疑,夜叉把船已然拉到岸边,说:"你既想回卧眉,你就上④船,乘早儿前往啵。"徐爷连忙行了个夜叉礼,说:"多蒙活命之恩,又把原船替我寻回,自是感恩匪浅。奈有一节,实不相瞒,水路的事我是一窍不通,再说篙棹都没有了,如何是好?"夜叉一听,点点头,说:"既然说是□管,自然给你办理得了,你快些上船。你把周身衣服脱下来,放在船头晾干了,少时好穿,我好替你推船。"徐爷一听,说:"如此说,还得有劳老乡前辈,晚生遵命就是。"这位也不回答。

---

① 横打鼻梁:无所顾忌,敢于承担。(《北京话词语》)
② 联属:联系。
③ 巴眼儿:眼巴巴地。
④ 底本作"下"。

徐大少上船一瞧，舱中的物件已然一件无存，顾不得这些，进舱脱去湿衣，放在船板上晒晾着。原穿一件大褂，顺手挂在樯杆上，赤着身体，低头一瞧，喝，这位在水里，可就落上忙啦。先到船头把船一拉，定准方向，然后大踏步绕到船尾，用大手掌儿向船舵一推，这船比箭在弦上还快，夜叉一耸身儿，蹿到船尾上，抱膝而坐。走了会子，见他又跳下海去，再推一次，船又照旧前行。徐大少心说："常听人说，'做人情要如顺水推舟'，果然容易的多。"（就怕遇见而今的火轮船，那可就没主意了。）一夜之间，居然竟达北岸。抬头儿远远站有一个少年，好像是自己的胞弟。

且说徐彪坐在船上，看见这位夜叉顺水推舟，毫不费力，也就不用自己帮助喽。后半天衣服、裤袜全都晾干，急忙穿好，进舱忍了一个盹儿①。及至醒来，天光已然大亮，连忙出舱一瞧，面前一座山看着眼熟，仔细辨认，正是卧眉山。扭项回头，要想问问夜叉大爷是否已到，就见前面山头上站立着一个夜叉扮相儿的少年，直着脖子正往海边儿上眺望呢。徐彪心说："我生长此山，从没见过有像这种模样儿的，莫非就是我的二弟么？"想到此间，不顾再问推舟的夜叉，迈开大步，顺山路往上飞跑。

那个少年看见奔自己来，也顺道迎下来，走至切近②，彼此一瞧，果然不错。徐彪伸手拉住兄弟恸哭起来，徐二少连忙说："兄长不必悲恸，你既然到此，想必有阖家团圆的喜音了。"徐彪说："你在此做些甚么？母亲、妹子可好？"徐二少说："母亲，妹子均各安健，现仍在洞，小弟因前次托商君寄去口信之后，恐怕兄长前来找不着旧日洞府，遭人暗害，所以不时登山瞭望来往有船只没有，已经好几天的功夫了。幸喜弟兄重逢，不知兄长途路上有无危险？"徐彪说："同行的两个③兵丁已然落在海内，为兄的业经④落了水，幸亏有咱同种搭救我的性命，又送我来此。少不得咱弟兄们一同回洞，禀明母亲，要报答这位老乡方是。"徐二少一听，说："兄长说得是，但只一节，千万你不可回洞。一则惊动洞邻，必路有些纠葛。再若被大王查知，说你潜回本洞必有隐谋⑤，那时

---

① 忍盹儿：小睡。（《新编北京方言词典》）
② 切近：近处，眼前。
③ 底本作"各"。
④ 业经：已经。
⑤ 隐谋：阴谋。

阖家恐难以逃走。你不如在此少待,俟小弟将母亲请来,商议个万全之策方好。"说完扭转身躯,顺山路飞跑而去。

徐彪一想,此时回船,把我救命的恩公请入舱中,致谢一番才是道理。转身奔到船上一瞧,原来人家把绳缆系好,闹了个不辞而别。再瞧,不知由那儿给寻来一只棹,又往舱里一瞧,还有些食物。徐大少十分感激,自己不便苦寻,依然登岸。顺山道往上走,远远见二弟同妹子搀扶着母亲奔海岸而来。徐彪撒腿跑过去,说:"母亲,想杀为儿的了。"这位可还说的是夜叉话,说:"我儿,你果然回来了么?想煞你妈妈咧。"说话母子二人抱头恸哭了一场,徐二少同姑娘,连拉带劝,好容易止住悲啼。

老太太抽抽答答的说:"我且问你,你那狠心的老子一向可好?你如何不和他在天朝吃好的,穿好的,到此做甚么来了?"徐彪说:"我父尚还康健,孩子儿屡次要来接母亲弟妹,皆因一向在军营做官,故不能离身。前次蒙商君寄去二弟口信,晓得全家幸都平安,二弟甚盼回国,故此向老帅告假数月,带领兵丁乘船前来,已是死里逃生。母亲不必犹豫,就趁此登舟,早离国境的为是。"老太太一听,摆手摇头,说:"嗳呀,儿呀,你所言差矣。沿途总然①无事,到了中国,我们娘儿三个,像貌不同,还怕人不相容,岂非白白送了性命。"

且说这位徐老太太听说儿子要接母子三人一同回国,心中虽说悦意,可未免有些害怕,说:"孩儿呀,孩儿呀(这是母夜叉吗?母乌鸦。)从前我觉着天朝上帮人物,必然都是好心眼儿的,所以跟随你父一心一意的过活。谁想生下你们三个,都三四岁了,他竟会变了心肠,给我个'小砖头儿打水',把我们大扔大撂②咧。(这也是母夜叉说的吗?我们村儿的母老虎骂男人哪。)这们看起来,大概没有什么好心眼儿的人。我们娘儿三个,貌相与中国人不一样,到了那里,倘或被人暗算了,反不如不去的为妙。"徐彪说:"母亲不必多虑,孩儿从前乍到中国,不是也同母亲一样么?谁知大家并不惧③怕,反有人喜爱,所以才做了官职。"老太太说:"这们说起来,做官的人必然都是好心眼儿的喽,但不知做官有什么好处?"徐彪说:"做官一事,乃是中国第一等荣耀的人,只许咱欺负

---

① 总然:纵然。
② 大扔大撂:动作粗鲁地扔、放,这里指狠心抛弃。
③ 底本作"俱"。

人,决没人敢欺负咱。况且孩儿舍着死命前来,原为接母亲回国,受享荣华富贵,焉有不去的道理?"徐老太太说:"既然如此,咱们就一同回去吧,只是暂且回洞好还是就上船好呢?"徐彪说;"洞中也没有什么用得着的物件,就请母亲上船舱中暂且歇息歇息。那时有了顺风,我弟兄二人解缆开船也就是了。"老太太点点头,拉着女儿复又回头,往山上看了看,大约也是故土难离的意思。

徐彪猛一抬头,才看见自己昨天把蓝袍、马褂挂在墙杆上晒晾①,晚间忘记收了。此时海边起了一阵大怪风,刮得两件衣服飒飒乱响。徐彪现时既为知兵大员,福至心灵②,虽不会驾船,总算认得这是北风啦,立刻乐得拍手打掌,说:"母亲,不可再耽延时候了,你看天上已然转了北风,乘此不走,更待何时?"(北风也有转南时。)母子三人一听,都说:"既如此,咱快快上船就是了。"说话间,姑娘搀着母亲迈步上船。好在都是大脚片儿,母女上了船,大低头,方才进舱。

此时徐彪举手,打着问讯③,说:"此乃天助我也。"说完把缆绳儿解开,自己嘱咐二弟说:"你在后面,使力把住那个立着的木板儿,我用棹点离岸边,只好任凭他自由行动吧。"二徐听兄长之言,赶紧过去把住舵,徐彪按照水手的规矩,将棹使力往岸边石头上一点,谁想用力过猛,船来回乱摆起来。徐彪差点儿把棹撒手,自己随着摇动了一会儿,将棹轻轻放下,坐在船头。

此时北风大做,已然飘出有数十里之遥,船从北海往南行,正时下水船,其快似弩箭乍离弦(徐彪要学张生),直刮了一天,当晚风定,飘在一处荒岛。徐彪不敢连夜行船,将船拢好、进舱,母子四人坐定,好在有那位夜叉公给预备点儿肉食,大家胡乱用了些,在船安眠。

次日天光已亮,照旧开船,虽然没有大北风,好在渐入内地,不至有危险。一幌儿三天,已抵交州,岸上有人看见二徐,说是海外来了大老妖,都撒腿就跑。

且说徐彪带领母亲、弟妹乘船行了三天的功夫,这天来到交州,刚要将船拢岸,自己一想,如今既是带兵的军官了,穿着这样短衣服,未免有失国礼。自

---

① 晒晾:晾晒。
② 福至心灵:形容人的福气来了,心窍也自然开通。
③ 问讯:僧人、尼姑等双手掌心相合(合十)向人施礼。《北京话词语》

己的袍子、马褂挂在船樯上,当了布帆,如今要上岸,解将下来穿上。回到衙署,赶紧取些衣服来,好再接这娘儿三个来,于是向舱后用夜叉话叫了声:"二弟,你过前边来,帮我把船缆系好,我好登岸。"二徐因哥哥打乡谈,自己"呕"了一声,迈步往前走。恰巧岸上有两个行路的,一眼看见二徐赤着膀子,光着两条毛腿,腰中围着一块带毛的皮子,口中呕呕的乱叫,不知什么怪物,连忙撒腿飞跑,口中喊叫说:"船上来了怪物喽,快快逃命要紧。"对面过来两个人,截住要问,这人顾不得答话,一面摆手,又往船上用手指。这两个听说,不知什么缘故,往这们一探头儿,见二徐这个样子,也接声喊嚷起来,说:"可了不得喽,八成儿船上出了水鬼了吧。"抹头①也跑了回去。

此时徐彪才明白过来,先把船缆系好,从樯杆上把衣服取将下来,自己一想:"我若把官服穿好回到衙门,此时船上没人照管,可不是闹着玩儿的。不如把这些衣服分做四人穿上,步行回衙。"打定主意,赶紧坐在船头上。好在原来穿的是两条单裤,还有一双肥套裤②,把裤角儿解开,脱了下来,自己只留了一条单裤,把这条敷余裤子同套裤拿进船舱。一瞧,幸而妹子所穿的皮围裙很长,上身可是满露着。再瞧母亲的毛围裙,方过磕膝盖,连忙把这双套裤送在面前,说:"请你老穿上,咱好上岸。"徐老太太不认识,伸出粗胳膊来,往里一伸,徐爷说:"这是往腿上穿的。"老太太伸开大爪,又往下褪,胳膊上挺长的黑毛,手又不得力,褪也褪不下来。(俗语儿常说,人拿不出套裤来,就应了这位太太啦。)徐彪一急,伸手替老太太将套裤褪下来,重新给穿在腿上,又把上身衣服给老太太,穿了一件背心,露着两只胳膊。把小褂给妹子穿上,到是又肥又大。自己只穿件缺襟的袍子,前后打着过堂儿。又把单裤马褂儿拿出舱来给二弟穿好,二徐没脱虎皮围裙,裤腰套不下去,上身马褂儿,身肥袖短。

徐彪看着,都晓得不合式样,可又没有法子,于是自己又复进船,告诉妹子搀扶着母亲,自己也跳上岸来。然后等母子三位都下了船,嘱咐兄弟在后跟随,顺海岸直奔副将衙门而来。沿路遇着的人,全都见面儿就跑,还有胆子大些的,也老远的站住瞭望。穿过几道街巷,远远看见衙门辕门,自己一想:"若

---

① 抹头:扭转头部,即转过身去。
② 套裤:是北方人在冬季穿着的特制棉裤,只有两条裤腿套穿在长裤外边。(《北平土话》)

奔辕门,守卫的兵丁看见,一泛毛姜①,相许点炮。不如从后门儿溜回家去,给大家换好衣服,再晓谕大家,免得胡疑②。"打定主意,顺小道儿奔后门儿,刚到墙犄角儿,有两个抗③枪的兵一眼看见,说:"来的是什么人?快快答话。"徐彪说:"我乃本衙的官员,接眷回来,你怎么不认识了?"这兵一听,赶紧抗枪立正行礼。

　　且说衙外兵丁听本官一说,方辨认出是自己的长官,连忙行礼。又往身后一瞧,说:"这三位是什么人呀?请问接的宝眷现在何处?"徐彪说:"这就是我的母亲同我的兄弟、妹子。"两名兵丁一听,吓得也要开腿,只好也举了举枪。徐老太太只当要打自己呢,用夜叉话一问徐彪,徐彪也学着夜叉话一回答,老太太不害怕了。两名兵丁心说:"这真是'人有人言,兽有兽语'就结咧④。"赶紧问说:"既是老爷回衙,我们去晓谕大众,开仪门点炮迎接太夫人,好不好?"徐彪刚同母亲说完话,听兵丁这话,说是不必,忘记兵丁是中国人,还说的是夜叉话。兵丁说:"你老爷这官话,只好等我们赴贵国留学几年回来的时节,再回答你老爷吧。"说得徐彪也有些不好意思起来,连忙说:"你们不必声张,头前引路,从后门我溜回去就是咧。"

　　兵丁遵谕,撒开大步,跑向前去。一会儿到了后门,一边儿一个,对面儿一站,徐彪到门,往外一撒身儿,是请母亲先进的意思。老太太看着两个兵丁有点儿害怕,说:"要不你还把我们送回去吧。"徐彪看出母亲害怕,赶紧说:"母亲不必害怕,这是武官衙门应有的威风,母亲只管先走。"老太太这才同定姑娘,迈步进□。二爷胆量壮,随着兄长也进了门槛儿。两个兵丁说:"原来咱们老官儿还有两个胞弟呢,这要都掌上兵权,一齐造起反来,谁能平定的了哇?"

　　言不着兵丁议论,但说徐彪从后门绕□入庭,后檐另有一个角门儿,有一个小孩儿名叫小三儿,是兵丁的孩子,徐彪留下伺候父亲的,正蹲在门外玩耍。徐彪一眼看见,说:"你快去回禀老太爷,就说我把太夫人接了来咧。"这孩子猛一抬头,见是家主,带来三个妖怪似的人,吓得哭着往院里跑,嘴里可说:"是大妖人到了。"此时徐老头儿正同商爷在房中说闲话儿,见小三儿又哭又嚷,刚要

---

①　毛姜:做事太轻浮而不稳重者,曰"毛姜"。(《北京土话》)
②　胡疑:狐疑。
③　抗:扛。
④　就结咧:罢了,而已,就是了。

叫来人出去看什么妖人,徐老太太已然走进角门儿。商爷正在迎门坐着,一眼看见,说:"老兄不要害怕,多半是嫂夫人到了。"老徐心说:"想不到来的这样快。"赶紧迎出□子,商爷在后相随。此时母子四人都陆续从角门儿走进,徐彪弟兄二人赶紧给父亲行礼。商爷虽没人引见,也冲着老太太一抱肩儿,老太太一还礼,把衣服衫袖子也撕啦,露出两只毛胳膊。(好像要跳舞,就是脸子太难点儿。)徐彪弟兄也忙着给商爷磕头,二徐爬的力气猛点儿,把裤腿也登折了一只,大家一路乱。小三儿早跑到前院儿一嚷,说:"妖怪老爷回来啦。"前院都是男仆,本来一衙门全是鳏过儿①吗?大家都赶忙进来参见老官,就手儿看看大老妖是什么样儿。刚绕过大堂围屏,一眼看见好么四个妖怪,胆小又撤身儿往外跑。老徐见着太太虽不顺眼,究竟是夫妻,离别十数余载了,赶紧用话招呼,要赶过去握手。老太太把手一甩,一咬钢牙,把个商爷吓得也要开步逃命。

且说夜叉夫人看见老徐招呼自己,想起他从先不辞而别的心狠来,登时大怒,咬着牙一路大骂。好在外人全都不懂,商爷虽然会意可也不能解劝,只好乘势说要上厕所,溜到大堂外面去了。徐彪连忙解劝,老徐见没有外人,急的给夫人又做揖,又请安,抱着肩儿下了一跪,这可把这位夜叉太太恨得不骂了。

徐彪把母亲请进正庭,自己忙着开了箱子,找出几套衣服来,一瞧也没一件女衣,只好暂且将就着。自己分□好几套,然后给娘儿三个各拿出一套来,全都换好。又嘱咐明白,自己上前面去,少时阖署人等若要参见,尽管坐在位上,昂□□动,千万可别惊吓他们,老太太点头答应,徐彪这才出了大堂。

本宅仆人同本署大小兵弁②给徐副帅上堂行礼,问候完毕。徐彪也叩谢商爷帮助看□的劳累,商爷告辞回家,徐彪送了一百银子。此时本宅仆人都要参拜太老夫人同二爷、姑娘,徐爷只好把众人带进后院,这些仆人都不敢进门坎儿,跪在廊檐下,排班叩头,有方才没明白的,偷眼儿一瞧,吓得都直哆嗦。徐彪每人赏二两银子,又带到前面,挑选几个胆量大的在内宅伺候这娘三个。

自己次日赴帅府谒见元戎销差③。元帅唤进来,一问带去的两名兵丁,徐彪把船翻遇险的事述说了一遍,两名兵算是因公殒命,问明他家属,从优给与

---

① 鳏过儿:未娶妻或丧偶的男子。
② 兵弁:士兵和低级别武官的总称。
③ 销差:汇报已经完成的差事。

恤典。徐爷回衙,有大小文武衙门都赶来送礼。徐彪每天教给娘儿三个学说中国话,徐二同姑娘岁数小,记性最灵,一学就会。这老太太舌头根生硬,净一句话就学了半月,好在足吃足喝,吃什么什么香。

徐彪买了许多绫罗绸缎,叫来成衣匠①,合着娘儿三个的身体,做了几套时式②衣服。老太太看见花红柳绿的裁□,喜欢的了不得,伸出大手来一摸,就八成破。又皆因裙子系上,总嫌截气,再说,两只大脚实在没地方儿买这种改良坤履③去,只好穿着老徐的鞋或换上徐彪的官靴。母女一商量,与其打扮的这们男不男女不女的,莫如简截全改为男子装束,倒还遮丑。

一幌又是半年光景,二徐同姑娘□通□官话,都说得很清楚了,唯独这位老太太忒笨,好在耳朵还灵,下人□□说的话,自己虽不能对答,也是听得出什么事来了。徐彪照旧当差,此时本省平静,除按期赴辕参见元帅,并操练兵丁外,在家受享天伦之乐。这兄妹二人脸上出息④也白净了,徐彪又从戴春林花□中,买了许多□见胰皂,不出几日,居然变成黄种。

这天徐彪同父亲商量,说:"儿的二弟、妹子现上既能通语言,不能不与人交接⑤,必须取个名字,日后也好求取功名。"老徐说:"你的名'彪',你二弟不如取名'徐豹',你妹子生于夜叉国,名'夜儿','夜'有安静温柔之义,不知吾儿意下如何?"徐彪说:"理当父亲赐名,何必与儿身商议?孩儿意欲给我二弟请位先生,习学文字,不知父亲可否同意?"

且说徐彪同父亲商议,要叫二弟习学文字,日后好光耀门户,比自己做武官体面,老徐焉有不乐意的,说:"只要他有天分肯学,为父岂有不悦意的?"次日,徐彪托同寅⑥朋友,请西宾⑦教授,不多几天,有人给荐来一位饱学的老秀才。徐豹天生的聪敏,真能过目成诵,走马观碑。(同我一样。有人说:"你也

---

① 成衣匠:裁缝。
② 时式:新式。
③ 坤履:嫁妆中的鞋袜手帕之类的小物件叫法、用语有讲究。如男鞋叫"乾履成双",女鞋叫"坤履成对"。
④ 出息:出落。
⑤ 交接:进行社交活动,接触。
⑥ 同寅:旧时指在同一个官署做官的人。
⑦ 西宾:旧时习俗,宾客在西,故称"西宾",后来泛指家塾教师。

有这们好的天分吗？"我就看得明白"泰山石敢当"①。)从四书念起，连十三经带纲鉴，不到半年，全都念得纯熟。及至教他做八股制艺，自己一瞧，从心里不爱，这才对父兄说明愿意习武，又搭着天生的膂力过人，能开金背铁胎弓。(这是徐豹吗？豪杰居的妞儿。)最爱骑高头大马，勿论什么样烈性牲口，不备鞍鞯，一揪脖鬃，就能骑得上，那成了大马猴②啦。至于头号大刀，出号石头③，更是小玩艺儿。当年考比武童，中了武举。次年秋天，晋京会试，中了武进士。在京有位阿游击④(八成儿是旗籍)，一见投缘，托主考为媒，把女儿许给徐豹。在京完婚之后，回来祭祖，然后仍进京供职。

再说这位姑娘夜儿，虽然很见出息，皆因生得究竟蠢笨，本宅下人传扬是夜叉夫人所生，官场中人都不肯说异种女子。眼见⑤二十多岁了，徐彪十分着急，真要给个穷小子，又怕失了自己身分。恰巧手下属员，有一位姓袁的守备，中年丧偶，徐彪看着到还配得过儿，除年岁大点儿。于是这天托老帅把袁爷叫了去，说这头亲事。袁爷心里虽不甚乐意，奈因这也是上人见喜，贵人提拔，不敢不依从着，点头答应，立刻过门。用什么礼节，原文没载着，咱就说用本地礼节，娶过门来。

夜儿也好习武技功夫，比两位兄长膂力还大(想必袁宅的饭食好)，能开百石之弓，在一百步之外射天上飞的小鸟儿，应弦而落。袁爷带在任上，遇着有打仗出兵的时节，总是夫妻一同前往。袁爷在前面，夜儿埋伏山后，使贼首尾不能相顾(这是夜儿吗？梁红玉)。这位袁守府亏得夫人帮助，历任边省同知将军。

再说徐豹，到三十四岁上，挂了帅印，本来书念的多，真称得起文武全材。时常带兵出征，所到之处，战无不胜，攻无不取。这年派徐豹出征交趾越南南洋群岛，徐老太太很不放心，跟着儿子随在军营，驰赴前敌，依样身披铁甲，手

---

① 泰山石敢当：泰山石敢当习俗，是中国的一种镇物(避邪物)文化，其表现形式是以石碑(或石人)立于桥道要冲或砌于房屋墙壁，上刻"石敢当"或"泰山石敢当"等字样，用于避邪，祈求平安。
② 大马猴：假想的凶猛野兽。《北京话词语》
③ 头号大刀，出号石头：清朝武举考试，分外场和内场，弓马技勇称为"外场"。所谓"技勇"，实际上主要测臂力，头项拉硬弓，二项舞大刀，刀分 120 斤、100 斤、80 斤三号。头号大刀指的是 120 斤的大刀。三项拿石子，分为头号 300 斤、二号 250 斤、三号 200 斤，还有 300 斤以上的出号石。
④ 阿游击：武官名。清代绿营兵设游击，职位次于参将，属下级武官。
⑤ 眼见：马上，很快。

执长矛,给儿子打接应。贼不甚惧怕徐大帅,都怕遇着徐太老夫人。(又道是阴能克阳。)

圣上见徐氏一门屡次战功,特旨封徐豹一等男爵。徐豹因为自己的功勋都仰仗母亲辅助成功,自己递了一个奏折,叙说母亲出身历史。国家为爱惜人才起见,有功必赏,持旨封为夫人。

这段书按原文至此而止。据老前辈传说,某府却有一位夫人,当年曾帮助某公屡立战功,究竟是否此位不是,蒲先生既没指实,诸位不必较真儿,您当大笑话瞧吧。明天是阳历新年,照例停刊①四天,您等贺完新禧,我再拣热闹的节目按日敬献。

---

① 刊:刊*。

疑难字表

整理本	底本	整理本	底本
A		瞅	䀞
庵	菴	厨	廚
暗	闇	窗	窻
		捶	搥
B		垂	乖*
跋	跋*	唇	脣
奔	逩	凑	湊
绷	繃		
膘	臕	**D**	
冰	冰		
冰	氷		
布	佈	搭	搭*
		呆	獃
C		耽	躭
		掸	撢*
采	採	挡	搅*
彩	綵	磴	隥*
参	叅	嘀	啾*
惭	慙	吊	弔
插	挿	洞	洞
场	塲	叠	疊
撑	撐	斗	鬪
耻	恥	炉	妒
仇	讐	朵	朶
		躲	躱*

整理本	底本	整理本	底本
剁	剁	**J**	
跺	跥*	迹	跡
		迹	蹟
E		夹	袂
鹅	鵞	奸	姦
		鉴	鑑
F		犟	倔*
幡	旛*	剿	勦
翻	繙	叫	叫
仿	髣	阶	堦
佛	髴	劫	刼
蜂	螽	劫	刼
		劫	刧
G		斤	觔
盖	葢*	巨	鉅
恭	恭*		
鼓	皷	**K**	
杠	槓	坎	栜*
挂	掛	裉	褃**
挂	罣	款	欵
		馈	餽
H			
函	凾*	**L**	
嗥	嘷	泪	淚
喝	欶*	愣	楞
恒	恆	厘	釐
轰	掵	犁	犂
糊	餬	略	畧
欢	懽		
回	廻	**M**	
毁	毁*	麻	蔴
		骂	罵
		脉	脈
		冒	冐

疑难字表　289

整理本	底本
面绉	靣縐*
N	
捏宁	揑甯
P	
狍炮匹嫖拼	麅砲疋嫖* 抍*
Q	
栖洽券群	棲洽* 券羣
R	
绕	遶
S	
嗓扇升剩疏苏筒	嗓* 搧* 陞賸疎甦篩
托	託
W	
挽碗卧污误	輓盌臥* 汙悮*
X	
戏隙闲弦衔效协胁泄继绣恤婿儇勋	戲隙* 閒絃啣効恊* 脇洩繼繡卹壻儇* 勳
Y	
咽檐验焰游郁	嚥簷驗燄遊鬱

整理本	底本	整理本	底本
Z		侄	姪
咱	偺	周	週
攒	儹*	煮	煮*
赞	讚	赚	賺*
扎	紮	资	貲
扎	紥	箸	筯
占	佔		

"早期北京话珍本典籍校释与研究"
丛书总目录

早期北京话珍稀文献集成

（一）日本北京话教科书汇编

《燕京妇语》等八种　　　　　　四声联珠
华语跬步　　　　　　　　　　　官话指南·改订官话指南
亚细亚言语集　　　　　　　　　京华事略·北京纪闻
北京风土编·北京事情·北京风俗问答
伊苏普喻言·今古奇观·搜奇新编

（二）朝鲜日据时期汉语会话书汇编

改正增补汉语独学　　　　　　　修正独习汉语指南
高等官话华语精选　　　　　　　官话华语教范
速修汉语自通　　　　　　　　　无先生速修中国语自通
速修汉语大成　　　　　　　　　官话标准：短期速修中国语自通
中语大全　　　　　　　　　　　"内鲜满"最速成中国语自通

（三）西人北京话教科书汇编

寻津录　　　　　　　　　　　　北京话语音读本
语言自迩集　　　　　　　　　　语言自迩集（第二版）
官话类编　　　　　　　　　　　言语声片
华语入门　　　　　　　　　　　华英文义津逮
汉英北京官话词汇　　　　　　　北京官话初阶
汉语口语初级读本·北京儿歌

（四）清代满汉合璧文献萃编

清文启蒙　　　　　　　　　清话问答四十条
一百条·清语易言　　　　　清文指要
续编兼汉清文指要　　　　　庸言知旨
满汉成语对待　　　　　　　清文接字·字法举一歌
重刻清文虚字指南编

（五）清代官话正音文献
正音撮要　　　　　　　　　正音咀华

（六）十全福

（七）清末民初京味儿小说书系
新鲜滋味　　　　　　　　　过新年
小额　　　　　　　　　　　北京
春阿氏　　　　　　　　　　花鞋成老
评讲聊斋　　　　　　　　　讲演聊斋

（八）清末民初京味儿时评书系
益世余谭——民国初年北京生活百态
益世余墨——民国初年北京生活百态

早期北京话研究书系
早期北京话语法演变专题研究
早期北京话语气词研究
晚清民国时期南北官话语法差异研究
基于清后期至民国初期北京话文献语料的个案研究
高本汉《北京话语音读本》整理与研究
北京话语音演变研究
文化语言学视域下的北京地名研究
语言自迩集——19世纪中期的北京话（第二版）
清末民初北京话语词汇释